KUWEI
酷威文化
图书 影视

日偏食

RI PIAN SHI

喜酌 著

江苏凤凰文艺出版社
JIANGSU PHOENIX LITERATURE AND ART PUBLISHING

目录

Partial Solar Eclipse

爱或许本就充满私欲和嫉妒，
想要达成目的，
总归不会太体面。

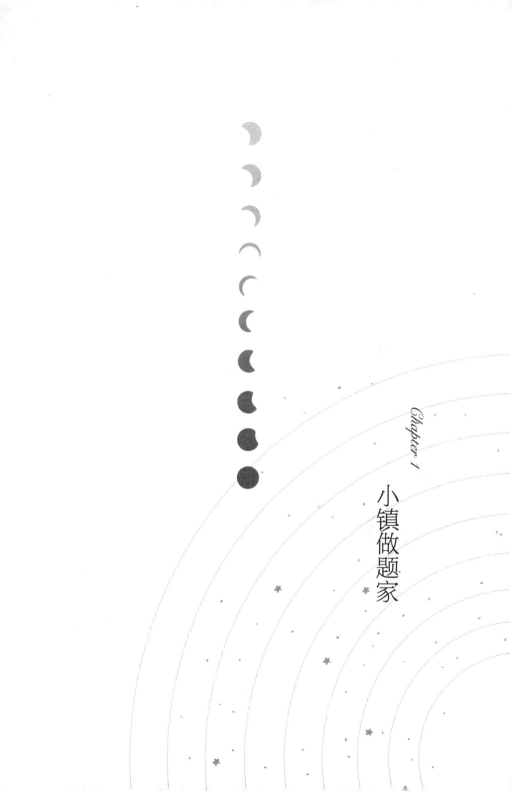

Chapter 1

小镇做题家

十一长假过后，正是寒露，绥城反复几回的高温也如街道上的落叶一样，正式落停。凌晨六点半，天边泛起了鱼肚白，哈月是在自个儿的铁丝网床上被冻醒的。

　　这张一米五宽的单人床是小学三年级时她爸哈建国送给她的生日礼物，虽然现在看起来又破又旧上不了台面，装着一位成年女性显得十分违和，但那也是当年哈建国斥巨资专门从五十公里外的家具厂给她定制的稀罕物。

　　那时候绥城人刚刚农转非，年均收入普遍不高，就拿哈月家来说，哈建国和赵春妮两个人结婚时在屋里打下的家具直到女儿九岁时也没变过样。可是小孩子才不会管父母赚生活的辛苦，九岁的哈月早就受不了和父母挤在一张大炕上睡觉了。

　　她刚开始萌生自我意识，在同学间学了一个新词儿，每天都哭着闹着要"隐私"，所以当哈建国带着运输工人搬着这张铁丝网床搁进小卧室时，哈月望着这张闪闪发光的新床，兴奋得直接蹦到父亲的后背上，一张小嘴在父亲的脸上用力啄米时还没忘记表达自己的崇拜之情。

　　"谢谢爸爸，您对我真好，您是世界上最好的爸爸。"

　　这一纪念性事件还被儿童哈月写进了当年夏天的作文簿，因用词生动，被语文老师当作范文在全班同学面前高声朗读。

　　可惜这篇童趣十足的作文没能被保存到今天。

　　这张床是哈建国送给自己女儿的最后一件礼物，哈月十岁生日还没过，她"世界上最好的爸爸"就从家里彻底消失了，连同他的一包衣物和鞋子。

　　至于原因——"和家具厂那个卖床的臭娘儿们跑了"。反正赵春妮用哈月的作文簿点灶火时是这样同女儿说的。

从咯吱咯吱响的铁丝网床上坐起来，哈月没时间怀念她十几年未见的父亲，她瞥着窗外的天色快速地拢了一把头发，随后从床上蹦下来手脚麻利地点火，烧水，然后开始一天的工作。说是工作，其实也不是什么正经事业。

三年前整体经济低迷，哈月本科毕业后所处的外贸行业更是遭到重创。

虽然是个女孩，但年少轻狂时哈月也曾梦想过在自己擅长的领域中发光发热，在蓟城凭借自己过硬的翻译水平大展身手，成为个中翘楚，升职加薪高歌猛进，三十而立前在合适的地段拥有一套自己的房产，让所有曾经看不起她的人刮目相看。

如果运气好的话，她还计划锁定一位差不多的适婚男，此男长相身家必须普通至极，以此换取婚后忠贞不渝的属性。她有极大的信心和这样一位同她父亲截然不同的男士组建家庭，然后让自己的孩子成为蓟城新公民。

日复一日，工作赚钱，柴米油盐，直到退休后儿孙满堂，过最庸俗不堪的幸福生活。

但现实是"996"的少有可以社交的场合，大学毕业后她的几段"计划"甚至还不如念书时的意外长久，出了校园，成年男女身上都背负起了浓厚的铜臭味，男女之间的恋爱突然变得很不纯粹。

一线城市的择偶圈中，因生存压力大，每个人都在寻找比自身价值更高的伴侣。

没想到即便是她特别中意的普男类型，也想要跨阶层做向上社交。

而哈月除了外形尚可，工作凑合之外，从十八线城市的垃圾教育系统中脱颖而出，曾考到蓟城第一学府就成了她人生里程中的唯一闪光点。但较起真来，每年从蓟大毕业的学子少说也有一万名，这其中大部分还是研究生。

一切向钱看的风潮渐盛，近几年她这种刻苦学习力争上游的品质也不流行了，寒门贵子身价狂跌，就连所谓的老钱穿搭都开始被国内网红争相模仿，哈月这种类型的旧物种如今在网络热议中被冠上了新的戏称："小镇做题家"。

众口铄金，成不了大器。

很遗憾，哈月没能身体力行地打破这个充满恶意的怪圈。

单身且被"离职"那天，她已经在蓟城的出租屋内居家办公了整整一个半月，每天都在认真"工作"，不分黑夜白昼地和 VIP 客户 Skype（即时通信软件），可是接到的订单寥寥无几。

她曾在本科期间拿下专八和被同学们视为含金量极高的 CATTI（全国翻译专业资格考试）一级证书，是蓟大外院 2015 届毕业生中小有名气的才女，也曾在公司内创下过入职半年便凭借出差欧洲拿到个人销冠的成绩。这样一个还不错的她，在整体物流、人工均遭受波及的大困境中，却没有什么力挽狂澜的能力。

面临无休止的催单、毁约，哈月所能做的只有道歉、解释，仿佛欠债不还的无赖，眼睁睁地看着公司的客户群体和账上的回款一样，逐渐减少。

都说外贸人的尽头是单干，所以当秃头的中年老板苦着一张脸委婉地向她提出，下个月的工资可能发不出来，自己连办公室的违约金都付不起时，她也没好意思提出向公司索赔"N+1"的员工遣散费，就痛快地解除了劳动合同。

再然后？

创业失败，生活像是不能停止的巨大齿轮，无论渺小的个体在遭遇着什么样式的低谷，浩瀚无垠的宇宙仍然像预设的游戏般，一件事接着另一件事频繁地触发。

细细一数，时间如梭，在这个哈月曾经发誓高考后再也不回来的绥城，她已经度过了两年的时间。

哈月这两年来每一天的操劳内容都是差不多的，先用饲料加豆粕混合喂食院子里的鹅，然后再趁着它们围在食盆前吃食，正好放松警惕的时候，替它们铲屎、换水。

等到太阳差不多完全升起来了，哈月就端上一盆温乎的洗脸水到母亲的房间里叫她起床。

半个月之前，赵春妮突然吵着要在家里养猪，几十年前生活极端困难时，哈月住在农村的姥姥曾经长年在自家院子里搭建小型猪圈，两头猪做伴喂一年，冬至前后宰猪吃肉，自己家吃不完的，还可以拿一些去集市上卖。

可那都是很久以前的老皇历了，现在条件好了，没人愿意为了吃那几百斤便宜猪肉费一整年的劲。农村里自家养猪吃的人逐渐少了，更别说城镇之内，在家里养猪搞得臭气熏天简直是匪夷所思。

一开始哈月以照顾一个店面和一群鹅已经很忙为由，坚决地持反对意见，可是后来母女俩因为分歧冷战了数天，哈月看着赵春妮倔强干瘦的背影，思想上又慢慢地松懈了。

她想到也许母亲是因为思念过世的姥姥姥爷，所以才会想到重温养猪的辛苦，老小孩老小孩也就是这么来的，或许养猪也能给她的负面情绪带来一些安抚，便勉强地点了头。

于是从一周前开始，哈月早起后忙碌的日常中又被安插了一项任务——那就是在做饭前到西厢房内查看一下，刚满月就被抓回来的两只小猪是否还在活蹦乱跳。

赵春妮在房间里慢悠悠地洗漱，哈月就在厨房里忙活早点。

早上母女俩吃得比较简单，蒸玉米、蒸红薯，煮一锅茶叶蛋配米粥。

有时候哈月实在因为前一晚搬运货物的体力活累得够呛，就简单地煮两包方便面撒一把青菜对付着，就像现在。

把面端上桌子的时候，饭桌前还没有赵春妮的影子，哈月捶打着昨晚卸货时扭伤的胳膊走进房间，第一脚踩到的竟然是洗脸盆内的水，而赵春妮正背对着房门手忙脚乱地用擦脸毛巾汲取地上的水渍。

"妈？你没事吧？"哈月看着被她错当成抹布的毛巾心里一紧，几步跳到赵春妮的面前，作势去扶她起身，可是她的手刚挨着赵春妮的肩膀，就被对方用力地搡开。

看到赵春妮身上没什么大碍，哈月就转身到门外拿来拖布。

"别管了，我来拖，几下就干净了，您快到外头吃饭吧。我煮了面，软了就难吃了。"

干燥的拖布来回地在发黄的地砖上挪动，很快就来到了赵春妮的脚下，这一次哈月的声音有点大起来了："妈，跟您说不用管，您让开点地方。"

"妈！"

"妈，我跟你说话呢！怎么不吭声？"

"叫魂啊你！就显着你能耐？小时候没少捣蛋让我生气，不就是失手把脸盆打翻了，你用得着这么不耐烦吗？我是小孩儿吗？！"赵春妮的沉默像是被逐渐吹炸的气球，终于爆发了剧烈的回响。

哈月见到她终于站起来跟自己对话，皱起的眉头也不禁放松下来。

哈月不跟她顶嘴，只顾低着头接连用拖布"攻击"赵春妮的脚，迫使她离开房间，用眼角余光看到她出门前偷偷地回头看自己，哈月没忘记叮嘱她："您这条毛巾也旧了，扔了吧，晚上我从店里再给您带一条新的回来。"

今天的早饭吃得很不顺利，出师不捷，赵春妮也是一如既往地挑剔，嫌弃煮面的水放多了，泡面汤没有滋味，又嫌弃面里流心的荷包蛋没煮熟，有一股子腥味儿。

等到哈月将几个碗筷简单地涮洗干净，盯着她吃了药，捯饬好自己，背上包出门，赵春妮又像个离不开人的孩子似的，一直眼巴巴地把她从院子里送到大门外面。

哈月刚插上电动三轮车的钥匙，坐在车座上，赵春妮就探头问她："今天能早点从店里回来吗？"

哈月回头问她是不是有事，赵春妮的脸色顿时变得有些扭捏。

她移开眼睛不看女儿，故意去看大门口已经掉得差不多的对联，一阵风吹过，纸张作响，她皱起眉头扯掉摇摇欲坠的红色，在手里用力地团起，伴随着动作，她的声音也变得恶狠狠的："事事事，能有什么事？你巴不得我出事，你昨天回来那么晚，天都黑了，你老娘我快饿死了你知道不？"

赵春妮并不老，相反，今年她才四十八岁，按照世界卫生组织年龄划分标准，才算刚跨入中年人的行列，但从哈月记事起，她就总是你老娘长你老娘短的挂在嘴边。

这是她骂人的本钱。她自己愿意成为口头上的老太太，那有什么法子？哈月只能随她。

哈月撇了撇嘴角，不大在意地拧开电源，快速地在大门口掉头，嘴上却也并不客气："谁让你等我了？晚饭大姨不都给你做好了才走吗，你自己先吃呗！"

"反正你今天早点回来！天短了，别老深更半夜才闭店。外头黑！"

这是担心哈月的安全呢，虽然从口气中听不出来。

哈月面上露出个笑模样来，也不管她妈已经带着那群嘎嘎乱叫的灰鹅重新走进了院门，她扯着嗓门朝着家里吼："那你也别自己出门，等大姨来了你俩做伴儿，还有，别忘记按时吃药！"

"听到没？"

"赵春妮！要吃药，听到没？"

半晌，赵春妮没再发邪火，半掩的大门内传出一声乖顺的"听到了"。

哈月这才把电动三轮车打到 D 挡，往五百米外的店里开去。

绥城不大，三百公里的狭长地带，有人烟的地方不过三成，早五十年起就是妥妥的穷乡僻壤，难以撑得起一个城字，地图上都略过标注的地儿，后来因为附近通了省道，便成为次枢纽区，哈月出生时，这片区域初步发展成一个类似于城乡接合部的地方。

有人流经过的地方，就有了工作机遇。

开饭店，开旅馆，拉着从南到北的过路人贩售牛皮帽子和玉石手链。有不少敢吃螃蟹的人都赚到了钱，这些"大老板"在远方老家的年夜饭上把自己的致富经一讲，一传十，十传百，有野心的年轻人都跃跃欲试。

西气都能东输，那么打南边来的有钱人怎么就不能让他们也富裕起来呢？

哈建国和赵春妮也是那一拨从遥远他乡来绥城淘金的青年中的一对。头脑空白四肢发达的他们想得很简单，做生意好啊，从人家兜里赚钱坐享其成，怎么都比靠天吃饭的务农强上许多。

不过时运就像是突然改道的黄河，未必人人都有发财命，绥城这破地方没几年好光景，当"枢纽"当了不到五年，附近先天资源好的其他城市又起了国道、高速、立交桥等眼花缭乱的新项目。

当下大力发展核心城市，绥城不再是一夫当关、万夫莫开的香饽饽了，真正有远见的大老板们又带着钱重新去到下一个可投资的地方找商机，绥城到处都是人去楼空的萧条景象，就连哈建国和那个娘儿们都被穷跑了，但还有一些像赵春妮这样固执的人，便留在了这么个城不像城村不像村的地方。

哈月家的店面是一间背靠烂尾楼的彩钢房，与废弃的绥城子弟小学隔着一条柏油马路斜斜相望。

"春妮小卖部"冬寒夏热，门外的垃圾桶内总是有过期辣条腐烂的味道，但也就是这个寒碜的小店面，让丈夫跑了的赵春妮独自养大了哈月。用赵春妮的话说，这间店不仅没把她哈月饿死，还供着哈月在蓟城这么高消费的城市读了四年国内最好的大学，光凭这一点，哈月就不可以看不起这间店，看不起绥城，看不起老娘。

多亏了绥城的这栋违章建筑，哈月才没成为"要饭的"。

赵春妮年轻的时候脾气不比现在好到哪儿去，但好像是自从丈夫走后，她一个人忙着进货、卖货、理货，再加上一直没有再婚，劳累过度时就变得异常神经质。

打骂小孩在那个物质精神双匮乏的年代是常事，可是哈月真的没挨过打，她母亲对她的攻击偏向于言语上的羞辱。除了毫不避讳地在哈月面前辱骂她出轨的父亲，勒令她不许提起哈建国的名字，她还会当着邻居的面讲哈月怎么像她那个跟别人跑了的爹一样会耍嘴皮子，她也会在哈月邀请同学到自己家的店里玩耍时，指责她的同伴偷吃了店里的小零食。

每当她堂而皇之地令哈月感到羞耻和难过时，都会加上一句不容反驳的真理："如果不是我还要你，你早就去街上当要饭的了。跟你那个爹一样！"

也许是太不想被称为要饭的，也许是出于对母亲恶意的报复，慢慢地，哈月开始在每次放学回家的路上，都刻意绕路避开母亲的小卖部，在学校里，她也从开朗爱笑变得沉默寡言。她不仅不再思念离家出走的父亲，回到家里，她也拒绝再和赵春妮说一句多余的话，每一次她望着母亲那张面露不悦的脸，都在默默地起誓着逃离这个家。

直到她十年寒窗苦读，奋发图强，终于从绥城考到了蓟城，才把尖酸刻薄的赵春妮和这个腐朽杂乱的小卖部远远地甩在了身后。

但今天不是那些日子的其中一天，如今的哈月已经年满二十六岁了，她不再处于那个因为母亲的一句话就难过流泪，甚至偷偷抑郁的年纪，她忙活了一早上，跟母亲拌了嘴，将电动三轮车停在彩钢房旁的大槐树旁，打开门锁走进"春妮小卖部"时，心中竟然没有发酵任何的怨怼。

她很欣慰自己的心像铁一样硬，懒得和赵春妮生气，这一定是一个人精神成熟的标识。

当然，这种成人式的平静很快在四个小时后被轻易地打破了。

手机铃声大作，哈月正在柜台后面给买了一兜子塑封大鸡腿的老顾客找钱。她撸起袖管对光查看着百元大钞的真假，阳光透过纸钞从斜对面的窗户打进来，也将她侧脸上的细小绒毛点亮。

哈月的皮肤原本很白净，虽然不是网上说的白到发光，但好歹也是黄一点点的程度，尤其是在蓟城毕业后，她的工作需要朝九晚五地出入望京SOHO，那时候她还很立志充当一名精致的都市丽人，一位终将成为高级打工人的无产阶级奋斗者。

即使刚工作，工资不多，但她深谙贵妇护肤品的好处，再加上她有过那么一位品位格调都拔尖儿的初恋男友，让她的美商被提高了一大截，描眉画眼的能力更是非常出众，资质七分，也可以妆点成十分美女。

可惜，这世间的一切都需要努力而得来，美丽的画皮也需要长期滋养才能产生效用价值，当年她曾凭借三百万大单月入五万的神话已然不能复制了。

这两年她在老家做小本生意，赚的都是熬店的辛苦钱，成天面对的不是为了几毛钱讨价还价的街坊邻居，就是家里的饲养物和母亲，化妆没人看，她自己也懒得欣赏，非但不再留有化妆的习惯，就连护肤品都降级为店里售卖的大宝。所以她的肤色肉眼可见地"健康"了许多，光是这一抹阳光，都能将她的脸上烘托出雀斑晒伤妆的效果。

哈月两片薄薄的眼皮微微上扬，将电话夹在肩膀一侧接起来，大姨的声音又尖又厉，逼得她不得已放下钱，将听筒从耳畔挪开两厘米。

对面给午饭加餐的年轻男人是附近的风电发力工程师，他是去年被江城总部指派来的新能源管培研究生。

绥城地处边陲，周遭偏僻空旷，恶劣的天气令人类都逃难般地往外迁移，但正是这种先天的地理环境，成了风力发电的优势。

从风力发电在绥城骤然兴起以来，"春妮小卖部"的客户也大多是这些电厂的员工。

他们的工作性质是维护电力风车的运作，不算太累，因为风车位置局限，他们中大多数员工也都是背井离乡的外地人，工作时间必然要待在山上，休息时少部分单身汉为了节省路费也会选择不回家，就下山在绥城市内消遣。

面前的电力工程师娄志云就是这其中的一个。

娄志云今天是专门绕到"春妮小卖部"来买东西的，原因是他胸前的口袋内装着两张电影票。

苍天可鉴，这不是一时兴起，在对哈月产生悸动后，他曾打听过，面前与他年纪相仿的女孩儿还是单身，别看她现在只是无证经营着一家小商店，竟然也是当地高中有史以来第一个考上蓟大的女状元。

因为这个，娄志云自作主张地将哈月想象成一名与自己的进步精神相当匹配的新知识女性，况且哈月不同于一般文人，俳优畜之，她身体力行，勤劳肯干。

多么朴素的哈月！多么贤惠的哈月！真是当今世间男性少有的婚配最佳人选。

娄志云的深思熟虑从春天一直磨到了秋天，这次下定决心一定要与她先成为朋友，再缓缓地发展起来。

但这会儿他还没来得及跟哈月说出自己准备了近半年的搭讪台词，就看到哈月平常总是堆着笑容的小脸一板，严肃而尖锐地朝着电话里问："姨，你说清楚点儿，别光哭，什么叫猪丢了我妈也丢了？我不是嘱咐过，让她千万不要一个人出门吗？"

就在哈月火急火燎地锁上小卖部的房门时，两百公里外的薛京正窝在车后座上耷着眼睫毛半梦半醒。

绥城没有机场，早上十点钟薛京的航班在最近的临城落地，便立刻被绥城当地安排的接机人员带上了这辆米黄色的商务车。

车内共有十六个座位，一开始，薛京还不解为什么当地要派这么一辆小巴来接自己去酒店，但是随着车子驶入绥城，不停地在各个地点停驻，上人，薛京在与各路人马握手时才明白，自己的苦差原来是从今天就开始了。

成年人的工作前奏是社交。

"薛大作家，这次您受邀过来，我们都非常高兴，咱们这些大老粗，平常只知道干企业，并不懂什么文化艺术，听赵主任说您在文学上的成就非常高，这次多给咱们风电行业美言美言，也让领导给我们多拨点专款资金。"

说这话的人是绥城风电企业的管理层，身形矮小，一口夹生的普通话，光是落座的工夫，就用自己势利的三角眼将薛京全身上下打量了个遍。

同是坐在这辆商务车不太宽敞的座位上，旁人扭着脖子互相攀谈，姿态多多少少有些局促，但薛京纵然身材颀长，却自带一种纤尘不染的气质。他搭在膝盖上交握的十指是象牙白的，指甲修理得整洁，骨节秀气圆润，似乎生来就能写得一手好字。至于一张好脸，则比从袖口下探出的手指还要白皙，若不是因为眉眼沉静，倒是有一种羸弱的漂亮。

薛京于去年六月份在蓟大硕士毕业，他本科时研习的就是中国语言文学，主攻古典文献学，后又师从蓟大元老张教授门下，赴耶鲁访学两年钻研海外汉籍与汉学，但相比这些用年份积累的学识，他入行作者这个职业则要更早。

时至今日，薛京已经在文化界摸爬滚打了多年，可单从外表看起来，仍要比实际年龄年轻不少。怪不得这位黄总要用场面话来刺探他。

平日里薛京本来话就少，谈起文学倒是能多聊几句，他是最讨厌和这类商界的老油子攀谈的，但此行他与蓟城文化局有言在先，是带着专项指标来的，于是也做出个十二分谦虚的样子，微微笑着："黄总这是说的哪里话，用文字讨营生罢了，何谈粗细之分？更不敢叫什么大作家了。"

"啧，老黄，要说你不适合参加这种场合呢。张口闭口都是你肚子里那点小九九，和薛老师谈钱就俗了，咱们啊，得谈规划，谈方针，谈咱们绥城风电过去三十五年的发展，谈咱们绥城光明万丈的未来。"

"对对对，赵主任这话说得有水平，中午咱们高低得整两杯。"

"薛老师，您有什么忌口的吗？绥城别的没有，牛羊肉和白酒可管够。您说什么都得尝尝咱们的塞外茅台。"

"今天给薛老师接风，咱们不醉不归！"

"哎，那是咱们酒满敬人，薛老师可以点到为止。你没看过采访吗？薛老师生活中向来是烟酒不碰的。哪像我们？"

就这样七嘴八舌地听着这些人讲了一路，再吃了一桌牛羊肉，等到薛京再次从昏昏欲睡中打起精神时，商务车已经沿着绥城的最繁华的地带转了一圈。

招待宴上薛京推脱不过，气氛使然，也略饮了一小盅白酒，因为不善饮酒，他有些微醺，刚才赵主任给他介绍的地标建筑他都没记住，不过一睁开眼睛，看到即将沉入地平线的夕阳，他倒是被惊了一个冷战。

薛京是土生土长的蓟城人，这些年虽然一直在象牙塔内深造，但为了更好地完成自己的作品，他经常借着找灵感的由头在寒暑假周游国内国外，在世界各地游览。

除了公费跟队在国内敦煌、武当山等地考古实习，他也曾在伦敦万里晴空的街头突然被浇了一身大雨，在巴黎的深夜被戴着毛线帽的持枪少年抢走过钱包。

他看过西西里的海，也遇见过冰岛的极光，但此时此刻，他望着面前宽广无垠的一片苍凉，和在那残阳如血中，正在远处山脉下缓缓转动的巨大风车群，内心突然感到一种别样的震动。

这里没有天然壮阔的美景，没有富庶繁华的城市带，但在这座几乎被人群遗弃的城镇的边缘，在这个曾经西出阳关无故人的地方，放眼望去，有成群的、高达百米的三臂风车孜孜不倦地随风呼啸。

这不是古代文明的遗迹，而是现代人类自主创造的工业奇迹。

就在薛京回头准备询问同车人员一些风车发电的相关知识时，"嘭"

的一声，车头突然爆发一声巨响，紧接着，车头处冒出浓烟，原本在土路上颠簸的汽车戛然停驻。

"怎么回事啊？小金！"赵主任扶着眼镜往司机的方向探身。

名叫小金的司机挠着头，将手刹拉住，有些尴尬地指着仪表盘回过头对他讲："不……不好意思，主任，车……咱们的车好像爆缸了。"

进入秋天后，绥城的白昼越来越短了。时间刚划过五点，天色已经开始擦黑。

哈月一个小时前骑着电动车在城区里转了四五圈，好不容易在废弃的小学门口发现了正在徘徊的赵春妮，便将一言不发的她安置在车上带回了家。刚一进门，木讷的赵春妮一看到等在家里的大姨，又突然大发脾气，推搡着哈月埋怨她将自己带回家，说什么都要接着出去找自己的猪。

母女俩你来我往地拌了几句嘴，再加上邻居大姨拉偏架，赵春妮竟然大哭起来。

她坐在地上，一边用粗粝的手指揩着眼角的泪水，一边呜咽着说如果猪丢了，她也不要活了。

蓬头垢面的哈月没法子，连口水都没来得及喝，又再次骑着三轮车出发，顺着赵春妮所说的路线，去找那两头相伴越狱的猪崽。

赵春妮不知道心疼女儿的劳累，倒是在一旁劝架的大姨解开自己的头巾系在哈月的脑袋上，说是夜里的风冷，怕她吹出偏头痛。

走过了人流量大的居民区，再往前就是一片早已荒寂的农田，赶在日落之前，哈月终于在几棵大枣树下找到了正在啃食坏果的两头小家伙。

她一看到这两个小东西气就不打一处来，也不管猪类是否精通汉语，揪着为首的猪的耳朵就是一顿臭骂，找到了走失的猪，跑了一下午的哈月终于松了口气。

回程的路上，她驾驶着三轮车开得挺快，但心里想的事情并不是很轻松，她在考虑最近是不是又该带赵春妮去一趟蓟城的三甲医院复诊，看看病情发展了。

赵春妮于三年前确诊阿尔茨海默病，也就是俗称的老年痴呆，一开始赵春妮对县医院的诊断嗤之以鼻，认为自己身强体壮，根本不可能得上这种病，再加上母女两人早年便有龃龉，因此她并没有将自己的病情即刻告知女儿。

哈月是在两年前的午后接到那个让她决定搬回绥城的电话的。

跟今天一样，电话是由邻居大姨打来的，但用的是她母亲的电话号码。

那阵子哈月正处于 freelance（自由职业）的状态，自己给自己干，往好了说是时间自由，其实就是二十四小时内只要不是在睡觉，其余时间都可以进行工作的意思。

前期起步，注册公司加记账报税代办，买域名搭建网站，前前后后花了小两万积蓄。虽然不是巨款，但回报率极低。

能做的拓客哈月都在做，甚至恨不得每分每秒都混迹在社交媒体上给人发 DM 广告，可是饶是如此，日常接到的单子仍然不多。生活成本也骤然增加，手中为数不多的积蓄已经非常吃紧，再加上注册公司半年来她几乎没有收入，彼时，哈月的精神状况已经十分脆弱不堪。

见到电话上被存为"赵春妮"的那三个字时，她的第一反应是将电话扣过去，让它停止喊叫。哈月自认为并不是回避型人格，但还没接电话，她就已经想象到自己即将面临的训斥了。

赵春妮决计不会同情她在蓟城的遭遇，毕业后她理应补贴家里才对，如果哈月胆敢说出自己的实情，她只会说，谁叫你非要去大城市求学呢？还想单干做大生意？丫鬟命小姐心，这些恶果都是她不服管教自命清高的咎由自取。

来电响了两遍，哈月才深吸一口气，用双手举起手机，像举着炸弹一样小心翼翼地按下接通键。

可是电话那头并不是她母亲那副刻薄冷硬的嗓音。

赵春妮因为深夜穿着睡衣在高速路口游荡而被民警带到了派出所，可是被盘问了整整两个小时，她都记不起自己家到底住在哪里，一会儿她说自己住在一千公里外的农村，家里有两头猪，一会儿又说自己住在本城，在小学对面有个小卖部，她逻辑混乱，叙述不清。最后还是民警用人脸识别解锁了她的手机，给最近通话人打了个电话，才搞清了她的身份。

而那个最近通话人，就是被哈月称为大姨的斯琴托雅。

不同于赵春妮是汉族嫁给了少数民族的丈夫，斯琴托雅是一名嫁给了汉族丈夫的蒙古族妇女，虽然作为邻居她们两个女人没有同样的生活习性，但因为拥有同样缺少丈夫的生活方式而亲近起来。

赵春妮的丈夫哈建国跟野女人跑了，而斯琴托雅的丈夫则在儿子出生后的第二年因病去世。这些年两个女人互相扶持，不是血亲，但也有一种姐妹之间惺惺相惜的革命情谊。类似于单身母亲联手对抗全世界。

所以在发生这样的事情后，斯琴托雅便自作主张给哈月打了这通电话，叫她无论如何要与赵春妮冰释前嫌。不要等到一切都来不及时才追悔莫及。

而哈月也不负所望，当天便打电话同房东退租了蓟城那间与人合租的蜗居，紧接着收拾家当，邮寄行李，次日便回到了绥城老家。

斯琴大姨曾不止一次在赵春妮面前夸奖哈月这孩子有情有义，为了母女亲情肯放弃在蓟城的风光生活，殊不知，哈月自己心里知道，她在蓟城度过的岁月远称不上风光，相反，无论在金钱还是感情上她一直长期拮据，之所以会回家，除了母亲生病的缘故，归根结底，还是因为她这个"蓟漂"在蓟城挺不住了，而"孝顺"也成了一个为自己打退堂鼓的冠冕借口。

但这些并不代表她对母亲的病不上心，这两年在她的坚持下，赵春妮一直在积极地服药治疗，脑部病变不能逆转，但发展的速度也被抑制得很好。可是眼下这种情况，怎么说服她妈再去大城市做一次检查？估计又是一场口舌之战。

赵春妮健康时就是个守死理的人，从小方面看，她讨厌智能手机，厌恶网络购物。相对地，她也从不屈服于时代的转轮，她这根硬骨头，得了病便是医生最讨厌的那种病人，她不信现代医学和造影技术，她只信自己。当初蓟城的医生说她这种病必须实时随访，她却当场指责医生是想骗她多做检查项目。

不过哈月的思虑很快就被前面路上冒烟的商务车给打断了。

小地方，邻里街坊的都认识，她一眼就看到了事故车的车牌号，那是邻居大姨的儿子金振梁每天都在开的车。

 X4
 X3
 X5

Chapter 2

电动三轮车与前男友

金振梁比哈月小两届，学习上没有太多天分，高中毕业后便早早地参加了工作，为人是个热心肠，在外名声不错，好兄弟遍布整个绥城，这些人都愿意亲切地叫他一声金子。

连哈月也不例外。

金子婚后托老丈人亲戚的关系在市文化局做临时工，工作内容就是替领导开车，活儿不算太忙，工作时间灵活，平日里如果闲了，公家车也就算是他个人的半辆私人车。

只要超标的油费自理，文化局的领导并不会过问许多。

果然，哈月没认错，她拉着两头猪行到车跟前捏住刹车，眼看她的邻居金子正点头哈腰地冲着车上下来的数人解释着什么，满脸的小心。

几个男人高矮胖瘦形态各异，脸上都染着红通通的酒气，其中最高挑的那个男人身穿一件鸦色的大衣，下摆过膝，手指白皙，背对着她，看不到脸，但从同色系的裤管和皮鞋观察，估计内里穿的是成套西装。

绥城少见这样时髦的打扮，这里公交车班次很少，大部分人出行都是骑电动车，风吹日晒的，所以衣服也都是方便行动的款式。

秋末初冬，薄棉的短夹克是最佳选择，最好还是滑溜溜的防水材质，再配上一条颜色深到看不见油渍的牛仔裤，就像哈月今天穿的这样。

哈月这两年待在绥城，也患上了网络上所说的潮人恐惧症，只是瞟了一眼穿大衣的男人便耸着肩膀移开了目光，并没多想，立刻朝着金振梁打招呼，询问他要不要自己帮忙。

其实金子已经在十分钟前拨打了熟识拖车的电话，绥城文化局常年经费紧张，这辆看起来挺像那么回事的商务车并没有购买商业保险，没有商业保险也就意味着没有附加免费的道路救援，电话里，对方声称自己要从四十公里外的地方赶来，所以服务价格不得小于四百。

金子刚开口还了几句价，旁边的赵主任就不干了。

他蓝光眼镜片后面的双眼一吊，耳提面命地在金子旁边告诉他，千万不要傻乎乎地被人敲竹杠，他们车上坐的可都是绥城有头有脸的人物，岂能是对方一个拖车司机可以糊弄的。

二百块，多一分钱他们都不会掏，摆个臭架子，爱来不来。

赵主任本意是在薛京面前涨一涨自己的官威，虽然他嘴上老师长老师短的，但薛京毕竟年纪不大，刚才在饭桌上，薛京那套矫揉造作的客气劲儿已经散得差不多了，回到车上，更是开始闭上眼睛休息，他是不胜酒力身体不适，在外人看来那叫故意假寐，大有一副懒得和他们这些乡巴佬废话的模样。

赵主任多年前同样是从蓟大硕士毕业，不过不同于薛京这种根正苗红的蓟大人，他本科是在绥城附近念的，双非院校，处于学位鄙视链的低端。

高考失利后，当时年轻的小赵本来以为自己只要能考上 985 的研究生，就能完成学涯逆袭。但没想到蓟城那些势利的用人单位根本不在乎他的硕士学历，一看到他的本科出身，就皱着眉毛直摇头，满脸的歧视。

那时候小赵已经不小了，他咽不下这口气，干脆开始刻苦考公，上岸花了两年时间，后期进入单位，吃了不少苦，这才当上了绥城文化局的科室主任。

这样一位蓟大的前辈赵主任，对学历资质异常敏感，自恃好歹虚长薛京几岁，对方应该给足他面子。

他敢叫一句老师，薛京居然也敢一口答应下来？真是胆大包天。再加上遇到爆缸这种倒霉事，赵主任这会儿皮笑肉不笑，眼睛下面的肌肉狂跳，就好像他生平所有的不遇，都是由薛京这种天之骄子给他带来的，他心中大有"阶级斗争"的愤懑。

谁知道拖车司机才不理睬他的威胁，不等金子再缓和几句，直接把电话挂了。

就这样，买卖没谈成，金子还白挨了一顿骂，赵主任一肚子不满无处发泄，干脆拿个小司机开刀，先问他平常是怎么维护车子的，难道以前开出来的汽车保养收据都是弄虚作假？说到气急时，双手叉腰问他小子还想不想干了。

周围人都看得出，这不是几百块钱的缘故，除了正在试图用手机软件打车的薛京，其他人都跟着打圆场，让赵主任消气。

以薛京的性格，理应是可以劝上一句的，可此刻他酒气上头，又被风吹了一遭，太阳穴突突地痛，如果再不回酒店休息，怕是要感染风寒。

健康的身体是完成工作的本钱，他必须先保护自己的本钱。

哈月这一声叫，反倒是让薛京动容了，他有一种看恐怖片即将碰到jump scare（跳跃式惊吓）的预感，他没回头，但几乎是应声将手机塞进了大衣口袋。

薛京心里慌乱，他侧身一把用手握住了赵主任的右手，紧紧地将赵主任拉到自己身前，郑重其事地说："主任，学长，您消消气，咱们也算好事多磨，当前着急的还是先叫拖车过来，天气也挺冷的，是吧？实在不行，这钱我来……"

可惜他这个"出"字还没从嘴里蹦出来，后面那道女声非但没有知趣地远离他们这群人，反倒是越加近了起来。

金子实在，他深知绥城客流量少，并没有跑网约车为生的司机，何况他们爆缸的地方偏僻，出租车一年半载都不会过来一次，一听后面薛老师说天气冷，他直接招呼着哈月拜托她道："姐，你看我们这车坏了，拖车还要半小时才来，我能等，但贵客不能等，你帮我带几个人先回城里行吗？"

哈月回头看了看自己的电动车，后面两只半大的小猪紧紧地靠在一起，正在哼唧，但她旁边的长条座位上还有余量，于是立刻答应下来："当然行，但我后面拉了猪，估计也就能带一位，而且车跑了一下午，电也不满，要走的话就抓紧时间吧？"

"行行行，不用太远，就到能打到车的拐角就成。这边实在没有车。"

金子和哈月说得热火朝天，三两句就决定了这群人的处理办法。

周遭安静了不少，也就意味着背着身的薛京把他们之间的对话听得越来越清楚了，如若两分钟前，他对类似哈月的声线有一种本能的排斥反应，那么现在，他已经完全确定了，这不是电影里的恐怖预警，这是真实发生的惊悚桥段：他身后正在跟司机聊天的女性，就是他前女友本人。

他那个化成灰也能被他认出来的前女友，哈月。

薛京刚才那点上头的酒气已经彻底醒了，仇人相见本该分外眼红，但好在他多年来已经在各种访谈中练就出了一副扑克脸，愣是对着身边的车窗变换了几种脸色，使自己平静下来。

后面几位还在商量大家的去留，最终决意将这个与猪同行的珍贵名额让给了薛京。

"赵主任，您看，要不让薛老师先走？他穿这么少，可能受不了冷。"

"嗯。"赵主任长吟一声，刚才被薛京亲切地握了一回手，叫了一声学长，他心里已经受用不少，对司机的每句话都表示赞同，回过头很是熟络地拍了拍薛京的肩膀，将尊称换成了你。

真有一种把他当成自己后辈照顾的感觉。

"小薛啊，那你就先走吧，回酒店休息休息，明天咱们局里还安排了上山采风，你可得保存体力。后天广电旅游那儿还有艺术创作指导专题会议，与会人员可不少，有来头的，你不能缺席，必须参加。"

哈月站在一米外，听到薛老师这三个字时，眉头跳了一下，她稍稍眯起眼睛，再次专注地细细查看起了这位"薛老师"的背影，突然，后背刮过一股冷风，猪崽被冻得大叫几声，她竟然发现面前这位"薛老师"的形态处处都透着一些熟悉。

那几根袖管中露出的半截冷白的手指很熟悉，那颗尺寸偏小的、长满浓密黑发的后脑很熟悉，就连那人看起来很美观的耳朵都令她觉得很熟悉，熟悉到如果不是她还有理智尚存，几乎要认为她那个经常出现在网络流量号上的前男友命运般赫然地出现在自己面前。

脑中一旦冒出这种念头，哈月就迅速地将这种熟悉感通通否定。

拜托，人家薛京是什么成分？但凡是个会上网的人，都看过那些年薛京火爆全网的营销通稿。什么"百万册畅销书作家""受到作家网赞赏的青年作家""成功打破严肃文学和青春文学壁垒的先驱者"，这些专属于薛京的名头，真真假假，眼花缭乱，只多不少。

昔日和她挤在一张床上，头贴着头研究西餐厅团购券怎样才能叠加优惠的薛同学现在已经今非昔比，先不说他长得有多好，家里条件怎样，去年他硕士毕业，远到了可以和异性领证的法定年龄。

自由恋爱势必带来市场效益，他这种有学识有长相又有钱的类型，在这七十几年来一直都是婚恋市场上的硬通货，无论他的性别是什么，都没有不被异性疯抢的道理。不用想，再加上某种说不清道不明的艺术家滤镜，肯定有大把崇拜他的女孩子愿意做他的终身伴侣。

即便他真的像报道中写的那样：独爱文学，孑然一身，不考虑个人感情，那这个时间点也一定早就启程去到遥远的国外，攻读文学博士项目了。

赴美项目对他来说很容易，但是欧洲国家也不错，总之，薛京手里的选择可太多了，每一样都是最优的，她老家这种鸟不拉屎的破地方绝对不在他的备选之中。

绥城不是文学气息浓厚的地方，这些年子弟学校相继并入市内的正规军，学校少了，但市中心内的两所小学和一所中学仍然保持着下跌式的入学率。高年级师资严重流失，她听金子八卦过，今年初中升高中的升学率还不到百分之五十。

绥城唯一一家新华书店也只有半个店面大小，主营辅导教材和推荐读物。

大概类似于神只会降临在信徒众多的地方。

这里没人读小说，经典文学还勉强在书架上落灰，普通书更是不会被上架，没有读者追捧，这里自然也不会出现作家这种玩意儿。

哈月像被雨水湿了耳朵的小土狗那样晃了晃头，将没有效能价值的浪漫全部从头发中甩出去。

这人不是薛京，也不可能是薛京。

四年前提出分手时，哈月就已经充分觉悟过。他们二人门不当户不对，本来就是两条不会相交的平行线，毕业前长达 768 天的恋爱也完全是始于一场见色起意，分手才是命中注定。

直到现在还在时不时地怀念薛京实属是她的过错，她真的需要改正这个喜欢把初恋当作青春分泌物一同回忆的缺点。就在她努力对着这位贵客的后脑勺挤出一个无害的笑容时，薛京把脸扭过来了。

显然，老天爷决定在今天跟她开一个不那么友善的玩笑。

对面这位"薛老师"就是她的那个"薛同学"。

不同于哈月大吃一惊掉了下巴的态度，薛京在看到哈月第一眼的时候很镇静，只是微不可见地皱了一下眉头。

不是他想对着分手多年的前女友流露出任何情绪，而是哈月头上裹着的那一块布料实在太扎眼了——死亡芭比粉，一种哈月曾在他面前表达过强烈鄙夷的颜色。

薛京记得很清楚，他们两个人恋爱一周时，恰逢哈月过生日，他曾到商场里的美妆柜台为她挑选生日礼物，当年的网络社交还不算特别发达，恋爱心得还要口口相传，他也是从已经稳定恋爱多年的男性舍友那里得到了一条中肯建议：女生都爱美，化妆首需口红，尤其是成套的，可以刻上字母发朋友圈的大牌货最好，那是硬通货。

于是前一天，薛京怀着虔诚的心情，刷着父母给他的副卡购入了十支大牌口红，上面分别刻上了哈月的中文名拼音和英文名字母，他将口红包装得当，喷上香水，以鉴真心。可是第二天他在女生宿舍楼下将礼物从纸袋里掏出来的时候，并没有得到哈月的赞赏。

她当时也是如他现在这样轻轻地拧着眉头，平静之中流露着一丝嫌弃，她用右手将其中一支口红打开，冲他埋怨："薛京，下回能不能别瞎花钱，你看你买的这都是什么颜色的口红啊？嚯！死亡芭比粉，连我妈都不愿意涂。柜姐就爱糊弄你这种没见识的小男生。"

说他小，没见识还不算完，哈月突然又开始掉转方向批评他的不懂事。

"再说，你多大人了？还刷你爸妈的卡，这种名不正言不顺的礼物我可不能收。"

那是薛京人生中第一次谈恋爱，也是大学三年里他第一次刷父母的卡购买品牌溢价的商品。

送礼物失败自然脸色发红，可心里头那点儿傲气当然不会叫他在喜欢的女孩子面前轻易地低头，他的眼睫毛发颤，握着拳头，非要脸红脖子粗地争辩："我刷谁的卡你别管，反正刻了字也退不了了。你不涂怎么知道不好看呢，你先试试，说不定上嘴你就喜欢了。这个不好看，那这个呢？人家销售说，这叫'想你色'，今年在韩国特别火。"

后来在薛京的坚持下，哈月确实当场涂抹了那根外包装金灿灿的口红，可是那口红一上嘴，薛京就明白为什么哈月管它叫死亡色了。

太粉了，也太紫了，眼见着哈月白净的脸因为这颜色立刻黄了两度，一张嘴巴更是差点从脸上飞出来，他懂了，这颜色确实是够死亡的。

大约是女孩子涂上可以吓跑登徒子的程度。

那天他俩你看着我我看着你互相瞪了半天，最后还是哈月忍不住捂着自己的嘴巴笑了，等到薛京低头认了错，哈月才从外套兜里掏出纸巾将嘴唇上的颜色尽数抹掉。

然后用干净的嘴巴在他的脸颊上落下一个轻如雪花的吻。

她说："薛京，这次买得很好，下次别买了，算我恳求你了。"

回忆没有偏差，哈月在他们的恋爱史中可谓非常不解风情，但也就是这么一个不那么浪漫的女孩儿，从颜色到温度，从重力加速度到欧几里得空间，在他十九岁那年，完成了他对女性周边的一切启蒙。

可是此时此刻，哈月竟然用这种颜色的头巾把自己的整个脸全都包在里面。

不用赘述她的脸色现在是怎么样，不仅不白，黑中还有点带绿，大概是传说中的橄榄色。而这张不必赘述的脸上，那张曾经被薛京亲吻过许多次的嘴唇，正如干裂的大地般龟裂，从里头发出地壳运动般的巨响："薛京？"

要怪就怪哈月的动静实在太大，她这一声吼，立刻把蹲在路边抽烟的老黄吸引过来，他饶有兴致地用鞋底灭了烟，冲着两个人挑着头问："怎么回事，你俩认识？"

他们市里花钱请来写报告文学的"大作家"竟然和一位本地养猪的妇女认识，这真是有意思极了，不会这俩人之间还有什么桃色新闻吧？八卦不是只有女人爱听，男人长舌起来也是很要命的。

所有人的目光顿时聚集在这对看起来毫不相关的男女身上，几乎没有停顿，就听到他俩一个点头，一个摇头，异口不同声地回过头说：

"认识。"

"不认识。"

说认识的是哈月，而讲不认识的是薛京。

薛京从刚才开始面色就发白，听到哈月肯定的回答后，脸色就更不好看了，连带着他的声音又恢复了那个客客气气的状态，他先是非常官方地环顾四周无害地微笑了一下，然后望着哈月的眼睛用极其礼貌的态度询问："不好意思，请问我们认识吗？"

旁人可能不熟悉薛京的为人，但哈月毕竟和他恋爱过两年，非常了解他的脾性。

她这位初恋男友，除了长得漂亮，还有一大特点，就是为人处世方面也非常"光鲜"，从外到内，总是恰如其分得完美，犹如被编程好的社交机器人。

本科四年里，上到老师，下到同学，哈月从来没有听说过薛京和任何人拌过一句嘴或置过一回气，假设他们两个人当初没有谈恋爱，那他就是那类让人倍感如沐春风的正人君子，待人总是客气周到，"谢谢""不好意思""打扰您了"都是他时常挂在嘴边的口头禅。

但是正因为哈月和他一起有过亲密关系，见过他卸下"完人"面具的模样，所以才懂，有些人的亲和到了一定阈值，面面俱到，挑不出错，其实也是一种划清界限并不想轻易交付真心的表现。

就比如现在，他在用好的礼貌表示不太好的冷漠。

一看到薛京对她假模假式地微笑起来，她立刻反应过来，自己说错话了。

薛京曾在自己出版的第二本小说里写过：最体面的前任应该自觉自愿进行人间蒸发。他们绝不可以出现在对方的生活圈子里，如果曾是同学那就不要参加同学聚会，如果还是同事，那断绝关系后一方理应辞职，就算命运不公，十几年后突然在街头偶遇，那也应该匆匆离开，假装从未相识，连目光都不应有交流。

这才能最大程度地保留逝去爱情的遗憾和美观。

那时候薛京的笔力还很武断，带着少年的执拗，他写，过去式的男女之间，会坐下来聊天叙旧，时不时地找借口出现在对方的生活里，其实是感情中最庸俗、最下等的，因为那只能证明：昔日的罗曼蒂克已经泯灭，旧爱不过沦为被欲望操控的幌子。

复合无望，只不过是想睡个便宜觉罢了，这简直是对爱情的亵渎，叫人不齿。

哈月阅读时猜测过，他写这段话时大概不是从空中取物地创作，而是在实写自己的恋爱心得。

一想到亵渎爱情，哈月的面色一红，情不自禁地联想到一些她和薛京之前还在一起的场面。

他们的第一次发生在他们恋爱半年之后。

大三的下半学期，薛京和她的感情越来越浓，几乎达到了蜜里调油的地步，连眼神都可以平白无故地拉丝，饶是如此，薛京与她的交流总是形而上的，除了学业，他们聊宋代四雅，聊希腊哲学，聊电影聊歌曲聊人生，情到深处时，薛京还会用正宗的牛津腔为她朗读济慈的十四行诗。

当他念着 Bright Star，抬起浓黑的眼帘看着她时，他那双本来就清澈的双眸好像真的闪烁着明亮的星光，在那光中能倒映出她的灵魂。

年轻男女，干柴烈火，他们有很多因为错过宿舍宵禁而彻夜待在一起的机会，但薛京从来没有暗示过任何对她采取下一步的要求，他总是有别的新法子来避免两人去到酒店躺在一张床上的尴尬。

去看秋天的香山，去看冬天的后海，甚至有一次他们还在一个万物发情的春天里买了影院的夜场票，硬是生生地看了六个小时的林正英画符点僵尸。

一开始，哈月觉得对方的"好"虚伪且搞笑，在她看来，这些都是薛京掩饰自身欲望的把戏，不过在当时周围一众男生想尽办法用拙劣的借口哄骗女生完成全垒打的乱象中，薛京的"欲拒还迎"确实还算得上有一点高明。

谈爱是相对的，他要维持着好人的姿态，不急的态度，压力就给到了哈月。

哈月自恃拥有现代女性的开放精神，没必要在思想上为自己裹小脚，视贞操为自己恋爱乃至结婚的资本根本就是物化自己，换句话说，她认同正常女性和男性一样有身体需求，和自己爱的人发生有保护措施的关系，是一件再健康不过的事情，无须否认。

再加上她上大一后的精神偶像一度是法国存在主义作家波伏娃。她既然不是需要被哄骗才能开始第一次的女孩，所以薛京完全没必要和她虚与委蛇。

时机成熟，两情相悦，她曾存心试探了几次，但薛京都很绅士，并不轻易上当，绅士得仿佛一位住在云端上，早已斩断情根的道长。

于是初雪那天，她干脆一不做二不休地在蓟大附近的酒店开了一个房间，给薛京发信息说自己有急事让他速来。

不过也是那一天，薛京被穿着特殊制服的哈月逼得缩在床角，双耳通红，用两只手抱着肩膀做抵御，小声地告诉她自己真的没有在耍爱情手段。薛京之所以一直在避免和哈月发生关系，是因为他没有实际经验。

他和她一样也是第一次，但又都先入为主地认为对方那么优秀肯定是情场老手，他生怕自己在这件事上露怯会遭到哈月的嗤笑，所以便拼命捂着恋爱中的短板。

从回忆中抽离，哈月再次在即将落下的夕阳下对着绥城文化局的贵客打了一个激灵。

不同于被分手的薛京，哈月在与薛京的恋爱期间并没有遭受任何情感上的背叛，于她，那是一段值得珍藏与品味的时光，连同她人生中为数不多的快乐一样，所以即便再见，她认为自己没必要和薛京处处作对。

她很快也附和着摇摇头，对着后面的黄总解释："哈哈，误会误会，我们不认识，严格来说，我经常拜读薛老师的书，是我自己单方面认识他，至于老师呢，肯定不认识我啦。"说完生怕别人不信，她还豪爽地大笑着说，"你们别不信，我可是老师的书迷！一百二十万粉丝中的一员！"

"原来如此。咱们薛老师的读者确实基数大，没想到在绥城也能遇到粉丝。"

"啊哈哈，我们还真不清楚，薛老师在网上竟然有这么多粉丝吗？我还专门在社交平台上搜过……"

这冠冕堂皇的解释令在场所有人员都觉得无趣。

黄总讪笑着从车上一把将薛京的行李箱拽了下来，也不管薛京是否同意，两三步，像接力赛一样将行李扔给了另一位张厂，张厂接过后，金子接手，直到将拉杆箱抬到了电动车的后座上，跟两头小猪呈三角形挤在一起。

"那这可不算你帮到我们了，你这位女同志这叫追星成功，还得感谢我们小金呢。"说话的是赵主任，颇有些重新舒展的喜气。

金子因为老板脸上消失的愤怒而欣喜，笑眯眯地在旁边重新拨起了拖车司机的电话，赵主任十分满意，朝着薛京和哈月点点头，脸上充满施舍便利的和善。

"路上你们还可以聊聊文学嘛！咱们小薛这次来，也是有任务的。"

"具体内容就不跟你透露了，这是官方机密。"说话时赵主任还没忘记大手一扬，催促他们快点出发。

"啊，是的是的，您说得对。我一定向老师虚心请教，问问他那些畅销书的灵感都是哪里来的。"

"这位女士，您客气了，读者才是作者的衣食父母，不必叫什么老师，您称呼我的名字就行。"

气氛烘托到这里，薛京与猪同乘前女友三轮车的命运已经顺理成章，要是再拒绝就显得不礼貌了，他俩只有说漂亮话的份儿。

哈月眯着笑眼在前面僵硬地冲着薛京做了一个您请的姿势，薛京在后面道谢颔首。

最好的相声演员也不过如此，圆滑体面。

十分钟后，两人两猪驾驶着一辆全速前进的电动三轮车远远地甩开了抛锚现场。

夕阳的余晖彻底消散了，天色渐渐地变得漆黑，空气中有一种灰尘急速穿梭后的味道，让人忍不住联想到岁月带来的风与霜。

往前到城中心还有五公里的路，哈月打开车灯，前方的路况立刻被照出一道圆形的光影，而顺着这道暖光，哈月顺势悄悄地往右侧薛京的方向望了一眼。

薛京没有看她，他的侧脸眉眼沉静，神态自洽。

这些年不见，薛同学的眉宇间褪去了不少青涩，绝不能称之为变老，岁月不败真美人，尤其是手中阔绰的美人，哈月觉得，薛京现在反倒有种被名气滋养过后的雍容。

是区别于他父母的另一种姿态。

当年拒绝家庭资助的富二代终究是凭借自己的实力成了富一代。富人们大概有刻在骨子里的招财基因，这些年出现在杂志上的他的那些硬照，并不完全是因为修图的技术高超。

想到这儿，哈月自嘲地笑了笑，假的真不了，真的也永远假不了。

这句老话是世间真理，即便一个人再怎么伪装自己的出身和见识，无论过了多久，恶毒的老天还是有办法让她显出原形，就像现在一样。

同一辆电动车上，他们二人相邻而坐，不过四年而已，只要不横死，人生可以有很多个四年。但如今他们之间那股泾渭分明的感觉，已经比当初在同一所学校读书时更加洞悉无遗。

应该是听到了哈月的笑声，一直保持缄默的薛京在冷风中回看了她一眼。

因光照不佳，在粉色头巾的遮盖下，薛京只能看到她小巧的鼻尖，而顺着她侧脸的弧度向下，很快他的瞳孔晃动了些许，是因为视线触碰到了她的唇珠。

这些年世俗评判美丽的标准日新月异，为了在文学式微的境地下充分迎合读者市场，写出更具有性吸引力的角色，薛京也会经常关注着网络社交媒体上新出现的热词。无论小说内容通俗与否，他总是很会制造喜闻乐见的两性氛围，将自己的作品包装成粉色的浪漫炸弹。

前两年纯欲风①当道，他便安排书中的女主角穿上毛茸茸的露肩针织衫。后来爹咪系②男友出圈，他又让笔下的男主角保持每天喝大量蛋白粉的习惯。

就这么一个连年产出工业糖精般人设的青年男作家，当初却是个

---

① 看似清纯却透露出了满满的性感的风格。

② 代指温柔体贴、会做家务、身材健硕的男性。

实打实的智性恋。他喜欢上哈月的初衷是因为她的思想，至于她的外貌，在交往后的很长一段时间里对他来说都是模糊的剪影。

可是现在，哈月清冷的侧脸突然一瞬间唤醒了他很多关于对方外形上的明确记忆。哈月的眼皮是内双的，每当她专注地凑到他的面前，想要嘟起嘴唇和他索吻时，那双上扬扇形的眼睛就会变得十分圆润、钝感，看起来有一种小孩子的顽皮。哈月的鼻梁有一处小而精的驼峰，当她坐在他的怀里对着台灯读书时，挺翘的鼻子会在面中留下一道滑梯般的阴影，让他的指尖总是忍不住在她挺翘的鼻梁上轻轻地游弋。哈月的嘴唇并不是普遍意义上的笑唇，她的唇珠有一种肉嘟嘟的丰盈，上下饱满，像是某种可口的甜点。清晨时分，他们明明已经相拥了一整夜，还要躲在被子里耳鬓厮磨的时候，他总是先从这里开始尝起。

哈月的外在条件不是第一眼惊艳的类型，但是经过日复一日的相处，这种毫无攻击性的柔和会令人逐渐上瘾，好像闻惯了城市雾霾的旅人突然进入郁郁葱葱的原始森林，连空气都会倍感清甜。

毫无疑问，她的美在浮躁的世界里具有降温感，是何时都不会过时的。

以前上学时她打扮成知识分子时是美的，后来同他分手时穿着成套的利落洋装是美的，而现在，她穿着质朴，有一种浓厚的乡村气质，也不会让人觉得格外丑。薛京相信，等到她老了，头发花白，也会是一名可爱的老妪。

但是，薛京从没有在自己的作品中描写过哈月的这种美。

原因很简单，哈月的魅力是慢性毒药。薛京花了两年多的时间去吞下这种毒药，吃得忘乎所以，中毒很深，连自尊都可以为之抛弃。

直到毒发时，薛京才发现她的思想是一场披着羊皮的骗局，姣好的外表下面藏着腐烂的灵魂。

森林里不止有飞鸟途经，溪水连绵，还藏着黏腻的沼泽和各种骇人的虫蚁。

　　通俗点来讲，哈月是一个十分会伪装自己心思和行迹的拜金女，她这种慕强的女性即便再具有性吸引力也不符合主流价值观。

　　他在书中弘扬的是真善美。

　　可就是这么一个反派人物，一个技艺精湛的感情骗子，让当初陷入热恋的他沉湎到无可自拔，甚至认真地计划过和她共度余生。

　　这真是荒谬至极。

　　电动车上，薛京外套下的手腕突然有一丝抽痛，他像触电似的，立刻收回自己的目光，可眼神却晃动下移，他发现自己的眼睛不受控制，正在查看她握着车把的双手。

　　骨节窄小，皮肤干燥，最重要的是，那十根手指上，没有可以将骨头坠折的大颗钻戒。何止钻戒，那上面连一枚素圈的印子都没有。

　　肺部涌入充满尘味的空气，薛京重新将胸膛的浊气慢慢地滤出几回，没有观众，他突然不想再和这个可恶的反派玩那种假装陌生人的幼稚游戏了。距今为止，他们分手四年了，她不是说自己从小就梦想着过富太太的生活吗？怎么竟然没有达成目标？

　　她没结婚，为什么？

　　她出现在这种地方，为什么？

　　她的姿态如此狼狈，明显处于权力下风，但看起来似乎比以前松弛得多，为什么？

　　该坐豪车到处购物的女人到底为什么要骑着劳动人民才需要的电动三轮车？难道除了在外人面前同他演戏，她就没有什么想开口和他讲的话？

　　起码为自己落得如此境地找个借口。

　　恶劣繁殖的好奇到底驱使着薛京开口，说出了那四个再烂俗不过的文字。

　　"哈月，好久不见。"

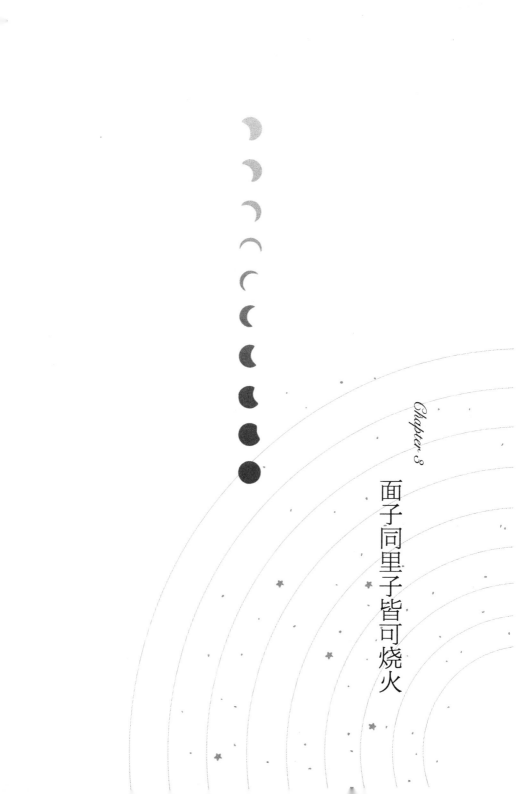

Chapter 8

面子同里子皆可烧火

听到薛京开口讲话，哈月立刻坐正了身体，随后朝着他的方向淡淡地笑着寒暄："是的，好久不见。你最近还好吧？"

仿佛刚才在外人面前假装不认识的开场白没有发生，薛京也自然地把话题接下去，敛起了冷漠。

"我还好，你呢？最近生活怎么样？"最后一句话，薛京刻意放慢了语速，尽量让发音做到字正腔圆。

最近生活怎么样？

哈月张了张嘴巴，想要流利地回答，却找不到什么合适的形容词，只是一句没什么特殊感情色彩的问候而已，哈月却突然意识到，自己回到绥城后太忙了，忙到已经很久没有确认过自己的生活状态了。

上一次有人问候她的近况，还是她刚从蓟城的公司被"辞职"。那时候她每天都在出租屋内睡得浑浑噩噩的，对外贸易停摆，以她的资历也没能逃过失业窗口，不想自降身价打零工，但又没有更好的平台。

创业还只是一个不敢实施的雏形。

深夜 emo（低落）多发于无事可做，她不用工作，也不必出门，连续一个月都宅在家里，朋友圈到处都是关于生活的恐慌消息，消费欲跳崖式衰减，总是有不想活下去的冲动，更别提买菜做饭了，人在情绪不佳时对健康生活完全没有兴致。

唯一的乐趣是醒来吃外卖，一天清醒的时间不超过十小时，全天只吃一次饭，一次性点上三五家，举着油腻重口的食物，对着手机上的短视频目光呆滞地咀嚼。

短视频的屏幕内外是两个世界，软件内，大概是有背景音乐的加持，每个人看起来都像是打了鸡血般亢奋。

等到机械吞咽完所有的食物，迟钝的头脑才开始抱有罪恶感，立刻脱掉睡衣裤，哈月会站在贴在墙壁上的穿衣镜前审视自己的胳膊和大腿，并发誓明天会忌口，直到醒来后再次破戒。

那时候是真的很寂寞，打工人厌恶工作是常态，但没想到失去工作竟然意味着和世界切断了所有联系。没有了那份不好不坏的工作，她这个外地人在蓟城的出租屋内，真的就什么都没有了。

网上的毒鸡汤会告诉处于大城市奋斗中的年轻人，房子是租来的，可是生活不是。但真正等到房东大摇大摆地走进自己的不动产内检查房内状况，特殊时期业主群内物业连同业主针对租客百般苛刻时，哈月深刻地感受到，她在蓟城的生活不仅是租来的，就连自尊心和归属感也是一样。

所以当前任同事突然打电话给她，询问她最近生活怎么样时，她像是抓住了留在蓟城的救命稻草。

她不是没人关心的家伙，她还会被人记起，她还是个对社会有用的人。

那天下午她终于出门了，穿上她最贵的一双红底高跟鞋，盛装打扮，花了整整一个小时贴了单簇睫毛，做了两个小时的自助美甲，还背上了贷款 6 个月买下来的高级工坊晚宴包，不仅是为了与不怎么熟识的女同事吃个便饭，还因为她真的很需要再和这个冰冷的城市产生联系。

城市中的每个人都戴着面具生活，哈月的面具就是从头发丝到指甲盖的精致。

但她没得到想象中的关怀，女同事约她见面的原因其实是为了请她吃酒席，末了等到哈月付掉了餐费，女同事还没忘记用牙签抠着牙缝告诉她，其实他们的老板当初并没有破产倒闭，他狡兔三窟，手下还有不少产业，解散公司时他约谈了每一个下属，但卖惨哭穷的手段只打动了哈月这一个笨蛋，剩下的同事都靠自己的本事拿到了理所应当的赔偿金。

例如她自己，便拿着那笔钱跟她的蓟城土著男友一起到丽江古城玩了半个月。

女同事说，她用两张头等舱机票和一周星级酒店的价格赢得了她男朋友的刮目相看，再在旅途中她的热情攻势下，她蓟大毕业的高材生男友终于愿意向大专毕业的她求婚，很快，她的名字也会出现在他们家的一户即将拆迁的四合院名下。

"这可是我人生中最成功的一次投资。"

一万块投机，净赚两百万不止，不仅如此，还能锁定往后余生的生活保障。

说着，女同事拿出手机打开一张照片，指着上面的毕业照问："哈月，你也是蓟大毕业的吧，我们有一次无意中聊起你，他竟然说你俩是同一届的，还说那时候你可是他们外院的校花。这张大合照上的是你吗？我怎么觉得不像啊，哈哈，毕业后你是不是胖了很多？你苹果肌有点下垂，鼻基底凹陷，法令纹显得更深了。咱们女人可是要注意外形的，稍微胖两斤都不好穿婚纱呢，你也别光买包，得舍得在脸上花钱。"

像是预测到哈月即将开口调侃她体形颇似茶壶的男友，女同事很快便自圆其说："男人不一样嘛，他们做事靠实力，又不用服美役。"

"对了！差点忘了！你要不要试试相亲？我未婚夫家里有个蓟大博士毕业的表哥，跟你一样，都是文学生，今年毕业大概会留校。离过一次婚，但是没孩子。他们家也有几套房哦，当然啦，没有我婆婆家里的多……"

关心有，但是不多，所谓的同辈关怀不过是一种向下炫耀，哈月单身失业的困境更像是对方的人生焦虑安慰剂。知道这世界上有他人比自己混得差，总是让个体倍感幸运。

哈月看着对方手机屏幕上昔日自己充满胶原蛋白的脸，似乎摈弃了耳朵里的杂音，听到了女同事内心真正的嘲讽。

看呀，当年的校花又怎么样，还不是被轮轮择偶筛选剩下，工作优秀又怎么样，还不是被资本家坑得头破血流，女人要幸福，还是要走老路，外地人在这里可没其他活路。

那天一如既往，哈月为了维持自己长久以来在意的面子坚持吃完了那顿饭。她忍着恶心，强撑着笑脸对前同事说，自己过得很好，不必对方为她忧虑。她离职后桃花运还不错，追她的人很多，现在不仅不是单身，而且已经找到了年薪百万的好工作，她新的工作地点在纽约，已经办好了签证，马上就要动身离开蓟城了，大概不能参加她的婚礼。

"那你对象怎么办啊？他同意你出国？国外那么乱，你一个女人不害怕吗？真是不懂你们这些人，出国有什么好？国外的月亮比较圆？"

"我男朋友家在美国有产业，这次他会陪我一起过去。如果顺利的话，我们就在那边安家。"

谎话也不是第一次说，所以非常得心应手，起码分别前看到前同事脸上露出便秘的表情，她的内心得到了五分钟的爽感。

爽过后很快就是无尽的气愤，分不太清是气自己还是气对方，抑或对这个社会不满？总之哈月的愤怒令她振奋起来，真的把创业付诸现实。

老板没有赔偿她，没关系，那点钱她自己也有，起码当时的哈月真的以为自己会很快能赚到人生第一个一百万，不过现在想想，那根本就是为了和前同事争面子而步步走错。

面子对于在蓟城假装名媛的哈月或许很重要，但对"春妮小卖部"的女老板来说，并不是什么很珍贵的东西。如果可以，她现在甚至能将面子和里子揉成一团塞进炉灶内烧火取暖。

所以，当这个问题时隔几年再次在她耳边响起的时候，哈月不想再违心地说自己过得很好，完全没必要，如果薛京想要从她身上得到当初被分手时的面子，她觉得，自己出于过往的情谊完全可以将他想要的优越感拱手相让。

这是无过错方受害者应得的和解。

于是，她认真地思考了一下，然后还是用那副轻松愉快的口吻道：

"还行，算是过得去，但是你也看到了，绝对不是太好，过一天算一天吧。现阶段不能要求太多。"

说者真心实意，听者反倒倍感不适。

在哈月思考的过程里，薛京已经替她想过一万种相对体面的回答。来到农村体验生活是一种不错的解释，家中父亲生意败落在此地承包了农场也不是不可能。

可是等到她真正说出自己过得并不好时，他的内心没有妥帖，反倒有一种更浓厚的烦躁。

他突然想到，以哈月的本事，不算太好也许是因为嫁错了人，没戴戒指可能是已经离婚。现阶段不能要求太多大约别有用意，难道是因为她已经物色好了下一个多金的对象，马上又要进行再婚？

至于后面正在随着颠簸而哼哧哼哧的小猪，薛京的嘴角抽动，再婚对象是养猪场的老板？

作者，尤其是写小说的作者，毕竟是联想型动物，默念到老板这个词语，薛京脑海里立刻浮现出一些大腹便便的油腻男人的刻板印象。是的，这些男人在通俗文学作品里通常会抛弃发妻，二婚娶一个年轻貌美的狐狸精。

哈月曾打造过的人设从来不是低端局的狐狸精，但问题是她现在也不是很老，看起来是符合年轻这个相对词的。如果说他们的生活也是一部通俗小说，那么这个故事里薛京给自己的定位该是什么呢？无非是最能令广大直男共鸣的 underdog（潜力狗）。

对如今已经取得了一定社会地位的薛京来说，前女友在他最落魄的时候将他一脚踢开已经是一种里程碑式的耻辱，可现在他过去力求攀高枝的前女友竟然还可能成为"老板"的妻子。

真的没想过，这种反差简直比看到哈月高嫁还让他没法接受。她的梦想不是做被男人摆在墙上的 trophy wife（花瓶妻子）吗？他不认为会让自己老婆做苦力的小老板有这种收集奖杯的能力。

太阳穴又开始痛了，连带着在电动车上吞了一路的寒气开始从胃里上涌，薛京用手指挡住下半张脸，把头偏到另一侧咳嗽了两声。他的嗓音像是被细砂打磨过，将厌恶的情绪也显出几分真诚："养猪也没什么不好的，牧原创始人秦英林，22头猪起家，现在资产超过两千亿。"

刚才一阵强风吹走了天边的遮月云。

皎洁的月光肆意地倾洒在乡间无人的小路上，也让薛京久不见阳光的皮肤更加青白了。随着偏头捂口的动作，他大衣的袖口下滑两寸，露出泛着荧白的手腕。

哈月回过头，唇角充满讥讽，本来她想反问薛京是不是对自己的养殖规模有什么错误的认知，可就是这么一眼，她看到了薛京腕表下那块凹凸不平的疤痕。心脏像是被猛然间揪了一下，玩笑话被重新咽进肚子里，她直愣愣地将头摆正，随后将电动三轮车的速度拧到最大。

哈月驾驶着电动车，朝着城市路灯的方向急速前进，今天的风真大，吹得她的眼睛有点酸，她突然想起自己当年从蓟城回到绥城时，也是一个这样的秋天，绥城的天气可真邪，还没入冬她便被老家的风吹成了重感冒，在床上躺了半个月起不了床。

饶是她土生土长都不习惯，薛京他养尊处优惯了，一直都很怕冷，大概会水土不服。

人有些失神，哈月因为心虚而喃喃自语："刚才文化局的人说你这次是来出差工作？你住哪家酒店，我直接送你到门口吧，今天风大，打车怕是要等很久，你支气管也不太好，还是别多说话，安静坐车。"

薛京松开捂住嘴角的手，腿上立刻多了一片厚重的温度——是方才一直罩在哈月腿前的挡风神器。

不怎么干净的尼龙布料将他的大衣蹭上一抹灰尘，薛京低头看着盖在他膝头的小被子，面容稍霁，大概三十秒后，才低声说："兴安街和木兰街的交叉口。"

不到半小时，哈月在绥城唯一一家连锁酒店的楼下止步，三轮车刚停稳，她便从驾驶位上跳下来伸手去拿薛京的行李。

薛京立在五彩斑斓的霓虹灯中下意识地伸手去抢："太沉了，你拎不动……"

酒店隔壁的三无奶茶店正在用音响播放着《爱情买卖》，他的话一出口便被淹没在口水歌里，话还没讲完，哈月已经轻松地将他的大号行李箱从电动车的后座上拎起稳稳地放在他的身边，并有些抱歉地仰起脸同他大声地讲："不好意思，开太急了，猪好像有点晕车，吐到你行李箱上了。我帮你擦擦。"

她转身打开车座从里面翻找着可以帮忙擦拭的抹布，末了只从里面找出一包已经没有水分的杂牌湿巾。

"不用麻烦。我上去自己清理就好。"薛京伸手拦了一下正要弯腰的哈月，两个人的胳膊在布料下轻轻地碰了一下，便迅速地弹跳着分开，像是磁铁的同极。

"再见。"薛京伸手扶着行李箱的提手，对她微笑点头，看样子是要目送她离开。

哈月没想到分开多年，再见面时薛京仍然绅士，对待女士抱有基本的尊重，即便是装的也罢。薛京是个挑不出错的人，最重要的是，哈月知道他本质良善。

这世界上有人仇富，有人疾恶，大家对不同类型的他人都有各异的评判和喜好，但永远没有人会真的讨厌善良之辈。因为善良代表着绝对的利他，靠近善良的人，等于喜欢自己，如果有得选，谁会想要厌恶自己呢？

哈月朝着薛京干笑着扬了扬手，随后迅速地坐上三轮车，倒车时她的身体再次跟他齐平，视线相触，哈月突然按捺不住舌下的冲动，多嘴问了一句："薛京，你会在绥城待多久？"

啊，不再叫老师了，他该庆幸吗？哈月还记得他的全名，没有喊错。

薛京抓着行李箱的手指收紧几分再放开，这一次保持着均匀的语速，不快也不慢："顺利的话，一周左右。活动范围不是太广，基本就是在酒店吃住。有事吗？"

"哦。"哈月的目光再次顺着薛京的手臂下滑，直到触及左手手腕那里才恍惚地飘走，"有时间的话，我请你吃顿饭吧。"

无关风月，只是人类对人类，一个不那么善良的人，想要为昔日的鲁莽而道歉。

报出预订酒店的名字，登记身份证号码，在公安系统录入本人的实时图像信息，最后取过服务人员双手递来的房卡。

电梯上行，薛京望着自己倒影在镜面上的面孔，思想却一直停留在十分钟之前。

好笑，真的很好笑，以前恋爱时在他的身边连矿泉水瓶盖都拧不开的哈月，方才轻松地用单手提下了他超过五十斤的行李箱。如果不是她在这四年里做了大量针对性的臂力训练，那么显而易见，她以前和他在一起时的柔弱也是乔装过的假象。

"嘀"一声刷开顶楼套房的门禁，没有检查房间内的布置和状况，身后的房门还没有自动回锁，薛京已经拉着行李箱径直走进浴室，取下花洒对着行李箱冲洗。

已经风干的污渍被强力水柱打散，顺着防水的聚碳酸酯凹槽流在倾斜的瓷砖上。

水流汇聚成漩涡，在下水不利的地漏处缓慢地消失。

行李箱的外观重新变得干净起来，但空气中逐渐弥漫出一股描述不出的臭味，像是排泄物，又像是强腐酸，是薛京不熟悉的活猪的味道。

薛京扔掉手里的花洒，打开浴室排风机，捏起架上的毛巾开始拍打自己大衣上的灰尘，可是处理了不到十几秒，他就有一种强烈的不耐烦，干脆将外套脱下来直接扔进了洗漱池。

一会儿找个垃圾桶扔了算了，他真的一秒钟都不想再看到那件被哈月照顾过的衣服。

自洽没了，冷静也消失了，他现在有一种被厌恶冲昏头脑的晕眩。刚才在哈月面前，他几乎调动了全身的意志力，才让自己的姿态看起来有一种不紧不慢的舒缓。只有薛京自己知道，他的嘴巴有多么想骂人，不仅如此，他还很想大声冷笑。

在这种地方碰到前女友已经很狗血了，问题是她竟然还堂而皇之地在一车人面前公然撒谎，说自己是他的忠实读者。

真够讽刺的，好一个薛老师，好一句虚心请教。

哈月曾经在他生命里扮演过很多身份，他的初恋，他的缪斯，他与婚姻距离最近的那条路，他的私人文学批评家，甚至是他浪漫的刽子手，但直到她轻巧地一刀斩断了两人的联系，成了他的陌路人的那天，她都不是他作品的爱好者。

作品是作家的衍生物，是个人思想和智慧的结晶。

她既然因为鄙视他在文学上的资质而和他分手，那就是完全践踏了他的人格，她如此瞧不起他，怎么可能主动去看他的书？他的文字也许可以打动很多同好，但哈月绝不会是他书迷中的一员，因为他的书不是用人民币装订的，哈月只喜欢钱，人民币不错，美元更好。

再者说，他的微博粉丝可不是一百多万，截止到今天，他微博上有两百二十一万四千三百个粉丝，即便其中新增长的百分之九十九，都是他自己花钱买的，那也足以证明哈月根本没有在关注他的近况。

怎敢忘？信口胡诌是她的强项。

带上浴室的玻璃门，老旧的取暖设施温度不高，但薛京却不觉得冷，人在极端愤怒的时候会面红耳赤，他环顾一周竟然没有在房间内找到空调，走到窗户跟前，接连打开四扇窗户，让冷风灌满房间，才勉强觉得脸上的热意有所消退。

这个诈骗犯真的很擅长撒谎和圆谎。

要不是他对两人分手那天的惨况记忆犹新，他甚至都会相信她是真的怕他感冒所以才会叫他闭上嘴巴。她不想让他说话，肯定是怕他戳穿她的谎言，怕他像个执着的蠢货一样质问当初。

"叮咚"一声，兜中的手机响了。

是刚才和他在楼下互换电话号码的哈月给他发来了短信。

闭上眼睛深吸了两口气，薛京解锁手机阅读她的消息。

> 方便加个微信吗？如果不打扰的话。

加什么微信？他的微信号从来没换过，不是到现在为止还躺在她的隐私黑名单里吗？很快，屏幕上又来了一条信息，哈月正在自说自话。

> 对了，明天晚上你有空吗？市中心有一家音乐烧烤还
> 不错。

大晚上吃什么烧烤？还当他是情窦初开的小白，不理解男女晚上吃饭喝点酒后的潜规则？她到底在想什么啊？现在日子不好过了，又突然觉得他赚到钱后的样子也变得别具吸引力了是吧？

想复合，门都没有。

诈骗惯犯不会收手，但被骗的人总要有些基础自尊吧？看不起人也要有个限度。

火气真的会烧到头发冒烟。

连想都没想，薛京直接无视这两条信息，把手机扔到床头，开始用座机给前台打电话。

深秋的顶楼太热了，他需要落地风扇。

六点四十分，一公里外的哈月对着面前的娄志云接连打了好几个喷嚏。

刚才她把前男友送回酒店时，三轮车的仪表盘已经在显示电量不足了，手机电量也有点堪忧，她停在路边一鼓作气给薛京发了两条信息，

便把手机揣回兜里，试图用余下的电量先冲回距离不远的小卖部充电。

走了十分钟，眼看就要到达小卖部的大槐树下，上坡时，车子彻底没了动力，顺着台阶溜到了柏油马路上。

哈月叹了口气从车上下来，使出吃奶的劲儿推车，小卖部门前正坐在塑料板凳上的一团黑影突然变长了，然后朝着她的方向快速地移动。

一开始，哈月被握住她车把的双手吓了一跳，还以为有壮汉要趁着夜色抢车，可是等到她看清路灯下娄志云的脸，这才"哈"了一声将口中即将爆发的尖叫静音，不解地皱起眉头询问他："你怎么在这儿啊？是有什么东西急用吗？我开开店门你先进去拿。"

"不是，那个，下午我买了一袋鸡腿还没付完钱……"哈月欠他几十块钱是事实，但主要是他兜里的电影票还没送出去。

说完这句话，娄志云自己的脸色先一红，然后绕着三轮车走到车后，用双手帮着哈月将没电的车子推上了台阶。

哈月回头道谢，她记得娄志云是自家生意的常客，但是开店这两年，店里的常客没有一万也有几千，做生意的人对每个客人都是笑脸相迎的，她并没有特意关注过面前这个年轻人，听到他这么说，才想起来下午她锁上店门之前确实收了人家一百块钱。

她也对上号了，面前这个人经常来买鸡腿给泡面加餐："不好意思啊，我家里有点事，走得太急了，你稍等，我马上把剩下的钱找给你。"

哈月在娄志云的帮助下将三轮车停在门口，连忙掏出腰包里的钥匙打开店门。

小卖部里的灯还没关，哈月走到柜台后面，将一百块破成零钱，并从钱盒子里拿出五十块递给站在门外正在低头看小猪的娄志云。

"让你等了这么长时间，这些鸡腿我就按进价给你吧，不赚你的钱。下次有这种情况，你直接打我电话吧，我转账给你，别耽误你时间。"

娄志云接到五十块钱心里有点甜，商人最重要的自然是逐利，虽然鸡腿的钱不多，但他觉得，哈月会给他便宜十几块，是因为也对他有点意思。

以前他就注意到，他每次来店里买东西，哈月都会笑着给他抹掉个小零头，几毛几分都有过，而这次最痛快。

如此想着，娄志云对自己向哈月搭讪的信心又增强了，他不仅没走还在店门口探头探脑地和哈月闲聊："你的电话就是门头上这个号码吗？我还以为是你母亲的，上次我听人说，这店以前是伯母开的，她名字叫春妮是吗？"

哈月正在货架旁边扯电线，她以前不常在店门口给三轮车充电，避免人来人往有可能会踩到电线发生危险，所以店里备用的充电插座一直收在店内的角落里。

哈月正忙着，没注意到娄志云那个有点小心机的称呼。

她拉出电线走到门口，可娄志云挡着那屁大点的地方，她要想从彩钢房出去必须挨着他，哈月不太想跟一个陌生男人发生肢体接触。

所以她站在门口，把充电器拿出来比画了一下距离，确定拉出的电线长度可以连接到三轮车的电源插口，便对着娄志云点了点头道："你还是往后站点吧，别电着你。"

"哦哦，那我记一下你电话号码。"娄志云后退，让出了门口的位置，哈月这才拿着插板走到树下给车充电，充电指示灯亮了，她伸手摸了摸今晚还没吃饭的两只小猪，心里盘算着要充多久的电才能赶紧回家。

"哎，你电话怎么没响？我给你拨过去了，你也记一下我的吧。"

面前这个男人的话有点多，她开始后悔刚才自己的一时客气了。

哈月掏出手机，果然，电话已经关机了，她朝着娄志云晃了晃黑掉的屏幕，随口问了一句："你还不回单位吗？一直等在这儿，晚上也没吃饭吧。"

逐客令的作用不明显，娄志云看了她一眼，也在盘算吃饭的事儿。

他的右手伸进了口袋里，摸着那两张早已准备好的电影票，正在考虑着要不要邀请哈月先吃饭，这个时间段，如果一起吃饭，估计就赶不上电影开场了。

电影票一张四十五块钱，两张就损失九十块钱，他们两个人其实也可以一起吃点爆米花填饱肚子。

娄志云还在做思想斗争，哈月已经开始有些警惕了，她看到娄志云的右手一直插在兜里，便开始脑补对方会不会掏出一把凶器，于是立刻高声说："我再过个十分钟也要关店了，我妈在家等我呢，刚才关机前她还跟我说让我早点把猪带回去呢，这会儿该着急了。"

哈月的声音成功地引来过路人的张望，其中有一个经常来店门口坐摇摇车的小女孩正巧和奶奶在附近遛弯，小姑娘一听到哈月说话就立刻大喊着"月亮姐姐"，并拉着奶奶往小卖部跑。

小姑娘一边跑还一边埋怨奶奶走得慢："奶奶，你看呀，我说姐姐的店会开的，昨天我俩说好了，她要等我吃完饭过来坐摇摇车。"

"哇，姐姐的车里有小狗！"

"咦，奶奶，这两只小狗怎么不长毛？哇，小狗的鼻子好长啊！"

奶奶一把抓住孙女乱摸的小手："你不是要坐摇摇车吗？快来呀，那车里的哪里是小狗，是猪！别乱摸！"

摇摇车被哈月启动，小姑娘开始骑着小马宝莉前后摇晃。

刺耳的童谣在店门口盘旋，哈月丢下娄志云，跟老太太走到店里讨论着小猪的饲养技术，娄志云等了一会儿，完全插不上话，只能默默地走到了自己的摩托车前，一步三回头地张望。

得，饭吃不上了，电影怕是也要泡汤了，一下午损失惨重。

临走前，娄志云再次骑着他的摩托车绕到了哈月的店门口，鼓起勇气冲着里面的哈月喊了一句："喂！你的微信号就是你的电话号码吧，我刚才加你了，你手机开机的话同意一下。

"我，那个，我，我先走了啊！记得加我微信！我头像就是我自己！"

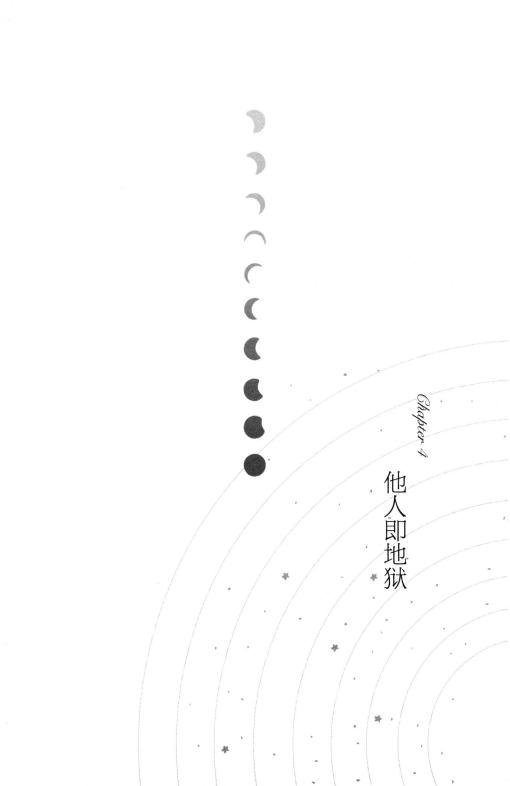

Chapter 4

他人即地狱

娄志云的话多少有点熟悉。

哈月看着对方在夜色下逐渐模糊的背影先是愣了一下，然后马上想起自己半小时前，在酒店楼下也是这么和薛京互动的。

她内心对于娄志云的警惕也在这时放松了，看来对方大概不是想要激情犯罪，对她的小店面进行打劫，他可能是对自己有好感。

思及这个层面，她又免不了有点尴尬，不是为了娄志云，而是她在思考：不会自己刚才想要和薛京道歉的行为看起来也像是在对他释放男女之间的粉红信号吧？

店门外一枚硬币三分钟的摇摇车停止了摇晃，小姑娘不依不饶地跑进来抱着奶奶的腿恳求："再一次，真的就再玩一次好不好？摇摇车还没有开始就结束了。"

年迈的奶奶摸着孙女额头上的头发哭笑不得，不得不再次起身出去投币，哈月在这个间隙里也把手机充上电了。

屏幕上，除了娄志云的陌生来电提醒和微信添加的请求外，果然，薛京并没有回复她的信息。

哈月用脚趾抠着鞋垫反复阅读了几次她没过脑子便给薛京发送的信息，觉得对方真的有可能误解她的想法了，沉默了半晌，她把这糟糕的两条短信从脑子里抹掉，在内心仰天长叹：无所谓啦，管他怎么想呢，反正她的本意并不是要跟前男友约会，说不定对方不回复是因为有女朋友要避嫌。这样也好，如果薛京有恋人，她还约人家吃饭，人家女朋友知道了该怎么想啊？

她可不想成为网上经常出现的那种绿茶"前女友"。

薛京现在可算半个公众人物，一不小心她还会变成舆论热点上的丑闻对象。

　　一顿饭而已，不吃就不吃呗，也不是什么大事，过去种种譬如死灰，也没必要判别个一清二楚。她没时间为了一个前男友而精神内耗。

　　半小时后，坐了十次摇摇车的小姑娘终于被奶奶从小卖部门口拖走了，哈月这一次仔细地检查了店里的各种开关，确认都关闭了，才给赵春妮打了个电话，告诉她自己马上就回去了，猪也是。

　　回到家，饭已经做好了，今天两家的掌勺竟然是赵春妮。

　　斯琴大姨从她家离开之前，还专门拉着哈月的手到门外悄悄地告诉她别生她妈的气。其实哈月一走，赵春妮自己就有点后悔发脾气了，一个人坐在院子里没多久，就赶快跑到炉灶跟前烧火，说月月最喜欢吃她做的回勺面，她得趁着月月回家前多做点。

　　斯琴大姨比赵春妮大几岁，前些年已经买断了城镇居民养老保险，现在一个人带大了孩子，又帮衬着儿子结了婚，她每个月还能领到将近两千块钱的养老金，生活过得去，也不需要再拼着老命打零工赚钱了。

　　可是这样一个习惯了劳动的妇女是闲不住的，婚后她和儿子两口子一起居住，白天两个孩子都不在家，金子帮文化局开车，儿媳曹小雨在县城内的一家打印店做设计，她便主动提出白天过来照顾赵春妮。

　　中午一顿饭，晚上一顿饭，两个老姐妹说说笑笑的，一天的时间就打发过去了。

　　哈月也乐得如此，心存感激，也曾试图给过大姨劳务费，但对方以两家人本来就亲近为由死活不收，她只能把这些钱换成等价的蔬菜水果和补品，定期成箱地输送到大姨家里。

　　谈话结束，大姨端着一大盆打包的回勺面喜气洋洋地告别哈月，看着大姨走进自家院子，哈月再回头望着家中透出的灯光，脸上的笑容变得有些苦涩。

　　斯琴大姨不知道，哈月从她父亲离家出走的那一年后，就再也没吃过一次回勺面。回勺面一直不是赵春妮喜欢的食物，因为他们父女俩喜欢，她才开始学着去做，等到哈建国离开后，她干脆把这种家常食物也视为一种精神背叛。

那时还不懂事的哈月并不知道看母亲的脸色，一次肠胃炎，她因为母亲做的饭菜不合口味，就要赖要求母亲再给她做一碗以前家里常吃的面条，而赵春妮直接发狂地把整桌饭菜全都倒进了垃圾桶，并惩罚她整整两天都不许吃饭。

到现在为止，哈月还记得自己半夜因为饥饿而跑到垃圾桶边翻找食物的那种恐惧。

赵春妮怎么会主动给她做回勺面呢？哈月不觉得是因为生病的母亲开始对以前的所作所为感到后悔。

人性难移。

赵春妮的脾气就像茅房的石头，又臭又硬，八成今天的示好是因为她忘了哈建国离开家的事情，她脑中的时间线突然退回了十几年前。

吃完晚饭，母女俩一起收拾碗筷，天气渐渐地冷了，再过半个月，绥城入冬后的室外温度将会迅速地降至零下。

刚断奶不久的小猪还需要住在室内，至于院子里的几只鹅，在第一场雪下之前便要陆续吃完，红烧、爆炒，或者处理完冻在冰柜内备用，否则肉质会越来越老，但这都是其次，主要是冬天还要为鹅另外搭建保暖的温室，何其麻烦，哈月真的没那个闲工夫养大鹅。

明年开春说什么她都不会再让赵春妮上集市买家禽。

哈月打开电视机，给靠在沙发上的母亲调好她喜欢看的电视节目，晚饭时两个人几乎没有对话，赵春妮一直低着头快速地吃面，她吃得很急，中途几次都被呛到咳嗽，哈月给她倒了两次水，却没有找到适合开口跟她聊聊的机会。

八点档的狗血电视剧正在上演丈夫出轨的情节，母女俩中间隔着三个座位的距离，哈月盘踞在沙发的尾端，无声地回过头查看另一头母亲的反应，但是她松弛的脸上没有任何情绪，只是有些昏昏欲睡，不停地对着电视机点头。

在电视屏幕的光影交错下，哈月突然有一种错觉，赵春妮的整张脸似乎都在慢慢地融化。

两年前带着赵春妮在蓟城面诊时，医生曾单独告知过哈月阿尔茨海默病的发展过程。随着脑部的病变，病人不单单是会逐渐丧失记忆，还会失去对周围状况的理解能力，情绪失控、强迫性反复行为、大小便失禁等都是此病症在临床上的普遍现象，同时，患者的食欲和性欲都会随之增强。

这是一条病变加重的单行道，目的地是已知的，中途没有任何拐弯掉头的可能。

医生明明这样对她说过，但这两年来，赵春妮的状态一直很好，甚至好到哈月对这些科学事实也有些模糊了。

也许呢？也许赵春妮的轻度症状可以再维持个十几年。她只是和所有开始变老的中年人一样，忘记做饭加盐，忘记手机在哪儿，会偶尔忘记自己在做什么，人走到大街上，会不记得回家的路。

可惜，她想象中的奇迹将不会发生，起码今天，她再一次明确地认识到了这一点，因为窗外还挂着下午赵春妮在外面长时间游荡而尿湿的裤子。

电视发出的哭闹声突然变得让人难以忍受，哈月捏着拳头走到院子里透气，顺便查看一下在外面跑了一下午的两只小猪有没有因为乱吃东西而生病。

因为晕车，小猪看起来有些不精神，晚上的饲料也没有吃完，哈月在它们的食盆内重新搅拌了一些维生素和益生菌，又兑了一些温水后，这才重新回到屋内拿出母亲换洗的衣服，叫醒母亲后走到东厢房内帮她放洗澡水。

等到赵春妮换上睡衣躺在自己的床上闭上眼睛，哈月这才有工夫去浴室洗漱。

热水器内的热水已经用完了，上水后重新烧开还需要二十分钟，她就抱着毛巾坐在浴缸的边缘处，打开手机随便刷一刷朋友圈。

后排邻居张大爷上午打麻将赢了三十块钱，前排邻居李大姐今天过生日吃长寿面。哈月的朋友圈如今只剩下这些东家长西家短的琐碎，但这并不妨碍她非常享受地阅读并且给他们点赞。

哈月屁股下面的浴缸是前年新安装的，赵春妮这辈子一直住在平房里，从来没有用过浴缸，但是这没能阻止她逐渐喜欢上泡澡的放松感，尽管一开始哈月回绥城后准备花钱改造浴室的时候，她还表示出强烈的轻蔑，认为哈月是在瞎折腾，糟蹋钱。

扫完一轮朋友圈，联系人那里的红点还亮着，哈月点进去，看着娄志云的头像，犹豫了一下，没有选择同意对方的添加请求。

如果只是普通的客人还好，她不在乎和客人们互通联系方式，这是做生意的必要热情，但是当察觉到了娄志云的小心思后，她就必须谨慎行事了。

虽然娄志云看起来很符合她当年在蓟城择偶的标准，但哈月现在确实没心思考虑个人感情，何况，如果对方知道了她有一个患有老年痴呆的母亲需要长期照顾，也不会跟她更加深入地发展下去。

没有结果的事情，没必要开始，不过是浪费精力。

况且小地方不像大城市，分手后就能将对方放归人海，几年都见不到一次，在这里，地广人稀，风吹草动般的屁事都能被大家当作谈资讲上一整年。她无意回应他的好感，也不想惹上任何麻烦。

时针划过十点，热水器上的红灯熄灭了，哈月刚要把手机搁在小板凳上，屏幕突然亮起一条短信内容。

她点开信息，眉头轻轻地皱起，而后又慢慢地舒展，再如此反复。

信息是薛京发来的，回信距离她今晚给他发信息的时间已经过去了整整四个小时。

但对方似乎没有想要对自己的延迟回复做解释，他只是很客套地回复她——

当然不会打扰。微信与手机同号。

一夜噩梦,凌晨,薛京顶着两只青黑的眼圈猛地从老旧的席梦思床垫上爬起来。

双臂抱着被子,他拉下遮挡着双眸的眼罩,先是盯着窗外蒙蒙亮的天色发了一会儿愣,似乎忘记了自己身在何处。等到他环顾四周,看清了躺在不远处地毯上被开膛破肚的行李箱后,薛京一脸懊恼地用被子蒙着头重新倒向了后方。

一声咳嗽,紧接着又是两声,白色的被褥被拱起一个巨大的弧形,分不清下面蛰伏的是刚起床的男性人类还是躲进洞里的兔子。

酒店房间就这样安静了五分钟,窸窸窣窣的细小声音重新响起,靠近左侧床头柜的被子下面伸出了一条胳膊,薛京伸出秀气的五指在床头半米见方的地方摸了几十秒,才将正在充电的手机扯进了被子里。

拔掉充电器头,除了他紧贴着鼻尖处一寸的手机屏幕,被窝里一片漆黑。

角度刁钻的光源从他的鼻梁向上呈散射状,在眼底投射下一片晶莹。浓密的睫毛根部则像是朝着天空生长的树杈,在瞳孔上倒映出晃动的剪影。

他是不会去和她吃饭的,死也不可能的,可是信息栏里那条昨晚由他亲自发出的短信好像没有在表达拒绝。

退出收件箱后,他又点进微信联系人,轻车熟路地在星标中找到了被他备注为哈月的微信号。哈月的微信昵称从大学开始就没有更换过,单字母一个 H,薛京亦是,单字母一个 X。

2020 年 6 月,两人分手的第二年,微信更新时增加了头像拍一拍这一终极社死功能,此项功能到今天为止都没有下线,所以薛京点开哈月头像的时候,需要屏住呼吸,才不会手滑引发提醒。

哈月的朋友圈仍然是显示一条直线,至于头像,也还是那只快包浆了的可爱小狗，品种是马尔济斯。

　　单凭那一道线，薛京不确定哈月是在某个过得不好的时间点清空了曾经的朋友圈，还是说昨晚他给她发的信息她压根就没有看懂。

　　他真的没有想和她擦出异性之间的火花，但他会好奇，对方发现自己还躺在她的微信黑名单里时，会产生什么样的表情。

　　点开两个人的对话框，映入眼帘的仍然是那再熟悉不过的，他们分手后的那段对话。

　　绿色框的是薛京，因为发送的信息杂而乱，显出有些局促不安的可怜。

　　　　哈月，我们再谈谈可以吗？

　　　　为什么一定要闹到这个地步？

　　　　给我一点信任，可以吗？不用太久。一年，就一年，写不出名堂我立刻就业。

　　　　我能给你想要的。我只是需要一点点时间。我们未来不是还有很多时间吗？

　　而白色框的是哈月，措辞冰冷似一把刀。

　　　　不需要了。

　　　　我们不合适，也不会有未来。

　　　　祝你幸福。

　　屏幕上，"可是分手并不会让我幸福"这几个字没有被发送出去，这行字底下的一行白色的小字写着"对方已拒绝接收你的消息"。

　　哈月把他拉黑了，自然也看不到最下面最后的那几个字——

我还爱你。

分手后薛京没有删除哈月和自己长达几万条的聊天记录，原因不是他四年前说的那句他还爱她，而是他需要这个污点来证明自己不是人生的受害者，每当他觉得失去斗志的时候，都会翻出这段聊天记录鞭挞自己。

一开始的阅读体验感是刺痛，是委屈，再后来是愤怒，是不甘。

这些复杂的情绪激励着他这些年马不停蹄地产出了超过二十本作品，上研究生的日子，他白天上课，晚上写作，假期更是在旅游中坚持每日打底一万字，无论稿子质量如何，最终删减多少，他把写作当成赖以生存的习惯，他怕自己一日不产出，便会掉回以前自我质疑的深渊里。

他要用作品表达的东西太多了，最重要的，他很想让哈月看到他的成功。他要证明，自己靠着她最看不起的虚构创作也可以实现自我价值。

不过最近一年内，他不必再专门打开这段对话，也知道自己的心中对这件往事感知不到任何情绪了。

其实他早就明白了，恋爱的伊始是两个人的事，分开时却只需要一个人说不，作为成年人的代价就是活该接受一切他人给予的残酷。

萨特说"他人即地狱"。

这些年，经历了成功，再到瓶颈，最后走到脚下这一步，他的地狱已经从哈月变成了自己。

世间无圆满，更没必要特意去恨谁。

本来在对话框里打了一段话，但薛京想了想又重新删掉了。昨晚他忍不住回信息给哈月是个错误，现在他不能再去加重这个错误。

他对哈月的如今和未来都不可以感到好奇，这是礼貌，也是克制。错上加错那成什么了？等于他搬起石头砸自己的脚还不够，一弯腰，再次忍痛把石头举起来，把另一只脚也砸成粉碎性骨折。

谁愿意当自虐狂？他薛京又不是臭变态。

掀开被褥，薛京冷白的五官重见天日，他拧开酒店赠送的矿泉水，仰头灌下半瓶，照例打开邮箱，登录微博，拣着重要的信息回复了一遍，接着伸了个懒腰，从行李箱内仔细地选了一身干净的衣服走进浴室。

昨天略显装腔的行头不适合上山登高，他今天准备穿得适宜些。

八点半他要和文化局的赵主任一起上山，上山之前他准备到楼下找个地方吃早点，一个人走一走路，熟悉一下周边的街况，关键是他还得买点儿备用药。

先不论心情，生理上，昨天前女友那辆四面漏风的三轮车确实让他的嗓子有些干痛。

他支气管是弱，受凉后咳嗽一旦压不住就会导致发烧，再到眼白通红彻夜难眠，小时候落下的病根长大后再怎么调养都始终顽强地残留着，就像可恶的豆腐渣工程，地基没打好，后期再怎么修缮都有漏洞。还好今天状况不算严重。

打开花洒，热水充足，浴室的玻璃门缝隙内很快就冒出氤氲的水汽，而行李箱内，被人随意丢下的手机突然亮了一下。

今早哈月和赵春妮的早餐很丰盛。

放了红枣莲子的腊八粥，无须解冻就可以快速煎制的葱香手抓饼，自家晾晒洗净再用白糖、香油、辣椒粉等调料凉拌的萝卜条咸菜，除了这些素食外，还有一大碗铺满虾仁蟹肉的软嫩鸡蛋羹。

为了这几样东西，哈月特意早起了半小时提前准备。

昨天晚上睡觉之前，她已经把自己的冬被从柜子里抱出来换上，再加上屋内开始取暖，房间里暖和了不少。温度适宜，她昨晚头一挨着枕头，来不及思考任何烦心事就沉沉地入睡，一觉睡到闹钟响起。

今早赵春妮没有将洗脸水打翻，相反，在哈月准备食材的时候，她还很主动地自己到院子里倒了水，然后又捏着笤帚将院子里到处散落的鹅毛清理了一遍。

所以，当母女俩面对面坐在圆形餐桌上动筷子时，哈月窥着赵春妮红润的脸色，才敢开始打腹稿。

她趁着蒸鸡蛋羹的时候看了看近两个月的特价机票，下周就有一趟从临城飞往蓟城的廉价航班。再做一次脑部 CT 是必需的，这一次，她还想让母亲接受一次认知测试，来预估一下她病况的发展速度。

如果状况比想象中要坏，她还不确定接下来到底要怎样处理。

走一步算一步吧，关关难过关关过。

哈月低着头，用勺子搅和了一下碗里的八宝粥，装作不经意地叫了赵春妮一声。

再抬起头，赵春妮鲜见地在饭桌上主动把筷子放下，没等哈月说话，她便自顾自地开口问她："我昨天跟你商量的事你想好了吗？"

"什么事？"哈月顿时一头雾水。

"你说什么事？我说去抓两头猪崽儿回来养的事。昨天跟你说了那么半天，你一觉就忘了？"

"妈……猪不是……"哈月手里的勺子重新掉进碗里，连眉毛也皱成一团。

赵春妮一看到她这个表情，火气就直窜天灵盖，不等她说完便重重地拍了一下桌子，掐着腰就起身开骂："你还知道我是你妈？我现在说话就这么不顶事，养两头猪怕什么麻烦，吃剩饭都能长大，我自己能照顾得过来，我不用你帮我伺候。"

"什么脏啊乱的，都是借口，你以前也没少在你姥姥家过寒暑假期，你小时候不是很喜欢回农村吗？养几头猪能有多臭？你就是不想让我高兴。"

赵春妮越说越上头，两只眼睛瞪得像铜铃。

"你就是这样，老是阴沉沉的，满身的坏心眼，什么事情都要跟我对着干。我说不让你去外地上大学，你偷偷去学校把填好的志愿表改了，你填什么不好，还非要填学费最贵的学校。到了大学就跟撒了泼的野狗一样，四年都不着家。你大四那年的冬天，我进货时把腿摔断了在家里躺了两个月，你竟然还有脸问我能不能凑点钱给你出国读什么研习班。"说到这儿，赵春妮像是祥林嫂附体一样，嘴里一套接着一套，恨不得把哈月这一辈子的所有罪证全都控诉一遍。

"好嘛，大学毕业了，我以为你能干出点什么名堂，你不是能吗？你不是牛吗？你怎么没在蓟城买套大房子接你老娘过去享享清福？让我也体验体验养孩子的回报。结果怎么样，还不是要我辛辛苦苦地守着那么一个小店面，你知道那里头冬天有多冷吗？我为了省点电钱，连脚趾头都冻出疮了，一到冬天就流脓！"

一模一样的话，哈月在一个月前已经听过一遍了，再往前数，这些细碎的控诉都是赵春妮发脾气时喜欢念叨的。所以哈月并没有和赵春妮据理力争，她也站起来，不是为了加剧冲突，只是为了拍一拍赵春妮的肩膀，让她放松精神："妈，你先冷静一下，听我把话说完。"

谁知道赵春妮不准她碰自己，后退了一步，严防死守地伸出手指着她的鼻子："你以为我不知道你心里在想什么？我得了这个病你心里把我恨死了吧？"

"让你从蓟城回来照顾你老娘你心里委屈死了吧？啊？"

"我告诉你几次了，我这病是被误诊了！我根本没事，你凭啥不让我出门？你凭啥不让我养猪？你凭啥事事管着我？你天天叫我吃药，吃药，我看你就是在报复我。"

"药能没有副作用吗？你是不是要毒死我！"

指控从人身攻击逐渐升级到犯罪假想。

看到哈月不仅没有回嘴，表情还渐渐地开始变得平淡木然，赵春妮没有解恨，反倒感知到一种从骨缝里渗出来的异样。她似乎想起了什么，但又怎么样也抓不住脑中的思绪，只能焦虑地放声大叫。

"说话！

"说话！

"你怎么不说话？

"说话！你说话啊！你去满大街问，我有什么对不起你的。我供你吃，供你喝，供你到蓟城去上学，你怎么就这么不像个人似的？

"你有心吗？你就跟你那个驴日的爹一样！

"你不就是想回蓟城过你自己的好日子吗？你不说话是吧，那你走啊，我根本不需要你照顾。我自己过，好得很。"

哈月当然不会因为她说的话而离开，见到哈月仍然没有反应，赵春妮只有使出下下策——自己往门外跑。

哈月紧紧抿着嘴唇，一把扯住她的手腕。

近两年赵春妮虚胖了几斤，但是不知道何时，昔日能撑起一个家的她，身体开始变得孱弱，哈月没有用多大的力气，就可以违背她的意志把她拉到院子里。

哈月快步走到西厢房，推开门，然后沉默着将赵春妮用力推了进去。

房间里，今早刚吃过饲料的小猪正依偎在一起睡觉，听到声音，它们动了动耳朵，又重新跑到食盆前嘶叫。

猪在，看周围的简易栅栏和摆设，似乎还存在了不止一两天。

可它们又是什么时候被饲养起来的？赵春妮极力搜索着脑海中的记忆，却难以找到想要的答案。混乱的思绪交织在一起，让她的表情变得恍惚。

赵春妮就这样迟钝地看着面前的两头小猪，像是时间和肉身一同僵化，大约过了十几分钟，她才机械性地扭过头，带些小孩子讨好大人的神情问哈月："月月，猪，我们已经养了很久吗？"

周二进厂走了个过场，周三去文化局开大会，周四赵主任组局，叫上了绥城为数不多的文艺工作者和几位市里投资老总和薛京一起开小会。

除了第一天薛京认识了几位新能源的领导外，连着两天他耳边响起最多的内容，就是绥城即将动工新建的文人故居和文化小镇。

所以当周五赵主任又给薛京打电话，叫他一起去临城参加文学讲座，并计划一场为期五天的文学创作交流活动时，薛京婉拒了。

他说自己唯恐短短一天没办法窥见当地风力发电企业的运作全貌，他即日准备再上一趟山，最好是住在员工宿舍，能详细调查走访一下企业员工的近况。

这不算是完全的借口。

研究生毕业后这一年来，薛京在蓟城作协的牵线下，接过不下五篇报告文学的活儿，报告文学的性质介于新闻和文学之间，不是完全的实事求是，但也不是完全的虚构创作，虽然有文艺渲染的成分，但也要基于实地考察和资料查阅。

这一次他要出具的报告内容主要聚焦在绥城的新能源行业，一万两千字的短篇，他并不准备在绥城停留太久。

至于绥城正在筹备建设的文化景点，虽然几位投资商有意向利用他的个人 IP 做宣传和发行，但薛京并不是很感兴趣。

赵主任有意在自己的能力范围内做学弟此行的引玉之砖，帮他疏通人脉，没想到薛京反倒不领情。

周四下午赵主任碰了一鼻子灰，遂周六时，连文化局的车都没有派给薛京用，直接将这位不良后辈一脚踢给了周一接待会上的黄总。

周一饭局上黄总并没得到什么政府专项补贴的消息，接到任务眉毛一拧，又将他交代给张厂，张厂正在给手下开安全例会，瞅了一眼微信群里领导的安排，又把薛京的联系方式转发给了维修班组长。就这样，薛京的联系方式被来回踢皮球似的经手了四五个人，最后来到了在单位里最不招人待见的娄工的手里。

早上十一点左右，娄志云已经带着薛京把中电绥城风力发电有限公司的办公楼、宿舍和食堂等区域逛了个遍，薛京想知道的专业性知识他草草地几句略过，至于薛京不想知道的内容，他则倾囊相授。

一开始，薛京还拿着录音笔，时不时地在手机备忘录上标注重点。

等到娄志云彻底将这次采访当作他的人物传记来看待，滔滔不绝地讲起自己是怎么走上风力发电这条路的时候，薛京不仅收起了手机，同时悄然关闭了录音笔上的电源开关。

讲完不顾家人反对在江城贷款读研，后来到绥城接受管培轮岗，娄志云更是豪情万丈，丝毫没注意到薛京的兴致缺缺，大有把牛皮吹破的架势。就连薛京出于客气地朝他点了一下头，都能被当作对他人生成就的鼓舞。

风力发电没他娄志云不行，绥城这个地方没他娄志云不行。总之，他似乎一人便代表了所有支援新能源建设的青年群体，他要用毕生所学拯救苍生万物。

薛京如今没有见人第一面就给对方下定论的毛病，因经验使然，他现在对陌生人通常会预设一段合理的鉴赏期。

娄志云像鸡窝一样的发型可能是因为工作繁忙，娄志云用鼻孔看人的神态可能是因为高度近视，这些无关紧要的小细节都可以被忍受，并不能完全定义他的整体，但娄志云口中的个人英雄主义论调实在是让薛京眼前发黑。

他搞不懂，一个岁数还不到三十岁的青年，怎么会早早地患上了爹病？唐僧念经不过如此，念得还不是真经。

难怪他抱怨自己在这里找不到可以交谈的对象，薛京不同情他四面受敌的境遇，如果可以，面对这样一个同性，薛京也想把自己的耳朵选择性关闭。

就这样，当娄志云的口水再一次像压力水壶般喷到薛京的手背上时，他蓦然不起来了，直接扭头冲向百米外的卫生间，不仅在镜子面前用洗手液洗了个手，还连带着把脸也狠狠地对着冷水冲洗了一遍。

擦干手背和脸颊，薛京全身充斥着不适，他耷着濡湿的眼睫毛将手里的卫生纸团成一团扔进垃圾桶。

受够了，绥城这破地方不爱他，他也不喜欢这方天地。在这儿，一天他也待不了了，他实在是错误地预估了自己近期的社交容忍度，这里的每一个人似乎都不懂边界感。

周天的飞机赶不及了，他必须今晚就动身回到蓟城。

他迫切需要回到自己那个空无一物的房间，关上门，拉上窗帘，戴上耳塞，让耳根和视线都保持绝对清静。哪怕是这篇报告不写也罢，反正也不是第一次潜水和拖稿。

只要一个人足够无耻，旁人拿他就没有办法。

就在薛京已经打定主意时，不远处，娄志云别在工作服腰带上的对讲机响了。

17 号风力发电机出现故障，需要紧急维修。

对讲机内，中控室的工作人员告知娄志云 17 号风机监视器显示风速风向故障，对风误差 12 均报失灵。

薛京绝不会错过一次风力发电员工实际维修发电机的经历，报告文学的基调已定，这次维修足以构成文章的血肉，所以当即，他摒弃下山的想法，紧跟着娄志云坐上了厂里破旧的皮卡车。

17 号风车距离办公区域约 15 公里，直线距离不远，但等到娄志云与另外两名定点检修维修人员在库房会合，一同领取劳保用品与维修工具，签署一系列维修日志的单据再出发后，车子在歪歪扭扭的盘山路上行驶了三分之一，薛京腕表上的时间已经指向了十二点二十。

路上，前排司机和副驾驶位上的维修工正在抱怨着风机坏得不是时候，娄志云翻着白眼不屑一顾，薛京假装没看出车内尴尬的气氛，将录音笔重新打开，用一句附和辛苦的话语打开局面，也加入了前排二人之间的对话。

在路上的闲聊中，薛京得知，山上的风力发电机位置分散，在天气允许高空作业的情况下，维修人员到达风机位置后需要用几个小时完成工作，很难在用餐时间内往返食堂，所以维修小组通常会组成三人的队伍，两名负责检修，另外一名则可以在地面接应的同时，为高空维修人员带饭。

今天他们三个人本来可以吃过饭再出发，可是娄志云态度强硬，二人只好空腹听命。

"现在咱是知道他为啥这么着急了，这不是你在吗？"

开车的维修工年纪稍长，脸色黝黑，用方言朝着后视镜对着薛京手里的录音笔斜了一下眼睛，副驾驶位上虎头虎脑的小胖子立刻心领神会，回过头有些诧异地问薛京："你是记者啊？我还以为记者都戴眼镜呢。"

薛京毕竟在象牙塔内搞了七年的语言，略懂一些方言，于是温和地点点头，小胖子立刻"哈"了一声，重新回过头轻嗤了一句："怪不得。假积极。"

"你们说普通话！老说方言什么意思？厂里不是每周都有工作培训吗？出维修任务要用最方便沟通的语言。"

娄志云扯着脖子吼了一嗓子，前排的两人立刻在车内交换了一个眼神便不再讲话。

余下的车程很安静，只有山上呼啸的风声，至于视觉上，车窗外的画面像一部老电影：厂区的建筑越来越小，放眼望去，前方满是旷野，除了高空中那些正在缓慢转动的叶片，地上时不时地还会路过几捧与汽车赛跑的风滚草。

到达目的地后，娄志云第一个从车内跑出去，他快步奔上楼梯，打开塔座的小门，招呼着薛京进入发电机内部。

介绍完变流器和主控柜，他开始穿戴安全设备，并颇为自豪地告诉薛京：一般维修作业前都需要用无人机升空查看风机外况，但这台机器他熟悉，光是从电脑上检测的数据就能清楚地下结论，这次维修的地点肯定是在塔上的机舱外。薛京没有高空作业证，自然不能和他一起爬上机舱之内，这是专业人办专业事。但娄志云又道他可以把这次维修工作用记录仪记录下来，回头打申请拿给他观摩学习。

娄志云话毕开始指挥两名维修工拿出免爬器的电池。

年长的维修工见状"哼"了两声，走到塔座门外的梯子上，坐下来开始抽烟，小胖子也撇了撇嘴，朝着娄志云用普通话说："娄工，你不是说自己恐高嘛。一般都不出机舱作业，这次咋还主动要出去检查风速仪？"

娄志云确实很少出机舱，他是高级工程师，主要负责驱动设备，每次检修，他都负责留在机舱内调试设备。

可是今天有薛京在旁边冷眼看着，他忍不下这口气，立刻大手一挥将防坠器挂在电梯上，咬着牙说："谁说的？我可是专家！出舱有什么不敢的？我先上，你们两个随后跟上。"

说话间，娄志云已经按下了爬楼器的开关，电动设备匀速上升，小胖子也走出舱内，慢悠悠地回到车内取出自己的塑料水杯开始喝糖茶。

薛京在塔座内仰起头站了一会儿，看到门外二人并不着急上塔，也跟着走出来找了地方直接坐下，一脸驯良地请教："您二位不上去？"

老维修工灭了烟，朝他笑了笑说："不着急，咱们等他片刻，上去就该着急了，一个人出舱？借他两个胆他也不敢，估计还得坐电梯下来。"

"专家，可不是干活的。"

薛京点了点头，自然明白这是二人向上级表达不满的方式。

人与人的矛盾普遍存在于日常生活中，他也乐得观察和体味，不介入任何状况是他的职业素养。

早上出门之前，薛京预想上山可能会有这种突然情况，在楼下的超市内买了些方便携带的食物，这会儿他从自己的背包内掏出几块压缩饼干和牛肉干分给二人，三个人一起吃着午饭，话题也从严肃的工作转移到了个人生活方面。

小胖子用虎牙撕了一块牛肉干，挤眉弄眼地朝着薛京爆料："咱们娄工没给你讲讲他最近正在追求的女娃？我想他也不好意思讲，他自以为年薪二十万在这个穷地方是多么好的条件，天天把自己上过研究生挂在嘴边，可咋的，人家女娃连她的微信都不给加，人家可看不上他。"

薛京拧开一瓶功能饮料递给他，有一搭没一搭地配合着："他喜欢的这位女士，也是电厂员工？"

据他观察，风电厂内的员工以男性居多，少见几位女性，即使有也都是在做后勤保障的工作。他推测这应该是出于男女性别二态性的关系，背着检修包徒手爬上三十五层楼高的风机工作一天，并不匹配女性的体能优势。

当然，养猪显然也不该是，但哈月骑着电动车带着两只小猪的画面，在这些天的夜里怎么样也难以被他挥退。他一闭上眼睛，就回到了那辆三轮车上，整个人都被冷风吹得摇摇欲坠。

就算睡着了，也要惊醒个四五回，睡眠质量极差，等同于无。

"厂里哪有年轻女娃，都是些做饭的老姨母，他喜欢县城里一个开店的女大学生，本地人。"

"小卖部的女老板，我们都在那儿买过东西，吃的喝的，还有肥皂、毛巾、牙刷那些，姓啥来着，还挺少见的。"说着，小胖子又撕开一袋牛肉干，转过头问抽烟的同事，"哥，那女娃姓啥啊？"

"姓哈，三声，搞不清，是不是少数民族？"

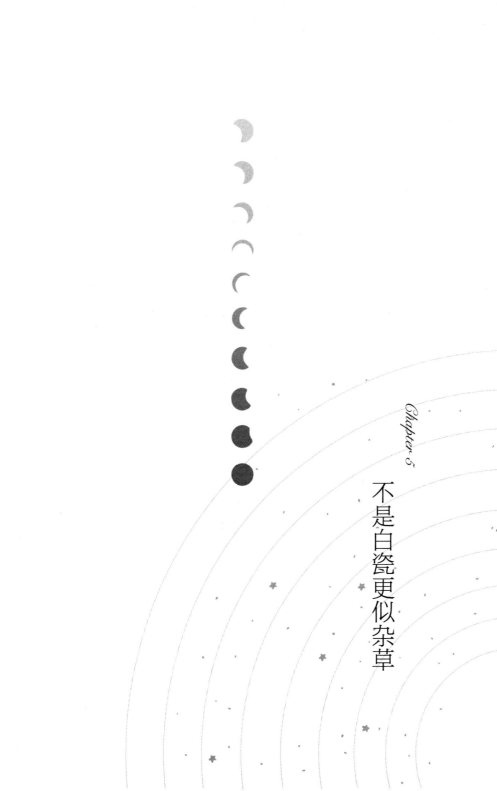

Chapter 5

不是白瓷更似杂草

打开网络百科，哈姓人口的注解为主要分布在广义中原地带和华中、西北等地。

同样的对话与设想远在八年前便发生过，蓟大一场别开生面的新生英语辩论赛后，薛京注意到主辩方口齿最伶俐的一辩拥有一个在蓟城不那么常见的姓氏：哈。

第一印象，薛京也想当然地认为哈月这个名字大约源于蒙古族或回族，至于蒙或回，自然大部分居住在距离经济中心稍远的自治区内。

但在随后的接触中，哈月否定了薛京的猜想，在一次他刻意为之的闲聊中，哈月告知他，自己的家也在蓟城，只不过她父亲常年在国内外做红木生意，她自小跟着他走南闯北，所以并没有明显的蓟城口音。

国内人口繁多，哈姓源流不少，薛京以往从来没有理由质疑过哈月的故乡到底在哪儿，这于他的常识来讲，是完全没必要对外隐瞒的事情。但此时此刻，他再次听到这个"哈"姓，却有一种巫师通灵般的设想。

他怀疑，娄志云喜欢的这个本地女大学生，就是他那个撒谎成性的前女友。他之所以会在这里碰到前女友，不是因为双方巧合的狗血事件，他是赶鸭子上架，而哈月是必然所致。

这里才是她出生长大的故乡。

半小时后，娄志云果然怒气冲冲地又从塔座内冲了出来，这一次，两名吃饱喝足的维修人员并没有跟他多废话，只是拍了拍屁股起身，重新走进了机身内开始准备上塔维修。

娄志云走到薛京身边小声地骂了二人几句，看到薛京面色淡然，并没看他，自觉没意思，也闭上了嘴巴，掏出手机搁在膝盖上摆弄。

薛京唇色发白，有些心悸的症状，他起身绕着塔座走了两圈，仍然没能打消内心疯狂滋长的感触，于是，在他走到第三圈的时候，中途又默默地折返回来。

他重新坐在刚才那块被他当作凳子的石头上，深呼吸酝酿了几遍，才假扮无害地和娄志云主动搭话："青年才俊肯在山上工作属实挺难得的，您早上不是说，家里人都不同意您在外地工作吗，估计也是不好解决个人问题，是吧？现在晚婚晚育的现象挺严重的，再优秀的人都有可能落单。这是社会问题，肯定不是个人原因。"

今天一天，薛京都没有主动搭腔和娄志云聊他的个人生活，娄志云一听这话，明显愣了一下，随后还没来得及感到被冒犯便有些笃定地质疑他："是刚才他俩跟你说什么了？他们说我找不到对象？个人问题老大难？"

薛京双唇微张，眼神闪躲，刻意顿了一会儿，才浅笑着朝着他摇了摇头。

可就是他作势停顿的这几秒，给足了娄志云想象的空间，他很快便大声反驳："我就知道！他们肯定和你说我加不到那女的微信是不是？你别听他们的，那女的是忙着做生意没时间玩儿手机，这不，前天晚上我俩就聊上了，我正约她晚上出去看电影呢。

"她一个在家养猪的农村人，凭什么挑剔我啊？就算她本科是蓟大的，那从年份来讲她也不如我的学历高啊！我俩好，她肯定巴不得呢。我这单位可是铁饭碗，三年轮岗结束就回集团了，你也是从一线城市来的，知道江城的房价吧？寸土寸金的地方，到时候可有我一套福利房！

"谁跟我不是捡了天大的便宜？

"今天要不是你来了，我忙着带你转厂，估计我俩现在都已经亲上嘴了。

"我俩的事儿，他们懂个球。"

娄志云一上午都忙着在向薛京翘起自己的孔雀尾巴，他满心想着顾全自己的颜面，连薛京的全名都不知道，自然也不清楚他突然和自己聊起婚恋的用意，羞愤之余，索性一股脑地把心里不太高雅的想法全都倒出来了。

薛京早上的合理推测没有错，娄志云眼睛的散光确实有些重。

薛京从他说到"那女的"时，和善的表情就有点不对劲了，更别提他接连又提起养猪的、蓟大的这两个送命话题，他还没说完亲嘴，薛京的面色已经可以媲美珠峰顶端的雪。

此刻，雪山顶端上洒了点阴间的光，薛京的精神状态已经开始有了回光返照的奇效。

一时间，前女友被曝光的要素过多，薛京的 CPU 已经处理不了了。

证据确凿，娄志云追求的这位本地女士就是哈月。可外人口中相继描述出来的哈月并不是他记忆中的哈月，还是说，有另一种可能，他以往从来就没有真正认识过哈月？

何止是被骗了感情，薛京没承想昔日初恋的骗局中还是连环套，被陨石砸到的冲击也不过如此。但混乱之余，轻重缓急他还是分得清的，最让薛京神经刺痛的还是即将发生的"我俩的事儿"。

真的荒唐，亏他直到昨天为止，还以为哈月是想和自己变成那个捆绑在一根绳索上的"俩"。

舌头顶在上颚上，薛京露出一个堪称教科书似的标准微笑，目光柔软亲和，连唇角的笑纹都那么清隽。

但脸是脸，不耽误手上做活动，他右手掏出手机，滑开屏幕，打开微信的同时嘴里还没忘记用涓涓细流的语气迷惑敌人："啊，是吗？那您条件这么优秀，肯定胜券在握，您刚才说今天下午的电影是吧？哪一场呢？我在这儿采访您，会不会耽误您接下来的约会？怪我，没眼色。"

果然，薛京就是文化局派来给他做专访的，娄志云眯起眼睛，仿佛在薛京的脸上已经能看到自己登报后受到所有父老乡亲献花爱戴的场面。

有那么一瞬间，他甚至觉得哈月可能配不上即将被登报歌颂的自己了。

"没事，估计风速仪就是卡住了，他俩最多一小时就下来了，然后咱们就一起下山，让他们自己干去。你来时坐的出租车吧？回去可没车，我用我的摩托车载你吧！"

娄志云高兴得忘乎所以，很快又得意地指导起了薛京的"工作"："对了，你那个报道，什么时候能写出来，发表之前给我先看一下呗？不是妨碍你创作，主要是检查你写的是不是属实。有时候吧，你们外行写东西，确实容易犯错。我来给你把把关，别写得狗屁不通就好。"

"狗屁不通"和"外行"等词没能激怒薛京，因为他正在屏幕上激情输出，压根就没听娄志云讲话。

薛京对天发誓，他是真的不想和哈月一起吃饭，然后顺势复合。如果他想，那么早在周二的上午，哈月给他发来微信消息的时候，他就可以欣然应允。

实在想要拿拿乔，起起范，周二的下午哈月再次改为约他吃中饭的时候，他完全也能够装作盛情难却。

他告知对方自己微信没变的初衷不过是想要观看哈月的应对。像是小孩子路过一片毫无波澜的湖，会捡起一块小石子，用尽全力投入其中那般。

不是探寻精神，只是自然反应。

顽皮的孩童绝不爱湖，偏偏湖水一片死寂地违反着力学原理。

哈月将他的微信从黑名单中放出来，第二天早上同他讲的第一句话还是那么热情熟络，像个尽职尽责的销售员："晚上有空吗？烧烤店六点半开始营业。"

甚至在遭到拒绝后，第二天她又轻车熟路地问他："那今天中午你有空吗？不想吃烧烤的话，我们可以去你酒店对面那家粥底火锅。很近，耽误不了多久。"

哈月可以感到后悔、尴尬，再或者是针对拒绝而起的恼羞成怒，她可以任由情绪横冲直撞做出一些发疯的行动，薛京则会大度地照单全收。

他认为，所有人类可以拥有的恶劣反应，都要比哈月如此自然的熟悉要好上许多。这起码证明了他们过去的感情在她心里也同样占有一分重量。

但哈月就像个没有感情的约饭机器，这一点让薛京全身都在难受。所以昨天晚上，当哈月再一次问他次日是否有空的时候，他胃里头翻江倒海，精神状态差到极点，连带着偏头痛都犯了，干脆关机装死，连信息都没有回复。

但是现在他没空搞清楚自己到底想不想和哈月一起吃饭了，他迫切地需要把哈月和娄志云"亲嘴"的画面从脑海中剔除，现在，立刻，马上。

什么职业素养全都抛到脑后，反正哈月不能跟娄志云一起看电影，也绝对不可以交往，因为他们二人实在称不上般配。

没错，是这样！

他答应和哈月吃饭是善举，他要阻止这红尘中又一段即将发生的爱情惨剧。手指比脑子反应要快，一分钟已经发出了三条信息——

不好意思，昨天去开会有些忙没注意手机消息。

开会是真，没注意是假。

今天晚上我有空的，烧烤，火锅，还是别的什么都可以。
看你方便。

突然有空是真，与人方便是假。

至于最后一句，则字字句句都是出自真心，甚至包含其中的两个问号。

还是说你现在就有时间？要不要先找个地方坐下喝杯咖啡。我来请，可以吗？

晚上近七点，哈月正常关店锁门，然后步行到与薛京约定的晚饭地点。下午她已经给赵春妮打过电话了，说自己晚上要在店内理货，叫她和斯琴大姨不用等自己吃饭。

周二赵春妮情绪失控后，当天上午哈月便带着母亲坐车来到绥城市医院就诊，检查结果不理想，核磁共振显示，赵春妮的整个脑组织都出现了大范围的萎缩，其中颞叶、海马萎缩相对比较严重。

这也足以解释，为什么她近期开始频繁地丧失记忆。

小城医生对这种检查结果的病人没有治疗建议，只有护理建议：将危险物品远离病人是必要的，病人的一日三餐都要有营养。

医生得知哈月并没有为母亲聘请护工时，还特意提醒她：病情继续发展下去，病人届时将需要 24 小时的贴身看护，她一个人实在难以照顾的话，还是要优先考虑将病人送到专门的疗养机构。

不过绥城是没有针对老年痴呆患者的疗养院的，就算有，具有攻击性的病人也很难办理入院。她要好好地观察赵春妮的情绪波动，尽量安抚病人。

兴安街最近新开了一家彩票店，里面从早到晚坐满了无所事事的中年人，他们有的聚在一起，有的独自一人，但无一例外都在眯着眼睛研究着墙上的往期中奖走势图。

世界上不是每个人都可以负担得起衣食无忧的生活，但每一个人都可以买得起两元一张的福利彩票。而彩票，代表着一种闪闪发光的幸运，一种咸鱼翻身的可能性，类似于社会为穷人虚构的童话故事。

哈月路过彩票店时不禁放缓了脚步，她有些羡慕店内的顾客，以前在蓟城时，她也痴迷过彩票，总是会在上班的路上打五注随机。

家世、财富、伴侣，她什么都可以没有，只要兜里装着一张待开奖的彩票，就像是有了开过光的护身符，可以盲目地认为自己终有一天能搏到光明的未来。

每一个学过基础概率的中学生都明白，通过买彩票追求成功显然很可笑，概率小到渺茫的事件约等于永远不会发生。但起码那时，她年轻，她傻气，她浅薄的目光还对未来心存侥幸和希望，而不像现在。

周三晚上，哈月和赵春妮针对病情发展详谈了一整夜。

哈月当然没有说服她固执的母亲，虽然她花了几个小时大费口舌，用举例子摆事实的方法告诉赵春妮蓟城可能会有更好的治疗方案，但当赵春妮看到医生诊断的结果后，只用几句话就否定了她的建议。

赵春妮说自己对女儿只有两点要求。

一，她要哈月保证，永远不会处理掉自己在绥城的房子和店面，并带她离开绥城。这城市再不堪，也是她的根，落叶要归根，她生活在这里，病在这里，死，也要死在这里。当年为了给哈月筹学费，她卖掉了老家属于父母的土坯房，她如今就只有这一个家了，这个家是她的所有，她不要一无所有。

至于第二点，她希望哈月可以在自己完全丧失理智的时候，对她选择放弃治疗。

赵春妮的原话是："我这辈子从来没有求过人，你姥姥姥爷不让我读书我没求，你爸出轨要抛弃这个家我没求过他，但今天我求你，让我给自己做回主。你如果真念在我们有母女情，到时等我彻底傻了，你就送我一程。"

路灯突然亮了，整条萧条冷清的街道因为灯光而朦胧缥缈起来。

每个人对自己的故乡都有特殊的定义，绥城于哈月，是个残酷又温热的梦。

她不是没有体会过三口之家的幸福，但那些不允许被记起的童年早已远去，而后少女时代和母亲一起艰难度日的回忆又太过干涩，尝起来很苦的时光，需要她日复一日地漠视才能勉强忍受。

　　如今，这个光怪陆离的梦又找到了她，在街头一切阑珊之处躲藏着，尾随着她，时不时地用迎面吹来的风恐吓她：她的生活是一场始终打不赢的败仗。

　　收回目光后，哈月提步踏入另一盏路灯的光晕下。无论是否孝顺，作为女儿的哈月都不可能许诺在将来会主动结束母亲的生命。

　　那是犯罪。

　　前天晚上她没有回答母亲的恳求，但保持缄默的她知道，她和母亲的未来其实已经一齐随着病情诊断被写在白纸黑字上了，赵春妮之所以会选择消极处理，和她几年前决意不再购买彩票的理由一样。

　　她们都不想为了一个不可实现的奔头去努力了，抱有希望积极度日当然是一件好事，但是有时候希望也能带来不可承受的痛苦。人性中最大的恶就是贪婪，希望会繁殖出无数的求不得。

　　思考累人，三分钟的路程走出了三十分钟的效果。

　　人行道上，哈月的脚步越来越重，重到仿佛整个身体都已经深陷在灰色的砖块之下，她低着头，路过彩票店，勒令自己清醒过来，但入眠的混沌还是止不住地缠绕着她。

　　不知道在荒芜的废墟内行走了多久，拐个弯，哈月终于来到了木兰街口，抬起头，一刹那，她自怨自艾的白日噩梦突然被打醒了。

　　因为在酒店前那片五颜六色的光污染之中，正好端端地站着一个不属于绥城，也不背负苦痛的人。那人和她真的没有一点相似之处，他身姿利落，面容干净，从头发丝到指尖都是那么晶莹而剔透，像一尊月白釉的汝瓷。

　　人各有命，她不嫉妒薛京如今的成功。

　　但薛京周身与生俱来的光芒太亮了，刺目的璀璨组成了她人生的照妖镜，这面镜子从始至终都用来提醒着哈月，她还不配做梦，哪怕是噩梦她也不敢。

　　她这种人，不是白瓷，更似杂草，即便是做生活的败寇，也要咬着牙，握着拳，一日日地度，连眼睛都不该闭上。

下午从山上回到宾馆，薛京刷开房门的第一件事，就是把行李箱内折叠成豆腐块的所有衣服全都倒在床上摊平。

那天下飞机时穿过的套装首先被 pass，他不想让哈月觉得他寒酸到只有一套见人的衣服。上山时穿的几件衣服也被扔到地毯上，那些衣服户外感太强，即便最近品牌目标用户下沉，开始吸引了很多跟风的年轻男女，但他唯恐哈月笑他成了"出门不穿鸟，一天路白走"的油腻大叔。

排除法令薛京最终的选择局限于一件曾经在国外古着店内淘来的飞行员皮衣和一条宽松牛仔裤上。

可当他把这身衣服套在身上时，却又觉得镜子里的自己怎么看怎么像是蓟城胡同里骑哈雷耍帅的街溜子。

"啧。"他对着镜子反复理了理领口，又看了看脚上的切尔西鞋，简直不知道几天前打包时他到底在想什么。不会是觉得人到了西北就得穿得像个牛仔一样吧？

该带几套简约又有质感的衣服的，像每次他新书见面会穿的那种，起码每次出现，他低调严谨的穿搭都广受好评，不管书的内容怎样，他的外貌看起来都是和学识匹配的。

下楼找地方买衣服已经来不及了，绥城看起来也不像是会有集合买手店的城市。

要是把鞋换了呢，会不会好些？他行李箱里还有一件净版的 T 恤，勉强能把整身搭配的骚气盖一盖。

就这么在酒店里花两个小时反复调整自己的衣着，最后反倒在约定时间快到时连头发都没吹干。

六点四十五分，薛京匆匆地按下电梯，他习惯在约定时间前十五分钟到达预定地点，这是修养问题，并不是刻意为了早几分钟见到他的前女友。关于他分明可以先走到马路对面的餐厅内坐下来等，但还是站在了酒店楼下那天分开的位置等这件事，薛京暂时找不到什么好的理由为这种自找苦吃的行为开脱。

大概率就是不安吧，即便哈月跟他敲定了一起吃饭的细节，薛京内心仍然有一部分怀疑她可能会突然放他鸽子。就像以前她在那两年内也跟自己说过很多次是真的爱他，最后却还是和他轻易分手了一样。

灾难性的旧恋情使人变得敏感多疑起来。

站在路上丢人和坐在餐厅丢人，怎么想还是站在路上会好一点，起码暂时过路的行人并不会注意到他到底在原地等了多久。

好在人可以不爱但绝不能不吃饭，缺爱可活不吃得死，今天哈月没有失约。

七点整，一对反差感极大的男女已经并排走进了火锅店。

点餐时薛京将服务员递来的菜单推给哈月，这是薛京待人的风度，哈月笑了笑，没有扭捏推辞，就开始认真地研究 139 元的套餐和 189 元的套餐之间到底差了几个菜品。

大约因为工资低廉，这里的服务员没有过度服务的精神。

看到客人没有迅速点餐的意图，服务员放下手里的热水壶便走回吧台那里，靠在椅背旁和收银员嗑起了炒瓜子。

店面不大，周围三三两两地坐着几桌带孩子的夫妻，快乐的小孩子们不需寒暄，在店内相见恨晚，像旋转陀螺，时不时地在餐桌之间带起一阵微型飓风。薛京在嘈杂的交谈声中尽量忍住不要皱起眉头，抬手拿起了水壶，用热水将二人的餐具烫了一遍。

为哈月斟水的时间里，薛京已经将前女友的穿着仔细地打量了一回。

灰色的连帽卫衣外套着银色的羽绒马甲，宽松的牛仔裤罩住高帮的旧匡威，再加上为了不遮挡视线而全部束起的高马尾。哈月身上一点多余的装饰都没有，今天穿得比四天前更加闲适，薛京甚至注意到，她的卫衣手肘处因为经常摩擦而起了一层薄薄的毛球。

　　反观自己还稍显濡湿的额发和散发着木质香水味道的皮衣，薛京忍不住要失落了，女为悦己者容这句话定是属实，大约是他误会了前女友同他约饭的意图。

　　当年他们恋爱时，哈月几乎从未在薛京面前穿过重样的衣衫，夏天酷热，她穿长度到小腿处的吊带裙，肩颈又薄又直，两条细细的胳膊随着腰线摆动，像是舞动的垂柳。

　　冬天她也不怕冷，下雪天，牛角大衣下竟然穿那样短的 A 字裙，腿根盈盈一握，皮肤娇嫩，让他忍不住用掌心贴住取暖，唯恐她会被零下的气温冻伤。

　　不仅如此，无论何时，哈月来见他总是带妆。

　　即便是临近毕业他们同居的那几周里，起床后的第一件事，哈月总是捂着面孔尖叫着跑进浴室洗脸，面上的水珠还没擦干，便急忙在嘴唇上抹上口红。也是那时候，薛京才得知女孩子还有一种化妆品叫作素颜霜。

　　今天哈月肯定没在脸上涂抹任何东西，因为薛京可以轻易地捕捉到她的脸颊上有五颗小小的雀斑。从他们第一次见面到现在，薛京看到的，完全是哈月素面朝天的模样。

　　上一次她打扮得像一位知心的农村大姐，这一次她看起来像个刚毕业不久的高中生。这都不是他所认知过的哈月。

　　手指一热，薛京发现自己正在捏起还未放凉的茶杯，指节瑟缩翻转，指腹一片殷红。

　　哈月抬起头，没有特意观察他，正在朝着远处的服务员招手，告知对方自己已经可以点餐了。

　　粥底火锅发源于越城，汤底以果汁、菜汁、鸡汁居多，但他们今晚用餐的这家餐厅自成一派。

　　没有喜闻乐见的牛肉，也没有相对奢侈的海鲜，汤底只有一种，是提前用各种香料煲过的整鸭，加之已炖煮糜烂的白粥。

一旦注意到自己自作多情的揣测与现实状况存有不小的偏差，薛京就没有主动说话的欲望了，他沉默得像个哑巴，不仅是嘴巴缺少动力，他觉得自己在方才的十分钟内也失去了吃这顿晚饭的胃口。

尤其是点单后，哈月的手机突然响了，她开始低头忙碌，频繁地回复消息。

想到跟她详谈的也许是娄志云，或是她鱼塘中的其他男性，他便更加后悔今天下午的决定。不该吃饭，不该再见，不该加上不该，等于万万不该。也许哈月和娄志云是相配的，他又算哪门子的半路程咬金？

起码娄志云知道她有个小卖部，而他所知道的一切大约都是假的。

对坐着喝过一杯水，不多时，服务员便端着铜锅放入餐桌正中间的煤气灶上。

随着一阵轻微的硫化氢的臭味，打火骤起的热度如冲击波扫过薛京的睫毛，他揉了揉发痒的睫毛根部，等再睁开眼角，锅底下的蓝色火焰开始熊熊地燃烧起来。

为了避免煳底，哈月终于放下手机，执起不锈钢的大号汤匙缓慢地搅拌着锅中的米粥。

她刚才是在和斯琴大姨聊天，目的是询问一下母亲今晚饮食和情绪的状况，她特意叮咛过，赵春妮近期的脾气不佳，如果两人闹了情绪，还希望邻居大姨多体谅下。

但体谅也有个头儿，她知道，一直让邻居陪伴母亲也并不是长久之计，她总要给个切实的解决办法。也许是明天，或者是后天，总之还不是今天。

将消极的情绪密不透风地压下去后，哈月面对薛京还是表现得那么如沐春风，像位热诚的老同学："那天回去你没着凉吧？估计是咳嗽了，烧烤太辣，想来想去还是吃点清淡的好，这家也算绥城的老字号了，虽然不如以前蓟大门口那家顺德老板开的正宗，但味道还是不错的。鸭肉滋阴清热，一会儿你尝尝。"

本来就是熟食，不到几分钟，锅中便滚出层层乳白透亮的浪。米香夹杂着肉香，热气中满是醇厚香郁。

哈月抬起手先帮薛京盛了一碗，只撒了葱花，没放香菜，因为薛京不吃香菜。不仅不吃香菜，薛京还厌恶所有食物中点缀的姜丝、辣椒籽、蒜瓣和花椒粒，不慎吃到嘴里，他整张脸就会皱成一团白雪。

所以他吃饭一直慢条斯理的，从不会有狼吞虎咽的急促。

以前针对他这种娇气病，哈月曾狠狠地讽刺他要是放在旧社会，定是一位纨绔子弟。食不厌精，脍不厌细，四体不勤，五谷不分。他挑剔，是因为他没有真正感知过饥饿。

但是今天，哈月不仅细心地替他撇去锅内肉汤的浮沫，将热腾腾的白粥搁在他面前时，还十分温柔地告诉他："煲鸭用的是姜水。"

潜意思是他可以放心大胆地喝，没有可能存在会吞食姜片的风险。

"谢谢。"

眼神晃动，薛京只此一句，便难以再同哈月对视。

他们之间似乎有什么不同了，但又没什么不同，这种熟悉的陌生感让他的注意力太过飘忽。一口气提上来堵在胸口，面对哈月轻松不费力的态度，他能问的，不能问的，都再难出口了。

以前也是这样，他们恋爱的进度全凭哈月一个人主导。开始和结束，他的意见都不算数。

温热的米粥将心肝肺熨烫妥帖，僵化的身体也渐渐回温，等到服务员将铜锅内注入菌菇清汤，哈月才在等待着水滚涮菜的途中开口聊她今晚约饭的目的。

她不大在意薛京的寡言少语，放下汤匙后落落大方地直视着他，明眸皓齿灿烂一片，满心在对他今晚的赴约感到释怀与感谢。

"还以为你离开之前都不会答应和我吃饭了，还好你来了，我很开心。"

"是吗？"薛京也抬起眸子，在对方明媚的视线里，心跳漏掉了半拍，他在踌躇，出于礼貌，自己是不是也该说一声我也很开心。

不过哈月不需要他的附和就很快把话头接了下去。

"是。"哈月干脆地点点头，随后郑重其事地向他道歉，"虽然想着时间过去这么久了，你应该已经不在意了，但是既然有机会见面，我还是要跟你讲声不好意思。当年分手时，我对你说了很多残酷的话，其实大部分都是违心的。我们会分手，完全是我一个人的问题，不是因为你的作品，也不是因为你是否打算在毕业后仍然选择继续写作。"

坏女人的自省要从哪里开始才算恰如其分？

恋爱中的男女可以大摇大摆地走进对方的过去和未来，在各处撒泼打滚，但对着已分手的前任，从个人生平开始讲起则会有自怨自艾的嫌疑。那么不如就从一开始他们之间的第一个谎言说起。

"周一你也看到了，给你们开车的司机是我从小的邻居。我是在绥城长大的，上大学之前，我从来都没去过外省。就是上学时大家都流行说的那种土包子。"

看到薛京的面色微恙，哈月内心没有想象中的难为情，只是抱歉地朝着他笑了一下："但是别误会，这并不是针对你而刻意捏造的谎言，只是对外伪造家庭条件这种事，一旦开头，谎话向一个人说过，就很难再向其他人解释清楚。"

赵春妮在哈月填报志愿这件事情的描述上没有夸大其词。

当年高考，哈月以绝对的优秀成绩取得绥城理科第一名，本来这是一件值得考生和家属共同庆祝的大喜事，但母女俩脸上的笑容比在酷暑过夜的剩饭还易变质。

查完成绩，还不到下午，她们两个人就在饭桌上因为填报志愿的分歧而吵得面红耳赤。赵春妮看中的人民解放军空军工程大学距离绥城不到六百公里，她曾认真地阅读过招生简章，军事类高校对他们这种家庭来说是最适合的。

一来在校期间食宿全免，可以减轻她供她上学的压力，二来只要一进入学校哈月就能够取得军籍，未来连工作都不需要自己应聘。再者说空军工程大学内男生居多，女生可是香饽饽，她毕业后就可以事业婚姻双丰收。

连女生可以报考的专业她都替女儿选好了，通信工程、指挥自动化工程都很不错，未来肯定会在相对安全的地面单位工作。

但哈月誓死不从，她根本没想过去读军校，也不想毕业后就嫁人，她那时候一身反骨，认为母亲的安排无异于剥夺了她未来几十年的自由。而所谓目的，不过是把她身上的价值迅速变现而已。

所以，后来她假装同意母亲的意见，但在报志愿时，偷偷地填写了蓟大外国语学院的对外提前批。

因为这个，赵春妮直到她离开家那天都在和她冷战。

刚满十九岁的哈月一个人搬着行李箱排队买票，在绿皮车的硬座上熬了两天才晃到蓟城。

中途她晕车，什么都吃不下，一闻到同车厢内有人用热水冲泡面的味道就跑到车厢与车厢之间的厕所里呕吐。

就在她好不容易下了火车，上了公交车，像一只孤魂野鬼飘来游去，在偌大的蓟城里辗转半天才来到校园，等办理好了入学手续时，哈月还以为自己终于可以松一口气了。

刚推开自己所在的女生宿舍门，她的自尊心就被彻底碾成了齑粉。

宿舍里的女生几乎都在家长的陪伴下提前一周到达蓟城，即便是家就在蓟城的两名舍友，也于昨天正式入住宿舍。

没有人会卡着第二天就上课的开学时间来，除了只身一人涉世未深的哈月。

这一周以来，针对哈月贴在宿舍门上的名字，七个女生已经集体讨论过，所以一见到她本人，她们就兴奋地抛出了那些问题。

"哎，哈月，你家哪儿的啊？"

"高考成绩多少？"

"你父母做什么工作呀？"

"在老家有没有男朋友？"

"对了，你是不是少数民族啊？你们偏远地区的，分数线本来就低，再加上高考有特殊加分，你可占大便宜了！"

"我听说你们那边上学都晚，我们几个都是十八，你是不是年龄比我们都大呀？"

其实这些问题都是很寻常的信息互换，二十六岁的哈月相信，当初室友们的七嘴八舌并没有过多的恶意。大家只不过是想要迅速地了解她，好打破时间线上的隔阂，更重要的是，要根据年龄做一个从老大到老幺的"小团体"排位表。

但当时十九岁的哈月在这些问题中变得异常敏感，谎话几乎是没打草稿，便从嘴里冒了出来："我家就是蓟城的，不过我父亲是做生意的，我们一家经常在全国各地跑。"

因为家里做生意忙，所有没人来送她上学；因为家里做生意忙，所以她曾延迟一年入学。

这就是谎话的伊始，后来那些滚雪球似的细节只不过是为了丰满人设而进行的基本操作。

在被人嫉妒与被人歧视之间，哈月用了两秒钟就选择了前者，却用了四年的时间来为自己俄顷的虚荣买单。

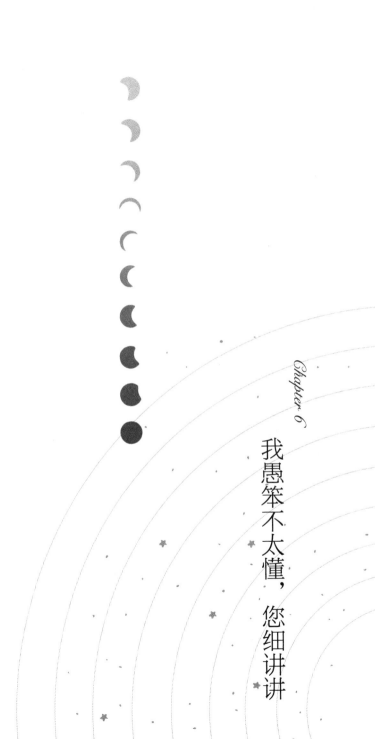

Chapter 6

我愚笨不太懂，您细讲讲

维持不属于自己的背景条件也不是一件很轻松的事儿。

为了展示大方，每一次室友们出去聚会，哈月很少和大家平摊，大部分时间都在主动请客。可是赵春妮给她的生活费只能保证她不在蓟城饿死，所以每个寒暑假，她都以各种借口不回家，留在蓟城打假期工。

一开始是做包吃住的小时工，在杂牌快餐店里备餐，时薪五块，每天做十二小时以上。一个假期可以赚到两千多块，两个假期就是五千块，足以覆盖她在学校因为社交而产生的开销。请完客自己啃馒头是常事，就算是没有聚会的日子，她多数时间也是躲在食堂角落吃窗口最便宜的炒豆芽和凉拌土豆丝。

大三伊始，和薛京恋爱后，她的开销与收入开始严重脱节。

以往在舍友面前，她可以假装自己并不在乎外表，之所以总是长期穿一件衣服，用最便宜的洗护用品，是因为她的家庭教育过她：女孩子要更注重内在。

学期内，她一门心思都在学习上，确实也用刻苦的方式换得了好成绩。

初恋中，尤其是和薛京这位真正的富二代进行初恋，她贫瘠的自尊心则像是"$y=x^x$"的函数一路暴涨。

除了内在，她突然变得非常在意自己的外形是否同样美观，她用心地打扮自己，频繁地买衣服，购置化妆品，学习怎么变漂亮，同时严防死守薛京给她带来出于爱情的物质怜悯。

爱应该是真的爱过，不然哈月大可以利用薛京优渥的家庭条件骗吃骗喝，但今生第一次恋爱的哈月不知道，爱一个人时竟然也会生出强劲如海啸的攀比心。

她看到周围人是怎么样看待薛京的，也会暗自咬牙，想要在各方面和薛京齐平。

她不想让所有人一看到他们两个站在一起，就对她露出那种微妙的，是她高攀的神情。

如今不少大龄女性在网上向深陷同辈压力的姑娘贩售松弛感，可当年的高校生活是另一个维度，每个人都在卷，每个人都在跑，没人教给哈月要怎么在爱情中放松。

她就像是追着自己尾巴的猫咪，焦虑、自卑、再强装，周而复始，急得团团转，缺爱装有爱，没钱装有钱，恨不得啃自己的手指充饥。

哈月和薛京吃饭，严格遵守 AA 制，这是她自己要求的，因为这样才可以彰显她和别人的不同。薛京送哈月礼物，她也一定要回馈他同等价值的东西，用以证明自己没有低他一等。

恋爱中的女孩大多期盼着各种节日，鲜花、蛋糕和礼物都是爱情的高光点，它们代表着被宠爱的门槛。

可是那两年哈月怕死了那些被浪漫制造出来的仪式感，每每情人节、生日、纪念日将近，她就会因为恐惧而彻夜失眠，生怕薛京搞突然袭击：送她奢侈品，或吵着计划外出旅游。

她根本负担不起一起出游的费用，就更别说动辄几万块的礼物了。

假期里，小时工的薪资杯水车薪，她开始做有钱人家的住家保姆，白天帮孩子辅导功课接送兴趣班，晚上躺在别墅小小的保姆间里和薛京打视频电话。

她会刻意避开主顾挂在墙上的照片，偷拍别墅的内饰，告诉薛京，这是她父母在外地的另外一处房产。她只有假期才能见到父母，与家人相处的时光很珍贵，所以不得不和他在蓟城分开。

再后来他们接吻、牵手、睡觉。

恋爱的日子固然是有过开心的，薛京长相漂亮，修养极好，人又大方，他在各方面都十分尊重她，无论精神上还是身体上都会优先照顾她的感受。

他是完美型的男友，身体力行，连情话都说得漂亮。每一次薛京缱绻的吻落在她的额头上，她都像是得到了救赎的罪人，内心的惶惶也被驱散了不少。更重要的是，薛京不是那种游戏人间的花花公子，他是真的在满心满意地和她计划未来。

2017年，硅谷滴血验癌的伊丽莎白尚未被美国证券交易监督委员会指控"大规模诈骗"，金光闪闪的年轻创业家层出不穷，美式商业规则在全球大行其道，蓟大外院中不少野心勃勃的学生更是将"Fake it till you make it"（假装可以，直到你成功）视为人生哲理。

哈月也很艰苦地假装过她在薛京眼中的形象。

假装的时间久了，有那么一瞬间，她甚至连自己都忘记了她钩织过的谎言。她开始相信，薛京是她的白马王子，他会披荆斩棘，可以打破一切困难，最终和她修成正果。

丑小鸭或许可以飞上枝头，连灰姑娘都可以穿上水晶鞋，而她只是需要再努力一点而已。

甚至在大四寒假，薛京聊天时随口问她有没有毕业后出国留学的打算，她竟然异想天开地给母亲打了那个让对方诟病多年的电话。

哈月想知道，赵春妮可以借给她多少钱，让她可以和薛京一起出国深造。哈月认为自己不需要太多，只要一笔启动资金办理护照购买机票，假以时日，她可以把这笔钱以几十倍的价格还给母亲。

她可以做到，她相信自己吃苦耐劳的品质，何况她英语很好，就算薛京不帮助她，她也可以在国外生存下去。她认为自己的伪装也是一种博弈，她和那些创业者一样，是在为自己创造更好的未来。

但她话还没说完，就得到了母亲一顿铺天盖地的侮辱和臭骂。

爱情的温度应该是从那时开始渐渐变冷的，与日俱增的依恋，掺杂着低廉的羞耻，犹如冰火两重天，暗流丛生。

短期内，哈月去不了国外，也读不了研究生，在蓟大她所用掉的四年学费，已经是赵春妮能够提供给她的最奢侈的优待。

哈月懂，自己所能享受的家庭供给是有时效的，她已经被母亲辛苦抚养了二十二年，没资格再要赖向母亲搜刮膏脂。如果薛京真的想和她有未来，那么只有纡尊降贵，迁就她为难的处境，让她先自给自足，再等着她，慢慢地攒一些可投资于自己的钱。

可他为什么要那么做呢？拥有金汤匙的主人为什么要主动放弃一切社会给他的优待，去做一个吃饭需用手抓的乞丐？

面前有快速通道，谁会选择去排看不到尽头的长队？

爱情明码标价，可以是资源交换，也可以是价值互补，但恰恰不会是扶贫项目。

尤其是哈月和他恋爱的入场券还是偷来的。

恋情失败的男女最终逃不过那一句："你变了。"

可如果薛京从一开始爱上的哈月，就是假的呢？哈月不敢设想她爱的人脸上露出像看虫子一样的鄙夷。

就这样，哈月和薛京顺风顺水的相处从大四下半学期开始频繁地出现冲突。

哈月会找一切借口破坏他们之间残存的感情，她讽刺他的作家梦，她调侃他脆弱的神经，她甚至攻击他习惯享受父母钱财的奢侈。她总是因为小事而莫名其妙地和他大吵一架，态度咄咄逼人，好像一只势在必得的斗鸡，而后又很快败下阵来，心慌后悔，痛哭流涕，哆哆嗦嗦地抱着他索吻。

虽然薛京在这些感情的颠簸中懵懵懂懂的，不明就里，以为自己哪里做得不好。

但哈月知道他们的问题出在哪儿，问题是她的初心太龌龊太贪婪了，她知道自己一定会失去他，但又害怕那一天会真正敲响她的门。

即便是在这样恶劣的环境下，他们之间的感情也像是扎根在砖缝内的顽强植物，苟延残喘地维持了下来。

分手前那几个月，他们每次吵架，薛京都沉默地承受着，直到她自己先崩溃，两人就会用肌肤之亲在这些糜烂的伤口上迅速地贴一个止血绷带。他们吵架，然后用身体咬着对方，给予对方胶着的喘息，直到汗水在皮肤上颤抖。

之后再吵架，再和解，乐此不疲，有害的感情像频繁戒毒形成定式。

直到薛京放弃了出国留学，在她实习公司的附近租了一间小小的公寓。他打算给自己预留一年的 gap year（间隔年），用来全身心投入他所热爱的文学创作。

忽然间，所有得到幸福的限制条件都被剪断了，时间的沙漏不再流逝，哈月也不再害怕未来。同居的时间很短暂，但令他们的感情迅速地反弹到了前所未有的高位。

因为早就具有步入社会打工的抗压能力，再加上勤快嘴甜，哈月当时已经能在工作单位拿到一笔稳定的月收入，稍高于所有还是应届毕业生的职场菜鸟。

周围的同学们都在毕业前忙着联系导师、二战、考公，甚至广撒简历寻找像样的工作单位。可他们两个人，躲在校园外，俨然过上了老夫老妻才会有的惬意又平凡的小日子。

每天清晨哈月穿着高跟鞋对着镜面化妆，薛京已经把打包好的早点和咖啡放在了玄关处。一天工作结束后，哈月揉着发酸的脖颈走下办公楼，薛京已经静候多时，在对面的长椅上背对着日落朝着她招手。

白天两人各忙自己的事，哈月在公司为前辈跑腿，薛京则在空白的文档上筑梦。

十个小时后，他们像是从深海重新浮出水面，大口地呼吸空气，回到只属于他们两个人的现实：傍晚相约逛超市，吃苍蝇馆，轧大马路，夜里失眠也不会寂寞，如银鱼，径直钻进对方的睡衣里烙下潮湿的吻。

他们共同租下的小公寓在最便宜的顶楼，而顶楼除了夏天很热外，还有一扇异形的天窗正对着他们的双人床。强烈的光照是真丝床品的罪梦，但好在他们只用得起发黄的棉麻制品。

至于其余可能致癌的紫外线？洒在皮肤上全当是在照日光浴。

游客们花着大把钞票成群结队地挤到人造海滩上感受自然，他们只需打开窗户，就能得到未经过尾气污染的免费果岭风。

不止一次，薛京在寂静的晚上拉着她的手，凌空触碰玻璃外面皎洁的月亮。

他说："要不我们结婚吧。"

紧接着，薛京的耳根因为羞怯而浮起了一层水红，他好像很怕她拒绝，之后会捏着哈月的手贴在自己的下巴上，用力地亲一口重新闭上眼睛，在黑暗中替自己找回面子："就是在想，如果婚姻就是这种体验感，好像还挺不错的。"

"你觉得呢？"

有情饮水饱的婚姻可以不需要盛大贵价的仪式，也可以避开家族间烦琐伤人的谈判。所有婚恋定律均失效，只需要她说一句我愿意。

是的，哈月当然愿意，如果时光可以在那一刻停止，再不老去，她也会默然应允。

可她趴在一片明亮的月光里，把自己的耳朵轻轻地贴在薛京的胸膛之上，"怦怦"如雷的心跳声震得她的眼睛酸涩，所以她听见自己强装笑意的声音。

"你想得倒美，连求婚步骤都省了？好歹要用稿酬买个钻戒，单膝下跪。"

"哇，那完了，"她笑了，薛京也跟着笑，他以为这又是一次单纯的玩笑，翻身将她压在身下，十指交缠，用鼻梁咯吱她的颈窝，"要是我写得很烂，不仅一本都卖不出去还要自费出版呢？钻戒是别想了，将来咱们可能要用易拉环了。"

"我先量一量，你的手指符不符合既定戒圈。你更喜欢可乐还是雪碧？"

躲闪中无名指被搅进口中，哈月在晕眩中宽慰自己：他们还很年轻，也许世间根本没有法则可以定义初恋。或许呢，再等个一两年，一切都可以顺理成章。

但偷来的始终要还，哈月忘记了，丑小鸭本来就是天鹅的后代，灰姑娘则拥有嫡女的血脉，就连童话故事都不曾骗人。

她的初恋最终还是在回校领取毕业证的那天结束了，以一个壁虎断尾的方式。

接下来的情节不必赘余，因为薛京对他们分手的状况记忆犹新。

离校那天他出于完全的好意，邀请哈月去他家做客，恋爱两年，再加上已经同居了，毕业后他们理应进入恋情的下一阶段，这是薛京主动背负起的责任心。

就算哈月现在还没有计划婚姻的念头，但他的态度向来很坦荡，他是以长期择偶的目的和哈月进行恋爱的，他对哈月内外都很满意，他希望自己的父母也能祝福他们之间的感情。

他感受得到，哈月对这段感情总是有迟意和摇摆，他想要力所能及地让她确信。

因为儿子提前打过招呼，当天见家长的过程很愉快。

薛京的母亲冯韵一直是八面玲珑的性格，她平常生活中最大的乐趣就是招待亲朋好友在自家娱乐，不是亲自下厨，但也让厨子提前做了一桌好菜，甚至连总是出差在外的薛连晤也特意准点回家和他们一起用餐、谈话，给足了年轻人面子。

临别时，夫妻二人还给哈月包了一个很厚的见面红包。

就在薛京以为一切都在朝着正轨发展时，第二天，他从父母什刹海边的私宅回到他和哈月的小公寓，却发现她所有的行李都不见了，只剩下餐桌上，还搁着一沓原封不动的人民币。

哈月不仅把红包退给了他，还告诉他，她不想和他在一起了，他们并不合适。

"是我妈跟你说什么了？她叫你不要和我在一起？"薛京看着面前已经凝结起油花的火锅，面容中也浮着寂寂的冷。

"没有。"哈月摇了摇头，狗血电视剧和爽文小说里经常会出现财阀拿出几百万将穷人砸晕的画面，可是在现实生活中，白手起家的富一代又不是只会撒钱的怨种，精明体面的冯韵根本没有用一分钱，就把哈月捧杀得无地自容。

她当天先是亲切地夸奖了哈月拎着的皮包，而后又与她探讨了一些红木家具近期的生意行情。

摸底结束，在饭桌上，冯韵神色如常，没有任何披露，高高兴兴地为哈月布菜，说自己很欣赏她这样拥有独立精神的年轻女孩儿。如今社会发展太快了，价值观倾覆颠倒，但哈月稳重又得体，跟那些肤浅的女孩子一点都不一样。

四个人围坐在一起，谈的都是夫妻恩爱和薛京小时候发生的趣事，哈月听得入迷，在完美家庭的氛围里，缺失童年温暖的她很难不晕头转向。谁能想到，她不仅爱上了薛京，就连对方的父母都让她神魂颠倒。

末了，冯韵用令人舒适的口吻对薛京和哈月说，他们两个决定暂时不出国也好，年轻人休息一年不是什么大问题，他们不是那种思想死板的人。

父母赚钱不过是为了让下一代生活得更轻松，薛京写作他们赞成，但完全没有必要为了实现梦想而放弃读书。丰富自己的知识储备对年轻人来说是圆梦的捷径，他们躲在国内的小公寓里吃苦工作才叫本末倒置。

他们家别的不多，但这点投资教育的能力还是有的，如果他们决定今年完婚，即便明年供他们两人一起出国读书也花不了多少钱，这是最不会亏本的长远投资。

除此之外，他们夫妻对孩子的择偶无意做出任何干涉，全凭他个人喜欢，只要人品正直，其他的都无所谓。

薛京是无可挑剔的男友，连他的父母也像是豪车广告内的完美夫妻，一个巧笑倩兮，另一位风度翩翩。

不可置信，哈月恐惧了那么久，但见家长的一切细枝末节，都像是做梦般圆满。

当年从未踏出过老家一步的小女孩在拿到蓟大录取通知书时的狂喜也不过如此，这一次，她再一次拿到了幸福人生的邀请函。

整晚，哈月胃里的蝴蝶就没有停止过挥舞翅膀，她几乎是诚惶诚恐地离开了薛家，甚至在冯韵流露出希望儿子今晚可以在家留宿一晚时，她还主动地扯了扯薛京的衣襟，附和着"伯母"的舐犊之情，俨然已经把自己当作对方的新家人。

在回程的出租车上，她内心隐秘的兴奋还未出笼，手机就响了。

听电话那头的声音，薛京没避着人，还在客厅里和父母闲聊，他很开心，因为哈月和他的父母相处得很开心。

他先是关心哈月的车到哪儿了，什么时候到家，而后又懒洋洋地复述他妈刚才的话："没别的事，我妈说明天要去店里给你选个包，问你喜欢什么颜色。"

"还不是你俩喝茶的时候她把水洒到你那鳄鱼皮上了吗，她笨手笨脚的，你可别跟她客气，她讲你背的那包值不少钱，光配货都得一套房了，沾水就算废了？你们喜欢的东西我是不懂，你让她赔你个更好的就成。"

一瞬间，哈月脸色煞白，血液倒流，她还支吾着没说话，薛京又朝着背景音中的冯韵嘟囔了一声，重新对着电话打起精神鹦鹉学舌："嗯，她老人家还说，咱住的那公寓太烂啦，你们公司旁边就有一套现成的大平层，早几年买下时就装好了，还差几件正经红木家具，肥水不流外人田，这周她闲着，想去你爸爸那边的工厂选一选，让叔叔给她个亲家折扣。布置好了咱俩免费住。你说厂址在哪儿来着？她说自己肯定是听错了，你说的那地方只有非国标。"

电话远处，传来一阵朗朗的男声，间或有几句女声的调侃。

很快，薛京的牙齿上下轻击，对着电话乐不可支："我爸说，三千块一吨的南美酸枝，那不跟假货一样吗？两人因为这个还拌起嘴了，我真服了。"

说者无心，不过是插科打诨，敷衍父母。

但哈月像是被迎头敲了一棒，当年迷信"真假混背专柜过检"的哈月并不知道鳄鱼活着可以两栖，死了被做成皮包却不能碰水，她也不知道自己在"代购"那儿精挑细选的低调款皮包误打误撞了顶奢界的天花板，如果她的包是真的，是可以被送到佳士得拍卖的程度。

更别说她知之甚少的红木家具了。

花钱有壁垒，家庭氛围亦然。

冯韵和赵春妮的做事风格迥然，她没有在发现哈月背假货时第一时间揭穿她，也没有在发现她满口谎言时对她恶语相向，相比泼妇骂街，她更中意演一场矜持的好戏。

但和在成长经历中让哈月每一次感到刻骨自卑的状况一样，那场鸿门宴就像是地壳运动，委婉的缓冲后，迟来的毁灭并没有因为包裹着糖衣而式微，反倒是山崩地裂得更加剧烈。

哈月不知道自己是怎么挂的电话，她只记得挂了电话，舌下涌出一阵血腥，口鼻更是像被人用扎线带勒住脖颈般难以呼吸。

她捂住嘴巴，疯狂地拍打着司机的靠背，用求助的眼神示意对方停车。

车子一脚急刹，她冲出后座，跌跌撞撞地爬上台阶，还没有跑到绿化带，就在人行横道上将晚上下肚的珍馐美味尽数吐了出来。

胃液将鲍鱼、鹅肝、和牛全都腐蚀成绿色，还有那些价值不菲的金箔、鱼子酱、松露也都变成了排泄物一样的流体。这些东西都争先恐后地从她身体里钻出来，嘲笑着她，鄙夷着她。

眼泪顺着下巴一滴滴地淌进污秽中，哈月跌倒时磕破了膝盖，皮肤受伤渗出血渍，但在这样的情况下，她没有先护住自己的身体，还是下意识地紧抱着自己人生中最贵的一只皮包：一只用压纹牛皮伪装成鳄鱼纹理的仿品。

走线、五金、刻印，统统货不对版。

这才算后知后觉，知晓了那句被薛京父母反复提点的"人品正直"是什么用意。

薛京的父母大约也不是真的认为自家儿子选女友，其他的条件都无所谓。

他们家的门槛也不是真的低到小鲤鱼轻轻一跃便可得道升天，他们只是很懂鉴赏，从第一眼就已经看出了哈月和她的包一样，是登不了大雅之堂的假货。既然早已看穿了她，那又何必费心撕破脸面？

现世的小丑总有自露马脚的一天，他们的底气令他们无须波动情绪，更不要说主动出手破坏与儿子之间的感情了。他们只需要，静静地，等待着，以一个绝对优越的姿态俯瞰她的笑话就好。

犹如猫捉老鼠，总要先戏耍一番，而她愚蠢到竟然真的照单全收，信以为真。

所以不战而逃，所以找借口分手，所以在薛京愤怒地质疑她的种种不堪时，她没有否认，顺水推舟，让他认为她已经有了更佳的选择。

以伪装开始的爱情，终于得以用伪装而结束，也算善始善终。

但这些年唯一令她良心难安的是回想到那天炎炎夏日公寓内，她提出分手后，薛京见她的最后一面。

她在应激反应下肆无忌惮地伤害了薛京的感情，好像赵春妮附身，破口大骂，对曾经亲近过的人使用了暴力。

而现在，没有时光机，但她得到了一个直面过去，并与自我和解的机会。她在心理上需要这个了断，也迫切地想要向薛京道这个歉，这就是为什么她想要请他吃这顿饭。

火锅店内突然被灌入一股冷风，结账后，哈月前方的玻璃门被薛京推开了。

一餐结束，薛京面无表情地走在哈月的后面为她撑门，等到她走出去后，他才自行出门，关门。

说完自己要说的，哈月突然觉得内心轻松了不少，道歉便是这样，不过是为了取得自己心灵上的宁静。她曾经做过不少错事，现在只求尽心弥补不留遗憾便好。

幸而薛京如今这么成功，大概也早就把她的伤害忘记了。这真是太好了。

走过一条马路，哈月送薛京到酒店楼下，临别时，她深吸了一口气，重新慢慢地吐出来，还是那样笑着和他的侧脸道别："以前是我太不成熟了，真的对不住。

"说句马后炮的话，其实这些年我一直在心里为你应援，当初第一次看你的文字，我就知道你能写出名堂，因为你在写作上确实很有才华。

"你的书真的很好，是我看过最好的作品。尤其是文字给人的力量感很强，有时候我会想，像你这样温暖的人，怎么会剖析得出那么阴暗的角色特质？看来不是什么都是需要习得的，天资高才是最重要的。

"谁知道呢，说不定下一次再看到你，就是在全球畅销书榜单上了。"

这是几句发自肺腑的夸奖，即使奉承得再天花乱坠，理应不会让人过分反感。可是哈月不知道，她的这段表白跟她刚才所有叙述性的字句一样，让薛京厌恶至极。

薛京本来正望着街上来来往往的车辆，试图寻找一辆亮绿灯的出租车，马上将后面的人塞进去，让司机一脚油门带着她的释怀和笑意以光速滚出他的视线。可是听到这句话，他再也忍不住血液中膨胀的赤裸恶意，轻飘飘地回了她一句："几年不见，你还是那么恶劣呀。"

"什么？"或许是今晚吃饭时的气氛太好了，哈月完全没想到薛京会突然戗她一句，她先是愣怔，满脸诧异，怀疑自己耳朵出现了某种听力问题，而后才有些慌乱地将双手从口袋里拿出来微微地摆动，"你误会我了，我是真的觉得抱歉所以才会……我说的都是真的。"

她没必要到现在还要对前男友撒谎，如果有略过的个中细节，例如父母离婚，母亲生病，自己打工的艰辛，创业又失败，也只是为了听起来不那么像卖惨而已。

她不需要任何人的同情，她没想要打动薛京。

但面前，她教养良好的前男友没让她把话说完，他显然没有共情她的自卑，也不买单她的道歉，直接回头用不耐烦的手势打断了她，措辞也异常犀利："怎么会误会，我听懂啦，你是说，你爸卖红木是假的？"

哈月点头。

"你背的包也是假的？"

哈月再次点头。

薛京的双眉微微颦起，姣好的五官露出一种哈月从未见过的、盛气凌人的怜悯。

他的五官亮眼，做什么浮夸的表演都能被消化得很好，而且他似乎很乐得看到她因为不解而频繁点头的样子，甚至还像哄孩子一样皱了皱鼻尖，软着口气引导："唔，分手原因也是假的，对不对？不是因为我不好。"

哈月在女生中实属身材高挑的，但面对面而立，两人之间仍然有十厘米开外的身高差。

和以往说情话时一样，薛京为了配合她那张有恃无恐的脸，稍稍俯身。

距离越近，哈月鼻息中对方身上的木质调越浓，视线里，一双狭长的狐眼也更雪亮，似深山月下亮出利齿捕猎的兽。

哈月在对方几乎要烧起来的视线内，向后倾斜，屏住呼吸。她直觉自己掉入了某种陷阱，但还是点了第三次头，因为薛京领会得确实没错。

突然，毫无防备，薛京咧开唇角对着她笑了一下，这一次，他何止是唇角眉梢在笑，他笑得几乎是见牙不见眼的程度，甚至需要用屈起的食指触碰自己的鼻尖，才能止住自己逐渐不可控制的笑声。

而在他笑得上气不接下气的嗓音里，他充满敌意的字句像是一支凌空射来的箭，猛地射穿了她的自洽："可是你不要我是真心实意的啊。就算你是土包子，全身冒牌货，连家庭背景都要逢人说谎，但你还是选择放弃我，甚至都不是被迫的，这一点，我有误会到你吗？"

"您这是跟我道歉呢？"

"真好笑。"

慌神是难免的，因为哈月从未见过这样不可一世、盛气凌人的薛京。

哈月没听过他讲脏话，即便以往面临最让人火大的情况，在食堂被人泼了一身油渍，他也是彬彬有礼，反而会安抚起肇事者的情绪。

她的初恋男友是夜空悬着的月，是荷叶上的露，是世界上所有温柔良善的集合体，人性的本色是纯良的透明。可现在，面前这位"透明体"何止没有一丝温情，他像是手持朱砂的判官，浓墨重彩得很彻底，一笔一画恨不得写上她的死期。

怎么会？

薛京是如此前程似锦的青年，他活在实现梦想的荣光里，有大把的未来握在手里可以挥霍，他拥有的东西那么多，她充其量不过是一次他失手打翻的木糖醇假甜饮料，他怎么会对四年前耿耿于怀？

因喉咙干涩，哈月的声音也像年久失修的旧合页："真的是要道歉……你可以不接受……但……"但不可以质疑她的道歉是在耍花枪。

话又没说完，薛京再次乘胜追击地截住了她。

"可别给我扣帽子，我当然能接受道歉，但道歉多少要有几分真诚。你自己听听你说的话是真心的吗？我真像您说得这么好，这么完美，这么善良，这么有才华，是只绩优股，您怎么舍得分手的？"

"我愚笨，不太懂，您细讲讲呗？"

"您"字频繁出场，但哈月没感到自己被尊重，相反，本来在火锅店已经被她亲手合上的情感抽屉又重新翻起新的狂风暴雨。薛京当然不愚笨，可是他的聪慧从不是这样锋芒毕露的。

哈月一阵阵心悸，气短，心脏因为紧张而在胸膛里到处乱撞，声音大到她开始耳鸣。

"哦，不说啦？"薛京直起腰，他立在那里，脸上没有一点好颜色，像个十足的坏种。

他的理智是在线的，但强不过压抑了太久的痛。人也是动物，痛得难以忍受，便会激发深层的劣根性。薛京知道自己出于绅士、风度、体面，以及种种男女相处的法则都不该说下去，但他还是说了，他像一只疯狗一样控制不住地想用他擅长的文字伤害她，她当年是怎么伤害他的，他就加倍地还给她。

谁也不是真的永远没脾气，他上学那会儿为了讨哈月喜欢不是装得也很累吗？走一步想一步，比职业选手下国际象棋还瞻前顾后。

因为爱重她，他宁愿做脑袋空空的笨蛋，摒弃所有他在人生中被教导过的阴险和狡诈。他把心脏掏给她，那是他最重要的东西，让她踩在脚底下，不是为了让她一脚踢到下水道的。

"啧，刚才讲得挺顺口，现在怎么说不出来了？又没法儿自圆其说了是吧？"薛京点着头，像良师般孜孜不倦，"我帮你讲呀。是，我很好，但根本不是你要找的人，从一开始就不是对吧？你当然没有多偶倾向，这个我承认。"

"你也不是真的拜金。你不过是早就清楚，我就是一个你人生中短期的玩物，所以用完了，伤自尊了，就像丢垃圾似的迫不及待地甩掉了。"

"毕业是你的个人时间止损线咯？

"玩儿嘛，谁都会，你一开始说明白，我也不是受不起，可你不该持续给我一个你想要和我有未来的假象吧?

"别装啦，你今天就说句实话，分手后你伤心过吗? 你只觉得解脱了是吧，不用说谎，不用怕了。就连现在这不像样的道歉也是出于同一个目的。

"你就只想你自己痛快，想过我吗?

"哈月，道歉是弥补他人，不是成就你自己，听得懂? "

薛京不知道哈月有没有听懂他发的疯，但他知道，他说的话肯定也同样伤害到她了，不然她不会在他说话的时候全身战栗，像是看变态一样，逐渐对着他露出迷茫又惊悚的眼神。

是啊，她应该怕他，这就是浑身是刺、锱铢必较的他，她早应该怕他的，不然怎么敢那么对待他?

破镜始终是破镜，那不如让他加把劲，让他们碎得再彻底些。

别望以前了，镜花水月，都是假的; 别看以后了，一潭死水，没有未来。

可饶是这样，把伤害加倍地用言语回敬，薛京体内的痛感并没有被缓解，血沸过后是哀默，而哀默一定程度上真的大于心死。哈月了断了他的初恋，他也结束了她的留恋。

这一次见面后，他们之间连回想对方的资格都被没收了吧?

那很好啊，哈月也开始厌恶他了，就像他这四年每次想到她都会皱起眉头一样，她现在连回嘴都觉得多余吧，所以才不再说话?

没必要，太没必要了，分手几年了? 都是成年人，再见还闹得这么难看，人跟狗还有什么区别。

薛京不再看她，也不愿意再看，再看下去，他大概会做出一些更非人的举动，有道德低下的嫌疑，于是他继续回头为哈月寻找空车。

街尾突然闪过一抹绿光，他马上抬起紧绷的右手。

蓝黄相间的出租车在路中间掉头，就在薛京以为他们之间这糟糕的感情终于迎来了终章，站在他身后的哈月陡然用单薄似锦的声音问他："那你说，我要怎么弥补才算真诚？"

分不清是纯粹的报复，还是真的穷途末路仍难割舍，抑或两种情感形态归根究底是源自一个原因。

招来的出租车已经停靠在两人身边，薛京却在下一刻回过头，十分轻佻地握住了哈月的手。十指紧扣的过程中，他的指腹触到了她手心的薄茧，那骨骼和皮肤的触感太熟悉了，电流从肌肤相触的地方直钻到灵魂里。

哈月瘦了。

以前二十出头的她就很苗条，但还有些许婴儿肥挂在身上，但现在，她的手只剩薄薄的一层皮了，好像鸟的喙，握起来会让人觉得硌。

心口一软，四肢百骸都焦灼万分。

他很急，急得像是生怕自己在今晚酿不成大错。没有给哈月任何犹豫的时间，左手刚牵住她，右手已经不加掩饰地搂住了她的肩膀。

哈月整个人是软的、酥的、温的，任他在冷风里抱着、搂着、贴着，没有任何抵抗。

亲吻会热，身体马上就烫起来了，连同至关重要的器官。

一个人久了，满会溢，这种梦这些年薛京也做了不少，但每一次，梦里的哈月都像一只竖起全身武器的刺猬，拼死不从。她不要冲他笑了，也不要给他愉快的反馈，她只是回避他，尖叫着用她那张牙齿很硬的嘴骂人，骂到不能再脏，她就咬他的肉。

梦里，他总是压抑。

但这一次不是梦，哈月已经二十过半了，她不施粉黛，垂着眉眼，抿着唇瓣，看起来安静顺从，她周身的气场有一种特别奇怪的定力，不再像从前那么易碎。这种沉重又豁然的定力很惹他讨厌，他想全部扯烂然后扔得到处都是。

于是他脚步没有迟疑地向着酒店的方向走去，语气还是那么刻意为之的薄情："好啊，上来吗？你也知道吧，前任之间吃完饭总要做些什么才上算，不然你也不会约我。"

"弥补我的方法你不懂是吗？我来教你。"

地毯、射灯，还有不停地从眼角余光里闪过的金色装饰画，宾馆内的老旧软装组成了光怪陆离的万花筒。

哈月从刚才看到薛京打车的那只手时，就开始脚步虚浮，而现在那只带着伤疤的手腕，就在她眼下几寸的地方，随着走路的步伐来回轻晃。像是魔术师用来催眠观众的钟表，把她又带回了那个充斥着汗水和躁动的毕业季。

薛京那道凹凸不平的疤痕不是自然形成的，也不是任何意外，是她人为造成的一枚丑陋的牙印。

提出分手后，哈月除了搬走外，还迅速地拉黑了薛京所有的联系方式，为了躲避他的质问和纠缠，连夜逃命，换了新的工作。

薛京没有污蔑她，率先说出分手后，她心里是有过解脱的。

哈月连自己都不知道原来她真正下决定时可以那么狠心，斩骨刀挥得够快，虽然感情粘连作茧自缚，砍伤他也难免割碎自己，但是失去薛京的感受似乎只构成了一种声势浩大的虚无。只有失血过多的麻木，没有痛感。

大概这就是薛京所说的意思，她从一开始便给他们的初恋期限上过保险栓，所以当灾难发生时，她身上其实穿着一件从未脱下的救生衣。

况且那种失去所爱的麻木她很熟悉，小时候她也很爱哈建国，那是她还不懂爱时就开始依恋的异性，但自从父亲走后，她也是这样麻木忍过的。她没有长久地拥有过很珍贵的东西，所以失去妄念不能被称之为痛不欲生。

伤心是老天为善男信女们量身定制的私人地狱。她不善，也不信。

所以对于分手这件事她真的伤心了吗？如果眼泪和鲜血是哀悼的砝码，她确实没有在失恋后为薛京掉下过一滴眼泪。

不像薛京，何止流泪了，连血都溅了一地。

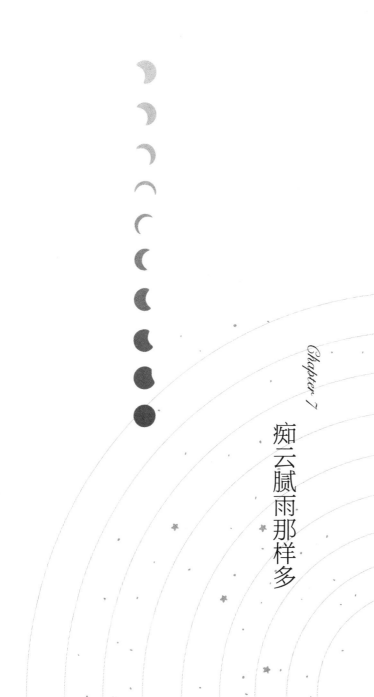

Chapter 7

痴云腻雨那样多

分手后再见面那天完全是个意外。

哈月人间蒸发四周后，薛京将他们二人同居的公寓毁约退租，付完违约金，结算租房押金时，原房主发现厨房一处水管爆裂，殃及全屋，遂电话联系到在微信给他交过电费的哈月商谈维修金额。

哈月确认过房东口中的"另一名男租户"已经拎包离开后，便和对方定下了次日见面的时间。

不巧同样的通话内容在中介公司内也发生了一遍。

当初和中介公司签订合同的人是薛京，解约也是他来办的，所以中介人员想当然地给他拨打了电话邀约他一同查看房屋受损情况，大家坐下来定个维修方案。

这世界上不乏失败的爱情，痴云腻雨那样多，除了当事二人，没人在乎他们见面是否不妥。

那天是周六，约定时间是上午十点，可是哈月天还没亮就对着天花板瞪圆了眼睛。

窗外的鸟还没醒，她就再难入眠，干脆翻身下床，喝了一杯西芹苹果榨汁然后对着镜子化妆。等到选完要穿的成套洋装，她决定提早到达公寓，查看一下地板的损坏情况是不是真的像房东说的那样，需要全屋大规模更换。

哈月的钥匙已经在搬走时留给了薛京，幸而，以前她和薛京共同居住时，相约放在公寓门垫下面的备用钥匙还在。

腕表指向七点半，天刚蒙蒙亮，哈月已经打开了公寓的防盗门，走进了他们曾经用"纸盒"搭成的临时的家。

进入房间，第一时间并不是走进厨房，而是用心环顾四周。

哈月在屋子里转了一圈，打开了所有抽屉和柜门，才开始笑自己虚伪，其实不想被人当冤大头是借口，她早来了两个半小时，分明是想要趁机在屋内寻找薛京留下的蛛丝马迹。

薛京没有在白墙上留下红色油漆，也没有用球棒破坏任何家具，所有他们使用过的玻璃制品都完好无损地搁在橱柜内，甚至在离开之前，薛京还把卫生仔细地打扫了一遍，床品也叠好了，窗台上的几棵绿植也被浇灌了充足的水源。

想象中恐怖情人的行径没有发生，那太下作了，不符合薛京的调性。

分手，他也高风亮节，不纠缠，不造谣，不跟踪，礼貌而克制，既然不合适，说散就散。倒是她，太把自己当回事了，其实早知薛京的反应如此平淡，她也没必要跑得像是身后有鬼在追。

薛京不缺异性关爱，她匆匆离场后，相信很快会有新的候场选手上台炫技。而他的新女友应该会很优秀吧，起码理应门当户对。这一次薛京应该不会被骗吧？

那就不关她的事啦。人能拯救的，终其一生不就只有自己吗？想那么多没用。

高跟鞋在地板上发出"噔噔"的脆响，哈月收回自己正在抚摸盆土的手指，搓掉指尖潮湿的椰壳，她突然感到身心非常疲惫。原因肯定是没有在休息日成功补觉，算一下时间，或许也是马上将迎来生理期的关系。

她人立不住。

弯腰脱掉正在给予双脚酷刑的细高跟鞋，单手捶着发闷的胸口，掀开用来做隔断的纱帘，走到家中唯一一张双人床旁。

这个空间里并没有别人，所以哈月不需要装作考虑，直接搁下鞋子，轻车熟路地倒在那张床垫上。这张床垫有独立弹簧，软硬适宜，弹力出众，她和薛京都很喜欢。

翻个身，哈月仰面朝着窗户休憩，双手肆意展开，小腿与床脚平行，脚尖垂在床边。

天窗外面的光线渐渐地亮起来，距离十点还有一段时间，哈月闭上眼睛，感到异常放松。虽然薛京已经离开了这间屋子，但是这间屋子里有他的味道，他作为一个男人，但身上总是很香。她或许可以在这里小睡一下，只需要起床走到玄关处，拿出手机预先设定一个闹钟。

床垫真的太舒适了，勾起了很多松散的记忆，而哈月实在太疲乏了，到底还是没能打起精神从床上坐起来，闭上眼睛的瞬间已经开始进入浅眠。

朦朦胧胧中，她还做了一个很温情脉脉的梦，梦里她和薛京还处于同居的恋爱状态，周六的早上，她休息，他也是，他们准备一起坐车到邻近的城市采风。

虽然还没有写成一本完整的作品，但是薛京很迷信国外作者那套在创作中进行田野调查的体系。

时间还有余量，薛京许可了她的赖床，给她一个吻，先行下楼去买早点。他问她吃什么，她说随他的便。

"咔嚓"一声，耳边有门锁反弹的回响。是他买早点回来了。

哈月哀鸣，还没睡够，在床上侧了一下身，脚趾踢到床沿，立刻从睡眠中惊醒。

她和薛京分手了，同居状态也不再续存。她今天是来商谈赔偿的。

但耳边的声音不是幻觉，是门外真的有人开门进来，而来人应该也看到了玄关处的女士拎包，进门的脚步声一下就静止了。

进门的人是薛京，提前两小时到达公寓，起因同她一样，睡眠不好，醒得太早。

用的钥匙也是方才那一把，搁在地毯之下的备用品。

从看到薛京侧脸的第一眼，哈月像是炸毛的猫，立刻从床上弹跳而起。

因房间太小，无处可躲，她来不及穿鞋，只有隔着最远的距离，蹲在床与衣柜的缝隙里，十分幼稚地用床头柜遮挡着自己的身形，迫切地希望薛京可以在下一秒转身离开。

但薛京没有掉头，他认出了她的包，也在床边的地板上看到了被她脱下的高跟鞋，愣神了几秒，面容有惊，但更多是喜，直接回手关上房门。薛京崇拜莎士比亚式的罗曼蒂克，对他来讲，这是一种冥冥中的指引，完全证明他们的故事并没有就此完结。

可是哈月不这么想，起码随着脚步声越来越近，她脑子里的理性越来越稀缺，那种被迫直面伤口的恐惧终于还是令她像个精神病患者一样做出歇斯底里的举动。

一开始，薛京只不过是想要和她谈话，从分手那天到底发生了什么说起，但哈月拒绝和他进行有效沟通，一直在质疑他为什么会出现在公寓里？她单方面推测薛京刻意埋伏，心存报复，并不听他要说的任何解释。

后来，言语矛盾上升到肢体冲突，她走不脱，也说不通，便像是被关进笼子的斗兽。情绪激动之下，打翻了花盆，砸烂了餐具，想要赤脚冲出公寓。

这种架恋爱时也吵过很多次，薛京也用了和以前一样的处理方式，他从背后用力地抱住她，试图以静制动，安抚她的情绪，等着她最终示弱。

脸颊贴着她的脖颈，吻落在她的脊椎上，他的拥抱那么亲密，几乎是切肤的程度。

他多希望她那张嘴里能说些好听的话，他要的不多，一个道歉就好，无论是什么样的情况，他都可以说服自己去理解她古怪的行径。

可是哈月她自小就有个好老师，言传身教，太会骂人了，单方面的言语攻击实在难以承受，他开始哽咽着用右手去摩挲她的脸，试图捂住她说话的嘴："别说了，求你了，真的别说了。"

"我们安静一会儿可以吗？"

这一次哈月没有被"爱"感化,她只觉得这种沉默的拥抱密不透风,包括薛京的鼻息温柔地洒在她的碎发上,一松一弛,都像是邪恶的塑胶薄膜在阻止她的呼吸。

全身被薛京触碰的地方都很痛,心脏更像是被扔进油锅煎炒烹炸,整个人精神恍惚,开始有濒死的错觉。

她没办法不尖叫,因为如果停止尖叫,她大概会开始啜泣。

而流泪的下场他们两个都很知道,他们会抱在一起用对方拭泪取暖。她将要把像个破掉的旧口袋的自己,从里到外翻出来给他品鉴。

所以哈月在情急之中咬住了他的手腕,她咬得那么用力,直到血从唇角流下来打湿了她的衣服。

一个人所能承受的伤害是有限的,薛京这一生都没有遭受过这样无理的攻击,他终于吃痛松开了手,哈月也成功地挣脱了那个代表着复合的拥抱。

是跑到公寓楼下时才发现的,她没穿鞋,没拿包,白色的洋装上全是薛京的血,脖子上,她伸手抹了一把,濡湿的头发里,都是薛京的眼泪。至于她的脸上?干燥又冰冷,好似枯水期岸边的鹅卵石。

那天她没有和房东见面,反而因为过度呼吸全身抽搐被 120 送进医院接受治疗。

人人都说被爱是一种世间难得的幸福,但幸福的余温太炙热了,竟然令她的身体产生碱中毒的休克反应。

电梯开合,哈月跟着薛京走出电梯的步伐有些踉跄。她像是喝醉了,歪歪扭扭地靠在薛京的身上,他需要用右手搂住她的腰才能带起她的重量。

走廊空旷,连摄像头都是假的,手指钻进厚重的布料,贴在肋骨边缘可以随意搅动。

今天他们的拥抱并不绝望,相反,薛京的行为举止轻浮又放荡,乘人之危的意味很重。就着这么一件薛京笔下很低俗,破坏昔日浪漫的腌臜之事，哈月却没有强烈阻止错误的意图。

相反，因为燃起的欲望是真实的，她反倒有一种简单摇晃的快乐。

精神上脚踏实地得太久了，一旦轻飘起来，人就像是脱线的风筝不受控制。况且这只是一次补偿、一次迟来的道歉，薛京马上就会离开绥城，次抛的愉悦，她求之不得。

昔日，难于上青天的幸福对她的身体有害，如今，唾手可得的冲动不会，朴实的坏比傲慢的好让她心驰荡漾。

怪就怪扮白脸的这位还烂得不够彻底，掏出房卡时，薛京在急迫之中到底还是生出一丝方寸，他话是对着哈月说的，但规避错误的出口是提供给自己的。

在刚才上来的电梯中，他已经扯掉了哈月的发圈，现在她的头发披散下来，好像一道鸦色的雾，他把下巴搭在哈月柔软的发旋中，嗅着她身上廉价的皂香，还是征求了口头允许："你不说话我可以理解为默认吗？"

"别搞得像强迫，咱俩也不是多生分，不愿意你可以说，实在说不出口，也可以对我使用武力。我记得你牙口不是挺好的吗？"

房卡在薛京的手心割出一道白痕，哈月盯着他有些发抖的右手，一下子握住了那道疤。何必忍耐？反正是做熟，总不会比他们的第一次更差。

哈月的手劲儿很大，像是老虎钳子磕核桃，听到薛京倒吸了一口气，又抿着嘴唇抱歉地放松了力道。

她试着用指腹去摩挲那枚牙印，声音像是在谄媚一只受伤的水鸟："当时不知道咬得这么重，很痛吗？"

怀里的人还是那么狡诈，一句话就打消了他的反悔和顾虑。

门卡贴在门锁上，激出一串清脆的喟叹。

薛京再没犹豫，抱着她进屋抵在冰冷的门板上，吻落下时，他口中的声音变得含混不清，十分暧昧。

　　但距离够近，哈月抓着他的衣领仰起头时听懂了，他说："当然很痛，从那天一直痛到现在。"

　　玄关处的木门和墙壁都很硬，所以亲吻的探戈旋转到铺着厚毛毯的起居室。后退时薛京被地上的行李箱绊了一下，刚坐在床边，就开始腾出右手清理床上的衣服。

　　出门前试了那么多衣服，那么凌乱，一件、两件，全部都扔到地上，包括他自己身上那件皮衣。

　　哈月俯身，手指贴够了他的脉搏，就开始无碍地下行。手心被烫了一下，瞳孔裂开了几分，眼角余光自然有将屋内的景致尽收眼底。

　　哈月笑得很浅，唇角勾起，有一种顽皮的孩子气，整张脸上的氤氲，配合着皮带扣的声音观感更佳："你出门前在酒店选美？"

　　薛京耳后的皮肤红得刺目，因为她的话，连眼白都开始烧成樱粉色了，他恶狠狠地讲了一句："别废话。"

　　拉下她的手腕反客为主，该缱绻的游戏突然变成了竞速赛跑，谁更狠厉干脆，谁就更胜一筹。

　　不需要勉强，一切都是箭在弦上不得不发，悬在她上空时薛京才回过神来，自己缺少安全措施。

　　顶楼套房常年空置，床头应该摆满所需品的地方，装满了一次性茶包。

　　再打电话给前台很煞风景，所以哈月扯过自己挂在床头的羽绒马甲，在兜里抽出一串，撕开一枚递给他。

　　输了，这场游戏薛京终于是败得彻头彻尾。

　　他出门前像个情窦初开的小姑娘对着镜子贴花黄，可他的前女友像伟大的万能神，早就预知了今晚会发生的事，她心理和生理上都准备万全，连工具都有了。

　　所以羞愤之余问了那个很没品的问题，他对所到之处发起探寻："分开这几年你有几个？"

话音刚落地再反悔，薛京捂着她的嘴巴叫她闭嘴，他心理上根本没有设防，无论这个答案是什么他想自己都承受不了，如果她说出任何一个数字，只要大于零，他会当场七窍流血。

好在这一次哈月很乖觉，他想安静那就安静，闭嘴时她的嘴唇也是极其放松的，随着"吱吱"亲吻他的掌心，她卸掉那层伤人的盔甲，并没有咬着他的手拼死给他一击。

整整三个小时，屋内潮起潮落，直到赶海的渔夫再没力气倒在沙滩上。

晚上十一点钟，哈月还精神奕奕，她枕在薛京的胳膊上，仍在观察他的疤痕。

身后的呼吸声渐渐悠长，哈月该回家了，起身前，她转过头，仰头数着薛京的睫毛轻声地问："你又不是没钱，怎么不做祛疤手术？"

疤痕很丑，与他不般配。这种痕迹，来自他人，留在身上，是烙印，是耻辱。连立深情人设的明星都会洗掉为了前女友而刻下的文身。

薛京用手工作，外形出众，也不甘心居于幕后，他还需要接受公众采访。

哈月揣测，他每天在键盘上敲打文字的时候，目光下移都会看到这一块丑陋的痕迹，而他公开亮相时，还需要在这里补上特效遮瑕。如果还恨，情有可原，如果还爱，那就太傻了，放过他人总会令自己比较好受。

薛京不至于这么笨，他学文学的，又很钻研哲学，在思想上只会更超然脱俗。

"笨蛋"仍然闭着眼睛，他看起来真的很疲乏，睫毛在眼窝下投射出两片蝴蝶状的阴影，唇角压得很低。

哈月那天在三轮车上的洞悉并不全对。

她的初恋男友是虚长了些年纪的，他没有发福，脱发，变丑，但这张脸比以前要更容易冷沉，只有在这么近的距离，她才能分辨得出，他侧睡时，眼下横着几道非常冷漠且苍白的纹路。

年少时鲜衣怒马，他经常对她笑，那笑意暖如春山，所以她没发觉，原来他毫无表情时，漂亮的五官是一点明媚都看不到的。那些刺目的光芒像是趁着他合眼迅速逃跑的奴隶，而他就是铁王座上阴鸷又多疑的暴徒。

甚至他今晚忽冷忽热的脸色，还有些令人心生悚然。

听到哈月说话，薛京皱了皱眉头，他还是困，尤其是她躺在身边，周身妥帖得根本不想睁开眼角，不想回答，干脆发脾气，用被子把两个人的头一起捂了，闷声搪塞："我为啥干什么都要告诉你，你自己猜啊。"

夜里十二点，有人裹紧身上的衣服快步行走在清冷无人的街上。

但也有人推门从乌烟瘴气的网吧出来，为的就是在绿化带内毫无公德心地放水。

娄志云下午约哈月看电影被拒绝后，心里又苦又涩很不是滋味。

虽然当着外人的面，他必须强撑着男子汉的面子，口中全是女人如衣服那套歪理邪说，但是将办法落实到追求哈月的过程，他实际上对女孩子的心理百思不得其解，没有半点门道。

加微信的建议分明是哈月提的，但是这几天他申请了很多次，哈月都没有通过。

这是什么欲拒还迎的新手段？

娄志云觉得自己受困在一道自由发挥的恋爱题目里，关键是哈月给他的提示太少，他连解题方向都没有。辗转反侧了好几天，他上火焦心，所有牙龈都肿得吃不下东西。最后还是他在深夜失眠时把这件事发到了自己常混的江城婚恋交友群里，才得到了解决方案。

手动忽略所有告诉他，他根本没戏的表态，娄志云从中挑选了一条和他志同道合的群友的建议。

他再次给哈月发来了验证消息，说上次买东西找钱出了差错。

果然，哈月立刻通过了他的好友验证，第一句话，没有抱歉的寒暄，直接问他找错了多少钱。

借着找错钱的借口，娄志云又与她谈了许多自己在工作上的成绩，在生活上的规划。

可是哈月的反应还是非常难以琢磨，他长篇大论了几十条，对方回复的都是表情包。

所以下午他再也受不了对方欲拒还迎的态度，直接戳破那层窗户纸，他告诉哈月他下午想和她一起看电影，他要正式追求她。

这回哈月的回应倒是很快。她讲自己现阶段暂时没有谈恋爱的想法，但是谢谢他的好意。

娄志云失恋了，所以下午他连班都没上，跑到县城里找了个网吧消磨时间。

一打啤酒，两包红塔山，二十八局游戏连开直接打到半夜。

每一个被爆头的虚拟敌人都被他想象成女人的脸。不止哈月，还有这辈子曾经拒绝过他的所有女人，再加上那些在群里嘲笑他，说他是直男癌上脑的女群友。难以相信，那些大城市里自恃清高的女人不喜欢他，小城里朴实贤惠的劳动妇女竟然也厌恶他。

凭什么呢？为什么世界待他如此不公？他娄志云有哪里比不上别人？超过十个小时的双重宣泄让他的心情轻松了一些。

就在他浑身烟臭，醉眼迷离地结账走出网吧，重新建设好自信，准备把自己对哈月的悸动抛之脑后时——

浇完树，他对着街角提上裤子，一歪头，竟然看到了那个没有恋爱想法的女人正从对街一所营业房内走出来。

哈月今天穿得还是和往常一样休闲，但她没有把头发扎起来，她的头发散落在肩膀后面，长度堪堪，竟然也有别样的娇柔，尤其是在深夜，三千青丝被风浮动，在月光下像是一道男人的招魂幡。

娄志云看得有些痴了，他下意识地跟着哈月的脚步往前走了几米。

他想，这个时间，室外温度趋近零度，哈月步行在街上肯定很冷，况且绥城街道亮化很差，她一个女孩子走在深夜无人的街道上，总归是需要一个他来保护的。

他中午下山时还骑了摩托车，他现在可以用自己的代步工具载她回家。或许呢，她会因此对他刮目相看也不一定。

所以娄志云当即按捺住大声呼喊她的冲动，立刻转头掏出兜里的摩托车钥匙，摇摇晃晃地去启动自己的摩托车。可是就在他跨坐在摩托车的座位上，还没有开始酒后驾车时，他浑浊的眼神突然警惕地往刚才哈月出现的那道大门上方移动了一下。

定睛一看，当即，他高涨的心情犹如堕入冰窟。

哈月刚才是从一家连锁酒店的大堂里走出来的。她也没开三轮车，绝不会是来送货的。而且哈月不是演员，他不信她前半夜是在房间里和人谈剧本。

翌日绥城扬沙，尘土遮天蔽日，室外可见度不到五米。

这么恶劣的天气，从凌晨开始，窗户就时不时地被飞来的小石子击出一阵阵哗啦哗啦的响声，但薛京睡得特别安稳，犹如狗熊冬眠，窝在床上纹丝未动。

他会醒，完全是被手机催命似的电话铃声闹醒的。

头脑清醒后的第一件事是张嘴骂了一句脏话，他颦着眉头，用一只手胡乱摸到枕边的手机接起电话，另一只手则在床上摸到了空气。

意识到床上只有自己时薛京立刻坐起来，不是梦，因为昨天所有被扔到地上的衣服都被重新叠好放进了行李箱里。

电话那头"喂"了好几次，薛京才缓了口气重新把手从被子下抽出来。

来电人是薛京的半个同窗加室友，周双。之所以说是半个，是因为周双和薛京并没有上过同一所学校，也没有租过同一间房屋。

2019年年中，薛京在蓟大得到了那个去耶鲁访学的offer，同期正在念斯坦福的周双和一位在耶鲁读弦乐的法国女生开始进行网上约会。

半年后，网恋还未奔现，法国女生便在家人的安排下匆匆地坐上包机回国，而周双和薛京一样，因为错误计算了病症的严重程度而被滞留在国外。

2020 年中段，各国封关严重，回国机票千金难求，学校停止线下授课，大多项目都在线上完成，在加州住宿的周双突然接到女友的电话，希望他可以到自己在纽黑文的出租屋内查看一下她的财产情况。

据她所说，与她一起承租的男生也是耶鲁的学生，中国人。

一开始她离开后，两个人还有短暂的通信联系，但是近一个月以来，无论是 Facebook 还是 Ins 上，对方都不再查看她的私信，打了几次电话也都无人接听。

她在耶鲁还是新生，并没有什么深交的朋友，再加上她的租约不在合同上，脾气暴躁的美国佬拒绝因为她的诉求而在特殊情况下上门叨扰租客。所以她恳请周双可以替她去一趟纽黑文，亲自看一下，对方是否趁乱将她的所有行李财物打劫一空。如果是，还需要他帮忙报警善后。

4843 公里，从斯坦福到耶鲁，从美国最西部前往美国最东部，时差整整三个小时。

周双二话不说，转天便戴着双层口罩和一次性防护衣坐上了 6 个小时的经济舱。下了飞机再去挤两个多小时的火车，冒着被感染的风险只身跨越美国，不只是因为那时候周双还憧憬着以后过上白天在纽约证券所敲钟，晚上去卡内基音乐厅看艺术家妻子演出的生活，更因为他是个一生要强的中国人。

他要向小自己四岁的外国女友证明，他们中国人并不是会趁火打劫的势利小人，20 世纪前半段西方电影那套刻板印象很是害人。她的中国室友一定是有难言之隐，或许是被当街枪击已经横死也不一定。

事实上，周双的预测大差不差，在他终于用不正当手段撬开了女友的房门时，她小卧室里琳琅满目的奢侈品一件没少，而躺在大卧室里，裹着所有衣服，高烧不退的薛京虽然没有被任何极端人士迫害，但确实

日偏食

也离死不远了。

后来的情况他们两个都很少再回忆了。

那段日子苦得像是含着一把甘草，两个年轻人对明日的太阳是否会照常升起都失去了希望。

周双出于蓟城人特有的假客气提出留下来照顾薛京一周，再后来，他没走成，也感染了，又轮到薛京用微波炉加热速食鸡汤照顾他。恰逢时局动荡，满大街都是抗议游行，激进分子到处都是，两个年纪相仿的青年在那间出租屋里一躲就是四个月。

其间他们减少了很多不必要的外出，小组作业都是在靠线上视频，就是这样，还是反复感染了两三次，直到社会秩序逐渐恢复了正常，周双接到了学校的邮件，动身回到斯坦福领取毕业证。

至于周双的法国女友？即便是不少国家相继宣布病症结束，种种原因，她最终还是没有回到耶鲁复学。

人和人的相遇本身就是一种奇迹，在时运不佳的年份尤甚。

周双最后一次得到她的消息是由即将启程回国的薛京转述的，那时她已经是两个孩子的妈妈了，身材像是沾了烤奶酪的牛角包，头顶贝雷帽，左手夹着香烟，右手举着加了烈酒的咖啡，用嘴巴指挥着司机把所有香奈儿装进路易威登的硬箱里。

周双在爱情上一直没有什么运气，遇人不淑是人生常事，薛京的那位法国室友在和他网恋期间经常带不同男生回房间过夜取乐，根本不是什么腼腆的新生。不过大哥不笑二哥，渣女收割机周双在赚钱能力上拥有一流的嗅觉，这一点薛京必须承认。

回国后他赚的第一桶金就是在国内黑天鹅开场时，重仓互联网明星公司，一年为客户净赚 20 倍利润，佣金拿到手软，之后形势变化时，他又及时抽身把目光投向网络流量变现，现在搞知识付费不到两年已经在圈子里混得风生水起。

近一年来，互联网经济势头强劲。排着队想跟他合作的 KOL（关

120

键意见领袖）不少，但他有自己的格调，近几个月，他主做的板块是艺术家，现阶段算是薛京的半个生意伙伴。

"薛儿，晚上下飞机直接回家？用我派人接吗？这几天怎么样，累不累？要不我提前约个医院理疗的按摩师上门给你按按脊椎？针灸扎不扎？我还认识个盲人老中医。"

周双是蓟城大院儿出身，爷爷、父母都是蓟城话剧院的资深演员。

按理说在这种艺术氛围浓厚的环境中长大，他多少也得沾点文艺范儿，但周双没有子承父业，从小就爱倒腾钱，初中时为了追求喜欢的女孩儿把他爸收藏的邮票全都拿到网上拍卖。

不到三句话，他就绕回老本行，搞钱。

"周一上午群里有个一对一的连线活动，咱上个月出的课程可算是火爆了，这次直播四个小时，付费问答三分钟，价格就定个 588 的门槛，一场下来又是大几百。"

"这不比写书强多了？要我说你别跟那些老东西混了，混不出花儿来，写不写不就那么回事儿嘛，人活一辈子，赚够了钱去享受才是主要目的。"

"你名儿也有了，之后死要钱得了！多简单哪。"

"写不出来就再等等，别那么为难自己。你这么逼自己，容易给自己逼坏。"

两个人熟，非常知道对方生命里那些不堪的笑话，说话也很随意。

薛京张口就是一句："别跟我套瓷。"

"我还不知道你，关心我是假的，扎老子身上吸血是真的。我忙正事儿，哪有时间做直播，行程改了，你要真拿我当个人，叫你助理去我家多收拾点儿行李给我寄过来。"

"地址发你。"

"我明天先不回了。"

电话那边的周双一听就不乐意了，这可都是真金白银，一篇可有可无的破报告能比这个重要吗？

他眼睛骨碌一转，敲了敲耳边的听筒，琢磨着薛京这是下本书终于来灵感了？

按日子算，除了出品的报告，薛京从硕士毕业那天起，就没有正经创作出属于他自己的文字了。几本还在陆续出版的小说，都是旧存货。

前几年，薛京和哈月分手后有多才思泉涌，近些日子，他的灵感就有多枯竭。

无论怎么找状态，到处采风，还试过喝酒发疯，可除了抱着马桶吐，新的东西和新的故事，他是一本也写不出来了。

他不再恨哈月了，相对地，因为愤恨而涌现的作品也离他远去了。就算勉强下笔，也总是在重复以前的老调子。

三十岁是作家的坎儿。

余华三十三岁写出了《活着》，卡夫卡三十岁写下《变形记》，菲茨杰拉德二十九岁创作了《了不起的盖茨比》，这些男作者的清单况且可以源源不断地拉下去，更不要说女性作家，萧红二十四岁便看清了《生死场》。

都知道江郎晚年无佳句，可"畅销书"作家薛京还不到三十岁，在他引以为傲的事业上就开始走起了下坡路，还不是断断续续的慢曲线，哈月昨晚口中所谓的才华像是被拔掉插座的破电器。

这件事和他合作的出版社不知道，那些隔着网络追捧他的读者不知道，帮他包装新书的策划人和编辑也不知道，文学批评家们充其量觉得他的书越来越呆板，刻意迎合市场的成分很重，大约已经放弃了写真正想写的东西。

只有周双知道，商业化是薛京的下下策，如果下笔有神助，哪个傲骨文人又真的愿意卖课教别人写作呢？他近期捧起来的那些艺术大咖没一个是真的还在用心创作的，向公众展示够了有趣的灵魂，必经之路便是带货赚钱。写文学报告是薛京最后自救的求生圈，自讨苦吃，唯恐业荒于嬉，日子久了就会真的一个字都打不出来。

用右手给办公室外面的助理拨了个内线，告诉她现在去一趟薛老师家，周双嘴里反问他："不就一万多字吗，这么费劲？你之前写那几篇不是挺快的。糊弄糊弄呗。网上搜搜，东拼西凑。"

"这报告你要是真难办，我找人帮你写。"

"这周不回，下周回吗？开个会，讨论一下课程内容。咱们得趁热打铁，出个进修研习班。"

"还得安排影棚给你拍几张硬照，新课程得有新包装。"

"你说他们这拨立志当网络作家的小孩手里到底能拿出多少钱啊？上千的话是不是有点儿多？咱们敢把这个价格顶到头吗？"

"嘶，说到这儿我想起一事儿。这帮买你课的孩子应该都成年了吧？不存在用父母的钱超前消费课程的问题吧？哎呀，这个我可得记下，回头跟法务讨论一下。咱可是正经赚钱，别再闹出官司。"

"我臭了倒没事儿，换个壳子接着干，主要怕对你影响不好。"

薛京现在靠脸吃饭，总不能再整容换张脸。

周双在电话里纯粹是自问自答，想一出是一出，脑子里的点子蹦得比 ADD（注意力障碍综合征）患者还快。

薛京听着，心里有些烦，眼睛落在自己手机的充电线上。线应该是哈月走前帮他插到手机上的，他一想到昨晚，心里就很焦虑，不只是对面哈月该怎么办，还有他自己到底要如何自处。

薛京小时候的语文老师是一位略懂心理学皮毛的中年未婚女性，那时候他特别崇拜对方的授课内容，连带着也很把这位老师说的话奉为圣旨。

她每次在班会上讲到家庭教育关系，都会告诉同学们，龙生龙凤生凤，老鼠的孩子会打洞。用以警示：家长的行为对孩子的习性养成至关重要。所以打那时候起，薛京就特别害怕听到那句：儿子长大后像父亲。

他决计不想变成薛连晤那种人，所以记忆里自从有了分辨是非的能力，他的一切所作所为都是跟他爸背道而驰的。他爹坏到骨子里，他就要好给他看。他爹拿规则界限当笑话，他就要守着自己的四方块。

可昨天晚上，他一失足成千古恨，还是做了一件特别不道德的事情。

他不清不白地和前女友躺在了一张床上，没名没分。人要是真能糊弄得了自己就好了，装纯良，装无谓，装特成功，装得二五八万，装成才华横溢的大艺术家，生活要是纯靠演戏，弄虚作假，那这辈子什么事儿都不那么难了。就像他父母，演了一辈子戏，在外人面前也活得挺光鲜。

关键是他不能，他这人就是拧巴。

他既没有薛连晤和冯韵那么假，也没有周双那么真，对金钱的追求到底不能成为他人生的唯一目标，他的一辈子还有那么长，像是望不到头，他还想要些振聋发聩的热爱，而这些热爱里，兜兜转转还是包含着哈月。

一个不那么好的人，却也不足够坏，像是硬币的正反面。鼓足勇气起手将硬币抛向空中，拂去前尘，再落下时，还是真诚占据了上风。

所以薛京答应了一声，语调很淡却很稳："是，一万多字肯定不够写，绥城这么好的山乡素材，要深挖起来，东西还是很多的。我想打底要几十万，再加上风力发电行业潜力很大，为了调查研究，我明天得先去考个高空作业证。"

至于考证，没两三个月是下不来的。

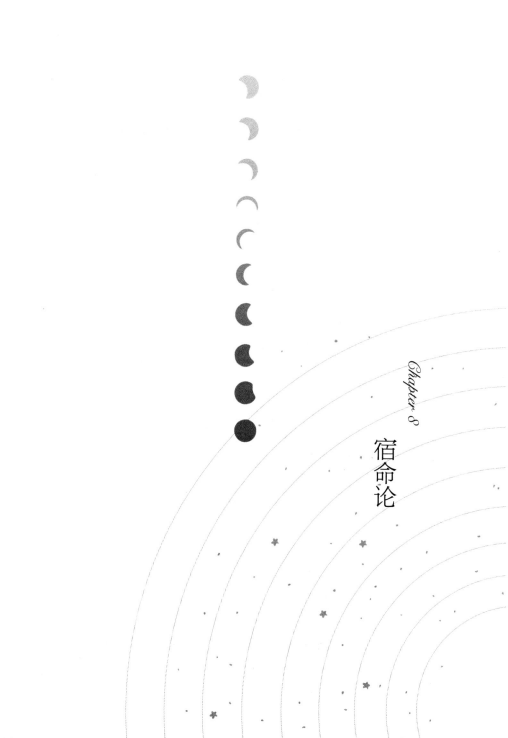

Chapter 8

宿命论

周一，文化局的赵主任接到了一份由薛京亲自配送的超额惊喜。

一早，赵主任还没到单位，薛京就已经在他的办公室门口等候多时了，第一眼见到薛京，赵主任的表情还很臭，恨不得把白眼翻到天花板上，可是等到他粗略地翻了翻薛京带给他的报告，脸色立刻回春。

十五分钟后，他捧着手里的文件夹爱不释手，反复咂嘴称叹："哎呀，小薛，你这开头写得很不错嘛！"

赵主任说着，想要拍他的肩膀，手臂举起很重，落下时却非常轻柔，似乎是生怕惊动他的思绪那样在他的肩膀上掸了掸道："才一周就写了这么多？还这么深刻？这是打算扩大篇幅吗？"

薛京笑着点点头，像三好学生望着老师一样乖顺，其实装订好的文字哪里花费了一周，这两万字是他昨天在酒店里熬出来的。

窗外刮了一天的沙尘暴，连窗台内的地毯上都落了一层黄色的尘土，可薛京完全没被恶劣的天气和刺鼻的味道所影响，坐在书桌前整整打了十二个小时的字。中途短暂休息一下颈椎，连饭都不吃，还是对着笔记本电脑，喝着廉价的茶包来回推敲遣词造句。

上一次他有这种迫切要完成作品的冲动，是哈月咬伤了他的手腕。

那个夏天，他的右手裹着渗血的绷带，花费十天就完成了《午后天台》的初稿。

手指像是上了发条，完稿后立刻患上了急性腱鞘炎。

看到薛京点头，赵主任苦笑参半地吸了一口气，来回踱步一圈，又有些为难地坐回了办公桌后："可是咱们之前那个价格……不能再高了。"

报告的内容确实是很好，出于私人欣赏的角度，他倒是想为学弟多做些什么，但是局里的事儿，丁是丁卯是卯，已经定下的费用，不能再多申请，这是规矩。

"哎。"将报告搁在桌上，赵主任叹了口气，"也不瞒你，咱们局里的情况就是这样，说是文化局，但系统改革后广电旅游才是大头，市里也没有在经营的出版社，主管的下属单位，就是一个便民图书馆。"

"也不怕你笑话，那规模怎么说呢？连大城市随便的一家星巴克都抵不上。藏书都是求爷爷告奶奶找企业捐的。"

"所以你看，就算是你这边扩大篇幅，字数变更，交稿过来也是按当初和作协定好的价格。不能再按字报价了。"

绥城虽小，但赵主任毕竟也算是文艺圈里的人，他开会开得多，茶余饭后道听途说也多，知道有些名气的作者都是怎么跟出版社握拳交易的。作家经纪人在国内还不算是成型的职业，但是版税阶梯制已经成为业内不成文的共识。

他自己是学文化的，也认同作家的作品花了心血，应该得到理所应当的报酬，现阶段国内市场版权意识这么差，他势必需要为作者群体多出点力，但很遗憾，这种水涨船高的合作方式，在绥城文化局不存在。

局里是真清贫。

人往高处走，没有好待遇就没有好人才，这也是为什么经济发展差的地方总是留不下常住人口。

长此以往，恶性循环。

说完这些话，赵主任推了推眼镜，又叹了口气，从座位上起身，收拾起即将去往临城开会的物品。将会议本、钢笔、笔记本电脑、茶杯和枸杞依次搁进包内。

他笃定，薛京这篇待完成报告是要泡汤了，学弟撂挑子，他还得赶紧去联系下一个能接活儿的作者，毕竟流水的临时工，铁打的硬指标。

地球少了谁都能运转，不能因为一次约稿失败，他在文化局的工作就不再开展了。万般没承想他刚拎起自己的公文包，后面的薛京就说了一句让他非常吃惊的话。

薛京说，他写这篇东西并不是为了赚钱，如果局里经费困难，他愿意免收服务费。

半小时后薛京同赵主任一起坐上了去往临城的考斯特。

原本赵主任周二就已经将薛京与会的名额报上去了，所以也不算强行加塞，一道同去，还能聊聊文学，加深感情。

两人在车内相谈甚欢，喜气洋洋。

尤其听说薛京有意留在绥城创作自己的新小说后。

这一回，赵主任除了绥城的文化建设，还敞开胸襟，跟薛京聊起了那些自从他工作后在文化局的所见所闻，大到最近文艺创作的指导方针，小到文艺工作者之间的文人相轻。

尤其是说起上一次绥城文化局接待作协成员，在当地进行采风的活动中还闹出了一桩巨大的桃色新闻，赵主任眉飞色舞，讲得那是一个绘声绘色，跟单田芳老师在世时有的一拼，连金子都跟着在前面拍案惊奇。

赵主任有些岁数在身上，常年出差开会，精气神有限，再加上薛京捧哏捧得太卖力，车程还没走到一半，他就说得口舌疲乏，头晕目眩。开始有晕车的迹象，捂着口鼻频繁作呕。

吃下一粒薛京备用的晕车药，赵主任摆摆手放倒靠背开始闭目养神，薛京这才趁着加油下车上车的空当，换了个位置，坐到了副驾驶位上贴近金振梁的位置。

后半程赵主任在车里放声打鼾，薛京没睡，他负责和金子聊天，话里话外，一来一回，用来帮助对方维持思维清醒。

大部分长途车司机喜欢有个人跟自己说话解闷儿，不然瞌睡虫很容易在逼仄温暖的空间内传染，影响行驶安全，金子也是一样。他肚子里没有太多墨水，以往坐车的领导们很少会和他交流。再者，除了生活化的对谈，剩下他们聊的那些关于政治文化和思想的事，他就算用心听，也一知半解。

初始，他看到薛京坐到副驾驶位上，还有点害怕自己会说错话，或者不懂接人家文人的话茬。可是聊着聊着，薛京眼底带笑的样子实在太如沐春风了，他紧张的心情也很快放松了，何况薛京向他打听的事情他再熟悉不过。

这位薛老师要在绥城常住两三个月写作品，总住酒店也开销太大，他预备在当地人口密集的居民区租一间房，除了房子之外，他还准备买一辆二手车开。

来回往返于风力发电厂和市区之间，打车还是不太方便。

"那您是想要个什么类型的车？轿车还是越野？价位大概是多少？"

"高新区附近就有个挺大的二手车市场，回头我带您逛一逛？"

薛京在蓟城生活几乎从不主动开车，他的时间安排非常自由，不必早九晚五地坐班，所以即便要出行也总是错开早晚上班族的高峰期。

他出门赴约，专门坐地铁，再不然就是搭乘公交车，为的就是可以坐下来松散地观察所有与他擦肩而过的行人。

大学毕业那个夏天，他的处女作光是靠出版加印就赚了七百多万的版税，依法缴过个税后，剩下六百万被他换成一辆 17 款的宾利慕尚。那车轴距长，在车流密集的蓟城开起来极笨重，除了 6.8T 的大排量能让车子在发动时，把方圆百里的鸟都从树上自动驱逐外，在薛京看来，根本没有任何好处。

何况买宾利的人大多雇用专职司机，财产所有人只需坐在后座上享受舒适即可。

雇人开车，那是他爸妈偏好的劳务关系。

不说薛连晤的公司经营，薛连晤与冯韵的家中需要雇人做饭，雇人打扫家务，雇人打理园艺，甚至冯韵还雇专人给她到各大商场里选购东西。薛京还没飘到那个地步，他又没有断手断脚，出门不需要专人载，所以那辆宾利至今还停在他家楼下的车库里吃灰。

时不往日，他考虑着，现在的自己已经不像当年买豪车时一掷千金那么浮躁了，更重要的是，再好的车也打动不了哈月。

所以薛京略微思索了一下道："最好是能装点儿动物的。"

"动物？多大的动物哪，您还准备在这边养几条狗玩吗？"金子一听呵呵直笑，他们绥城人养狗的也不少，但是可不讲究那些名犬，几乎都是看家用的串子。繁殖藏獒的犬舍倒是多，可是那狗太烈，都是看牧场用的。

薛京当然不能对金子说自己是对标两头猪的重量来买车，浅笑了一下又换了一个说法："口误，是货物。不确定未来预估重量，但三四百斤总归有的。"

他暂时还不了解哈月要在家里养猪的原因，但是不管是养着玩还是养着吃，那未来猪大了，肯定又要有拉走卖钱的一天。再者猪和人一样吃五谷杂粮，生病看兽医也是难免的。电动三轮车肯定没办法装下成年猪。

"那就买福特猛禽，拉个一吨货没问题。我这几天先发个朋友圈帮您求购一下，看谁手里有这车，二手贩子可以帮咱们去外地收。"

敲定了要买的车，薛京又循序渐进，和金子聊起了住房。

薛京先是问他在哪里居住，周围环境如何，得知金子不推荐他家那片平房后，他又很诚恳地表现出好奇。

"明白，你说的这片区域，是属于绥城的老旧小区？那估计我是不是也不太好融入，你家里周围的邻居，都是旧相识吧？"薛京这话透露出一丝不易察觉的委屈。

金子一听立刻摇头："薛老师您别这么想，我们本地人没那么排外，主要是那边都是土坯房，冬冷夏热，这不马上入冬了，您要是住的话还要自己解决取暖问题。买锅炉啊，烧锅炉啊，还要买煤，都是累人的事，太受苦。"

"我们家那片的空屋子其实挺多的，条件稍微好些的老邻居都跟着孩子到外地养老去了，只有我们这种没出息的，还带着父母住在那边。"

"哦，对了，上次用三轮车拉您的那个就是我家邻居，我哈月姐。"

说着，金子又龇着牙冲薛京笑，态度十分自豪："但我姐跟我们不一样，她不是没出息，她是，她是……"

本来金子想说她是为了母亲的病情所以自愿回到绥城发展，是他们邻里街坊口中的大孝女。话到嘴边，金子又给咽下去了，他是个热心肠，但是为人处世方面还是很有一套自己的原则，尽管面前的薛老师看起来不是坏人，他也不该把哈月姐和赵姨的私生活拿出来当谈资。

生病，毕竟是人家的隐私，很多人都忌讳让外人知道家里有患者。

看到金子面上有犹豫，薛京手指屈起在膝盖上无声地来回乱敲，嘴上倒是耐着性子提醒他："嗯，在听，她是？"

很快，金子嘴里的话也随着面前的路线拐了个反向转弯。

"她是我们绥城的高考状元！学习一直可好了，哈哈。"

周天天气差，街上没人，生意冷清，哈月正好趁着空当在店内理货。

以前小卖部的生意全靠赵春妮一个人开着三轮车去批发市场进货拿货，她一个人的精力有限，又非常不善于和人打交道，所以尽管吃苦受累，亲力亲为，但小卖部所贩售的物品类目只局限在小孩子喜欢吃的那些零食和玩具上。

自从哈月经手小卖部后，她就主动在批发市场内寻求了几个经销商，敲定了合作，将零食玩具的类目精简，注重补货电厂工人会消费的物品。从生活用品到副食粮油，所有商品定期会有经销商的员工开车到店里来补货。

从年初开始，她办理了酒类经营许可证，固定从一家饮料酒水批发商进货。来店里买啤酒的客人多了起来，再加上为了拿到每个月两百块钱的柜台陈列费，哈月定期会接受厂家的要求，对柜台上的酒水进行变更摆放。

上午，啤酒厂家出费用做了一笔价签和海报，来店里换陈列，哈月就在柜台后面清点货物的数量，顺便退回之前滞销的临期商品。下午，店里卖得最好的洗脸盆和牙刷都没剩几个了，她给五金商发了个微信，告诉对方都需要什么产品，但对方久久未回复，打电话过去一问，原来是家里老人摔断了胳膊，老板在医院照顾，暂时没办法送货。

于是哈月关上店门，在狂风大作的天气里，亲自开三轮车去批发市场走了一趟。

和五金商的老婆聊了会儿天，在饭点前哈月回到了"春妮小卖部"，把三轮车后面装着的十几箱货陆续地搬进了店内。

等到干完所有琐碎的活儿，她拧开自己的水杯，喝了一大口凉白开，全身舒爽。

今天她的心情很好，干完一整天的活儿，头发里被吹得全是沙子，连指甲缝里都挤满了尘土，但她还腾出工夫坐下来，戴上耳机听了一会儿自己喜欢的音乐。

耳机里正在播放乐队翻唱版本的《初恋》，歌词写"我一夜失眠，影子心里现"，不过现实相反，昨天短暂一聚后，她的初恋在上午给她发了一句"安全到家了吗？"后，便重新安静了下来。

哈月觉得，自己和薛京如今背过身，互相招手的礼貌已经是最佳的结局。过了今晚，薛京和她也可以正式道别了，她心里没有怨怼，一片平静，她很欣慰。

现在他应该坐上飞机了吧？昨天晚上从酒店回家的路上，她用手机查了一下从临城回蓟城的航班，最近从蓟城往返边疆的航班数量急剧减少，最近三天里只有一趟回去的航班。

希望他一路平安，在蓟城鹏程万里。

打了个哈欠，哈月肚子里有些饿，捏着手机起身，歌单已经切换到下一首。

她脚步轻快，走到货架边，找出一袋日期不太好的泡面，隔着包装袋几下就捏碎了面饼，然后打开撒上半包调料。这是哈建国教她的吃法，哈月隐约记得，小学在和父母彻底分床睡之前，哈建国曾遭遇了一次当地企业的裁员潮。

那年他在再就业上屡屡碰壁，游手好闲之余，重新动了开始做生意的想法，他想在哈月的子弟小学门口开家文具店。但已经陪着他在婚前经历过一次生意失败的赵春妮坚决不同意他挪用家里的积蓄，她说那些钱是拿给哈月上大学的死期存款。

夫妻俩因为意见分歧吵了许多次，赵春妮态度刚烈，最后还是哈建国妥协了，答应赵春妮不会再提起下海经商的想法。

赵春妮那时候有一份在当地大型超市做促销员的工作，新上任的主管并不喜欢她，所以除了朝九晚五，她还经常被迫加班。既然哈建国暂时没有工作，照顾女儿生活起居的任务自然而然地就交到了他的手里。

但哈建国就像大部分年轻的父亲一样，他既不会做饭也不太会为女儿梳理头发。

周一到周五哈月经常顶着乱糟糟的马尾上课，被赵春妮骂得太多了，哈建国直接在一次接哈月放学回家的路上，骑着二八自行车带着女儿拐进了理发店，把她的头发一刀切成了短发。

至于吃饭方面，哈建国是能凑合就凑合做，上学的日子，他几乎都是去市场买熟食和凉拌菜回来给女儿吃。周六周天，父女俩就在街上寻找彩票店，一坐就是一整天。

哈建国研究彩票研究得太入迷，没时间带哈月下馆子，就从隔壁的小商店买两包方便面，和女儿一起干嚼。除了干嚼方便面外，哈建国还教给她把花生米和豆腐同时放在嘴里吃，能品尝出猪肉火腿的味道。

哈建国在哈月的记忆中就是这样的，与其说是一位父亲，倒更像是一个浑身不着调的大龄朋友。哈月那一年吃了太多的方便面，也在彩票店写了太多本作业，不过皇天不负有心人，在哈建国的苦心钻研下竟然真的中了彩票。

三等奖，两千八百元，他大手一挥，连眼睛都没眨一下，用来给女儿买了一张单人铁丝网床。

哈月坐回柜台前，右手举着方便面的包装袋啃面饼，另一只手接着从包装袋里不时地掉出的方便面渣。

当年哈建国走后，赵春妮迫于一个人带小孩不能朝九晚五上班的无奈，真的花掉了哈月的大学基金开了如今的"春妮小卖部"，而小学生哈月没有因为以后能免费吃辣条而开心，她每天晚上躺进被窝里，用手指抠着床边的铁丝，都会闭上眼睛默默地流泪。

那时候她还小，总觉得哈建国之所以会出轨，都是因为自己。如果她能不那么顺从，拒绝陪父亲去彩票店，那么他爸爸就永远不会中彩票。如果她没有索要那张属于自己的床，那么他父亲也不会跑到家具厂，和老板的妻子产生婚外情。

不过这种想法只能困扰小学生，哈月自从上中学开始就不这样认为了。

因为她开始相信，她的父亲就是一个彻头彻尾的，赵春妮口中的人渣，他从来没有爱过女儿，也没有爱过妻子，他自私自利，根本不会爱这世界上的任何人。

一切令她怀念的过往都是一场海市蜃楼。

人从出生开始就被设定了结尾，而哈建国的角色，从来都不适合从一而终，所以她父母的婚姻从一开始就已经走向了灭亡。她没有做错任何事，若非要说有人做错了，那也是赵春妮在婚前没有识人的慧眼。

人应该有自知之明，所以她未来也不该找一个各方面条件都比自己优秀的伴侣。

宿命论可以让青少年迅速地与过往和解。

哈月从那时候给哈建国贴上了不可救药的标签后，就再也不会避讳任何可能会联想起他的瞬间。

偶尔干嚼方便面，味道也不赖。譬如现在，她吃得津津有味。

不过很快,她惬意的休憩和用餐就被一阵急促的视频邀请所打断。

拨通视频电话的人是娄志云。

她于周六才拒绝了他的追求,不过二十四小时,他便重新发起了进攻,这似乎不合情理。她连他的文字消息都懒得读,怎么会想要和他进行视频通话呢?

这是什么天煞的无效沟通。

被哈月拧着眉头拒绝后,娄志云锲而不舍地又发起了语音电话。

接连三次拒绝后,哈月对着垃圾桶拍掉手上的食物残渣,深吸一口气,打字时还在保持着相对礼貌的态度——

请问什么事?

对方丝毫不客气,文字虽短,但充满令人不适的强硬——

你接视频,我有话跟你说。

不好意思,不太方便。有事打字就可以。或者说还有哪次你买东西我又找错钱了?

后一句话是反讽。

哈月刚才吃下去的那些方便面此刻在胃里硬成了一团,直往喉咙上反,她嫌恶地喝了一大口水把恶心的感受咽下去。

没想到对面的人竟然还在继续发送不礼貌的消息——

你有什么不方便的。

现在又不是半夜。

你到底在装啥纯?

看到最后这句话，哈月脸上黑白分明的眼珠已经有离家出走的冲动，以往那点对娄志云无感的情绪已经彻底变成了抵触，态度也开始变得直白——

你吃错药了？

很快，娄志云给她发来好几张在夜里拍的照片，地点是木兰街，而远处在一边走一边看手机的人正是她。

咋了，这个不是你？你不是说你不谈恋爱吗，意思是你就只喜欢半夜和人去酒店睡觉？要是这样也算我一个啊，还是说你卖这个也要钱，你说个价。我看你值不值。

哈月没来得及打字，他又发来一条——

你这种女的我见多了，不就是喜欢贴有钱人？
拜金女！你夜里送货上门别人给你多少啊？

怒火从脚底直蹿到天灵盖，哈月连想都没想就对着手机语音输入："对啊，谁不喜欢有钱人，而且人家不仅有钱还长得帅，身体素质还特别强，我喜欢得爱不释手，硬贴也要和他好，怎么样？倒是你，脑子不需要就捐到医院去，别大白天就犯病，跟个愣尻似的听不懂人话。好声好气和你说，你还蹬鼻子上脸是不是？你活腻了？"

哈月的声音忽然变得高亢，凶悍的气势好像《水浒传》里卖人肉包子的孙二娘，"眉横杀气，眼露凶光"。

发完消息哈月又迅速地保存了对方在大街上偷拍她的截图，告诉他再骚扰自己就把他在大街上尾随自己的事印成大字报贴到他单位去。

　　单位不管，她就报警。如果警察也不管，她就找几个精壮的街坊邻居一起到他居住的宿舍里堵他，逢人就问那个半夜尾随妇女的娄志云住在几号楼。

　　总之娄志云最好认清，试图让她自证清白是不存在的，她才是那条不要脸皮的地头蛇，小城镇里头，人言是可畏，但光脚的永远不怕穿鞋的。

　　这里没有绝对的权力制裁链，一无所有躺在地上耍无赖的人总是能得到实惠。

　　要不老人总说穷山恶水出刁民呢？她就是那个刁民！

　　等到娄志云被她强横的态度吓慌了，开始后怕地解释自己只是一时不忿，气昏了头脑，她直接把娄志云的微信拉黑，退出微信后，她又到通讯录里把对方的电话号码也拖进黑名单里，以示自己的小店再也不欢迎他的光顾，再见到他一次，她隔着十里地就要扯着嗓门大喊强奸。

　　做完这一切，刁民的好心情没了，哈月捧着吃了一半的方便面，双眸惆怅地瞅着窗外的天气，估计晚上也不会再来客人了，也失去了继续待在店内的耐心。

　　收拾了一下店里的垃圾、票据，她锁门前戴上口罩、防风镜还有帽子，在漫天风沙之中把自己裹得像个小土豆，骑着电动三轮车提早回家去了。

　　周天娄志云的破事儿很快就被哈月忘得一干二净，新的一周，哈月开始寻找可以照顾赵春妮的住家保姆。

　　尽管在几家家政服务中心都留下了自己的联系电话，并且积极地在同城网站上发布了招聘信息，可是符合用工条件的保姆还是少之又少。

　　绥城的家政服务行业管理杂乱，应聘人员鱼目混珠。

　　很多来绥城务工的保姆比赵春妮的岁数还要大，并且患有高血压、高血糖等慢性病，只能做一做简单采购和家务，并没有任何照顾老年痴呆患者的经验，恐怕就算现在聘用，以后也难以应付赵春妮的病变。

再加上被小卖部的生意捆住一天中的大部分时间，哈月忙得晕头转向，所以，直到周六，薛京和赵主任结束临城的会议，哈月才发现对方并没有回到蓟城。

上午，哈月找休息的邻居曹小雨帮忙看了会儿店，一大早跑到绥城医院寻找专业护工。从咨询台拿到了护士推荐的几个联系方式，哈月依次在微信上搜索了一下清单上的手机号码，为了预防母亲神志不清时遭受侵害，她首先剔除了所有异性护工，注明来意后挨个添加女性护工。

做完撒网工作，暂时还没有护工立刻回复，哈月揣起手机一抬头，竟然看到不远处薛京正在一楼大厅的自助机前打印报告。

绥城医院面积很小，所有设施都紧紧巴巴的，两人之间只隔着三块瓷砖的距离，哈月看到薛京，薛京也侧目看到了她。

戴着口罩，四目相对，哈月的眼皮一跳，直觉这种见面有些唐突，但还是走到他旁边，吞了一下津水尽量做出一个眸光和婉的模样："你怎么在这儿呀？"

这一周未见，绥城的气温直线下降。

今天哈月穿着半高领的摇粒绒外套和灯芯绒的长裤，衣服裤子都是肥肥大大的，整个人像一只毛茸茸的棕熊。她额发凌乱，应该是戴过头盔，被压松的高马尾的发圈上还缀着两颗粉色的硬糖，那头绳有些被阳光晒得变色了，看起来是小卖部的滞销品。

薛京从那抹粉色收回目光，抽出打印机下面的体检报告，也自然而然地接话："体检。"

"啊？"哈月忽地紧张起来，不顾社交距离，踮起脚尖往他手里的体检报告窥了一眼，语气有些担忧，"你身体不舒服吗？怎么突然在绥城体检，这几天生病了吗？嗓子不舒服？还是发烧？"

哈月身体素质好大概是没关系，可薛京虽然有钱有颜，在她眼里是体弱多病的弱书生类型。哈月说着，有点想伸手去摸薛京的额头，可是手刚从袖口里探出来又赶快缩回去。慌乱中话说得越来越快，像搅乱的磁带，连从脑子里过一遍的机会都没有。

无论怎样，哈月还是富有东道主精神的，她并不希望薛京在她的故乡生病。

"是那天累到了？"

哈月说完小脸一红，指腹有点痒，在裤兜的位置用力地悄悄地挠了两下。

对面的薛京也没好到哪儿去，还没回话已经被自己呛到，"咳咳"了两声，才清了清嗓子转头浅剜了她一眼道："多谢关心，但没必要，我一条腿还没跨到棺材里。"

"周一去安监局申请考核，要用近期的体检报告。"

"哦。哈哈，这样子。"哈月干巴巴地笑了几声，和薛京一起走出医院大门，到了只能容一人通过的门槛，薛京还是走在前面，出去后主动让到旁边，掀开门帘让她无碍地通过。

哈月照例说了声谢谢，侧身时，回头问他："那你下周回去吗？"

"我以为你上周就走了呢。"他是说过只待一周。

上周他们之间的聊天记录还停留在她告知对方，自己已经安全到家，并祝对方回程顺利。

薛京没有回复她的消息，她也没再主动打扰他。

他们之间的互动，犹如晚风骤起，再停，一切都很和谐，充满辉光普照的人文关怀。前尘往事罢了，已经不需要哈月特意用拉黑、删除这么极端的方式才能斩断两人之间的可能性。

一切尽在不言中。

"下周还不回，工作临时有变。"

原来是这样，没想到薛京现在的工作日程还挺忙的，除了她看到的那些出版作品，他还在做着很多公众看不到的事。

哈月点点头，没有意愿刺探对方工作的事，便没再多嘴。

两人并排走下楼梯，中间始终隔着一段有效的安全距离，不像男女朋友，更似不怎么熟悉的同事。

停车棚下小雨借给哈月的小电动车还在冷风里瑟瑟发抖，出于待客之道，再次分别前，哈月问了一句："那你怎么走？打车吗？主要这车太小，要不我送……"

她的尾声故意拖着长音，希望薛京可以体谅她的不易，但薛京没谦让，他站在那段安全距离之外，用他那双看起来很美观的眼睛真挚地望着她道："好，那麻烦你了。我回酒店，下午还有约。"

今天是休息日，街上骑电动车的路人不少，从医院出来后，哈月汇入主路，成群的电动车像是在海中翻滚的银鱼，你追我赶地从红绿灯路口涌过。

但几个路口下来，只有哈月被落在最后梯队。

粉色的小电驴在柏油马路上拧足了挡位，但行驶速度依然不是很快。因为上面驮着两个个子都不矮的大活人，离谱得像是发癫的成年人硬要骑童车。

哈月上车前把唯一一只头盔拿给后面的薛京佩戴，自己在前面被冷风吹得龇牙咧嘴。

车子路过减速带，速度更慢了，一阵猛烈的颠簸后，薛京的声音贴着她的脖子钻进耳膜里，说他没眼色吧，他还挺规矩地事先询问她："哈月，车有点晃，座位太小了，我可以扶一下你肩膀吗？"

"不可以也没关系。"

哈月小声地"喊"了一声，腹诽您老人家还知道这车座小，但建议是自己提出的，又不可能真的让他摔死，于是只能说"好"。

可是薛京的右手刚碰到她的肩膀，柏油马路上又冒出一个大坑，哈月一个急转弯，薛京措手不及，手指捏住她的衣服，差点将她肩膀上的绒毛揪秃。

旁边蹬自行车的小学生快速地超车，绕过去的时候还回过头冲着

Chapter 8 宿命论

这两个笨蛋做着鬼脸放声大笑。

哈月当即冲着前面喊了一声:"喂!你笑什么笑!有种过来。"

挡位快要拧烂了,还是追不上快速离去的小刺头,再回过头,哈月朝始作俑者吼:"行了行了,你抱着我腰吧,扯我衣服干吗呢?我今年才买的!给我揪烂了我还得花钱补。烦人。"

"哦。行吧。"

平白无故突然被教训了一顿的薛京坐在后座上啼笑皆非,好好领了骂没回嘴,伸手从后面用胳膊环住了她的腰。

宽松的外套被胳膊挤压成薄薄的一片,十指交扣,像是圈了一道束腰。

薛京今天身上又喷了新的香水,味道闻起来很干净,柠檬做前调,掺了些甜柔的茉莉和雪松,为了配合具有少年感的设定,他还穿了新衣服,整个人的基调都是奶白和天蓝的。

今天选美先生的精心打扮是有用的。

哈月确实太久没在头脑清醒时和异性如此近距离接触过了,她甚至忘了,她的腰线上遍布敏感的神经,她的嗅觉也很中意薛京身上的馨香馥郁,胸膛里那颗破心脏从他贴过来开始便不听使唤地乱跳。

可是她的心脏越是轰鸣,周身就越烦躁,痒意在神经末梢到处乱窜,从指尖跑到脚底板,连带着她脸颊滚烫,连发丝都在冒烟。

神经病啊?谁去体检要喷这么多香水,他是把卖香水的人给打死了吗?

抱这么紧干什么?那天不是已经手把手教她弥补过了吗,做男人小肚鸡肠的,这会儿还不解恨,是要把她揉碎不成?

哈月越骑越气,碎发随风竖起,好像动画片里暴躁的恶龙,终于开始肆无忌惮地动嘴喷火。

胸膛贴着后背,薛京能听见哈月的所有嘀咕,她的嘴像机关枪,在口罩下面絮絮叨叨地骂他,无外乎是嫌他长得太高,给她的驾驶造成了极大的风阻。又说他怎么好意思真的坐车,她不过是客气客气罢了。

每一个论点说到最后,她总要加一句:"薛京,你是真的烦,知不知道?"

薛京搭着眼睫毛,视线里是被无限放大的哈月的侧脸。

那天去开会的路上,金子在薛京的有意铺陈下,讲了不少哈月小时候的英勇事迹。

在金子的主观描述中,哈月从小就极霸道,在小学三年级之前一直是他们家那一带让人闻风丧胆的孩子王。所有绥城小孩子做的偷鸡摸狗的事儿,都有哈月一份。

春天,她课间用矿泉水瓶抓毛毛虫爬到树上给小鸟喂食,吓哭了同班的女生;夏天,她在脏水渠抓蝌蚪回家养出几十只癞蛤蟆满院子乱跳。

秋天,她逃课带着小朋友在野外烧干草烤地瓜差点引发火灾;冬天,她拆了家里过年要用的鞭炮和男孩子比赛谁敢用手拿着放。

在金子嘴里,哈月儿童时的形象简直就是大闹天宫的孙悟空,天不怕地不怕,比男孩子还要野蛮。不过后来,泼猴突然有一天就被压到了五行山下,被迫戴上了紧箍咒,变得非常知书达理,温文尔雅。

至于原因,金子语焉不详,一副讳莫如深的样子。

薛京推测,哈月在那个时间点经历了很大的生活变动,也许是父母离异,也许是亲人过世,再或者是她幼小的精神突然遭受了外在的重压和侵害。而哈月到底在他未曾涉及的岁月中经历了哪一种伤痛,他不敢往下想,同时薛京非常希望自己的分析是错的,哈月只是女大十八变。

因为这样的话,他在心理上就能对那天自己苛刻待她的行为感到好受一点。

眼下,哈月的侧脸从来没有哪一次如此鲜活过,皱起的眉眼、倔强的鼻梁,到她口罩下不停埋怨的嘴。还好,哈月内心那个淘气叛逆的野孩子分明还在,薛京无意中拆开了属于哈月的时空胶囊。

她是这样，因为她本该是这样。

他不理解她，只是因为他还没有得到完全对等的信息。

心意沉淀了一周，但薛京内心的情感反而沸腾得更彻底了，一旦不再压抑自己的感受，他大概开始失去了理智，直觉此刻哈月骂他的样子都是十分伶俐可爱的。

如果说上学时，他爱上的哈月不过是她的一部分蜕蜕。那么现在，他被给予了一个机会，可以探索她的全部人生。他可以在这个她生活过的城市，重新看她看过的云，重新走她走过的路。

这简直是和初恋重逢的终极荣幸。

小电驴停在路边，薛京长腿轻轻一抬就跨过了车后座，他解开头上的粉色头盔，递给哈月时没有松开力道。

等到哈月扯了一下，觉察到他不肯放手，抬起头不加掩饰地狠狠地瞪他，他才耸着肩膀讲了句抱歉，松开了头盔，薛京低头看了一眼右手腕上的手表，非常轻描淡写地问她："要上来吗？"

"我差不多还有一个半小时才到约定时间。"

没听到哈月回应，他的口气更软了。

"不用担心我，上次也没有很累。如果累我会说的。都是熟人。"

怎么会有人在光天化日之下在大街上说出这种污言秽语的啊？

就算他们是男女朋友的阶段，薛京也不至于这么食髓知味，他少有激进地索取，总是安静地等她要求，他从不主动喂她喝茶，无论行至哪一步，哈月说不，他就停下，十分具有绅士精神。

哈月这会儿在口罩下惊讶地张大嘴巴，眼珠滴溜乱转，上下左右看了他半天，最后露出一副可怜前男友被色鬼夺舍的表情。果然，男人有钱就变坏，人到中年是流氓，她昔日的白月光还没进入壮年，已然变成了如此顽劣的酒肉之徒，不加节制，令人不齿。

还好她多了个心眼，携带了安全措施，她可不想在奔三时因为一次冲动而患上传染性疾病。

　　大作家真的要注意身体才是，搞创作已经够耗费心血了，可别再弄得身体透支，猝死才好。也就是她那天道歉的初衷并无恶意，但凡她进酒店时心存勒索，事后拍几张薛京睡觉的私密照片，那他以后的事业可就算完啦。

　　这年头人设崩塌的名人可不少呢。

　　出于好意，哈月本来还想在男女道德方面规劝薛京几句。

　　害人之心不可有，防人之心也不可无。

　　末了，想到人家现在到底怎么过生活和她并没关系，索性还是闭上嘴巴，戴上头盔，在用眼锋把前男友射穿之前保持着镇静道："还是不了吧，大白天的，有伤风化。小地方，人多眼杂，您多理解。"

　　"好。"

　　薛京选择充分尊重她的意见，接受拒绝也消化得很快，似乎刚才他提出的问题跟你到底要不要和我一起吃口香糖般单纯，他在一片明媚的阳光里朝她颔首，面上还是一团和气，眸光里头有几分她没察觉到的欢喜。

　　"那回头见。"

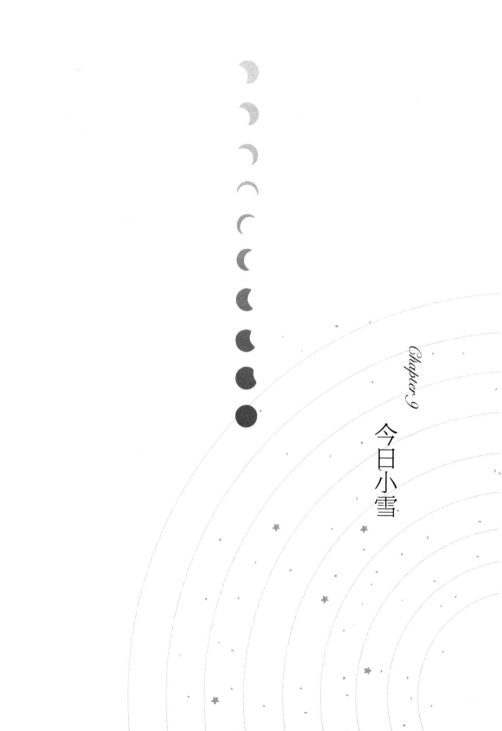

Chapter 9

今日小雪

前一天从酒店楼下骑着小电驴扬长而去，哈月怎么也没想到，薛京说的"回头见"会发生在第二天下午。

金子周六轮休，开车带着薛京去查验二手车，当场成交后，薛京出于感谢，一定要给金子介绍费，薛京一出手就是一万八千八百八十八，不过是举手之劳，金子哪里要得？

于是当晚，薛京便前往当地最大的商场，为金子的妻子曹小雨，金子的母亲斯琴托雅，分别购买了一些日常生活用得上的高档礼物。

第二天，薛老师登门拜访，再加上又拎了那么多好东西，金子和小雨夫妻说什么都要留他在家里吃一顿便饭。

所以，周天傍晚，哈月关店回家，刚把三轮车停在家门口，内心正抱怨着哪个孙子用这么大一辆破皮卡把自己的停车位挡住了，就看到五米开外，薛京正坐在斯琴大姨的院子里喝茶。

月黑风高，薛京的下颌线锋利得像一把刀，上头的银光比凌晨的霜冻还凛冽。偏偏这人一身暖意，从头到脚不是羊绒就是麂皮，闲适雍容，鼻梁上还架着一副金丝眼镜，用笑容可掬裹挟脸上的戾气。

薛京态度很温和，一手搭在膝盖上，一手端着连她都喝不惯的咸奶茶，正在和斯琴大姨谈笑风生，大有已经和对方成为忘年交的架势。

在斯琴大姨银铃般的笑声中，哈月被面前的画面吓得后颈汗毛倒立，像是在拥挤的兔笼里看到了一只眯眼假寐的大老虎，没敢多停留，立刻一溜烟跑进了自己家的大门，躲在墙角平复惊恐。

薛京到底想干吗？昨天坐小电驴穿得奶里奶气像个清纯男大学生，今天这么快就走斯文败类的路线啦？关键谁会穿着羊绒精纺的裤子坐在充满毛刺的小板凳上啊？

她看着都替那面料心疼，有钱也不是这么浪费的。

院子里的赵春妮刚给小猪喂完饲料，一推门看到哈月神色慌张地踮脚听墙根，就大声质问她："哎！干啥呢，你不吃饭躲在墙角听啥啊？脑子抽风？"

赵春妮的声音震天响，唯恐她隔壁的邻居们听不见。

"妈！"哈月的虎躯一震，嗓子里发出一声细小的哀鸣，又从院子急速地跑到客厅，中途跃过几只挡路的鹅，活像跨栏运动员，手指在沙发背上重重地捶了一拳，濒临发疯的运动员来不及坐下，立刻掏出手机给薛京发信息——

> 你在我家隔壁干什么？
> 你跟我大姨说什么呢？
> 我警告你别乱讲我们的事！你走了我还要接着住呢。你乱说话我让你吃不了兜着走！

想象中，薛京嘴里不会有什么好话，无外乎是说她以前怎样始乱终弃，是个谎话惯犯，到处吹牛，现在也没好到哪儿去，穿上裤子翻脸就不认人。

谁知道一个畅销书作家能比女刁民还不要脸，地头蛇瞬间被捏住了七寸，心态崩塌恨不得满地打滚。

很快，薛京就回复了她的消息，语气无辜，解释合理——

> ？
> 最近在文化局用车老是麻烦金子，给人家里人买了点礼品。
> 金子夫妻热情好客，非得留我在家里吃饭，实在推脱不过。

就是和大姨聊聊我最近在写的新小说。

这次我打算以绥城为背景，大家都很高兴。

哈月，你上次不是说希望我越写越好吗？

我这次新起的书调子很新颖，也许能突破第一本的局限性，你不替我开心吗？

我还以为你真的希望我能在文学上有所建树。原来是骗我。

哈月盯着他的信息，刚才的恐慌瞬间化作愧疚，是她以小人之心度君子之腹了。她还以为最近自己的烂桃花接连不断，薛京也开始搞得不到就毁掉那一套烂俗报复了。

脸上一阵白一阵红，哈月用贝齿咬了咬嘴唇，手指用力地揉了两下酥痒的耳郭，就在她因为自己误会对方的意图而感到万分羞耻和后悔时，薛京又给她发了两句——

那现在不是白天啦，你晚上方便过来吗？

交通不方便的话，我接送你好吗？

大概是怕气不死她，薛京在疑问句的后面还跟了一张马尔济斯犬的表情图，跟她头像一模一样的小狗正在屏幕上对着她摇尾巴卖萌。

市医院，金子家，菜市场。

整整一周，薛京"碰巧"遇到了哈月三次，也开口邀请了她三次，但无一例外，都被哈月义正词严地拒绝了。

最后一回，他还没开口，只不过穿一件斗篷式的风衣在卖鱼的档口朝她稍稍侧目，哈月就直接截断他虚假的亲和，扯着他的胳膊走到四下无人的角落，抱起手臂连名带姓地指责他："薛京，你不觉得自己现在有点变态吗？你真的得好好劝劝你自己。做人不能这么只考虑眼前，你得想想以后。你总不能因为这档子事就不回家了吧？你都在绥城晃悠几周了？实在不行再陪你几次，够了就赶快上路。"

哈月当时满脸严肃，背对着处理鱼生的仓库，里面正在用水龙头洗刷河鲜的老妪朝着门口扔了一条不新鲜的鲫鱼，暗处立刻跳出一只通体油亮的花猫，将鱼从地上衔起。

习惯被投喂的野猫并不怕人，就团在哈月的脚边撕咬鱼身。

鱼未死透，求生的本能让它在利爪和尖牙之下来回摆尾，血珠掺杂的水渍将奶白色的猫爪染成了朱红色。

画面荒诞，非常黑色幽默。

动物为了果腹而杀生，看起来如此天经地义，被摄影师记录下来，会有一种残酷的美感。

可人为了柔软的欲念而上下索求，四处奔走，总是显得那么低等而庸俗，遭旁人另眼鄙夷。所以到底是谁赋予了人类只要假装冷淡，用力虚伪就可以变得很高尚的权利呢？不也是人吗？

爱本来就充满私欲和嫉妒，想要达成目的，总归不会太体面。

薛京看着猫在吃鱼肉，更不觉得自己做错了，他就是想通了，也不满足于几次。以前的事情既然说清了，补偿过，他也没什么好记仇的，现阶段他的诉求是：最好哈月能主动反悔，说自己还想和他在一起。

那感觉肯定非常美妙吧，他的回答都不需要多等待一秒。

薛京的目光下移，鱼头落地，他也很认真地思考着，回答了哈月的问题："我应该不算变态吧。欲始于心，表于行，我只是用了一种很朴拙的方式，在向你表达我的想法。"

"朴拙？"哈月的姿态仍然是防备，但薛京看得出她又开始烧脸了，她的眼白沾染了一些润泽的夕阳，不再像是冷兵器一样透出森森的蓝光。

有情绪总好过没情绪。

人在太年轻时不该拥有那样盛大又美好的恋爱，因为精神尚未成熟，骨肉均在发育，而等到一切可恶的成人模式被固定后，年少的悸动便成了化石，永久留在了思想的乌托邦里。

那破东西根本没办法彻底清除，打碎了牙齿和着血吞下，仍然似生命力顽强的孢子，只待春意滋长，又会繁殖得漫山遍野，在尸体上都能开出鲜花来。

他不过是执意要等那场烂漫的风，他要等，他也等得起，反正也不是第一次等。

但哈月正在大批量地往这些残留的感情上喷洒强力型农药。

她双手叉腰，原本脸上茶色的小雀斑烧成了暖色："真有你的啊，薛京！你管乱搞男女关系叫朴拙？文字游戏属实给你玩儿明白了。那能不能问一下，您现在还和多少人保持着如此朴拙的关系呀？"

在这场口舌之争中，薛京非但没有恼羞成怒，反而还兴味盎然地看着她逐渐变红的耳郭问她："啊，所以你也很介意我现在的情史吗？就跟我会难受一样？"

"那天你不是问我疤痕这么丑为什么还留着，这些天没见，你想过吗，结论有猜到吗？"

本来在争执的画风又变得不对劲了，哈月抿唇不语，心想自己才不会再上当回答这些蠢问题，紧绷着身体往后退了一步以表全盘拒绝，可薛京不管她接不接招，还是在给她善意的提醒。

有风穿堂而过，将哈月额头的发丝揉进睫毛里，发丝扎在睫根处，应该很痒吧？可她怎么做得到连眼睛都不眨一下？他又不是洪水猛兽，怕什么，手不叉腰了，又开始抱臂了，典型的心理防御姿势。

薛京语气自洽，抬起手帮她理了一下，哈月为了不输气势，硬着头皮才没有尖叫着躲开，他也就随着动作低了低头。

声音随着视角突然被放低，有一种恋人之间讲悄悄话的亲密感。

"我身边没有别人，这几年也没和其他人走进过恋爱关系。"

大家都说为了清除爱情的痕迹，起码要使用双倍的时间来遗忘。他在这方面有点钝，四年来都提不起兴致去调动多巴胺的分泌，现在这东西一旦反扑，就开始在他的身体里造成洪灾。

"毕业后我定期参加了15届蓟大同学聚会，希望和你偶遇后发生点什么。"

但是哈月一次都没有参加过，她不仅是和他分开了，她和所有同学也都失联了。

"去年，我不再去了，因为有校友说你离开蓟城去纽约了，拿着五百万的年薪嫁了个家里搞实业的富二代。你也知道富家子弟，有几个没烂透的？我那时候每天都祈祷他家破产，最好是恶意并购，或者他本人承受不了父辈的光环，自甘堕落。"

但那个假想敌似乎也不存在，这是一件天大的好事，他也不是真的很想诅咒人。

"分手后我也很想祝你幸福，但说实话我做不到，你不幸福我其实更开心，因为这样是不是证明，你得跟我在一起才能获得幸福呢？"

耳珠是胭脂粉，唇瓣是茶玫瑰。

薛京的鼻息越来越近，他说话时带着笑意，嘴角微微翘起，索吻的唇亦是。

哈月用牙齿咬着舌尖，脸色如血，身后有海啸，眼里有地震，为了控制过载的心跳，她甚至没有在呼吸了。

哈月性子偏冷，并没有交往过很要好的挚友，所以这些年她也没同任何人说过，她的初恋男友真的很会接吻。

这是当年他们两个人一起照着少女漫画和电影反复练习精进的结果，大约再怎么不堪的人都是有自恋情结的，那种亲自设定的偏好总归是更特殊的，因为是自己创造的，便是最佳的。

把前男友的技术比喻成量身定制的物品自然不合适，有物化男性冒犯人人平等的嫌疑，但在贴面热吻的悸动里，薛京是每个小女孩都曾经渴望过的水晶高跟鞋，哈月只要穿上它，人就能跳着舞飘到月球去。

但是她已经不是小女孩了，她知道失重的滋味有多美妙，随之而来的超重就有多沉重，所以她谢绝了这种愚蠢而天真的烂漫。

"薛京！"

哈月伸手推了一下薛京的胸口阻止他靠近自己，可是警告无用，任性的参赛者还在频繁地违规，薛京望着她的唇色，甚至在考虑接吻的姿势，他的鼻梁不矮，需要哈月侧一点头来配合。

她以前很愿意配合的，如果他做得好，她会用手指轻轻地摩挲他的脖颈鼓励他，从不吝啬表扬，那天也是。

但是现在哈月离得有点远，所以他又往前面走了一步。

心里的话想当然地从嘴里蹦出来："我当然不是为了那一件事，但那档子事儿也没什么不好呀。你以前不是常跟我说，叫我积极一点，可以别那么装，你还说，张爱玲写通往女人心灵的道路……"

薛京的话没说完，哈月直接上前一步，不是为了配合他的缱绻，而是死死地用右手按住他的下巴。

他是不装了，彻底脱掉了那身礼貌的戎装，堪比穿新衣的皇帝，可是哈月还是不满意。

时隔一周，恶言恶语的回旋镖还是从那张床单尽毁的酒店房间飞回来了，哈月用右手掌心用力地压着他的唇角，左手扯着他的衣领，声音非常恼羞成怒，她脸皮那么薄，红得好似抹了辟邪用的朱砂。

她当着猫和死鱼的面，也像他那晚一样，低吼着叫他闭嘴，别废话。她身上的定力无形中消退了一些，但她狠厉地说，好汉都不提当年勇，叫他少放歪屁。

事不过三，菜场不欢而散后薛京确实老实了一阵。

就像他刚到蓟城，哈月约他吃饭一样，薛京也不是很心急，他按照计划开始考证，每周上课十二小时之余，还会专门带着电脑去绥城图书馆翻翻编年资料。

至于娄志云？薛京听说对方最近突然休了年假，早已离开了绥城。

不过就算他在，薛京也懒得和他打交道，他更愿意直接跟着最基层的维修工做培训。

脏和累是不怕的，在这一点前期工作上，薛京肯下功夫。

网上的毒鸡汤总是说世界上最好的东西都是免费的，其实不然，宝藏要挖掘，果实要栽培，不肯付出些许的人连前女友的垂怜都得不到。

小说虽然是虚构的，但最终也是要落实到让读者感到真实的环境里。

创作初期，他还是崭露头角的新人，他在《午后天台》里写蓟城，写学生，写教育系统，写内心空洞的中年人在情感上尔虞我诈，像野兽般互相撕咬。这些领域都是他游刃有余的游乐场，因为内容本就来自于他的成长环境。

但要突破，就没办法一直复制粘贴同样的脉络，他并不是真的乐得做反复抄袭自己的作者。

后来随着作品内容的扩展，薛京才开始真正觉得自己的人生狭窄而肤浅，无论他怎样变换文字的排列和形式，也逃脱不了自身经验的局限性。

创作始终要有根基，怕的是飘在空中。

他写的东西，好听点，叫玄之又玄，众妙之门，但实际上，就和他父母在各地拥有的房产一样，华而不实，大且空，内里并不住人，相比有血有肉的纪录片，更像是无病呻吟的文艺片。

以前哈月经常这么点评他的那些短篇雏形，他那么恃才傲物，本该不屑一顾，之所以在内心上会有频繁荡起的波动，一定程度上是因为他也认同了她的毒舌。

哈月看待事情总是有一种凶狠的视角，只有她能触动到他最核心的部分。

这种思想上的搏斗像是伤口上的咸盐，经常杀得他忍不住皱起眉头，可是人不痛又怎么能快呢？

再者这本开始下笔的新作品不一样，他越探寻绥城，就越能发现绥城和绥城人独树一帜的魅力，这座城市没有重金打造的遮羞布，它更像生长在戈壁滩上的大片荆棘，粗犷而狂野，被狂风用力地扯断了茎，但仍然在黄土之下连着根。

他想，新书中的人物大概也不需要柔软的照料，他只需在绝境之下将角色一把洒落，只待单刀赴会，把所有筋骨脉络都劈开来供读者审视，更直接点说，无论创作和感情，一切似乎都可以变得更简单。

他很庆幸自己和哈月的重逢竟然帮他戒掉了华丽辞藻堆砌症。他十分感谢她。

设定好框架、角色、脉络，填写个中细节便是一项需要持之以恒的工作。

灵感乍现最是欢喜，令薛京真正怡悦的，是脑中的思绪竟然能做到源源不断，细水长流，除去标准报告外，新作品另外六万存稿，他写得很顺，暂时还没有拿给任何人看。

不培训的日子白天在酒店睡觉，夜里薛京一个人躲在房间里写作，手机调成静音，多数时间连周双的电话都不接。全靠咖啡浓茶还有各种各样的速食品续命。

同时，在寻找住房方面，薛京终于如愿以偿了，在金子的张罗下从酒店搬进了哈月对门的平房内，只备用了一些必需品，成了赵春妮口中那个新来的"小白脸"。

将报告终稿提交给文化局的这一天碰巧是立冬。

薛京一夜没睡，最后一版稿件润色结束后，上午就来交差，但是被赵主任捉着聊了一天的文化工作。

最近赵主任受到他的启发，不再跟进文化小镇浮夸的商业工作，而是专心策划绥城公共图书馆的宣传活动，他在思考：是不是他们也可以在公共图书馆内部招标一个咖啡店，吸引更多的年轻人走进图书馆进行阅读，还能效仿的公关活动有很多，例如签售活动、访谈活动等。

薛京倾囊相授，对自己过往在各个城市的活动经验言无不尽。

薛京从文化局的大门出来时，天上忽然飘起了细细的小雪。

今年绥城的初雪没有完美的六菱棱角，一粒一粒落在他的衣袖上，簌簌声很大，全是迷你的保利龙。

也许是他的体温过高，薛京的指尖拈不起这些固体的白，仅是触碰，雪花就完成了升华，只需一瞬就消失不见了。

薛京是熟识冬季的北方人，他也知道地理位置的缘故，绥城的冬天只会比蓟城更加寒冷，但没想到，这里的冷不只是体现在温度上，还要用漫长的时间单位来计数，在离家几千公里之外的冬天来得如此之早，他上一次叫周双给他寄来的衣服，已经没办法很好地帮助他的身体来御寒了。

薛京眉眼困顿，脸色苍白，好不容易了了一桩心事，但情绪似乎没有得到很好的宽慰。

他人立在路边，抬起头望了一会儿灰蒙蒙的天色，又忍不住拼凑起那天看到他搬进自己对门时哈月的脸色。

哈月是真的恨不得把"拒绝重蹈覆辙"这几个字写在脸上，眉毛先是猛地跳起来，然后又恶狠狠地矍着，再之后，她转身把自己家的大门用力地拍上，以示不满。

"咣当"一声，震得他脑袋里到现在还残留着回音。

从那天起，哈月就在想尽办法躲着他，她也许还特意嘱咐了她的母亲，说他是会迷惑人心的哈得斯，这些日子不管他以什么理由往她家提供便利服务，赵春妮从来不会迈出院门和他交谈。

这位中年妇女总是躲在门内用锁眼看他，就像看浑身是虱子的麻风病人。

大到补品茶叶，小到水果米面，他送出的东西统统都被赵春妮回绝了。甚至有一次，哈月的母亲从门缝里看到他和斯琴托雅讲话，还跑出来对他恶语相向，问他："你到底要干啥？说了我们不买保险。"

耐着性子再三解释不通，还是斯琴大姨尴尬地将赵春妮拖回了院子里，从那之后，哈月家的院子上总是上着锁。

除了被对方的母亲亲切"问候"，薛京在时间点上的偶遇也掌握得特别不好，他和哈月的作息时间完全不同，早上哈月出门开店，薛京已经和衣而眠，晚上哈月闭店回家，薛京则正在伏案作业。

在这些搬到她家对门做邻居的日子里，薛京见到那群鹅的次数，都要比见到前女友本人更多。天可怜见，鹅这种在网络上被大家吹捧成梗图的可爱动物可不是传播和平的大使，它们在现实生活中更像是凶猛的战争犯，具有极强的领地意识。

有一天他出门去超市采购，回家后忘记关门了，整理完冰箱，竟然发现一只大鹅探头探脑地走进他的小院，在地上留下了一串丰沛的排泄物。

随地大小便的地痞流氓一见到他推开窗户，面色不善，就迅速地扑闪着翅膀夺门而逃，在空气中留下几声惊叫的嘎嘎。

从那之后，经常在哈月家门口自助觅食的鹅群就视他为外来入侵者。

每次狭路相逢，几只公鹅都会将头部贴近地面，向他的脚腕迅速地发起攻击，母鹅便在后面抻直脖颈放声大叫，耀武扬威。

薛京不喜欢所有能让人联想起肉类生前模样的食材，所以自小不吃家禽的边角料，这还是他头一回切肤地认识到，原来鹅是有齿状喙的，咬合力还相当惊人。

因躲闪不及，脚踝被吃上一口，那是真的疼。

哈月的鹅倒是和哈月一样，牙齿很硬，非常擅长在他的身体上留下各类记号。当然，她会骂人也不奇怪，女儿总是有母亲的影子。

但总不能和动物置气，属实犯不着。爱屋及乌，在尊重老人的前提下，他还得纵容这些动物时不时地偷袭他。只是强人所难是要有限度的，他表达了自己的意愿，哈月不接受，他也没办法再像个挖掘机似的平推过程。

恋爱要有回应，不是一味填压。

他能做的，似乎也只有这么多了，更激进，只怕会产生反效果。

长舒了一口气，薛京收回视线准备上车，手里的电话响了。

太阳穴一跳，薛京立刻准备调成静音，本来他以为来电的人是周双或是他的若干助理，这段时间周双每天不是催他的课程就是安排他的商务，得不到回复，就换助理隔三岔五地来送糖衣炮弹。

上上周，周双说自己在拍卖行淘到一个古董鸡缸杯，请他掌掌眼，上周又说他在怀柔看上了一栋特别适合写作的小院儿，请他一起聚聚，这一周，他又出幺蛾子，说自己买了一辆大红色的库里南，准备带薛京一起去酒吧找艳遇。

总之，最后就是一句话，薛儿，你到底什么时候回蓟城和我一起赚钱。我没你真不行。

对此类无下限的低俗行径，薛京一概装作看不到，有时候出于不为难助理工作的好意，回个稍等，但这一等又是 24 小时。

不过把手机扔回兜里之前，他掉转手机瞥了一眼屏幕。

说不定呢？也许哈月会突然手机失灵给他自动拨打电话，他可以趁这个机会给她发个信息。

上次他约哈月喝咖啡，哈月说绥城只有奶茶店，没有咖啡厅，所以他特意买了一台半自动意式咖啡机摆在家里，吃饭时跟着教学视频练了好几天拉花，他还没约到她来家里喝咖啡。

这种侥幸的希望不是太大，所以落空时的失落只有一点点，来电号码是他的新朋友，金子的。

城东，曹小雨工作的辉煌打印店昨天临时接到一笔大订单。

开发区新筹备的文人故居项目预计月底正式开工，而开工仪式前，开发公司预备在建筑工地外围制作一圈广告围挡。

按行业标准规则来讲，为了省事儿，这类广告围挡基本由一家广

日偏食

告公司操刀，内到轻钢龙骨、石膏板的施工监理，外加宝丽布喷绘、安装、打包、招标，这一整套价格虽然不是那么实惠，但胜在验收对接都很方便，全程都由广告公司统一跟进管理。

起初，投资文人故居的老板在下属的游说下也是这么做的，不过等到龙骨施工完毕，到了制作喷绘布这个环节，负责广告对接的营销主管突然被下属匿名举报，说他利用选择广告公司的便利职权，拿了合作方的两成扣点。

整套围挡再加上亮化，本来就是十几万的开销，谁知道光是中间人就从中克扣了两万元。

如此一来，被敲竹杠的老板深感愤怒，当即止损，开除相关人员，除了已施工的龙骨折价付费外，为了最大程度追回损失，项目经理火烧眉毛，急忙在绥城市面上询价所有喷绘布。

而辉煌打印店报价的一平方米八元，是其中性价比最高的选择。

虽然是大订单，但曹小雨要做的工作其实很简单，广告图已经由上一家公司制作完毕，曹小雨就如同平时帮学生们打印学习资料一样，稍微调整一下版面，按照实际龙骨尺寸设定 PS 画布大小即可。

少的填充背景，多的直接裁掉，不需要太多技术，可今天上午选好了喷绘布的型号，和工厂排好单期时，曹小雨突然发现，上一家施工单位给他们的喷绘布尺寸是错的。

图形在印刷拼接上有很明显的误差。

几经追问，对接人因为没赚到预计费用互相推诿，故意下绊子，事情败露后直接将她拉黑了。无奈下午工厂就要安排印刷，老板只有关店，开车带着曹小雨到施工现场测量围挡尺寸。而这一测量不要紧，穿着高跟靴的曹小雨不甚从松散的脚手架上摔下来，直接磕破了脑袋，被送进了医院急救。

事发时金子正拉着文化局的局长在八百七十公里外的地方出差，没办法立刻赶回绥城，虽然他马上通知了小雨的父母赶往医院，但左思右想家里人年纪都大了，口齿不清，大概率只会添乱。

医院还得有个明事理的人。

他本来已经把电话拨给了哈月，可是还未接通就又重新挂断了，他哈月姐自己家里也有个病人，动不动就搞失踪，再加上他妈是个急性子，金子在没确定小雨的状况前，不想惊动太多人。

金子的朋友是多，通讯录里的哥们弟兄有几千个，可是到了关键时候，他一页页地翻，又觉得哪个人也指望不上。

焦灼了一阵，他实在担心得没办法，于是厚着脸皮打电话给薛京，希望他可以代替自己先去医院看望一下自己妻子的情况。毕竟薛京是他认识的人里，看起来最聪明的文化人，应对紧急事件反应力总要好些。

因情况危急，薛京没有推辞，电话还没挂断就打着方向盘快速倒车前往医院，路上还找了一家银行从卡里提了三万块现金装在身上。

上次他去体检的时候就留意过，绥城医院连乙等都不够格，收银系统落后，到现在还没有开通电子支付的功能，当初他体检时为了缴费，还专门走路到对街的烟酒商行，以买东西的甜头和老板兑换了几百块现金。

现在国内很少用得到现金，他不确定小雨的父母在受到这种冲击后会不会特意带钱出门。

薛京万事在心底都做了最坏的打算，如果曹小雨失去了意识，产生休克反应，大概率是要进 ICU 抢救的，而 ICU 病房，起价就是一天三千。

现在金子一家最要避免的，是因为备钱而耽误治疗，他有求于金子时对方连磕巴都不打，帮这一点忙他无可厚非。

油门被踩到底，二十分钟的路程被薛京开出十分钟的效果，赶到医院后，薛京停了车就快步往急诊跑。像他预计的一样，已经休克的小雨确实被送进了重症监护室，而拉她进急诊的老板一听到她的情况危急，早就在小雨父母出现之前溜之大吉了。

薛京条理清楚，先在一楼收银台补交了费用，然后拿着单子到ICU楼层的护士台有条不紊地了解了小雨到医院后的各项指标情况，又给小雨的父母买了两瓶水，薛京这才走到楼梯间给金子打电话。

小雨的伤势不算明朗，失血在可控范围内，急诊医生从外伤判断头骨受损不算严重，只有轻微凹陷，脑震荡有，脑损伤或许有，但是病人为什么在如此轻伤下仍然难以保持清醒，产生休克反应，还需要进一步检查判断脑部是否有严重出血，最严重的情况，是血块压迫神经，需要做开颅手术。但也不排除她身体自身有别的状况。

家属能做的不多，只有等着医生会诊拿结果出来。

薛京在打电话之前，已经清了好几遍喉咙，他想要把语气尽量放轻松，让自己的声音听起来笃定一些，但是金子带哭腔的声音一在他的耳边响起，像是应激反应，他立刻开始不自主地用力咳嗽。

用手掌狠狠地抹了一把脸，薛京将手里的矿泉水往嘴里灌了半瓶，强制自己压下浑身上下的冷意，生硬地说着那些已经在心里打过腹稿的话："没事，你慢慢往回赶，注意安全，我在这儿替你守着。你也别太自责了，即使现在你在这里，也只能在外面等。"

"咱们不要去想那些改变不了的事。"

"还是有好消息的，医生说，小雨的生命体征很稳定。"

"吉人自有天相，会好的。金子，会没事的。你们还这么年轻，还有一辈子要过。对不对？"

凌晨两点，重症监护室外的楼道里静得吓人，偶尔有脚步声急速地踏过，是穿梭在楼道内正在工作的护士。

曹小雨的检查结果已经明了，头部伤势并不严重，她会休克是因为已经怀有身孕，孩子十周了，发育正常，小家伙非常顽强，即便是母体遭受了如此惊险的跌落，仍然着床稳定，B超检查结果没有任何先兆流产的迹象。

两个小时前，小雨已经在营养液的补给下恢复了清醒，她血压血糖均偏低，医生建议她在 ICU 继续观察到明天早上，就可以转到普通病房疗养。

薛京给曹小雨年迈的父母租了两张折叠床，让他们在楼道内暂时躺平休息，自己则坐在电梯口处冷硬的金属椅上发呆。

今天重症监护室内有三名病人，除了从高空坠落的曹小雨外，还有一位癌症晚期的老人和一名肺部感染的新生儿。

但其他两名病患就没有曹小雨这样好的运气了。老人家于一周前入住 ICU 抢救，全身衰竭，胸部以下的皮肤已经变成了青紫色，人早就失去了意识，基本靠插着呼吸机续命，治疗方案是尽量拖延生命，家属没有留下过夜的必要。没有消息就是最好的消息。

至于新生儿的家属，虽然每天只有十分钟的探视时间，但是孩子的父亲还是铁打不动地守在医院里吃住，就是为了能在医生进出时多问几句孩子的情况。

据孩子的父亲说，孩子出生后，夫妻俩因为一些怀孕时婆媳之间发生的琐事闹离婚，家里成日鸡犬不宁，三方谁也不肯退让一步，吵到白热化，妻子和母亲一个要割腕，一个要跳楼，民警都被迫出动劝架。

一开始孩子发烧时，大人们并没有及时发现，等到全身滚烫送到医院时，婴儿的肺部已经满是白点，严重影响了脑部供氧。

几米外，小雨的父母和新生儿的父亲正成列躺在墙体的一侧。因为有了好消息，小雨的父母入睡得很快，除了呼吸张弛外，身体再无动作。

孩子的父亲是个满脸胡茬儿的寸头青年，看样子不过二十出头，眉眼间还透露着青涩的稚嫩，他一直在折叠床上像毛毛虫似的来回扭动着身体，翻滚了几个小时，他最终睁开眼睛掏出手机，似乎是给什么人发送了微信消息。

尽管他久久地盯着微信界面，直到眼泪从眼角滑到耳郭外，但对方并没有回复任何消息。

ICU外便是这样，到处都滋生着绝望的气息，少有人因祸得福，更多人在这里失去了人生中最珍贵的宝贝。

薛京收回落在楼道内的目光，脖颈隐痛，腰椎也是，他空口吞下一颗钱包内常装的止痛片，垂首将手肘撑在膝盖上，用中指缓慢地按摩着太阳穴。

他已经超过二十个小时没睡觉了，理应很困，身体疲乏，头脑却异常亢奋，思绪像是趁乱失控的起义，很多画面和声音接连不断地在他的眼前翻滚，让他的眸光一阵阵恍惚晕眩。

许多年前，蓟城第一人民医院的ICU外，他和他的父亲也是如此，在一个凌晨等候在病房门外。不过无论他再怎么拼凑着回忆，也难以从薛连晤仍然丰神如玉的脸上找到任何情绪。

那一天，薛连晤同时失去了他户口簿上的妻子和女儿，但他没有像小雨的父母那样愁容惨淡，也没有像这位年轻的父亲一样，趁着夜色偷偷地抹泪。

他只是很冷漠地看着左手的腕表，回复国外跨时差的工作电话，等待抢救之余，他甩开了薛京试图抱住他大腿的小手，并用一根指头压着他的太阳穴，像是枪口那样重重地抵着他，俯身训诫他不要再哭，他并不喜欢男孩子柔弱地流眼泪。

那天，碰巧，也是个雪天。

当时还没到学龄的薛京整个人都被融化的雪水冻透了，他受了寒，发着烧，又在冷风里哭喊了几个小时，特别想咳嗽，但是他的父亲薛连晤嫌他吵，侧目一个眼神就把他吓得全身哆嗦，所以他就一直忍着，等着，憋着。

后来直到天亮后，医生宣告抢救无效，两名病人相继死亡，所有大人都鱼贯而出冲到太平间善后。

　　走廊尽头，一名打扫卫生的保洁员工惊恐地发现年幼的薛京还等在那里，像一株死掉的植物，小小一只歪倒在地上，烧得失去了意识，排泄失禁。

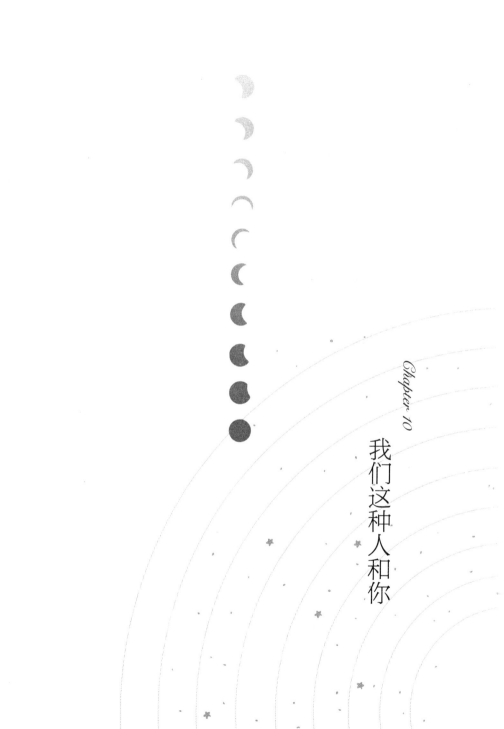

Chapter 10

我们这种人和你

半个小时左右，止痛片发挥了作用，击退了薛京身上的疼痛，也驱逐了那些如鬼魅萦绕他的回忆。

金子从电梯内冲出来时，薛京已经恢复了温文尔雅的状态，身姿清隽，神情从容，连头上的发丝都是根根清爽而蓬松的。

将医生的话原封不动地转述给金子后，薛京不再旁听他和岳父岳母之间的琐碎交流，即刻从医院返程。

路还是那条萧条至极的柏油马路，相比白天的熙攘，绥城的深夜有些空旷到恐怖，粗略望去，街上空无一人，像极了临时搭建的鬼片影棚，回去的路上薛京开得很慢，不只是因为地上满是泥泞的雪水，还因为他时不时地需要压抑喉管中冒出的痒意。

没有和哈月在一起之前，薛京最厌恶下雪天，也最讨厌去医院了。

每年到了蓟城即将下雪的日子，他都会千方百计地预防生病，但似乎没用，穿得再多仍然会大病一场，会咳嗽，会发烧，会在自主意识失控时无穷无尽地做噩梦。

同一场噩梦循环体验了千万次，跟肉身下油锅没什么两样。从儿童成长为少年，下雪至此就成了他的心结。直到弱冠之年，哈月在初雪日给了他一段更值得被珍藏的感受。

从那之后，少年穿上了鲜花做成的盔甲，假扮成熟温柔的大人，每个下雪天，他更愿意想起的，都是哈月的脸，哈月的声音，还有她很有递进层次的温度和软度。

即便鲜花过期，凋谢枯萎，那是一张抛弃过他的脸也好，就算她不在他身边，但他知道她还活着就还能感知到一丝欣慰。

人世间终极的再不相见从来不是"分手"二字，是生死两茫茫，但是此时此刻，看过了那些病人在鬼门关前徘徊，他又格外介意起"分手"

这两个字。

他们两个人现在都还活生生地喘着气，为什么不可以再试试呢？

车子停在胡同之间，薛京熄火后没有立刻下车，车窗外哈月家的院子里在黑暗中还隐约亮着一盏暖黄色的灯，似乎是厨房的位置。

他用细白修长的手指夹着手机，点开微信界面，忽略掉所有红色的提醒，从置顶消息中找到哈月，打了一行字，又删掉，再反反复复。

今晚的信息真的很难下笔，比他写以往任何一部作品都要多思多虑，他在斟酌自己要说些什么才不会那么令人生厌。

所有语句的排列都失效了，薛京好像突然丧失了指挥文字的能力，犹豫了十几分钟，反复试写了几个句子，预测着对方是否会拒绝回复，可最后，对话框里只剩下一句非常没营养的问候——

你睡了吗？

凌晨三点十分，她应该睡了吧？

不该在深夜打扰的，吵醒熟睡的女士并不礼貌，哈月以前不算贪睡，经常提前起床化妆，但他不确定，没有起床气这件事是不是也可以被伪装，但他还是想冒着风险跟哈月道一句晚安，就算她不回复也好。

又咳嗽了一声，刚才还带着热意的车内已经彻底冷下来了，就连膝盖都在冷意中逐渐痛麻收紧。闭了一下眼睛，深吸一口气，打开车门前，薛京轻轻地用拇指按下了发送。

一声回响，在同一时间，屏幕里的哈月也给他发来了五个字——

你现在饿吗？

薛京未曾知晓，今夜哈月也一直熬夜未睡。

她先前在菜市场对薛京的警告并不是出于厌烦，而是发自真心。最近几天，居民群里一直有居委会的网格员在传递防护政策消息，除了接受绥城第一批全民健康筛查外，经营性场所的商户想要开门营业，必须要做到一天一检。

人心惶惶，得到风声的居民开始在超市和小商店疯抢应急商品，就连哈月的小卖部，都在一周之内被一扫而空，纸巾、泡面、零食饮料全都售罄，而且补不到货。

紧急时期，护工难寻，最后一个在微信上和哈月沟通后，愿意在这种特殊时期来到哈月家贴身照顾痴呆病患的护工，要价就是六千每个月，其中的薪资还不包含她个人的伙食费与节假日的三倍工资。

这两年，尽管"春妮小卖部"在哈月的用心经营下，已经创造了历史上全新的营业额，但毕竟体量有限，满打满算哈月账本上每个月的毛利还不到六千。除去水电费、损耗费，纯利只有五千元。

这些钱被她一分为二，三千元打入定期存折，两千块用于母女俩的日常生活。

如果请护工，那么每个月哈月非但不能再进行储蓄，还要在全部收入之上额外支出不少。

哈月手里的存款并不多，补差价也是有效用期限的，等到她手里的钱花完了，她和母亲又该怎么办呢？难道真的要上街讨饭？所以，请护工这条路暂时行不通。

紧接着，哈月开始粗略地考虑，近期自己是否应该将小卖部转手出去，毕竟她身体力行照顾母亲，是不用花钱的。再加上转手小卖部还可以赚到五六万，这样起码她手里又多了一笔可支配的伙食费。

母女俩吃饭花不了太多钱，她身上没有任何贷款，能最大程度降低支出费用，她带着母亲熬下去的时间就可以被延长。

以后的事情只能以后再说。

今天下午闭店后，哈月拉了几箱小卖部仅存的物资回来，准备分给金子和薛京。

可是近一个月，每天都稳稳地停在哈月家大门口的那辆皮卡车并不在。

这些天总是窝在家里的薛京好像出门了。

起初，她并没有介怀，以为薛京在文化局有什么新应酬，可是等到吃过饭，喂完猪，哈月走到院门口还是没看到他的车，心里不禁就有些犯嘀咕。

天空飘着小雪，路况不好，薛京应该不至于莽撞到在这种天气开快车吧？翻了翻朋友圈，好像也没有人说今天绥城街上有发生连环车祸，雪虽然密，但毕竟还不是寒冬，落在地上成不了大器。

再加上心里惦记着那几箱物资，洗过澡，头发还没擦干，哈月又跑到门口张望，就这样来来回回地到门口往外面看了数次，直到赵春妮经常看的电视剧都已经结束了。

电视屏幕黑了，家里重新安静下来，猪、鹅，还有赵春妮都睡了，连月亮都躲进了厚重的云层里。

可是随着时间流逝，哈月脑子里的声音越来越吵，就连客厅钟表在走针的声音都被放大了数十倍，中途她自然有想过给薛京打个电话，可随着时间拖延，越过午夜，她再睁开眼睛拿起手机，已经失去了那个借口送物资而联系对方的目的。

这个时候，半夜十二点，再询问前男友夜不归宿的理由，会令她的查岗行为看起来非常暧昧。

扪心自问，她对薛京还会心动吗？答案是肯定的。一个人的魅力必然抛不开外貌、学识和财力，现阶段薛京在这些外在条件上是万人迷的等级，要比以前上学时更加优秀。

她是决心向下择偶的异性恋，并不是不近男色遁入空门。

只是非常可惜，关于自己和如此"完美"的薛京是否有未来的断定，至今为止，哈月并没有改观，她对薛京抱有十足的歉意和鼓励，那是一种真心的应援。

　　她也做过梦，梦醒了，啦啦队队员就该站在队伍里为台上的明星振臂高呼，她不可能再一次试图爬到那些聚光灯下，去主动承受来自命运的羞辱。

　　她的一辈子也就这样了，一眼望得到头，但薛京不是，所以再澎湃的心动也不具备任何意义，她不想做伴侣的负担，何况那个人是她这辈子少有的爱过的人。

　　心脏跳得再快又能怎样？忍一忍也就过去了，就像她曾经忍过了童年，忍过了青春期，又忍过了这几年一样。她已经承认了，她不是这世界中光芒四射的女主角，只是被风偶尔扬到天上的柳絮，属于她人生的高光点，早在大学毕业那年就结束了。

　　或许她现在正在赎罪也不一定，因为曾经忤逆了母亲在高考志愿表上的决定。

　　可是如果人生可以重来一次，她会选择不再踏上那辆通往蓟城的绿皮火车吗？

　　哈月有些不确定。因为那辆火车的尽头，曾经也带给过她一个19岁的薛京，那时候，她在初恋中，真的短暂而耀眼地灿烂过。

　　胸腔里翻涌的潮汐一浪接着一浪，哈月闭着眼睛，平静地躺在那张单人床上，双手搭在一起交叠在胸口，任由那种没有名字的伤感随着血液从头顶冲到脚尖。

　　最近两年，她经常感觉这张小床不大不小，像是刚好可以承载着她死期的单人棺材。

　　每晚入睡前，她都会想，如果明天再也睁不开眼睛，好像也不是很糟，所以总是期盼着用睡眠快速地结束一天。

　　但是今天，她没想那件事，满脑子都是薛京。

　　就这样，两点过半，门外传来一阵喧嚣，她支撑着发麻的身体，歪扭着下床，起身披上羽绒服疲惫地推开自家的院门。

　　门外，金子正在安慰着母亲，告诉她小雨一切都好，明早她就可以到医院去探视。

哈月一出来，斯琴大姨就背过身开始抹眼泪，金子赶着去医院和薛京换班，匆匆几句把安慰母亲的工作就交给了哈月，就再度拎着一些小雨住院需要的衣物草草地离开了。

哈月心里本来就不踏实，在得知小雨的消息后，嘴唇发干，心脏没有落下，反而悬得更厉害了。

五分钟后，安顿好斯琴大姨，给她热了一杯牛奶，哈月从邻居家出来锁好大门，回到家里再也难以静下心来躺回床上，一直在自己的房间内来回踱步。

她的手指紧紧地捏着身上的羽绒服，拖鞋上还沾着雪水和污渍，除了替小雨感到劫后余生之外，她没办法忽略心里对薛京的担忧。

今天大降温，薛京不会又穿得很单薄就跑到医院守病房吧？如果着凉了又要咳嗽整宿睡不着，他脑子可能坏了，非得待在绥城自找苦吃，他那么挑嘴，在医院待了一晚上，不会一口东西都没吃吧？

如果胃烂掉了，这里也没有什么名医可以看，拖得严重了溃疡肯定会复发。他以前写东西一写入迷就不肯吃饭，胃会健康才怪。

面对前男友的示好，哈月可以无碍地装死，但对待一个会为了不怎么熟悉的邻居，在医院自愿熬到半夜的新邻居，哈月狠不起心，她没办法看着薛京活受罪。

在屋里转了几圈，身体越过思想，哈月还没考虑清楚自己要做什么，人已经走到厨房了，伸手打开顶灯，戴上了围裙。

侧身从橱柜里抓了一把杏仁，再从米缸里舀了小半碗米一起扔进冷水里泡，确定了主食，打开冰箱，哈月望着几盘全是辛香料的剩菜叹了口气，拎起案板上的菜刀狠狠地在碗底磨了几下，径直走到院子角落的鹅圈内。

三点十分，经过放血煺毛的鹅肉已经被剁骨刀斩成小块，整整齐齐地躺在热锅内被煨烤成暖洋洋的酱色。

杏仁和大米被破壁机打成极小的颗粒，煮成黏稠的糜粥，装在保温桶的里层。

杏仁是平喘的，暖暖的汤水比米饭更易消化，上次吃粥底火锅，薛京也只是喝了粥。

垃圾桶内扔着被处理过的内脏和鹅毛，哈月面无表情地快速清理着喷溅在水槽内的血水，她在厨房杀鹅时又快又狠，清理案发现场时也是一样的麻利。

鹅肉调味前在高压锅内加入白酒压过一回，最后一道工序是在成品上撒下细小翠绿的葱花做点缀，利刃像是哈月的玩具，在掌下上下旋动，葱花大小一致，像是被复制粘贴的图形。

饭刚做好，院外传来车子熄火的声音，是薛京。

哈月抬手将保温盒的最顶端盖上，双手在围裙上蹭了蹭，然后拿出手机，从几十条对话框下翻到"X"，哈月看着他的头像犹豫了一会儿，没有打下任何字。

饭做好了，但她又开始不确定在这样的深夜给前男友送饭的行为是否妥当，尤其是她的前男友明确地表示过自己的心意后，她不想再一次让他误会两个人是有未来的。

她杀鹅时的刀大概又不锋利了，可是那把刀再磨估计都要卷边儿了。

就这样站在厨房里等了几分钟，直到院内仅存的两只鹅突然相继惊叫了一声，哈月这才一鼓作气地低头打字。

算了，宰都宰了，总不能浪费食材吧。这可是她辛辛苦苦喂了几个月的溆浦鹅，油脂适中，口感滑嫩，再加上夏天经常在山脚的小溪边放养，吃的都是绿色食品，大补的。

只是送顿饭而已，她和周围的邻居们这两年也经常会送东西给对方吃呀，又不代表吃了她的鹅就要以身相许，别想太多了，这只是普通邻居间的友好往来。

不知何时，天上的小雪突然停了。

太阳还未升起，周边的黑瓦黄砖湿漉漉的，被白亮的月色笼罩着，有一种水墨画刚下笔的润泽。

薛京下车时哈月还没出门，等到哈月站在他家门口探进半颗脑袋时，薛京已经摘掉了口罩，在屋内开始用流水和消毒洗手液清洗双手。

薛京租下的平房与哈月家的格局一样，可是同一种房型，主人不同，便不全是同一种脏乱差的模样。哈月家里很难保持干净，动物的粪便，食物残渣，再加上厨房的油渍，无论多么频繁地擦洗，总是会在各种角落留存厚厚的脏污。再加上赵春妮经常在院子里积攒饮料瓶和纸箱，这些杂物成了老鼠的游乐场，无论放多少粘鼠板，偶尔还是会在院子里见到几只漏网之鱼。

可是薛京这间屋子，简单地重装过，干净得像是返璞归真的民宿。

小院的角落里安置着可以观火的户外炉，在白色的天幕下，除了成捆的木材外，户外餐桌上还摆放着成套的茶具，至于屋内，只从窗户外面看了一眼，哈月就瞥见了薛京的餐桌上摆放着几株用于观赏的梅枝。

她家在餐桌上放抹布、牙签、抽纸和所有已经拆封但还没有吃完的食品，连吃饭时放碗筷都要用挤的，但薛京的家里，餐桌空旷且美观，用来吃饭的地方竟然摆着水生植物。

两门之隔，但这里的感觉和审美，都很时髦，也很薛京。

心口被刺了一下，就如同以前恋爱时，她发现薛京吃酸奶从来不舔酸奶盖一样。他们生活在一个世界，但即便是住了对门，也像是平行时空，中间总是隔着些看不到的介质。

这种看得到却摸不到的东西让她不太舒服。

手里的保温桶不轻，哈月低头看了一眼自己沾满泥水的胶质雨鞋，不大情愿地往院子里走了两步，"喂"一声，伸手朝着屋内的方向递了一下，可薛京不接，他皱了一下眉头，似乎很不满意她和自己之间的距离，他的声音有些哑，便敞着门站在屋内和她讲话："你走近点，我听不到你说话。"

哈月翻了个白眼，心想送个饭有什么好说的，人不动，只是用很大的声音接着吼："我说你接一下保温桶。我就不进去了。"

"为什么？"

为什么？因为她熬了一夜现在要回家补觉，因为孤男寡女瓜田李下，还因为她有点害怕在这样的夜色中，薛京看起来那么像一块可口的小点心，她的嘴里可能又重新长出了甜牙。

但这些理由是不能宣之于口的，所以她不耐烦地说："我踩了一脚泥。"他家里又刚好铺着见不得水的实木地板。

薛京闻言弯腰，从鞋柜里取出一双女士拖鞋，对准她的位置摆在地上。

等再张开嘴，她还是推脱："我不能久留，担心猪会跑出来。"

薛京的眼神越过她往对面看了一下："我看到你刚才拿铁链把大门锁了。"

啊，是的，因为担心母亲神志不清时到处游荡，她现在习惯一出远门就把大门反锁，就算是几分钟也不敢怠慢。

看到哈月还是不动，全身都在表现心有忌惮，薛京的眉眼也透出些许倦意，他的口吻直白："哈月，医院里的椅子坐起来没有那么舒服，这会儿又冷，胃里还饿，你如果是担心那件事，可以放心，我现在很累了。"

"真的。"

"小雨也算是你关心的人吧，金子说你们平常很要好。你不是也想了解一下她情况到底怎样吗？我吃着饭跟你讲，好吗？"

"站在风口挺难受的。"

话说到这个程度上，哈月骑虎难下，只有乖乖地走过来就范。

身体刚行至屋檐下，手里的保温桶被薛京接走了，连同她肩膀上披着的羽绒服，也被他伸手挂在玄关处的次净衣区。

哈月低着头在门垫上换鞋，视线落在薛京的脚腕处，皱了一下眉头，她看到他长裤下一闪而过的脚腕处有些新旧交叠的小伤，再往旁边瞥了一眼，果然，鞋柜内多数运动鞋都是娇贵的浅色。

刚才心里那根毛刺又融成了绵绵的酸软，因为她知道，薛京肯定是穿着这些高价的球鞋被她的鹅咬了，估计还不止一次。薛京这个审美极好的蓟城人哪里会知道，鹅除了会把高大的人类看扁外，还尤其厌恶两足怪穿白色的鞋子。

不过没关系，今年的鹅也吃得差不多了，来年春天薛京一定不会再停留在这里了。

薛京走到餐桌旁，打开保温桶，看到第一层的红烧鹅肉时愣了一下，睫毛低垂，再揭开一层，是几样家常的酱菜，而最下层竟然是满满的一碗杏仁粥。

他没想到哈月给他送的食物是现做的，刚才见到哈月手里拎着保温桶，他还以为内里是速冻水饺或者蒸包之类的半成品。

毕业季同居时薛京为了表现自己，经常和她抢着用厨房，同居那几十天里，他大约照着食谱变着花样给哈月带了十几种三明治当早餐，牛油果都能改刀成爱心，但再难的炒菜确实需要刷熟练度，所以晚上他们一直是在外面吃。

这还是他第一次见到哈月亲手做的饭菜。

烧可能早退了吧，反正这会儿他的嗓子也不痒了，整个人神清气爽，只要哈月一句话，他觉得自己还可以到医院熬个一天一夜。

他今天的所作所为完全是歪打正着，如果知道哈月原来这么在意邻居一家，他可能会提早从曹小雨身上找切入点，全方位地游说哈月所有在意的突破口。

薛京如此想着，郑重其事地对着玄关处的哈月说了一声："谢谢。其实我也没为小……"

称呼曹小雨为"小雨"可能有太过亲密的嫌疑，薛京刚说了一个小字，就自觉地更正了自己对待异性邻居的称呼。

"我确实没为金子的妻子做什么。我也不是医生，就是帮忙跑腿。"

谢谢这两个字还不足以表达他的感谢，薛京在动筷子前又走到厨房里到处翻存货，可是找来找去，他家里只剩下黑巧克力和咖啡粉这两种食物，连一样哈月喜欢吃的水果都没有。

凌晨不适合喝咖啡，他眼下能跟哈月分享的，除了哈月做的饭，再就是摆满床头的复合型维生素。请人吃饭是心意，洗水果那是客套，那邀请客人吃保健品不是纯有病吗？

从厨房走回来时薛京拿了两副碗筷，有点儿不好意思地问她："要不你也一起吃点儿？做饭挺累的吧。真的麻烦你了。"

被哈月拒绝后，他又恍然扶额："那要不要喝茶，御前十八棵可以吗？我去烧水。"

哈月拉开餐椅，坐在与薛京直线距离最远的斜对面，她可不是乾隆皇帝，大半夜的喝天价御茶，陪着薛京吃夜宵已经是她所能忍耐的亲密极限了，所以她皱着鼻尖，抬起右手指了指快要凉掉的饭菜假意吓唬："我说，你到底吃还是不吃？再磨叽可收走了。"

吃自然是要吃的，也不看看这是出自谁的手，薛京坐下来先慢慢地喝粥，他吃东西时是很少说话的，所以叙述的过程也非常缓慢。

交代完小雨正处于妊娠的喜讯，哈月和薛京很默契地都没再开口说话。分手男女详谈他人的婚姻与美满，总是尤为伤感。

等胃暖起来了，薛京这才开始吃菜，第一筷子肉入口，他没觉得有什么不妥，很快又撩起第二筷子，因为很想和哈月接着交流下去，所以他没话找话："鸭肉挺新鲜的，是今天刚买的吗？"

现宰的家禽当然新鲜，哈月隔着餐桌望着连吃饭都像一幅画一样的薛京，像话家常那样不咸不淡地说："是我家养的鹅。才杀，肯定很新鲜呀。放血放了好久，我的手洗了好几遍还有一股血腥味。"

哈月指正完，薛京正在咀嚼的牙齿突然不动了，他的表情有点微恙，连手里的筷子都悬空了。

虽然哈月家的鹅每天都攻击他，但当这些昨天还和他见过面的动物突然被他咽下肚子时，这感觉并不是太美好。如果非要描述，就是这些年来他曾在国内东部沿海一带的市场目睹过贩卖驴肉的现场。为了自证新鲜，屠户会当着活驴的面直接用铁锤重击驴子的头部，而将死的驴倒地，被扒皮、切块的现场都会一五一十地倒映在仍然喘气的同类眼里。

因为这个场面带来的颠覆感，薛京对美味的驴肉佳肴也很难下咽。这理由很冠冕堂皇，和他不吃动物的头部、内脏、爪子一样。

即便分别了经年，但餐桌斜对角后的一对男女实在太过熟悉对方的细微动作，薛京不过是面部肌肉紧绷了几分，哈月就已经洞悉了他内心的反感。

她从他抖动的瞳孔猜测，如果自己不在场，薛京可能会立刻把嘴里的食物直接吐出来吧？

大城市里的人养在家里的是宠物，是情感寄托，是宝宝，可他们养的是一盘好菜。

他们的成长环境导致他们的底层逻辑就互不相通。

想到这个层面，这些天一直困扰哈月的情绪突然释然了，她后背铮铮地竖在凳子上，面上的眸光却是浅浅的，她望着薛京，像观音像那么慈悲又无情："薛京，你是不是觉得宰杀动物挺可怕的？但没办法，我们这种人是这样，我们家里还养了猪，来年大了也是要吃的。"

"你当然吃过猪，超市里预处理好的，但你没见过杀猪吧？小时候我家里更穷，每年都盼着杀猪。杀猪的时候猪叫得声音可大了，特别凄惨，可是每个来帮忙捆麻绳、捅刀子、用盆接猪血的邻居都是乐呵呵的，连小孩子们都在旁边跟着起哄鼓掌。没人在乎动物的感受，因为人马上就有肉吃了。"

在饭桌上说这些，薛京不会爱听。因为他忌讳的事情特别多。

　　哈月觉得薛京应该又倒胃口了，这一次和上次饭桌上一样，肯定也是她的错，她认了。但她这一次不想道歉了，道歉太多也会累，何况像薛京说的，道歉的作用是拨乱反正，那她要怎么改变自己的出身呢？这是没办法的事。

　　再怎么弥补，都没有用。

　　收回目光，哈月主动起身走到厨房撕了一张厨房用纸回来，放在薛京面前的餐桌上，然后伸手去收保温桶。

　　哈月的声音很柔软动听，发丝也很乖巧，如杨柳般轻轻地在他的肩膀上拂过，这样一个慈眉善目的她却在给薛京念最终判决书："所以，薛京，回家吧，别耗了。说破了天，你这种人也不属于这里。"

　　薛京真的不应该再在绥城白费力气了，他过的生活是飘在天上的，精神过于富足，可以到处对芸芸众生释放怜悯，可她还在地下十八层的夹缝求生呢，实在受不起他的柔情和施舍。

　　"别浪费时间啦。咱们都不是小孩儿了，你说呢？"

　　时隔四年，上诉无效，她依然给他们的感情判了死刑。

　　身上的暖意不过一时，便重新生出刺骨的冷。

　　对待薛京的情绪，哈月真的有一种操纵自如的天赋。

　　薛京捏着筷子的右手逐渐收紧，直到指节因为过分挤压而失血泛白，在视线中，哈月干瘦粗糙的手指刚碰到保温桶的边缘，就被他的左手握住了。

　　他握住了她的满手血腥味，也握住了那只杀鹅的手。

　　十指交握，神经末梢激荡着细密的电流，薛京将嘴里的食物囫囵吞枣地咽下去，右手重新夹了一块鹅肉放进嘴里，强迫自己咀嚼食物的时候，还尽量保持着温和的态度。

　　哈月猜得对，他是想吐，五脏六腑像滚筒洗衣机一样翻涌个不停，但他不想被哈月轻易地激怒，被牵着鼻子走，然后说一些会即刻后悔的废话，所以他假装不理解哈月在表达的命题。

"你明年预备杀猪跟我现在吃饭有什么关系吗？"

"你说白话行不行？云里雾里的，懂都不懂。"

"什么年代了，还把人分三教九流，我真不理解，你是什么人？我又是什么人呀？不都是灵长目人科吗？这里你能待，我不能待？为什么？"

"到底为什么呀？"

这是半小时内薛京第三次问她为什么，但和前一次一样，不是因为他真的不知道答案。

眼下他不仅模糊了论点，还要消灭证据，嘴里的鹅肉塞得越来越多，他好像在双腮里储存粮食的仓鼠。

可哈月会看不出他在勉强自己吗？他唇角紧绷大口吃饭的样子让她更不舒服。被握住的右手一直烫到了心口，哈月本来已经沉下去的心脏又开始痛了，外层的壳子碎了，那么心就没办法固若金汤，做什么都会显得无措而慌张。

无声的悲伤将她从沙滩一直冲进了太平洋，她忍不住鼻尖发酸。

抽出右手，哈月为了制止自己流泪而提高声音的分贝："不想吃就别吃了。"

"谁说我不想吃了？"

"薛京！"

"干吗？"

争执间，哈月一把抢走了薛京的筷子，而薛京躲闪时失手打翻了保温桶。

白色的米汤淅淅沥沥地顺着桌角往下流，那些红烧鹅肉像是从小孩手中逃走的弹珠，骨碌碌地滚到房间的各个角落。

哈月换了崭新的拖鞋，颇有忌惮地进入他的空间，但还是将他完美的屋子弄脏了。她花心思费力气准备的夜宵，也没能将他的身体抚慰得当，她大约让他做好事后又累又饿的身体更忧伤了。

本来在这种充满失而复得与冷寂难熬的夜里，哈月真的想要和薛京和平相处的，可是他们两个身上的磁场如此相悖，最后还是闹得一地鸡毛，就跟以前一样。

她的饭，她的人，她的呼吸，都不属于他的空间。

她似乎总是用好心办了坏事，面对薛京怎么样也处理不当。

舌尖只不过顶在上颚使劲撞击了几下，满口牙齿立刻变得肿胀酸痛起来。

哈月习惯在被割舍前快速止损，还没学会要怎么对待来自他人的长情。持续被选择的滋味并没有很令她幸福，反而让她自恃渺小，感到难熬且焦虑。

哈月垂下手臂，终于泄气了，她不想跟他争个高低，把筷子重新塞回他的手里，低着头用厨房用纸清理桌上的湿意，不过她的声音和手里破掉的纸巾一样苦涩："别装行不行，你不是知道为什么吗？"

知道，薛京当然知道。每个意气风发的少年都愿意在喜欢的人面前全方位地展示自身的闪光点，这是一种自然选择下的求偶行为，初恋时，薛京一直是这么做的，他为了经营好这段感情，不间断地朝着哈月开屏，像发情的孔雀疯狂地释放迷人的魅力。

他太想和初恋修成正果了，过那种想象中的都市童话，打败自己的出身魔咒。这种执念到了走火入魔的程度，所以面面俱到，兢兢业业，每说一句话、每做一件事，他都会在心里反复斟酌。几乎每一个他们之间增进感情的节点，都被他在脑子里上过日程，用精神提前演练过，一眼经年。

他不说错的话，也绝不做错的事，想当然地以为绝对优秀的自己一定会得到哈月无条件的偏爱，没想到这种刻意而为的"发光感"，续航能力过于强劲，直到现在哈月看他还自带光环效应。

今时不同往日，哈月并不喜欢完人，为了再次达成目的，他迫不得已要收起浑身绚丽的羽毛，给她看孔雀开屏时的屁股。

哈月恐惧他身上的光环，那他灭灯就好，没什么大不了的，他本来也不是谦谦君子。

眉头舒展开来，薛京掉头取来一次性的厨房湿巾，一股脑将哈月手里的纸巾收进垃圾桶里，擦好桌子，他开始收拾地面，抬头时，薛京面上还是挂着些许苍白的病态，但他的声音很沉静，有一种笃定的坦诚："知道，但我也不是你想的那种人。"

"刚才我没说吧？曹小雨进急诊的时候院方已经安排了她做脑部CT。射线对胎儿发育有致畸的可能，如果我真的关心这件事，我会立刻劝他们夫妻先选择流产再安心养病。但我嫌麻烦。"

薛京自少年时期读过罗素后就彻头彻尾地投身于唯物主义的阵营，这辈子，他没有一次求过神，拜过佛，将自己的命运委托给任何"神"在他看来都是低能的表现，但是几个小时前，他对着电话，竟然还和金子说出了吉人自有天相这种大废话。

这世界上哪来的吉人天相？哪有什么天和相？全是道和术。如果真要他说，他信好人不长命，祸害遗千年，好人为什么总是没好报，不就是因为心不够硬吗？

以前装大度，爱她就放她走，现在遵循本性，满心都是在逼她回头，恨不得给她骨头折断了。

"再者在吃饭时讲这些肯定会破坏我们聊天的气氛，所以我对你也没提。"

见人说人话，见鬼说鬼话，不想做坏人，放任情况发展到最坏，等同于伪善。那么伪善和缺乏怜悯，到底哪一个更坏呢？显然是有共情但仍然选择规避风险的利己主义。

哈月口里的"我们这种人"和他，其实他才是更加卑劣的吧。

她和他在一起，无论从哪个方面思考，他都不是吃亏的乙方，他的闪光点都是假镀金，内里的破铜烂铁早都生锈了。

"你也觉得我不作为的状态挺可怕的吧？不止这样，我这些年还干了不少这种德不配位的事。我在微博上卖杂牌键盘，卖三无按摩仪，都是些我生活里根本不用会的东西，但我硬是给这些溢价产品夸得天花乱坠。"

靠着流量搞变现，只要钱给到位，软广硬广来者不拒。他买东西只追求贵，动辄消费几十万的文物摆在家里，却在社交网络呼吁大家和他用同款便宜货。他靠接这些垃圾商务在蓟城买了一套大平层，因为只选贵的，把房子买在了最黄金最稀缺的地段，他不仅使用了居住权，房子还在快速地升值。

老是说钱不重要，可该赚的一分没少，全都流进了他的兜里。

"哦，对，我这半年还开课了你不知道吧？和男性朋友做付费知识，写教案，编课程，恨不得手把手教学员怎么写畅销作品。但其实我已经一年多没有写过书了。连我自己都是个马上过气的玩意儿，你说我怎么教啊？"

他现在是挺"成功"的，但这些光芒跟哈月在为他应援的梦想毫无关系。

写作这条路让他越走越歪，昔日追求文学造诣的少年早就被世俗泯灭了，如果非得给他自己的"成功"划分一个区域，他现在差不多已经是他爹的翻版了，一个他曾经最看不起的、逐利的傀儡。

这种坑蒙拐骗搞来的钱相信换成谁都可以赚，区别只是大多数人一辈子低着头勤勤恳恳，没有拿到过上上签。所以在哈月祝愿他写出下一本全球畅销书的时候，他才会那么无能地狂怒，归根结底，他自己很知道自己的不堪，他配不上她的祝福。

听到这些的哈月应该会失望吧？她以为的那个走着平坦大道的"薛老师"并不存在，在她面前，只有一个内心荒芜、外强中干的他。但就算这样，薛京也不愿意再次失去和对方袒露真心的机会，他要把自己像一本书一样摊开供她鄙夷。普通的坏人也有资格追求喜欢的人吧？感情自然生长，并不可控，爱能有什么错呢。

哈月身边明明也不拥挤，多一个旧日男友不会构成问题。

说着，薛京走到电脑跟前，把批注过几次的初稿塞到哈月的怀里，侧身拎起保温桶走到水池边。

立在水池边，薛京全身乏力，大约是情绪起伏加快了止痛片的半衰期，他眉心锐痛，忽得打了个冷战，但他话还没说完，不愿意向喜欢的人展示失态，于是硬撑着，卷起袖口弯腰洗碗。

此刻笼罩在他身上的寒气似乎不是由外界入侵，而是从他体内源源不断冒出来的。窗外的雪已化成水了，他却像被困在暴风雪里那样四肢发僵。

拧开水龙头，不锈钢的保温桶被沾过洗洁精的百洁布擦过，绵密的泡沫沾满了指尖，刺骨的冷水漫过手腕，他的皮肤甚至感觉不到水的触感，全凭视觉指挥。在嘴巴麻木之前，他加快了语速。

"以前你都是装的？挺巧的，我也是。你都不知道我这个人有多自私，所以不用觉得良心难安。"

"我待在这里，是因为我的新作品有雏形了。"

"我现在想办法接近你，不是因为我善良又深情，也不是因为我对你充满怜悯想要拯救你，是因为我在你身上看到了一个更有价值的自己。归根结底，我做的这一切都是为了我自己的好处。"

浪漫狂热者在爱一个人的时候到底成就了谁？当然是发酵爱情的始作俑者，爱是主体产生的，被爱的客体如果感到幸福，那也是情感投射的连锁反应，相比主体感到的圆满根本不值一提。

"所以，哈月，不管你靠近我是因为冲动、暧昧，还是别的原因，我都不介意。毕竟我真的愿意，但负罪感就免了吧。多余了，没价值。我也不感谢你替我着想。"

牌都翻过来晾在桌上了，怪就怪还要伸手下注的人。

"我当然也知道你跟我在一起会有负担，但我如果跟你在一起的话，就算现在这样争执都觉得很好，所以你能不能克服一下你的不舒服来迎合我的意愿呢？"

薛京的意思是，反正现阶段无论他们是否在一起，都有一个人会难受，他不想让自己难过，所以不如她来承担这份难受吧。果然，很自私的他在索求很自私的感情，他亲手把自己的面具摘了，就为了递给她一张免死金牌。作用是，勉强她。

碗刷完了，身后一直没有声音，干净的短甲陷在掌心中，再怎样用力，也很难造成疼痛，薛京的唇色苍白，深吸了一口气，终于松开了攥紧的手。

"还有我家也不是什么五好家庭，我上学前根本不和我爸住在一起，我妈也不是他第一个老婆……"

水珠顺着指尖滴到地板上，可是等到薛京回过头，饭桌旁边属于哈月的位置已经空了。

目光追到玄关处，门错开一道半人宽的缝隙，哈月应该是从那里溜走的，至于她有没有听完他说的话，薛京不确定，他唯一能判断的是，哈月走时很急，连衣架上的羽绒服都没有带走。

Chapter 11

刻在皮肉的明哲保身

十多公里外的绥城市人民医院，年轻的金振梁也刚刚和岳父岳母在住院部的楼下分别。

薛京走后，医院接到紧急通知，住院楼层于早上八点后实施封闭式管理，所有病房以楼层为单位禁止探视，需要陪护的家属需携带当天有效报告，办理手续后与病人同吃同住，在解除封闭管理前，所有人均不允许自由出入住院部。

不到五点钟，门诊部旁边的 24 小时检测点已经排起了两列长队，左侧较快的队伍为医护人员专用，右侧全是需要办理陪护的病人家属。

同样都是熬了一夜，相比薛京看上去轻松不费力的整洁，金子整个人像是从油锅里烹炸再捞出来的过夜油条。

他额上的头发打着绺，眼睛里全是血丝，低着头排在队伍后面，像一只虾米一样弓着腰，随着缓慢移动的队伍挪动脚步，右手捏着手机，金子左手来回在屏幕上滑着日历，心里正在盘算着怎么和文化局领导们请假。

小雨出事后，行程还未结束的局长破例让他先回绥城，这在工作上来讲已经是很大的人情了，司机的职责是随时待命，在文化局工作的这几年来，他从来没有因为个人问题多请过一天假，连风寒感冒都是带病上岗。

如果自己再请假一周的话，领导会不会直接将他这个合同工辞退？母亲年纪大了，他又早已成家，身上的担子重，禁不起换工作的折腾。他真的很需要那份三千二百元的工资和单位按时帮他缴纳的五险一金。

本来年初，小雨还和他商量着近期二手房大降价，要不要攒点钱做首付，在县城里买个旧楼房，母亲的老房子年久失修，夏天闷热潮湿，虫蚁乱爬还算可以忍受，但冬天一不小心，户外的水管就会被冻住，导致家中起码两个月都没办法用自来水。

愿望很好，但现实残酷，没想到挡不住天灾人祸，这一趟医院住下来，楼房又少了一间厕所，这会儿连想都不敢想了。

在手机上敲敲打打了半天，轮到金子扫码缴费的时候，他终于把充满"对不起，不好意思，实在抱歉"这些字眼的请假条发给了赵主任，试图博得领导的同情。

摘下口罩，金子扎着马步站在窗口前张开嘴巴，等到棉签在喉咙里沾过一圈，他快速地将口罩重新戴回脸上。单采结果最快两小时出，他暂时还没办法进入住院部守着妻子。

天边的晨光微现，医院大门口的小摊主陆续开始营业，金子在早餐车里买了两个最便宜的花卷，驻足半天，又和摊主加了两个糖饼还有一个茶叶蛋一起扫微信结账。

买完自己的早点和小雨爱吃的糖饼，他选了一个不会妨碍行人走路的位置，蹲在花池旁的台阶上，用手托着塑料袋，将两个花卷依次塞进嘴里。

吃完花卷，想了想，鸡蛋还是收起来了，和糖饼一起揣在怀里保温。

填饱肚子后，他无所事事，开始一遍遍地刷着手机软件里检验报告的结果。

刷到第二十一遍的时候，电话响了，来电人是刚才从薛京家火急火燎赶回家的哈月。

她是听完了薛京要说的话，可是当下来不及考虑自己和他的那点事儿，只记着自己给薛京发完信息后顺手把电话搁在了厨房窗台上。

哈月满心充斥的愤怒都是薛京这个人太差劲了，这么大的事情，他竟然没有和金子说清楚，于情于理，她都要赶快告知金子。

大约是因为劝人打胎毕竟是罪过，电话里总是对邻居一家很豪爽的哈月用词委婉，但金子感觉到了，她表达的意思和几个小时前薛老师对他的暗示一样。

　　大概是不是一个阶层的原因吧，薛京对他们夫妻决定把孩子生下来这件事并不看好。

　　都说远亲不如近邻，斯琴大姨和赵春妮本来就十分亲密，哈月是真心实意替金子和小雨今后的生活在担忧，这些金子都知道，但他依然不认同薛京那种"摩登"的想法。

　　等到哈月把话说完，他抹了一把眼睛，将内眼睑处积存的白色油脂蹭掉，对着面前不停路过的双腿挤出一个标志性的憨笑，金子的嘴唇上扬，但那种往日亲切的笑意并不达眼底，他说："姐，是薛京哥让你来劝我的？"

　　大概是有了替自己来医院这层关系，现在金子不再叫薛京老师了，他直接叫他哥。

　　"我知道哥是好心，但就咱俩之间说，这孩子我们不可能不要。没啥好考虑的。"

　　电话那头哈月还在沉吟，金子沉默了半晌，嘴角微微垂下，又低声地对她说。

　　"这不是我一个人的意思……小雨这几年做梦都想要个孩子，叫她打胎那才是要她的命。"

　　金振梁和曹小雨于六年前举办婚礼，四年前到达法定年龄后领证，至今还没有小孩。

　　哈月这两年回来后约略从母亲那里听闻过，隔壁小夫妻俩好像没办法自然受孕，正在尝试试管婴儿。旁日，她最不爱听赵春妮在她面前搬弄其他人的是非，尤其是这种夫妻之间的隐私，过多打听是极其不礼貌的。再者，现在社会上选择丁克的夫妻日渐增多，她对隔壁邻居婚后无子的事情也没有过多关心。

　　但现在，金子的话向她证实了，他们不是丁克，他们是求子心切，甚至花大价钱进行过试管婴儿的夫妻。

　　像是每一对按部就班的情侣，金子和小雨恋爱时从来没有想过他们会不结婚，等到真的结婚后也从没想过他们会成为那种另类的，没有孩子的夫妻。恋爱、结婚、生子、孝敬父母，赚点维持生活的小钱，就是他们人生最平凡的目标，每当说到未来，他们眼中都会有一家三口其乐融融的幻象。如果条件允许，等到第一个孩子上学后，他们还想儿女双全。

可是命运跟这对朴实的夫妻开了一个玩笑。

婚后第二年，一直吃叶酸备孕却没能成功怀孕的小雨提出和金子到医院做个生殖检查。女方输卵管不通畅，男方精子畸形率高，他们双方均在最佳育龄期，从外表看起来身体十分健康，却被医生告知面临不孕不育的困境。

从那之后，他们的婚姻生活被迫进入了另一条漫漫长征路。

虽然不孕不育的问题是双方的，但受罪的还是小雨。金子数不清她到底抽了多少次血，在腹部扎了多少针，一开始，金子还会陪她到医院注射药物，可是后来他实在腾不开空，小雨也不怨他，自己定时定点骑着自己的小电驴去医院按医嘱接受注射。

有时是人民医院，有时是社区医院，更多时候，金子开了一天车累得躺在沙发上打盹，她在夜里一个人骑着电动车去急诊找护士。

那时候曹小雨满脑子都是打针的事，最害怕的情况是夜里的急诊有伤患而导致护士人手不够，因为她的针剂有时效限制，稍晚一些，那么之前的辛苦都会前功尽弃。

最快乐的事情也是来自打针，每天只要赶在时间节点前将药物注射进体内，曹小雨就能高兴一整天，她会在睡前絮絮叨叨地和金子说，她能感觉到，自己距离怀上他们两个人的宝宝又近了一步。

促卵、排卵，终于挨到取卵，手术结束，成功授精两枚胚胎，金子抱着小雨笑得流出了眼泪，但没想到，他们的噩梦还在继续，由于取卵手术造成卵巢受损腹水，被冷藏的两个胚胎没有在次月被植入子宫，等到小雨终于养好了身体，着床的胚胎却在三周后生化流产，第二枚胚胎也是一样。

这是第一次试管婴儿的经历，之后他们又试了第二次、第三次。

最后一次失败时，因为长期注射激素而身体浮肿的小雨握着验孕棒哭得像个泪人，金子抱着她，视线落在她留白很大的发缝上。

以前刚恋爱的时候，金子最喜欢小雨一头又厚又亮的黑头发，她扎两个双马尾，每个麻花辫都有擀面杖那么粗。可是这些年，因为频繁注射大剂量的针剂，授精再流产，她似乎比同龄人更衰老了，头发梳起来只有细细的一束，连头顶都开始秃了。

金子心疼她，但再怎么样痛，也不会比她更疼。

她的身体千疮百孔，心理肯定也是一样的。

所以那天金子狠下心告诉小雨，他们不可以再做试管婴儿了，原因是他们手里也真的没钱了，一次试管六万块，不可以使用医疗保险，全部自费。他们这些年把家里的积蓄全都投进去了，连斯琴托雅的棺材本都没了。

他们做不起了，也不敢再做了。

金子态度坚决，小雨号啕着打他、骂他、掐他，闹了几天他都是那一句话，"不做了"，还把小雨在满卧室墙上贴着的幼儿海报全都撕掉扔进了垃圾桶里。

因为在双方父母前奉茶时承诺过白头偕老，离婚并不是他们夫妻人生的备选项，最后小雨不得不同意放弃试管。

说完这些从来没有向其他人倾诉过的家事，金子觉得自己的心里轻松了不少，他想，虽然薛京不会明白他们夫妻对血脉延续的执着，但是哈月一定能懂。

大都市里来的人即便再亲和，但浑身都充斥着与他们格格不入的冷静，小雨肚子里的可是一条活生生的人命呀，就算最坏的状况下，孩子身体出现缺陷，那也是他们的亲骨肉，怎么能杀人？

"姐，所以现在不管孩子是好是坏，我们都认了。能成一家人，就是老天爷给的福气，大不了我和小雨养他一辈子。"

"血脉不是那么轻易就能割舍的，你不也为了赵姨从蓟城回来了吗？"

"咱们都太重亲情了。其实人活一辈子，最后不也是守着那个小家吗？没有家，哪有人呢？"

"对了！姐。薛京哥帮我缴了三万块住院费，我微信上暂时没有那么多钱，但你叫他别担心，我妈的退休存折上还有两万多块，我这个月工资也马上就发了，医院暂时封闭管理了，等我回去就到银行打给他。"

报告弹出窗口，金子赶忙挂断了电话。

耳机里传来忙音，哈月口中只剩下一句声若蚊蝇的："可是……"

是的，即便金子说了这么多令人动容的"血脉亲情"，可是哈月仍然打心眼里觉得，他们夫妻俩不该冒这种险。

家的概念是什么？传承血脉又有那么重要吗？说句违背三纲五常的话，如果换作是她，哈月相信自己一定会选择在第一次试管婴儿失败时就及时止损吧？

何况被带到这世界上的孩子没得选，如果真的有意外，他或她又愿意承受这份伟大的亲情吗？

有决定权的只有金振梁和曹小雨。她的建议无关轻重，只能说到这个地步。就像她误会了薛京的冷血，金子也误会了她的"人情味"。

如果说拨打电话之前，哈月满心都充斥着对薛京的看轻，那么现在，哈月恍惚中突然有一种被两个世界都抛弃的错觉。

她在蓟城时，是精心包装自己的绥城人，回到绥城后，她又成了骨子里失去根基的蓟城人。她像是没有根的草，飘到哪里都不被接纳。蓟城没有完全带走她内心深处的乡土气，却教会了她一些刻在皮肉里的明哲保身和权衡利弊。

原来，她也并不是"我们这种人"中的一员，她和薛京一样，绝不会认同金子和小雨的决定。但起码薛京有自己的尺度，他对他人的命运选择了尊重。而她打电话时却自大地认为，自己是在做好事，邻居是在做傻事。

可她又是谁呢？一个永远不会为了下一代而牺牲自己的人，一个因为自己的失败而缩回到老家充作孝顺的人。她似乎谁也不是，活在杜绝感情波动的真空之中。

哈月立在厨房里，缓缓地将电话从耳朵旁边挪开，还没缓过神来，耳边传来一阵急促的脚步声。

右手一疼，本来这个时间应该躺在床上沉眠的赵春妮竟然从身后一把夺走了她的手机。

"天还没亮你和谁打电话？"

赵春妮最近一阵子情绪还算平稳，她说话越来越少了，但在生活习性上，她开始像是不听话的小孩子，拒绝吃药，频繁尿床，无论哈月怎样告诉她天气已经变冷了，她总是在睡觉后偷偷地把身上哈月为她沐浴后换上的睡衣和纸尿裤全都脱掉。

这会儿她刚从被窝里钻出来，全身上下只有一件碎花小背心，臃肿的乳白色四肢全部暴露在空气中，但她本人似乎没有在女儿面前展露隐私而羞耻的意识。

也许是心理上并不亲近的原因，无论照顾母亲时看到了多少次对方赤裸的身体，但哈月仍然没有感到熟悉而自在。

她将目光聚焦在母亲的脸上，尽量不将视线下移，伸手去夺自己的手机，可无奈赵春妮攥得太紧，她便改为哄小孩似的轻拍她的手背："妈？你怎么醒了，厨房冷，咱们先回卧室穿上裤子。纸尿裤你必须得穿，不然整个床单被罩都得换，天天换，天天洗，我也会累的。"

赵春妮充耳不闻，攥着哈月的手机，用力摆弄了几下，解不开锁，便死死地抬起头盯着哈月问："你哪来的手机？你又背着我偷偷给你爸打电话？我说没说过，再叫我发现一次你联系那个驴日的，我就不要你了！"

"你是不是想和他一样出去要饭？"

"你咋就这么不知好歹？你对得起我吗？"

刚才已经不适的情绪被此刻的状况成倍地加重了，在赵春妮混沌不清的质问中，哈月似乎真的变回了一名高中生。

高二那年，她曾经用家中的座机接到过父亲哈建国的电话，哈建国的声音听起来和记忆中一样年轻潇洒，他先是故作轻松地喊她："月月，是我呀。"之后又告诉她，他现在在越城做红木生意赚了一些钱，哈月一言未发，还没听完对方要说的话，赵春妮就夺走了电话，对着话筒嘶叫怒骂。

从那天起，赵春妮没收了哈月的手机，并且时刻提防着她和哈建国联系。

每一次，她只要走到电话机旁边，或是出于和同学联系的需要，请求母亲将手机还给她，赵春妮都会这样大发雷霆。

赵春妮因为这件事耿耿于怀了一整年，冲突最激烈的那次是高考前两周，因为哈月半夜忙着刷高考真题不肯花时间重复道歉，赵春妮气急败坏，徒手把钉在墙上的电话线连根拔出，并将家中的座机在她面前摔得粉碎。

那天夜里，赵春妮尖叫着一脚一脚跺着地上的电话机，塑料碎裂后，满地都是红色的残渣，哈月低着头，耳膜发胀，思想上已经感知不到恐惧和委屈了，她面无表情地回到自己的书桌前面坐下，攥着笔继续做数学题。

学业繁重的少女真的不想哭，可是因为受到母亲的干扰，她解不出面前的函数题，眼泪还是顺着脸颊流到了下巴上。

此时此刻，那种心口僵直的感觉又回来了，哈月觉得自己的身体大概是记起了那天那道无比困难的数学题。

对面的赵春妮还在叫骂，愤怒中她挥舞着双臂将哈月的手机砸在她的脸上。

眉骨一痛，手机被摔在地砖上，哈月连忙蹲下来查看手机屏幕。

"你这么喜欢你爹，你当初怎么不跟他走呢？"

"你以为我想要你吗？"

"我一养你就是这么多年，我怕其他男的祸害你，连对象都不敢找，你就是这么对我的？你现在长大了翅膀硬了要找你爸了？"

"你忘了？他跟别人跑了，根本不要你！他把你当垃圾一样甩给我，你还想着他干啥？"

耳边的质问还在继续，哈月蹲在地上扒开碎成蜘蛛网的手机屏幕保护膜，还好，磕破的是手机玻璃膜，手机屏幕完好无损。

她现阶段最担心的事，就是支出这种不必要的开销。

再次起身之前，哈月反复告诉自己：母亲生病了，她现在又掉到回忆的沼泽里难以自救，自己不可以和她理论，因为即便自己被激发出怒气也没有意义；她同样不可任由自己对她使用暴力，因为即便对方是病人、是老人、是弱者，她也不可以做欺凌弱小的事，那不是为人子女该干的事。

将手机揣进兜里，哈月的眼眶干涩，还是用很平缓的态度去拉赵春妮的胳膊："妈，那些事都过去了，天还没亮，咱们先回屋里穿衣服。"

"你不冷吗？你看你鸡皮疙瘩都起了一身。咱们先把纸尿裤穿上，你现在每天都得穿，买都买了，不穿不是浪费吗？"

"你饿不饿？我做了红烧鹅，你昨天不是还说想吃鹅了吗？咱们早餐吃粥。"

赵春妮皱着眉头，狐疑地顺着自己的身体往下面看了一眼，并不明白自己为什么要穿纸尿裤，等到哈月说到红烧鹅，她的视线又顺着灶台往锅里盯，这下她的注意力被一沓白色的稿纸吸引住了，立刻推开哈月，拿起来那沓刚才哈月不小心从薛京家带回来的小说初稿继续尖叫。

"你又写日记？！写你的好爸爸对不？

"你就这么贱？

"烧了，我给你都烧了，我叫你再写！

"我让你不长记性！叫你不长记性！"

"妈！那是别人的东西！你别乱动！"哈月一看到薛京的稿子被赵春妮拿起来，脑子便嗡的一声，立刻扑过去制止她。

不同于刚才抢手机用了三分力气，这一次哈月使出了吃奶的力气，一下就掰开了赵春妮的手腕，赵春妮撕扯不过她，便要掀开锅炉盖扯着哈月的头发，逼迫她将手里的稿纸扔进熊熊燃烧的炉火中。

火苗随着空气上窜，脸上一热，哈月即刻闻到一股烧焦的味道，危机之中，她再也顾不得长幼尊卑，立刻回过身单手反剪着赵春妮的胳膊，连拖带拽地将她带离这片充满危险的区域。

厮打中，赵春妮的小背心被她撕扯出一个大洞，而赵春妮的指缝里还有十几根哈月的断发，哈月刚将厨房的门反锁，赵春妮重新扑过来拽住她的胳膊，角力中，哈月不耐其烦，狠狠地将自己的胳膊从母亲手里拽出来，手腕如橡皮筋般回弹，手背一下拍在赵春妮的脸颊上。

"啪"一声，一个力道不小的巴掌，赵春妮捂着脸颊即刻从混沌中清醒过来。

母女俩对视了几秒，赵春妮便愤怒地尖叫起来，还是那种杜鹃泣血的悲鸣。

不过这一次赵春妮不是因为过去的事情而生气，她是真正在对她面前现在存在的哈月发怒，她用双手推搡着哈月，哭着叫并让哈月滚出她的家，如果她不走，她便一头撞死。

她说自己没这种心狠的女儿，她根本不需要她这只养不熟的白眼狼。

"滚啊！滚出去！"

"你打你老娘。你不孝啊你！"

哈月的额角肿胀，耳畔的一绺头发被火焰燎成焦黄，"动手"的是她，可高速公路上被车轮碾压过的丧家犬也不过如此。

哈月没有打人，她不是故意的，即便心里是这样想，但嘴巴像是抹了强力胶，叫她张口为自己失手打到母亲的行为辩解，又是难上加难。

哈月抱着怀里的小说双眼无神地盯着赵春妮，一开始还像石头似的矗立在院子里不肯离开，可是随着赵春妮哭得上气不接下气，用头撞她的肚子，拎起扫帚敲她的后背，她再也忍不住内心满溢的荒凉，按照母亲说的，扭过头朝着门外滚。

步子刚跨过院门，赵春妮就狠狠地将大门摔上，再侧耳聆听了一阵，院内赵春妮的骂声逐渐变得微小，人应该是回到了房间内。

离开了家，但世界之大又无处可去，她的人生，走到这里，一败涂地。

哈月为了"母女亲情"从大城市回来，可是她生病的母亲也不需要她的存在，她认为自己如今已经摆脱了虚荣的谎言，在品行上还算端正，但她竟然在刚才失手扇了母亲一巴掌。

谁也不会理解她，连隔壁的斯琴大姨也不会，她似乎没有做人的资格。

她的二十六岁，没有任何可以给予她力量的牵绊，大约是那种现在就即刻死掉也不会被任何人挂念的悲剧吧。连最基本的，金子口中的亲情都不能成为她内心最后的庇护所。

她甚至没办法形容自己对母亲的感情到底偏向何方。

爱恨原来并不是一线间，中间还有很多灰色的地带。

初阳升起，将天空染成了金色，哈月的心情顿时糟糕到极点，恍惚中低下头，如行尸走肉般检查怀中被她保护着的稿件。

六十多页纸张，每一张纸上面都充满了被亏待的痕迹，薛京的小说不仅在她的家中沾满灰尘和油渍，就连封面的文字都被她的眼泪染出了墨迹。

哈月红着眼圈，手指用力抚了几次，也没能将那些痕迹抚平。

彼时恋爱，薛京也经常把自己的手稿献宝似的拿给她看，他总是说，阅读他人的文字是一种很亲密的行为，甚至要超过鱼水之欢，因为那种思想层级的联通，本质是精神属性的默契，他推崇各路思想要超越肉体结合本身。

哈月嘴上嫌他酸臭迂腐，但其实内心深以为然，她是从那时爱上了读闲书。读看似对人生完全没有帮助，却能给人带来小确幸的虚构文学。

文学作品里有她从来没有感知过的世界，幸福的、不幸的、各式各样的比喻手法引人思考，思想偶尔闪烁火花，好像旅行时，窗外沿途不停变换的风景。

人区别于动物的品质是拥有自由意志。

分手后，她的世界里虽然没有了薛京，但是还存在着初恋的精神产物。

在蓟城的休息日，她最常去书店打发时间，流连驻足最多的地方是流行文学，而刚好，薛京的书总是被店家摆在最显眼的位置，她只是喜欢读书，便没有理由不买。

大学毕业后，她在蓟城买了那么多他的书，首印版、精装版、特签版、亲签版，最喜欢的还是第一本简装首印，小小的一册，十六万字，故事短小精干，字句承情。她很喜欢他笔下执拗天真的少年，所以长年放在床头随手翻阅，读到书封发黄，四角磨损卷起，还会仔细地用橡皮擦养护。

反复阅读前男友的作品不是一个有益身心的习惯，脉络类似过期情人视奸前任所有的社交网络，但薛京构架的世界总是很美，爱美之心人皆有之，她那时也向往美好，崇拜成功的味道。

相亲时失败几次都没关系，向下择偶时触礁了几次也没关系，因为她还有兜底的精神寄托，她好歹曾经得到过书里描绘的美好爱情。

曾经沧海难为水，现实生活中的男人再精于算计，面目丑陋，她都不会感到特别受伤，因为她心里还住着很多个纸片人。

从蓟城搬回来时，哈月折价处理了所有她曾购买的与她短暂般配过的奢侈品，但薛京署名的那些小说是她最后变卖的一样资产。

整整两大箱，都是她摆在书架里的宝贝，光是出门前看一眼都觉得能汲取到勇气，像是买盲盒，为了收集各种签名她也跟风花了不少钱。但收废品的大爷打了一辈子光棍，看到言情小说就犯恶心，连翻都没翻，只撇了撇嘴，告诉她这些破烂儿只能按斤卖，最后还是看她嘴甜，大发慈悲地给她结算了二十九元。

哈月用这笔钱吃了一份自选麻辣烫，那家苍蝇小店的红油真辣，应该放了辣椒精，一不小心呛到喉咙里，香菜从鼻子里冒出来，她竟然对着面前半根泡发的油条流下了两串生理性盐水。

吃完在蓟城的最后一顿晚餐，她没有再关注过薛京的动态，也没有再读过他的任何作品，所以她不太知道最近薛京又写了什么书，也并不清楚他在微博上贩卖三无产品。

网络大数据搜集情报的能力比她的心态还要精准很多，往日总是出现在她浏览器上方的薛京也突然消失了，相比新款包包，艺术展览，现场演出，手机软件开始频繁地向她展示一些九块九一百个包邮的垃圾袋。

她的生活随着这些廉价的广告横幅进入了新的阶段。

柴米油盐，一日三餐，小卖部迎来送往，没有哲学幻想，没有文学流派，更没有精神相伴的滋味，只剩下生病的母亲，拮据的用度，和一具人生热情已经被燃烬，总是感到疲惫疼痛的身体。

哈月未成年之前，身强力壮的赵春妮对待女儿拥有绝对的处置权，她是喜欢生气便要立刻发泄的类型，且经常会因为哈月不听话、不顺从、不柔软，而将她锁在大门之外。

无论她们之间的争执是什么，谁对谁错，最后想要回到家里的哈月，唯有一条路，那就是哭着求饶、认错，越奴颜讨好越佳，反复被拒绝、被否定的小孩一开始还会恐惧、会痛苦、会难过，可是同样的"教育"上演了太多次，防御机制介入，所剩无几的感情便如果壳般剥离升空。

外表看起来还有个躯壳，但内里是空的。

哈月不可以思念失去的父亲，因为对方抛弃了她，哈月也不可以怨恨母亲，因为只有对方还接纳她，她内心的小孩似乎没长大过，一直走在一条摇摇欲坠的独木桥上。

早该习惯了这种被剥夺感受的惩罚，何况哈月现在已经是二十六岁的成年人了，她身上的情绪被扔了又扔，已经没有可以再被剥夺的委屈了，所以更不应该因为被孤独感侵蚀，而做一些饮鸩止渴的选择。

可是这种没有归属感的彷徨真的太会往人心里钻了，尤其是在刚才，抽离情感的方法都险些失败之后。

哈月盯着薛京的稿件看了又看，还是没禁得住诱惑，像个呆瓜似的，翻开了手中这一沓来自薛京那个空间的作品。只是因为薛京说，这些文字的灵感是来源于她，她竟然产生了一种被需要的感觉。

作品是薛京的，但好像也是她的。

这感觉烫烫的，令她被孤立的精神与身体，也显得不那么落魄了。

打发时间而已。读了一行字，哈月便告诉自己必须停下来，可是她的眼睛还是顺着句号跳到了下一行。

地表残存的湿意被升起的初阳暴晒着，刺目的光线在门口一片小水洼上经过折射，在哈月的侧脸上留下一块模糊的光斑。

一句接着一句，一行接着一行，就这样机械性地反复做了几十分钟的无用功，哈月蹲在地上读书，几乎忘记了自己刚才遭遇了什么，也忘记了自己正在过着什么样的生活。

很巧，薛京新小说的主角竟然也存在一对被丈夫背刺的母女，同样面临丈夫出轨，但与哈月曾经体验过的童年截然相反，作品中的妻子在发现丈夫不忠后，第一反应竟然是主动删除了来自匿名人的揭发信息，假装无事发生。

母爱与妻责似乎战胜了尊严。

可是揭发信息没有停止，第二次，来信人又附赠了刺目的照片与视频。

哈月禁不住要惊奇，在人生的寄托全部被摧毁后，等待着这对母女的结局到底会是什么？

薛京没说错，这本小说调子很新，包含他以往没有涉及的悬疑领域。风格独树一帜，用词老练精简，对人性恶意的剖析很直白，读起来非常辛辣。

阅读戛然而止，因为哈月兜里的手机响了，她像做贼似的快速合上书稿，深吸一口气滑开屏幕。

抖动的虹膜中倒映着薛京的头像，不知道从哪一天开始，他原本充满男神氛围感的高清照变成了一幅幼稚至极的简笔画，白纸上画着两只挤在一起瑟瑟发抖的小粉猪。

一只猪颦着眉毛，似乎有些难受，另一只则用自己的头紧紧地挨着它的脖子。

看起来像是情侣的两只小猪旁边，"X"说——

虽然但是。

作为邻居还是要说一下。

你衣服没拿，还有保温桶。

一小时前，薛京走出院子，房檐之上的天空挂着粉紫色的幕布，而哈月家那盏等着他在黎明前归来的灯早已晦暗。

关上门，洗去一身的疲惫，吃了两片褪黑素，可是心里绷着一根弦，人在床上翻来覆去的，还是睡不着。

本来药方子已经写好了，对症治病，但郎中唯恐自己方才药下得太猛。翻过手机，他试探着拍了拍哈月的头像，白色小狗在他指腹下抖动两下，冒出灰色的提醒。还好，坦白从宽总是没错的，起码哈月没有再次把"完美的他"拉黑。

半晌，哈月慢吞吞地回复他——

> 知道。

他问——

> 明天来拿吗？

对话框上方显示"正在输入"了很久，但没有任何消息发过来。

他知道，她在考虑，于是薛京帮她做了决定——

> 没关系，明天不来可以后天。

后天之后还有大后天，这次想不清楚，可以下次再说。

> 时间还有很多。
> 你慢慢来。我不急。

打完这些字，薛京疲惫地将侧脸挨在枕头上，但刚闭上眼睛，他又有点担心哈月在深思熟虑之后还是会将他从心里剔除出去，毕竟他的人设已经彻底掉进下水道了。

所以他又挣扎着支起胳膊，耷着眼睫毛，发了几条卖惨意味极重的消息。算是大功率电器烧断闸前先给自己接好保险丝。薛京在赌，即便他是个十恶不赦的浑蛋，但哈月还是会有那么一点点担心他。

但是能不能别这么着急拒绝我？毕竟灵感来得不容易。

新小说才写了四分之一，这几天你老是躲着我，我又有点卡文了。

现在好焦虑，不敢睡，压力大，现在吃了药还是睡不着，全身都痛，喘不过气，不知道明天还能不能接着写出来？

你说我这样下去会不会还没写完就猝死啦？我好不甘心。

对话框内还没有回应，院子外面的大门突然被敲响了。

薛京开门前是没想到自己剑走偏锋的操作能得到一加一大于二的效果的，门外，刚才跑掉的哈月竟然主动敲开了他的门。

丰沛的阳光从薛京的身后投下，将他的影子彻底笼罩在哈月的身上。

薛京半眯着眼睛，第一时间注意到躲在阴影里低着头的她眉尾红肿，头发焦黄，他心口一紧，抬起手直接托起她的下巴查看。

中指贴着耳根，掌心挤着下巴，哈月被迫抬起脖颈，脸庞似向阳的花朵一样被迫同他的视线交汇。眼前原本黑亮的瞳孔刚被刺目的阳光照成半透明的茶色，眉弓肿胀得不算太严重，皮肤没有流血，至于头发……

怎么挺大的人还玩儿火呢？

"你脸怎么弄伤的？还有头发怎么回事？"薛京刚想用指尖拢住她的头发，人就被对方用两个大箱子粗鲁地挤到了旁边。

哈月根本不回答他的提问，只自顾自地说："哎，你刚才说的话还算数吧？"

把手里两箱物资扔到薛京的怀里，哈月反手将院门关上，没有犹豫，径直走到鞋柜旁边低头换鞋，将自己脏掉的鞋子留在外面，嘴里叽叽喳喳道："社区群里通知，绥城今天开始静默，前头的路已经开始拉围挡了，下午六点前只进不出，我昨天给你从店里带了点生活用品，这边管得严，到时候可没有跑腿的，你家还缺什么吗？能帮的我尽量。"

"还有我能在你家洗个澡吗？休息一会儿再回去，门锁了我没带钥匙。"

薛京在后面亦步亦趋地跟着她，直觉她的情绪有些不对，也不受她声东击西的影响，连鞋都没换就走进客厅里，放下纸箱从冰箱里拿了一个冰袋敷在她的脸上，嗡嗡地围着她转："你别跟我打马虎眼，我先问的，到底怎么了？怎么回了趟家又来了？你和人打架了？"

"你眼睛怎么红了？你哭了吗？"

哈月家里只有一位女性家长，平常看起来非常和睦，薛京再怎么猜，也想不到是她和母亲两人大打出手的原因。

哈月装聋作哑，还在摆弄手里的拖鞋，嘴里小声地嘀咕："网格员说是施行 3+2 政策，估计怎么也要封一周吧？"

她说的跟他问的完全无关。

薛京干脆蹲在她的面前，让视线齐平，同时也很不客气地叫她的名字："哈月！"

叫名字没用，刚才话还很密的小麻雀开始举着冰袋装死。

她伤得不重，在冰袋的加持下，红色的皮肤很快褪色变成了青白，她已经不疼了，但仍然将充满水珠的冰袋搁在眉心处拒绝和薛京对视。

对面的薛京冷哂了一声，点点头，撑着膝盖起身，脸色冷沉："行，不理我是吧，那我过去自己问。你妈不开门，我就翻墙过去。"

"我都说了几次我不是卖保险的了？她老人家每次见到我还是要骂。什么意思啊？我哪儿像卖保险的了？他们穿什么我穿什么？我穿的西装都是高定！"

"哎！"哈月本来还在慢腾腾地用左手扯裤边的一根线头，一听他这么说，立刻扯住他的袖子，急闹闹地起身拦住他说，"就跟我妈打了一架，干吗！以前也常常打的啊，你没见过人家母女吵架吗？"

"以为谁都跟你们家似的，父慈子孝、举案齐眉、其乐融融？离异家庭还不都得有点儿磕磕绊绊！"

"你爸妈离异了？我怎么没听说过呢？哎？我搁这儿住了这些天，怎么没人和我说过啊。"

薛京支着耳朵很会抓重点，哈月顿时没好气地推开他，随口搪塞："也不是离异，就是小时候我爸跟别人跑了，出轨了。所以我妈特别讨厌长得好看的小白脸。你就别过去找骂了。以后见到我妈最好躲着走。"

"啊……"薛京倒吸了一口冷气，他本人并不是美而不自知的人，因为家庭氛围使然，他很小就懂得美貌是一种先天资源，他上大学时为了追求哈月，曾经也在篮球场上故意撩起下摆擦汗，戴着金丝眼镜跑到外院去旁听她要上的课。

后来谈过恋爱，开窍了就更不用说了，总之这些年出席重要场合，但凡周围有需要被他打动的异性，他经常盛装出席，为的就是刻意卖弄外表，但这还是他第一次因为外表优秀而吃到本金亏损。

这世界上竟然有人讨厌炮弹外面的糖衣？未来岳母厌恶他的样貌，他从明天起或许该决定穿上破棉袄、老布鞋且不刮胡子？

天哪，幸而哈月走之前根本没听完他要说的话，她要是知道他爸妈是什么人，干过什么事，大概要唾弃他的祖坟。

真诚是可行，但明知山有虎偏向虎山行那就是傻了，薛京当即决定还是对自己家里的情况有所保留。好饭不怕晚，等到哈月彻底接受他了再说也不迟。最好是等到哈月爱他爱得死去活来，一心一意完全离不开他时，他再说一说他家那些破事。

"可是那也不至于闹得这么严重吧？上次我看她精神状态有点差，她总是和你发脾气吗？你有没有带她去医院检查检查？要不要看看心理医生？"

"上次金子和我说你去医院找保姆，我还以为你是找家政，你不会是去找护工的吧？你妈生病了吗？严重吗？你说话呀。"

薛京举一反三的能力很强，眼看他就要把她那点儿心事全都扒出来了，哈月立刻全线戒备进行灵魂反问："闹了半天那天在医院碰到你，也是你提前安排的？你干点儿人事行吗？你可是赚到钱了，学什么不好还要演霸道总裁啊？"

"你现在身上不疼了是吧？也不气短了？新书不用我帮你找灵感了？我告诉你，不该问的事儿你少打听，我现在就是一夜没睡精神恍惚，所以才会迷迷糊糊地过来你这儿的，你再嘚嘚，我立刻反悔！"

"谁管你写不写得出来啊！你能不能保持写作状态干我什么事，问问问，你是我什么人哪？我什么都跟你说？不就是一搞暧昧的邻居吗？咸吃萝卜淡操心。"

道理是没错，就是这话听着怎么好像有点熟悉，大丈夫能屈能伸，薛京噤声了两秒钟，脑子立刻就转过弯来。

成年人搞暧昧，百无禁忌，最终还是要陷入热恋的。

是他冒昧，哈月愿意跨出第一步已经很好了，至于他想知道的，她愿意说的时候再说也不是不行。打架嘛，正常，哈月和她妈脾气都暴。关键是哈月在有一百个邻居的选择中，她只到他家来避难，行动是态度，语言是导向，他这是在闹什么少爷脾气？现阶段他苦心经营的隐藏分可比斯琴大姨还高呢。

谈恋爱又不是搞侦探游戏，赵春妮看着硬朗得很，骂人时中气十足，肯定没得癌症。就算得了也没关系，他可以卖车卖房卖股票送她去打阿基仑赛注射液。

薛京张了张嘴巴，本来还想问哈月。

"那你为什么一夜没睡，是因为我没回家吗？"

"我真的有你说的那么好看吗？那你是颜控吧？不然以前也不能跟我一谈就是两年多。"

但话到嘴边又咽回去了，眉眼扬起，薛京立刻变脸，眯起笑眼道："哦，没事啦，吵架嘛，是人都长嘴，不是哑巴就得吵，重要的是刚吵完架可得让阿姨自己消消气，你别现在回去加重矛盾哈，在这儿待稳了。"

说着，他像尽职尽责的大众浴池服务员，做了个请的手势道："浴室在右手边，灯的开关在左边墙上。洗漱用品齐全。"

"别客气，就当自己家一样，我给您找条新浴巾呗。"

是谁刚才威胁自己要去翻墙头的？现在又装得跟个文明物种似的，哈月瞅着薛京这点儿变脸的绝活右眼皮直跳。

她确实不知道赵春妮把他认成保险推销员的事情，但现阶段以母亲的状况，薛京硬挤过去挨一顿揍也是有可能的。

末了，深吸了一口气，哈月将所有脏话全烂在肚子里，也假笑着弯腰朝着他颔首，表示感谢："嗯嗯，好的，谢谢您，我这就去洗哈。"

"夫妻对拜"后，哈月再抬起脸时翻了个白眼，连装礼貌都懒得装了，对着暧昧对象不客气地嚷嚷："哎，你，拿毛巾顺便带把剪刀进来啊。"

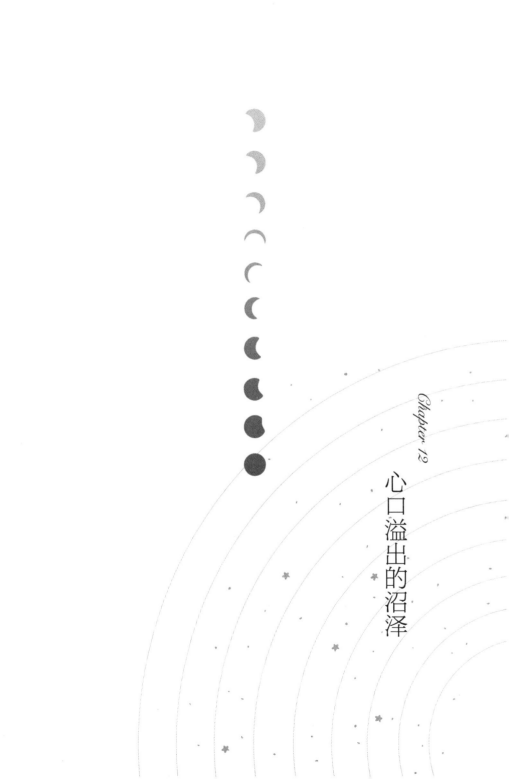

Chapter 12

心口溢出的沼泽

浴室里，镜柜前。

哈月先是将自己的头发用右手腕上的皮筋全部束到脑袋后面，再反手拿着薛京递给她的剪刀将长发一刀剪断，烧焦的头发在锁骨的位置，沿着上缘，她直接剪掉近五十公分的长发，没有一丝犹豫。

拎着头发毫不留恋地扔进垃圾桶里，哈月将皮筋松开，捋了一把发梢上残留的发渣儿，将手和剪刀一起，放在水龙头下冲洗干净。

一步之遥，薛京还站在浴室里，本来送剪刀过来时舌下还有不少俏皮话要讲，但眼下看到哈月接过自己递过去的剪刀，一鼓作气，不到几秒钟就把一头长发剪断，他即刻发出一种类似野生动物在森林中闲庭信步，突然受到物种入侵时惊吓的吠声。

哈月闻声抬起头，镜子里，刁钻的顶光灯下，身处于她后方的薛京看起来像一幅柔弱的油画。

他眼窝深陷，黑眼圈很重，如菜的面色上除了疲倦还充斥着惊诧，再加上他刚从床上爬起来，并没有预备待客，正穿着一套看起来很单薄的睡衣套装。白底磨毛滚黑边的底色还算稳重，但睡衣全身上下都布满形态各异的卡通小狗，与他本人的样貌十分违和。

这种睡衣，哈月自己柜子里也有两件，看来无论什么人，入乡随俗沾点儿地气也是在所难免的。大约是因为对方的状态是平易近人的，可怜可爱的，所以哈月脑中的弹簧也不禁柔软起来。

人在失意时总是格外脆弱，本能地寻求温暖的慰藉。

其实她在敲门前已经决定对薛京的勉强照单全收，薛京需要她完成新作，她不是也很享受从苦闷无边的生活中偶尔开小差吗？

破塑料袋也可以在风里翻跟头，就当给精神放个假，她也需要这段暂时的被需要。

何况等到薛京发现赵春妮的病情时，他追求的那种所谓更美好的未来便不复存在了，很冷漠且很精致利己的薛京不会选择留下来。租毛坯房住，用二手车，不过是为了创作的权宜之计，哈月漂亮且自私的前男友本来就没有在绥城计划将来。

作品会结束，等到他再次恢复写作状态，进入下一个巅峰期，阶段性的暧昧随时可消散。薛京面对当年被分手而感到的长久的不甘和遗憾，终究还是会被现实磨平的。

美好之所以美好，是因为一直停留在过去。

她确实不用为薛京的诉求而担心，他是在用小钱投资更大的回报，亏本的买卖他才不做。她也不担心自己，因为她擅长和人做道别，她现阶段没那么渴求伟大的爱情会开花结果。

天下没有不散的筵席，因为温存是可控的，便是舒适的。

所以这会儿哈月看着他的憨态，不必忍耐愉悦，想笑便大声笑，牵动唇角，哈月笑眼亮晶晶的调侃他："怎么，又吓到了？"

"老早之前就想说了，你这人真的很容易被吓到。鹅吧，也没让你宰，头发剪的是我的，你怕什么呢？是天生胆子就小还是什么原因？"

有钱人命矜贵，真的是胆小又怕事。薛京在很多方面讲究得跟个小姑娘似的，还不如她豪放。

"我哪有？"薛京"啧"了一声，看到她顾盼生辉，耳尖有点泛红。

紧接着，哈月朝着镜子晃了晃脑袋张嘴点评："是不是男人都喜欢女生留长发？短发很丑吗，我觉得还好吧，起码戴头盔方便，你都不知道冬天吹干头发有多麻烦。"

"不会是短发激发不了你的男性荷尔蒙吧？那要怎么办，薛大作家，我再接回去？理发店估计也不开门。"

哈月的发质很好，这几年没时间染烫造型，便尤其黑亮，撤去长发的重量，眼下发梢垂在下巴与锁骨之间随着动作如水流动，清水出芙蓉，天然去雕饰，反倒显得整张脸都冷艳了不少。

"谁说丑啦？真服了。我荷尔蒙好着呢，别管。"

哈月上学时做辩手的习惯是一点也没变，她很擅长用胡萝卜吊着薛京转圈，三言两句便解除了他的心理防线。

薛京还要张嘴反驳自己并不是那么注重表象的肤浅男性，可是镜子里，哈月说完话，已然抿着嘴唇结案，一点也没把他当成外人，走到淋浴区，拨开花洒，直接解开上衣的纽扣。

灰色的夹棉家居服下，哈月穿着一条单薄的白色吊带睡裙，随着她的动作，大片白净光滑的皮肤争先恐后地暴露在薛京的虹膜中。

哈月认为睡都睡了，再加上更年轻时坦诚相见了不知道多少次，此刻也不必特意在薛京面前保持矫揉造作。

但薛京的心脏怦怦直跳，一瞬间好像陷入电闪雷鸣。

不同于上次夜里，酒店房间里只有昏暗的光晕笼罩着他们，过程中他们很亲近，但薛京一头跌进黏腻的水里，除了哈月那双潋滟的眼睛之外，几乎什么都没看清。

眼下是青天白日，而且薛京为了驱寒，还在浴室里加装了八盏大瓦数的浴霸，此刻这些灯泡全都明晃晃地照着哈月，有一种聚焦拍摄的效果，他连对方锁骨上那颗他以往很熟悉的，小小的黑痣都能看得一清二楚。

因为骨头伶仃坚硬，哈月身上的肌肤即便再紧实，也显得非常柔软，触感似奶油般丝滑，干净的肌肤上，除了肩颈这一处芝麻粒大的鸦色，在后腰的沟壑偏右，薛京知道她还另有一块胎记。

那胎记是残缺的圆形，像是墨迹还未干透的句号，也像是海上随雾升起的明月。他的指尖抚摸过，口舌也触碰过，更甚者，他现在脑子里有粗鲁的想法在放肆撒野。

以前他不敢对哈月提起，生怕对方会觉得他自甘下流，但经过上次之后，他明明胆子肥了不少。

房子住进来之前没有大改，基本都是靠软装，浴室内充当干湿分离的介质也只有一面长虹玻璃。

水往低处走，花洒开着……

舌尖有点莫名其妙的甜和腥。

在全身烧起来，彻底沦为色情狂前，薛京急忙把手里的新浴巾扔到通电的毛巾架上，扭开头，声音不自然地道："你先洗，我去……我去，那个……呸！喝口水。"

"好。"

两步路走得恨不得飞起来，拖鞋差点绊倒自己，人才闪出浴室门，身后的哈月突然叫住了他。

"薛京！"哈月的声音绵绵的，是那种她以前惯用的，特别随意称呼他的语调。

像是夏天的水果冰沙，含在齿间有一种微微的刺痛。

薛京止住了脚步，右手两指贴着下巴蹭了一下，过了两秒，哈月的声音穿过湿意送到他的心口。

"谢谢你。"

谢谢他帮小雨垫付了医药费，也谢谢他有委婉地提醒过他们，保胎可能会面临的风险。

"但是他们已经决定了，无论如何都要生下宝宝。他们很需要这个孩子。"

"知道你不关心，嫌麻烦，根本不在意，但想了想，还是和你讲一声结果。"毕竟他在这件事上也出了一份力，她怪不到他。

钱她已经替金子先转账给薛京了，泥菩萨过江，出于邻居之情，她能做的也只有这些了。

"还有，我今天生理期，已经见红了。你就别搁那儿胡思乱想了行吗？"

"我真的是来休息的。睡素觉。"

他是真敢想，她也是真敢说。

　　带上浴室的门，薛京站在原地沉默了几秒钟，随后走到穿衣镜前仔细左右侧目看看自己的头。他实在不理解哈月的视线为什么能毫无阻碍地穿透他的脑袋，明明他的骨头和皮肤也不是透明的。

　　无所谓，反正他绝对不会因为被对方看穿意图而感到羞耻。

　　紧接着，薛京像是什么都没听到一样，走到门外，在院子里忙活了十来分钟，擦干手里的水珠，他捶打着自己的肩膀，睡眼惺忪地回到卧室，从衣柜里取出一套干净的睡衣。

　　睡衣是女士的，和哈月脚上穿的拖鞋一样，都是他搬家时给自己置办生活用品时从商场选的情侣款。除了成套的睡衣、拖鞋、毛巾、电动牙刷，他还在浴室里放置了不同流量的卫生棉条和安全裤。

　　绥城的商场里没有太多性冷淡风的贵价商品，所有情侣物品上面，都充斥着各类卡通形象。猫狗居多，还有盗版的奥特曼和宠物小精灵。

　　以往他宁愿光着身子也不会穿这种睡衣，但是人的审美大约会变，他最近很喜欢丑丑的简笔画，看到路过的小孩子背着卡通书包都会驻足多望上两眼。

　　摩挲着睡衣上的黑色猫咪，薛京倒在床上，他睁不开眼皮，但不止没停止胡思乱想，还禁不住翘起尾巴在心里夸奖几周前的自己，虽然他没准备哈月爱吃的水果，但这些东西买得真的很有用！

　　如果书写不出来也没关系，他将来怕是可以直接去做年轻人的情感导师，因为挽回前女友这种世界级终极难题，没有人比他薛京更在行了。

　　拜托，哈月在他家洗澡不锁门，连生理期这种事都会通知他哎！

　　关掉花洒，温热的毛巾围在身上，拂去镜面上氤氲的水雾，哈月撕开放在显眼处的安睡裤套在脚踝上提过双膝，随即拿起置物架上的粉色牙刷。

　　电动牙刷或许漏电，她的手指刚碰了一下全新的刷毛，便瑟缩着蜷起了指尖。

　　浴室里物品的摆放顺序还是老样子，让她联想到蓟城那个夏天很炎热的阁楼。

　　她这说长不长说短不短的一辈子很少有留恋的东西，但如果人死后还能再回到一个地方，哈月不会犹豫，一定会选择再飘回到那间公寓看看。也许那里又会有新的情侣租下，不知道他们的爱情能不能走到最后。

　　三分钟，吐出口中的泡沫，将海洋调的男性爽肤水拍在脸上，哈月找不到吹风机，便趿着拖鞋走到客厅寻找薛京。

　　窗外天光大亮，客厅寂静无声，餐桌上的梅花正在散发几缕缠人的香气，哈月放慢脚步走进最里间的卧室，拖鞋踩在柔软的长毛地毯上，靠近，再靠近，直到床边逼仄的空间只剩下两个人清浅的呼吸。

　　薛京睡着了，他睡前还抱着要拿给她穿的睡衣。

　　薛京的身材比例堪比内衣模特，再加上毫无槽点的五官，即便是侧趴着睡着，也丝毫没有蠢相。反倒显得臀翘，腰劲，一张冷白的脸搭在臂弯处，显得格外精致立体。

　　好皮囊是这世界上最无谓的价值，是老天爷赏饭吃，天上掉下馅饼，不需要一点点人为的努力，何况薛京已经充分向她自证，美丽的包装纸完全无法保障内在质量。

　　可人毕竟是视觉动物，有一种天真的愚蠢，像飞蛾扑火，相比丑陋，漂亮人做漂亮事总是能让人觉得赏心悦目。

　　她不讨厌糖衣。

　　不知不觉地，哈月惨淡的面孔重新变得鲜活起来，她望着薛京的脸无奈地叹了口气，眉头是蹙起的，略显不耐烦，但眸光有一种柔软的宠爱。

　　像照顾小朋友，先抽出他手里攥着的睡衣，哈月赤脚踩在地毯上穿睡衣，然后再俯身用手掌插进他后脑的发丝之中，试图在他的脖颈下塞入有承托力的枕头。

费了几番力气，薛京终于被她装进柔软的被子中，而她垂下的发丝在他的眉眼上晃动颤抖，水珠不受其重，"啪嗒"落下。

透明的水滴砸在薛京的脸上，从额头顺着鼻梁滑到眼睫毛上，哈月下意识追着湿意伸手去蹭，指尖刚碰到他的眼睫毛，薛京迷蒙着睁开眼睛，墨色的瞳仁似曜石，倒映着她的脸。

喉结耸动，他睁了一下眼睛，似乎还在睡，又重新闭上，右手摩挲着握住她的手腕，惊了一下，再睁开眼睛还是半梦半醒，声音含糊地问了一句："你洗好啦？"

他还以为又是在做梦。

"嗯。"

"冷吗？我去开电暖气。"

自从搬进来，薛京的屋里就二十四小时开着空调暖风，极其不环保，除了遍布满屋的三部空调外，卧室的床尾还有一组长约两米的踢脚线取暖器。

哈月摇摇头说自己没那么冷，薛京便拉着她的手腕也将她一同拖进相拥而眠的梦里。

卧室的床品和地毯还有窗帘都是浅色，只有两个人的头发和眉眼是黑色的。薛京的家像过度曝光的照片，因为空荡，所以显得格外静谧。

安静很难得，哈月心口的重量被缓解了一些。

哈月刚寻了一个舒服的姿势平躺，膝盖被薛京两掌握住，小腿曲起，他闭着眼睛撩开自己的衣襟，然后扯过她的双腿去贴着他的肉。

"喂！你别乱来。"膝盖贴上腹肌的线条，哈月的脊椎像通电似的，红着脸叫了一声。

薛京跟她几乎是脸贴着脸的距离，他没睁开眼睛，用中指摸了摸被震得生疼的耳朵呓语："给你捂膝盖也算乱来吗？你不是生理期头两天膝盖会痛。以前也是这样焐的。"

她将两腿从他手里挣脱并在一起。

　　因为想到过去，哈月的笑声中带了一些埋怨："还不是那时候为了和你约会在大冬天穿短裙冻的。"

　　和薛京分手之后，再也没有任何场合可以让她在零下二十八度的天气里还愿意为了美丽而受罪，现在，她已经不需要任何人提醒她穿上秋裤，只要到了日子，便早早地将护膝等防寒用品全都绑在身上。

　　"是吗？"

　　重新闭上眼睛，哈月打了个哈欠坦然地道："是啊。"

　　那时候她特别在意别人的目光，出门和薛京约会，提前用一个小时来准备还经常迟到，对着两倍放大的镜子一点点地看自己的毛孔，连眉毛画错一笔都要重新卸了再来。

　　粉底、遮瑕、高光不必说，眼线、美瞳、假睫毛更是缺一不可，最怕的是和薛京一起走在半路上，天气不佳，有风吹过，不甚将尘土扬进眼睛里。

　　很多次约会期间，她忍着眼睛的不适，也不敢当着他的面摘美瞳。每路过一片反光的地方，都忍不住要朝着镜面查看自己是否脱妆。

　　如果约会结束，突然发现自己身上有一根多余的线头，都会懊恼很久，恨不得掐自己的大腿。

　　青春真是一种甜蜜又恼人的东西，因为自我意识过剩，神经总是高度紧张，所以相对的，感受到的快乐与欣喜也更丰富，那些粉色的情绪像是不断爆炸的烟幕弹，从天而降，满是细碎的亮片，看起来美轮美奂，实则全是锋利的棱角，一不小心，便会割伤自己。

　　翻了个身，哈月嗅着两人身上一样的香气，朝着薛京的方向蜷缩成一团，双手交叠放在脖子下面："现在想想真的很傻。其实青春无敌，年轻时出糗本来就有一种美感。"

　　鼻尖有点痒，薛京伸手捻着哈月的发丝在指尖来回摩擦，像是小孩子捏着自己的安抚巾。

　　"你现在也很年轻啊，而且也很美。邻居，你在家都不照镜子吗？"

哈月"喊"了一声，趴在枕头上，随后用手去摸他的额头："薛老师，您怕是发烧了吧，怎么开始说胡话了。"

"忘了那天我骑三轮车载你，你满脸嫌弃的样子啦？"

"我好心给你盖小被，怕你着凉咳嗽。你瞥了一眼脸臭得不行。我还不知道你，回酒店不会把衣服都扔了吧？"

"啧啧，然后我约你吃饭，约了三次你都不肯。"

"你帮我打车的时候心里在骂脏话吧？我都能听见！"

现在她可算把他给看透了，薛老师装纯良上瘾，惯会用好话哄人，他说的情话里有两分能听都算好的，根本就是男人三分醉，演到你流泪，何况他滴酒不沾，那又是什么级别的话术大师？

薛京上学早，在年龄上小她一岁，以前她总是以姐姐自居，但姐姐的心眼可不一定有弟弟多，千万别相信艺术家，抒情不过是在释放职业技能。

"咳咳。"心事被戳穿后，薛京一把拉下哈月的手，转了个圈，让她干瘦粗糙的指腹在他的脸上摸了一把，然后再把掌心垫在脸颊下，像猫一样蹭了蹭，薛京的声音懒散，有一种洋洋盈耳的调性，"拜托，给点面子。之前是之前，现在是现在，情感是流动的，人也会是犯错的。"

如果有时光机，他绝对不会让她再约自己三次。

何况哈月戴着头巾的样子真的不是那么丑，包括她因为长期接受光照而产生的雀斑，她一笑，那些小雀斑就随着她的笑容闪动，像河上粼粼的波光。

情人眼里确实是出西施的，不仅是新小说，他现在每时每刻都想写情诗。

不等哈月再对浪漫抬杠，薛京一把将她拉进怀里，后背靠着前胸，下巴抵着发旋，他一只手从她的腰际穿过抱着她，一只手碰了碰她的唇瓣制止她说话。声音重新软下来，像是在篝火上被炙烤的淋了巧克力酱的棉花糖："我们睡觉吧，别说话了，再聊下去人家要掉小珍珠咯。"

一觉睡至下午，撩起眼帘，哈月再醒来时头枕在薛京的胸口上。

明明睡前她还很抗拒薛京的背后拥抱，但入睡后无意识的四肢像是黏人的章鱼须一样紧紧地箍着对方的身体，被子早就被踢到了床下。

支起头，视线中，一半是薛京睡衣领口下紧实的胸肌，另一半则是对方如水晶原石般膨大突出的喉结。

而再向下看，薛京就躺在她的身下，成大字状，睡衣在身上拧成了麻花，裤子也被扯下腰线，像待宰的羔羊那么顺从。

哈月命令自己停止想象，稍微动了动手指缓慢地起身。

哈月捡起被子给薛京从脚上盖到脖子，手指碰到他的下巴，嘴唇痒了一下，干脆一鼓作气，像法医盖尸体那样，把他那张好脸也一并盖住。

将男色从眼中摒弃，哈月呼了一口气终于恢复了正常。

看了看手机，时间是下午五点，没人给她打过电话，但她必须要回到家里查看母亲的状况。

哈月其实也清楚，逃到薛京身边只是暂时的依偎取暖，在薛京以外的地方，她和母亲的人生仍然在进行着一场时日长久的苦行。

薛京还在睡，哈月不便吵醒他，轻手轻脚地从卧室退出来，重新换上自己的衣服准备回家。穿上落在薛京家里的羽绒服，拎上自己的保温桶，低头换鞋时，哈月突然愣住了。

几个小时前，和母亲争执时她没哭，被赶出家门时她也没哭，回来绥城这两年中，哈月再怎么感到活着没意义、没盼头，都没有过流泪的冲动。因为流泪也是一种感情，她咬着一股劲儿，不肯让自己自怨自艾，连可怜可怜自己她都不肯。

可是此时此刻，看到地上属于自己的鞋子，她垂下的睫毛抖动了两下，竟然带出一点温热的湿意。

地垫上，薛京一众贵价的鞋子旁边，她那双今早还沾满泥巴的小雨鞋，竟然被刷洗得纤尘不染。伸手拾起查看，就连鞋底深陷的小石子都被一一剔除。

乍一看，像全新的一样。

原来再廉价的商品只要被呵护善待，也能看起来像是很宝贵的东西。

真正登过顶的人，没有哪一个不是先从爱护自己的内心开始的，只不过以前她并不懂得这个道理，也没人教给她，现在似乎已经晚了。

但起码很会爱自己的薛京还可以再次去看山上的风景，事业上的东风会再一次吹到他的脚下，她就是知道。鬼使神差地，哈月回过头看了看薛京的书桌，离开之前，她走过去，弯腰伏案写了一张字条，稳稳地贴在了电脑屏幕上。

薛京和哈月都没想到，当日分开后，再见面已经是一月余后的深冬。

绥城大范围严格防护的第二天，有人员排查到薛京近期往返过蓟城，他只能在家里自行待了 14 天，以观察自己的身体状况。14 天观察结束后，赵春妮也因长期居家，未参加每日检测而受到了管控，胡同里还是那两个志愿者轮流倒班，又改为看守哈月一家。

说是搞暧昧的新晋邻居，但这几十天以来，薛京和哈月更像是纯洁的小学生笔友，沟通的内容和方式完全属于柏拉图式的网络传书，只不过他们传的不是上课时写满闲话的纸条，而是关于小说的阅读和批注。

哈月早上起床后的第一件事，不再是忙于早餐，而是赖在被窝里，花十分钟的时间，打开手机，阅读薛京于前一天晚上书写的章节，草草看完一遍给个读后感，然后她便起床做饭，叫母亲起床。

大约是触底反弹，自从那天和哈月发生厮打后，赵春妮的坏脾气重新进入休眠期，起码这一个月以来，她都没有再言辞激烈地骂过人，取而代之的，她开始频繁地在家务事上搞破坏。

哈月刚叠好被子，她板着脸凑过去一把扯散，哈月刚把饭菜端上桌子，她不用餐具就拿手抓进嘴里。白天，赵春妮盯着电视机一看就是十二个小时，可到了晚上该睡觉的时间，她似乎也不困，拉着哈月絮絮叨叨地讲自己小时候的事。

一会儿说她在农村和父母一起掰玉米，一会儿又说她在县城收到了爱慕者送她的银项链。经常性的，她说着话，眼神会突然变得松散，紧接着她会死死地盯着哈月的脸，问她你是谁，现在几点了，今年是几月。

如果哈月不能及时地安抚她，因精神紧张导致身体战栗，赵春妮肩膀一倾斜，翻着白眼，尿液就会顺着裤腿流到脚面。

为了让母亲保持干净清爽，她的贴身衣物哈月一天要换个几次，连洗澡也是一样，经常晚上洗过澡，赵春妮半夜又弄了一身排泄物，哈月不得不再次端着盆来到床边为她擦洗。

独自一个人照顾母亲的期间，院子里总是飘着赵春妮湿透的衣服，十几条内裤像是彩旗随风飘扬，饶是这样，经常还会因为洗净的衣物没干透而手忙脚乱，可见照顾病人的工作量并不比在小卖部理货要少。

以往她只觉得经营小卖部很辛苦，没想到独自照顾母亲后，她竟然也会怀念起小卖部的"清闲"。

如果哈月实在心力交瘁，索性短暂闭上眼睛假寐，不理会赵春妮的诸多问题，赵春妮便走到镜子面前和镜子里的人讲话。镜子里的人也不理她，她还会生闷气，把头捂在被子里拒绝喘气。

为了让母亲少受刺激，保持充足的休息，哈月不得不趁她睡觉的工夫将家里所有镜子全都扔到垃圾桶里。扔不掉的，就用报纸糊起来。

不过在哈月每天早上雷打不动、铁面无私的教育下，赵春妮在两周的被动训练后，终于开始将更换纸尿裤视作清晨醒来后的第一项任务。

不需要每日清洗多次衣裤是一件好事。

除此之外，哈月还在网上订了一个防走丢的 GPS 手环，不过要怎么说服赵春妮将这种丢人的东西挂在手腕上，不再摘下，也是一项旷日持久的细活儿。神经元变性，大脑失灵，赵春妮丢失了记忆，但没有丢失倔强。

这份顽固的倔强让哈月实难消受，照顾病人所感受到的劳累还算轻的，更多时间她看着母亲冷硬的面庞会陷入一种精神恍惚的荒芜中，她的肉身在照顾母亲，但灵魂好像已经升空，俯瞰着同样面孔麻木的自己。

而手机里每天早上收到的小说桥段，就成了她这些日子唯一的消遣，当然，和薛京发信息也是，见不到面，他们反而聊得更多了。

几周而已，他们的聊天记录已经接近千条，他们聊剧情，聊主义，聊过去，聊薛京留学时的见闻，也聊哈月父母离异，聊创业失败，聊小卖部那方寸间的生意经。

绥城缓慢解封的前一天，网络上铺天盖地都是前几日震动全国的火灾信息。

两个人的聊天框内也出奇地安静下来，视频内熊熊火焰中令人窒息的浓烟与绝望一样多，哈月的家里也弥漫着无解的低气压。

赵春妮当日特别不听话，先是从早上开始就吵着要出门放那些早已被吃完的鹅，被哈月拒绝后，她不肯好好地吃饭，不愿拿住筷子，哈月亲手喂她吃，可是她咬紧牙关左右摆动身体，即便好不容易喂了一口，饭刚含进去，她也要转头吐在地上。

一顿早饭折腾了整整四个小时，中午，哈月好不容易将赵春妮安置在沙发上看电视，厢房内的两头猪崽又因为封控期间无法按时劁猪，而在猪圈里互相追逐撕咬。

三个月大的猪崽，从未缺吃少喝，理应近百斤重，六个月就可以进行宰杀，可是封控期间，当地乡村兽医无法上门服务，导致哈月家的猪直到现在还没有阉割，猪崽即将进入发情期，届时斗猪的情况只会更加严重，猪受伤事小，但影响发育和肉质事大，充满腥臊味的猪肉连自己家吃都困难，更别说拿出去卖钱了。

用篱笆将两头猪暂时分开，高锰酸钾配合氯化亚铁溶液处理伤口，半下午，哈月心烦意乱到了极点，满头大汗地回到客厅，竟然发现客厅里，原本载着赵春妮的沙发不翼而飞。

再转头，赵春妮那间已经被拆掉门锁多日的房间大门紧闭。

"妈！开门！"

哈月双手并用，用力地捶打房门，可是无论哈月怎么敲，怎么喊，将沙发拖进卧室顶住房门的赵春妮均不为所动。

她把自己锁在房间里，将所有衣柜全部打开，每件衣服都被她拎出来掏兜翻找，然后再用力地扔在脚下。她一边找，嘴里还念念有词地骂人："你爹走时偷了我的钱！你就和你爹一样，我的钱怎么不见了？一定是你拿走了。"

"那都是我的血汗钱。"

"把我的钱还给我！就在这包衣服里面，怎么没了？"

"我的钱……还我的钱……"

"那是我的钱……我绝不会拿给他做生意！"

间隔一个月，赵春妮再一次狂躁发作。

事实上赵春妮哪里有什么钱？这些年她省吃俭用的积蓄被前两年一次上门保险诈骗得一干二净，从那之后，哈月就不允许她将现金放在家里，而是全部都用自己的名义存到活期账户，区区几万块，还不够补交灵活就业人员的养老保险。

哈月看不到母亲便跑到院子里，整个人像蜘蛛般趴在窗户上叫她的名字。

恍惚中，赵春妮回过头，看了一眼哈月，置若罔闻，又拖来椅子站上去，踮着两只脚伸出胳膊去够衣柜顶上的大木箱。

那木箱是她的嫁妆，厚重异常，少说也有几十斤。

眼见椅子摇摇欲坠，衣柜上面的箱子也是一样。

急火攻心，哈月转而从院子里拎起铁锹奋力一挥，将窗户上的玻璃敲碎。"哗啦"一声，破碎的玻璃片擦着她的颈窝飞到脚下，哈月来不及查看自己的状况，立刻跳进卧室将母亲从椅子上拖下来。

木箱掉下来，砸在一旁，铜锁歪扭，敞开了肚皮，露出里面的珍藏物。

那里面有赵春妮和哈建国的结婚证和结婚照，还有早年间恋爱时，哈建国曾送给过赵春妮的所有礼物。心形的银项链，水钻镶嵌的绿塑料胸针，聚酯纤维的波点方巾，无数封情书，甚至还有一捆挂着枣核的红手绳。

母女俩躲过一劫，跌倒在这些爱情的残骸上。

赵春妮像是不慎掉入水中的小虫，四肢僵直地挥动，口齿越来越含混，哈月躺在地上，脖颈上渗出一道朱红色的细线，两只胳膊紧紧地抱着她的腰，一动不动地盯着房顶上虚空的一点。

原谅她内心没有任何劫后余生的欣喜，只剩下一潭不停地从心口溢出的沼泽，那无形的沼泽一直从她的身上蔓延到两人身下，似乎挤满了整个房间。

当晚，因为主卧的窗户破了个大洞，夜晚气温寒冷，哈月将自己的单人床让给了母亲。

夜里，哈月蜷缩在沙发里，反复阅读手机里那些已经不知道看过几遍的，薛京的新书。

哈月对书中"妻子"的角色很有共鸣，当一个人的信念、梦想和感情全都被剥夺后，那么这个人的结局似乎只有走向灭亡。

41年前，《厄舍府的倒塌》写哥特式的生态灾难，而如今，薛京借爱情和婚姻的幌子写现代人陷入系统性困境。人类向外探索宇宙，宇宙冰冷无垠，人类向内探索灵魂，可灵魂又是孤独而苦寂的。

全部都是无解。

虽然薛京的书还差一段妥善处理的结局，但哈月猜测，这本书是他第一本真正意义上的悲剧作品，自由意志在宿命面前原来不值一提，如果本来就是猪狗一般的苦痛人生，那么还不如就像猪狗一样不去思考，好歹还不会感知压抑和痛苦。

凌晨两点，小卧室里突然传来了一阵蜿蜒的哭声。

哈月起身走到床边，打开床头灯，赵春妮的脸在橘色的光晕下满是泪痕。哈月的眸光中毫无波澜，她重新关上夜灯，拖来椅子坐在她的身边，一声不响。

黑暗中，赵春妮慢慢地朝着她的方向伸出双手。

原本以为会被母亲用力地掐住脖子，但随之而来的动作很轻柔，头顶一重，耳边传来"沙沙"声，是赵春妮的手在从上至下抚摸她的头发。

小时候，哈建国还没有出轨之前，哈月最高兴的事儿莫过于儿童节那天，母亲会抽出时间，给她花费半天的时间梳上满头小辫。手指穿梭在发丝和头皮之间的感觉特别舒缓，像是某种按摩，等到头发梳理好，他们一家三口就会骑着自行车去新华书店买画册。

那时候哈建国还有一份稳定的工作，那时候绥城给人的感觉还是生机勃勃。

大概是同时想到了那时候的光景，赵春妮一边叹气一边问她："头发没了，你恨我吧？"

头发对于哈月来说确实不那么重要，此情此景，在母亲短暂珍稀的清醒中，她应该要说些好听的话来安慰她。可是哈月反复张了张嘴巴，直到干涩的口腔内膜相互粘连，粘下一块皮来，她也没有出声。

没得到回答，赵春妮的手慢慢地缩回去，她重新闭上眼睛，声音中也充满了悲伤。

她开始用哈月熟悉的那种充满愤世嫉俗的态度念经："我这样活着，跟死了有什么区别？"

"我想自杀，可是我不敢，我怕疼。你能不能帮帮我……"

思维只清醒了一小会儿，赵春妮便重新堕入恍惚中，她的眼睛蒙着一层白色，在眼眶里痉挛。

大概闹了一个多小时，赵春妮终于歪在床边淌着涎水睡着了，哈月还是保持着那个俯身坐在母亲床边的姿势，兜里的手机在振动，是薛京跟她说自己起床了。

喝了咖啡，吃了"早餐"，他准备工作了。

最近无论大小事，他都要和她报备，就连今天的蔬菜包上有一只小青虫，他都要一五一十地照下来发给哈月。他说虫子身上有十七道褶皱，化蝶后会不会有迹可循。

薛京似乎是天生有一种苦中作乐的精神的，他评价绥城的生活也不错，起码盒饭档次真的很高，还是两素一荤，自己这辈子吃过最难吃的饭是在爱丁堡的网红餐厅，等到大环境好些，黑暗料理可不能他一个人受，他一定要邀请哈月也去受受罪。

这辈子都没受过伤的小孩大概就是他这个样子吧。总是睡一觉，就可以原地复活。

诸如此类的邀请还有很多很多。

哈月相信，东京的樱花，冰岛的潟湖，费拉的白墙肯定都很美吧，可惜她这辈子没办法去了，这世界上美丽的景色总是和她无缘。

钱会流向不缺钱的人，爱会流向不缺爱的人，苦难，当然是留给最能吃苦的人。

老天就是这么不公平。

她问——

薛京，大结局还有多久能写完？
到时候我们去看一次日出吧。

高中毕业旅行时，哈月的同学相约去大青山徒步，当时她性格孤僻，听班长说名单上的人是单数，但帐篷都是双人间，生怕自己会落得一个人住一间帐篷的境地，所以主动说自己不感兴趣。但其实至今为止，她都很好奇那里的日出会是什么样的。

　　大结局还早吧，怎么说都要写到春天的。
　　怎么了，最近写得不好？你看烦啦？你具体说说哪里不好，我可以从头再改的。
　　日出很快就可以看啊，不用等很久，金子说明天他们就可以从医院回家了。

　　哈月的眼睛看着薛京回复自己的那几行字，但嘴里的话是和身边已经睡着的母亲说的。
　　她说："妈，等到春天吧，等到他把小说写完，你说的那种药，我们一起吃。"
　　所以不用怕，她就算死也不会是一个人，黄泉路上母女俩做个伴，也不会太孤单。

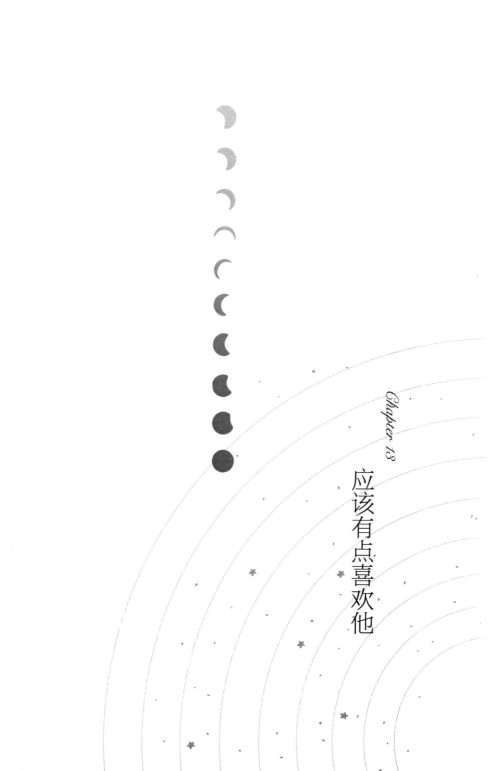

Chapter 18

应该有点喜欢他

住院时下小雪，出院时下大雪。

十二月的第一天，绥城的居家令被大范围解除。整座城像是僵硬许久的巨兽，开始迟缓而小心地抖动着皮毛上的跳蚤。

被迫在医院保胎的曹小雨在床上躺了整整一个月后，终于和丈夫一起坐上了回家的计程车。

在文化局的介入和帮助下如约拿到了广告公司的赔偿款，再加上这一个月腹中的胎儿发育一切正常，当天，为了庆祝重获自由与喜得贵子，金子和妻子一拍即合，在朋友停业两个月之久，面临倒闭，急需生意的烧烤店内请客吃饭。哈月、薛京不必说，甚至连文化局的赵主任都在他们宴请的名单之上。

烧烤店店面不大，也是由一对小夫妻经营着。

这里装潢老土，食材不鲜，目光所及之处都铺着艳俗的花色桌布与蕾丝装饰，但经营项目十分广泛，除了烧烤和爆辣的下酒菜之外，顾客还可以在二楼的包厢里一边点歌唱K，一边煮小火锅。

寒冬腊月的天气，街上是皑皑大雪，但烧烤店内的锅炉烧得火热，柜台上一大盆水仙错认了天气，提前抽条开花，在红绳的点缀之下长势喜人。

为了安顿家事，哈月来得最迟，下了出租车，一推开小店厚重的门帘，孜然味的热浪扑面而来，嘈杂的人声震耳欲聋。而在这一片混乱之中，许久未见的薛京刚剪了头发，正坐在最左侧的卡座里，被一伙身强力壮的老少爷们儿围着敬酒。

绥城民风彪悍，酒桌文化盛行，个个仗着自小喝酒，便都要酒满敬人，放在平常，薛京很少参加这种为了庆祝而喝酒的场合。

他是来见哈月的。

早上金子的信息发过来，他搁下手机，第一时间推开院门去敲哈月家的大门。

两人就住在对门，但薛京心中着实有一种网恋奔现的澎湃。

可惜哈月和赵春妮都不在家，他将电话拨过去，原来哈月早晨吃完饭后就带着赵春妮出门办事了，至于什么时候回来，应该是他睡觉之后。

不同于他急着见面，哈月在电话里的声音听起来并不积极，她说早见晚见还不是一样，她们母女俩下午还有别的安排，叫薛京先休息，大不了明天再见就是。

挂了电话，一夜未睡的薛京确实该老老实实地回家补觉了，可是人垂头丧气，刚趿着拖鞋飘过玄关，再急忙退回来，他被镜子里的"野人泰山"吓了一跳。

这一个多月，他没刮过胡子，也没理过发。

不只是因为无须出门见人，还因为那天哈月离开后，他在自己的电脑屏幕上发现了一张画着爱心的便笺纸。

那张便签纸上，哈月的笔迹娟秀工整，只有一行字，但是让他两只手捧起来观赏了足足十几分钟。

Keep your imagination alive.

保持想象力。

一句寻常加油的话而已，类似的话语这些年听了不知道多少次，并不能代表真心，可是就是因为这话是哈月写给他的，没承想竟然能一扫长久困扰薛京的瓶颈。

他这些天的写作进程不知道有多顺畅。

每天打开电脑之前，薛京都会装神弄鬼地对着哈月的便笺纸冥想十分钟，然后再虔诚地滑开手机，查看哈月给他的读后感，最后按部就班地开启一天的写作。

饭随便吃，澡随便冲，胡子自然也让它们自由地生长。

这些天他已经写下了三十多万字，且每章都有扩充的可能性，再次创下自己码字速度与质量的新纪录。

相辅相成，他自身邋遢的程度也再创新高。

像是坠入爱河的泰山想尽办法打动美丽的珍妮。

薛京忙不迭地在家里洗了个澡，仔仔细细地对着镜子刮净胡子，可哈月还是没回家，再问哈月你在干吗，到底办什么事儿，要不要我陪你们一起，大有"舔狗"的嫌疑。于是薛京整装戒备，系上围巾，裹着长到脚面的羽绒服，戴上麂皮手套，开车出门，四处寻找合适的 Tony 老师为自己的头发做造型。

功夫不负有心人，绥城好歹还是有剪发高手的。

等到他花了五百块改头换面，重新恢复精神奕奕的矜贵模样，可一回家又泄气了，哈月的三轮车回来了，但是人还是不在，只有斯琴大姨一如既往地挡在他和赵春妮中间，不许他上前寒暄。

回到车上，他抓心挠肺简直等不及了，一脚油门干脆开到聚会地点，眼巴巴地坐在距离大门口最近的一桌，守着大门口。

因为金子早上和他说，他那个嗜酒如命的哈月姐从来不会缺席这种可以无限畅饮的场合。

无论是四年前，还是四年后，哈月从来没和他一起喝过酒，他竟然有点嫉妒这帮绥城的小年轻。读研究生当作家有什么用？天天卖脸卖课有什么用？他喜欢的女孩子都没和他喝过酒，他甚至也不知道哈月原来喜欢喝酒。

等了又等，酒量很差的薛老师一开始还能用嘴挡酒，可是他也不是诸葛亮，三寸不烂之舌毕竟不能战群儒，随着前来向他打招呼的陌生人越来越多，他的座位也距离大门口越来越远。

羽绒服早不知道扔到哪儿去了，连内里的羊绒开衫都因为小雨怕他热，而被金子直接扒下来扔到角落的沙发上。

薛京这个月没见阳光，尤其又是因为穿了一身黑，反而衬得整个人白得几乎冒荧光，再加上写作时没好好吃饭，比来绥城时看着又清瘦了一点，衣服过分宽松，更显得仙风道骨。

但在酒场上，没人吃他那套作家光环，大家只关心他到底能吹几瓶，醉了之后能走几步直线。

金子先是拉着他的手关怀地说："哥，你瘦了，单身也不能自暴自弃，更得好好吃饭，照顾好自己。"然后给他塞了一大碗酸汤小揪面，可薛京刚埋头吃了两口，醉醺醺的赵主任又跑过来拉着他的另一只手说："小薛啊，你可不能给咱们蓟大丢脸，怎么光躲在这里喝面汤？来，哥给你倒酒！光观察没用，艺术来源于生活，你得融入生活。"

"这儿的小伙子哪个不比你懂生活？"

确实，薛京这辈子虽然去过很多城市，但每一次他都是坐飞机，头等舱，走马观花。反观桌上金子的朋友们就不一样了，他们每个人都曾在小学毕业后，分文不带只用一双腿去过拉萨。扒火车逃票的，路上搭顺风车的，还有拎着十斤散装白酒靠喝酒交朋友玩了一路的。

这些野路子，薛京连想都不敢想。

就这样，薛京左一口面汤，右一口啤酒，不到半小时，思维迟缓，连舌头都短了，眼看对面几个一脸坏笑的年轻人看热闹不嫌事大，又给他拿了一个比他脸还大的英雄杯让他打关，远处门帘突然被掀开了，哈月进来了。

"月月！"

薛京喝得那叫一个猪油蒙心，视线迷离，对着哈月的方向用力地眨了眨眼睛，想都没想就大声地叫她的乳名。

周围的人也跟着他回头，朝着哈月的方向异口同声："月月？"

"嗯，月月呀。月月你们都不知道？"说着，薛京点点头，身后如果有尾巴应该摇得像螺旋桨，直接一胳膊将旁边的赵主任抢到卡座外面，站起来朝着哈月挥手，"我给你占了座！"

"这边，这儿离暖气最近。"不止这样，这个位置还离卫生间最远，这帮喝酒的家伙上卫生间还有不关门的，他可不想让哈月闻到不好的气味。

赵主任人本来就矮小，再加上薛京使的是蛮力，他一个没注意，差点没站起来直接摔倒，还是金子眼明手快，将即将摔成王八的赵主任捞到了对面的座位上安抚下来。

哈月一看到薛京眼角绯红的样子就知道他喝酒了，走到卡座跟前，再一看桌子上面的英雄杯，心下明了，柿子专挑软的捏，这帮人刚才肯定玩儿了命地灌他。

哈月今天上午带着赵春妮去中介公司打听兑店面的价格，经中介人员提醒，她才想到出售前要更新个体经营证上的业主，下午回了一趟家拜托斯琴大姨看护母亲，她便换了一身衣服重新出门。

因为是到大楼里办事，出门前她特意穿得正式了些，包中带了几样精简的化妆品，在政务大厅一楼的公共卫生间内描了个淡妆。

剪裁得体的大衣，绉纱系带衬衫，笔挺的高腰阔腿裤再加一双小猫跟的踝靴。

人靠衣装马靠鞍，哈月一拿出以前在蓟城上班压箱底的行头，整个人身上的气场立刻高了八个度。

巴掌大的小脸，如清辉的月光般亮眼。再加上旁边有个面如冠玉的薛京作陪衬，十分登对，谁也没想到今晚这场朴实的聚会上会出现婚礼蛋糕上才会有的两尊玩偶。

十几双眼睛转来转去，连赵主任也是，他"哎"了好几声才认出了面前这位不就是那天三轮车上装猪崽的姑娘吗？

赵主任戳了戳金子的胳膊用手挡着脸附耳问他："这不是你家邻居吗？什么时候成月了？"

金子也满脑子疑惑，心想行啊，这才一个月，薛老师和他哈月姐都能互相叫小名了？不是说这期间管得挺严，连检测都是上门单采，邻居之间连互相见面都不行吗？他俩啥时候变得这么熟了？难不成那天他们让薛京和猪一起坐三轮车还真成人之美了，那他当不是妙手红娘。

哈月脱掉外套，一屁股坐在薛京的右手边，倒也没有在旁人面前极力掩饰他们的关系，一张嘴就是不客气地教育他："你不是在家休息吗？不会喝还跟着凑热闹？吐了吧？"

"嗯，做错了。"薛京认错态度挺好，但心里有点不是滋味，他虽然眼神恍惚，但不是瞎了，他注意到哈月的嘴唇上有一抹湿漉漉的脂色。

她为了来和这些孙子喝酒竟然还化了妆？上次不是还说自己现在已经不追求妆点外貌了吗？搞这么好看干吗！这些人何德何能？他们连和两头猪一起坐三轮车都不配。

"但我没吐。只喝了一点点。"薛京朝着哈月比了一个很小很小的手势，这是实话，他心里有度，又不会真的喝断片。

说起来可能没品，有几杯酒，他趁着赵主任去上卫生间的工夫用纸巾压住杯口，一齐倒进了垃圾桶里。

薛京趁着晕乎乎的酒劲，手指垂下勾了勾哈月搁在腿上的手腕，意图和她在桌下牵手。

哈月斜他一眼，直接拍掉了他的胳膊，将他面前的酒杯搁在自己面前，再给他倒了一大杯热茶塞到他手心里解酒，回过头，哈月直接端起容量为 1.5 升的英雄杯朝着整桌人一饮而尽。

搁下酒杯时，她面不改色，喝酒如喝水，笑眯眯地朝着赵主任道："主任，酒我替他喝了呗，都是校友，我喝他喝都一样。"

"您跟我喝也一样。"

"还有你们，金子的朋友是吧，铁蛋、大头还有小鸡崽？我怎么记得你们三个上次还欠我酒啊？来，都满上，打关是不是？我替他，就你了，从你开始。"

"扎金花还是吹牛？做男人就别磨叽。"

"靠。"周围人一片哀号，谁不知道哈月是酒场上的千杯不醉。

绥城圈子小，爱喝酒的年轻人或多或少都一起支过场子，一开始哈月新加入酒局时，不少躁动的男青年还以为灌多了她就能看到尖子生出糗，结果怎么着，人家是女中豪杰，比男人还要海量，根本就是来砸场子的。

眼下看到薛京和哈月成双成对的，为首几个火力旺的年轻人朝着金子伴怒道："还有这样的啊？听说过男的给女的代酒的，怎么还有反过来的？"

"姐，你俩啥关系啊，咋还护上了！"

金子挠了挠头，朝着小雨的方向求助地看了一眼，不远处一脸孕相的小雨正在"咔咔"地吃烤淀粉肠，一听这话不仅不帮着哈月解围，也来劲了，立刻举着铁签子跟着大家起哄："是啊，姐，你跟薛老师啥关系啊？不说清楚这酒可不能让你代喝。"

"酒桌上也有讲究的。"

薛京在对面听得挺着急，谁不知道成年男女搞暧昧最忌讳的问题就是"咱们现在到底是什么关系？"。十八岁的年轻人对 crush 打直球叫纯爱，二十六岁还问这种问题只能被称作没眼色，最后通牒的破坏性堪比彗星撞地球。他自己都不敢逼哈月给他个交代，哪由得别人逼问她？

薛京没等大家说完话就去抢哈月面前的酒杯，可惜，他那句替哈月解围的"我自己喝"还没说出口，哈月就用单指压住了杯口。

指腹略带薄茧，在杯口摩挲时发出一阵只有薛京能听到的微响，那指尖像是在他的心脏上摩擦。

薛京只见哈月秀眉颦着，沉吟了一阵便微启朱唇，声音如山涧穿行的流水，直白又清冽："我们啊。"

随着哈月牙齿轻叩，薛京屏住了呼吸，心脏好像被无形的大掌捏紧了。

等到吊足了桌上人的胃口，哈月卷起唇角咯咯一笑，态度轻松："以前是男女朋友，是校友，也是作者和读者。"

薛京血液里流淌的那点酒精怕是因为哈月这句话直接从毛孔蒸发了，他心脏狂跳，视线一瞬间变得清晰无比，连耳膜都传导着脉搏的鼓点。

"现在呢。"

"什么关系也不是，但我应该有点喜欢他。"

说着，哈月回头望了薛京一眼，那眸光像是海边的风，能吹起半人高的浪，视线相接不过一秒，哈月的眼睛便迅速地扫到对面大声地道："这样可以吧？我喜欢他，所以给他代酒，你们不会长这么大还没被人喜欢过吧？替喜欢的人喝酒还不是天经地义？"

"愣着干吗，倒酒呀。"

推杯换盏，酒过三巡。

薛京面前的热茶才饮了三分之一，桌旁地上已经高高地摞起了八箱空啤酒瓶。

辈分最大的赵学长首当其冲，哈月刚替薛京打完一圈，他的头便像沉重的秤砣，一头栽在酒桌上失去了意识，无论金子怎么摇晃他的胳膊，他都打着鼻鼾没有任何反应。

数不清哈月面前的酒杯被填满了多少次，一开始薛京还端坐在哈月身边，像一只满面笑容的招财猫，两只手恭恭敬敬地帮她倒酒，满眼缱绻，一脸恭顺。

可是随着哈月喝得越来越凶，最后连游戏都不玩了，非得拿大扎杯和人直碰，金子的朋友们不是趁着买烟的借口一去不回，就是倒在卫生间里抱着马桶呕吐，最后几个难兄难弟，为了躲酒，互相搀扶着跑到楼上的 KTV 里将门反锁。饶是战况分明，哈月已然成为满场最大的赢家，小酒鬼看了一眼满桌被清掉的酒水，一抬手又叫老板搬来一打冰镇啤酒。

　　别人没注意，但薛京瞅得清清楚楚，新酒还没开，哈月方才偷偷地举着空杯子往嘴里倒了好几次，她已经喝多了。

　　酒桌上还在喝酒的只剩下金子和哈月了，薛京向来不是喜欢多管束他人的类型，可是这会儿眼见哈月起码喝了三十瓶啤酒连卫生间都没去过，他是真怕醉猫把自己撑坏了，于是对着看起来还算清醒的金子道："金子，人也走得差不多了，咱们也散了吧。"说着他的手指抚了一下哈月不停往外侧歪倒的额头道，"大冷天的，带小雨早点回家休息。我看她也喝好了。我带她上个卫生间就回。"

　　金子听着他的话，觉得很有道理，刚要点头，哈月猛拍了一下餐桌，回过头用食指点了点薛京的胸口嗔怪："你，别说话！不喝酒的人在酒桌上，嗯，没有那个，什么？话，话语权！"

　　"我还没喝好，要走你自己……自己先走。"

　　"门，门在那边。"

　　瑰色的唇釉接连与透明玻璃杯发生亲密行为，即便是再防水，此刻在她的唇瓣上也有逐渐晕染出界的趋势。

　　薛京用左手握住她微冷的手，右手手指抚上她的下巴，稍微固定了她的脖子，然后用拇指将她唇角的一抹色彩擦净，声音倒是甜润，像是哄非要滞留在游乐场的小女孩："没说不让你喝，金子要回家啦，我们回去接着喝好不好？你想喝多少都行，我肯定把你陪好。"

　　"这儿坐着也难受。你喝这么多裤子不紧吗？要不要上卫生间？"

　　桌面震动，缤纷的烤串逃脱地心引力暂时升空又重新掉进盘子里。

　　斜对角趴在桌上睡觉的赵主任也被哈月拍了个激灵，像不倒翁似的一下从桌上直起来了，他扶了扶一边高一边低的眼镜，茫然地看了看四周，并没找到自己的老婆，这才想起来自己是在酒桌上睡着了。

　　主任肚子里咕咕叫，这是睡饿了，一次性竹筷早掉在脚下被众人踩成了炭色，他上手从烤羊排上撕了一大块羊肉塞到烤饼里，卷吧卷吧塞进嘴里，五迷三道地附和哈月："对，小薛你安静些，不喝酒的就听大人说话，别乱插嘴。不是我说你，就你这点小乏量你能把我学妹陪好吗？我来，不行你先坐后面那桌等着。"

说着，赵主任直接拎起一瓶啤酒，连启瓶器都不用，直接拿上下牙咬住瓶盖，"咔吧"一声将酒打开，对着地上吐出金瓶盖，他伸手就给哈月的杯子里倒酒。

"嘶。"

薛京脸上还装着一个和善的模样，但嘴里那口气已经冷得不行，他心想什么大人啊，都是成年人了，你虚长我几岁充其量不也就是个老东西而已？不喝酒就低人一等啦？没听见哈月刚才当众宣布她喜欢自己？他能耐着性子哄醉酒的哈月，但这也就是世间独一份，他和除了哈月之外的其他酒鬼真的没话可讲。

是男人就该戒酒回家好好给老婆做饭，有个贤良淑德、体贴温柔的样子。堂堂主任，借口聚会，晚上不回家履行丈夫的职责，孩子作业教了吗？家里地又拖了吗？刚才不是还说自己二宝最近肠炎，吃什么吐什么吗？

何况哈月能用他的杯子喝酒，那叫两情相悦，干柴烈火，浪漫丛生，间接接吻，可是赵主任一个已经有俩孩子的人用啃过的啤酒瓶再给她倒酒算怎么回事？他肯定不可能让对方占这个便宜。

赵主任的酒瓶口刚对准哈月的杯子，杯口就被薛京按住了，不仅按住了，他另一只手还狠狠地抽了赵主任一下。

两指并拢，立刻在赵主任的手腕上留下一道红痕，接收到不尊重信号的主任立刻吹胡子瞪眼睛："哎？你小子啥意思？"

也没说现在要玩抽皮条啊？游戏什么时候换的？

"我干什么您自己不清楚吗？"

眼见俩人要咬起来，一直坐在对面沉默的金子突然"哇"一声哭出声音。豆大的眼泪从他小麦色的脸上落下来，直挺挺地砸在桌面上，他一边"啪嗒啪嗒"地哭，一边掏出兜里的 B 超单在空中摇晃着，像是俘虏抓着白旗，头摇尾巴晃地朝着哈月和赵主任说："姐，主任，你们别说我哥了，虽然你是我姐，你是我主任，但我哥也是我哥。"

"啊？"赵主任听了个囫囵吞枣，是一点也没明白。

哈月迷迷糊糊地甩了甩头，不知所以地问他："你说的这个谁，到底是谁的哥？"

金子把单据扔在桌上，手指点着上面曹小雨的名字，声泪俱下地控诉："你们不知道，我薛京哥人多好，他不仅给我垫付了医药费，还帮我请了个律师免费做咨询。"

"我又不傻，律师那么精明，靠嘴皮子吃饭，哪有免费的呢？肯定是我薛京哥看我可怜，偷偷地在背后帮我！"

"孩子之所以能健康，小雨之所以能当妈，都是因为他啊！所以，你们俩能不能对我哥好点？别老训我哥。我哥那么可怜，瘦得都没人样了，白得跟个鬼似的。我哥都多大了，现在都没结婚，这搁绥城，不就是一老光棍吗？我真怕他孤独终老没人伺候！"

饭可以胡吃，可话万万不可乱讲。

薛京被对面金子的激情感谢吓了一跳，他也顾不得和赵主任较劲了，当然也顾不得被称作"老光棍"，立刻摆手正色道："别别别，好兄弟，别这么说，孩子之所以能健康，小雨能当母亲，肯定是您的功劳。跟我是一毛钱关系都没有。"

说着，他转过头，仿佛战地记者找镜头似的，对着哈月字正腔圆地道："真的。哈月！别误会。我两个月前压根都不认识他俩。你应该知道吧？"

"别解释了，关系很大。这就是咱们大家的孩子。是你的，也是我的。"说着，金子又一胳膊搂住赵主任的脖子，把对方的脑袋和自己的脑袋挨在一起哭着吼道，"还有主任，别看主任平常看起来像个愣尿，可是知道小雨的事情跟文化小镇的开发商有牵连，第一时间帮我联系对方。"

"你们都是我的亲人啊，要不是你们，我几次都想从医院窗户跳下去。"

"住院费那么高，再加上小雨也失业了，现在哪个单位还都不要孕妇。"

"太难了……活着太难了……我们只是想有个孩子而已。"

金子一介壮汉突然哭得跟个三岁孩子似的，小雨在旁边听着他发酒疯一开始还偷偷地乐，因为医院病房里的窗户特别小，根本塞不下金子，后来乐着乐着，她的眼圈不知不觉也红了。

赵主任是不愿意跟金振梁贴面的，嫌他满脸是油，根本不卫生，可听完他说自己要跳楼的事儿，态度也不由得蔫儿下来，伸手搂着他的肩膀重重地拍了拍道："小金啊，我理解你，我年轻那时候也想过死，考公失败，不敢告诉家里头，一个人躲在网吧里查成绩，看到落榜时也是你那种心情。回到半地下室的出租屋，屋里还进贼了，小偷竟然把我唯一的两百块生活费也掏走了。我回家要钱吃饭，让我爹照着脸上扇了三个大嘴巴。"

"他说，他这辈子就没看得起我过，书读到狗肚子里了，还不如趁早回家种地。"

大概是因为想起了当年在出租屋里吃方便面都要掰成两半的滋味，赵主任话毕也开始掩面啜泣："我是我们村里唯一一个研究生，我身上的担子重啊。"

哈月低着头，耳边充斥着两个男人的哭声。

她是有些醉了的，因为面前的声音明明很近，但传导进耳膜中，有一种隔着毛玻璃的模糊感，她压根也没听出金子说的话有什么不对，也不知道为什么薛京要着急解释自己没做好事。

哈月垂着眼帘，挺翘的鼻尖一阵阵发麻，脸颊因充血呈现出坨红的颜色，不知道为什么，视线里她竟然能看到自己隐身了二十多年的睫毛，再度眨眨眼睛，驱逐那些细碎的阴影，哈月迷茫而执着地盯着桌上那张展开的 B 超单据，秀眉紧锁，看了半天，还是没看懂上面的图案和白点。

看来看去，像是穿针时找不准针孔，她有些心焦，于是转过头拉过薛京的手腕叫他跟自己一起看。

她的声音疑惑而含糊："薛京，咱们大家的孩子在哪儿呀？怎么这张纸晃来晃去的。我看不懂。"

屋里没有一丝风，纸自然没有晃，摇晃的是哈月的肩膀，还有她不停往下垂坠的脖颈。

还好这不是薛京第一看胎儿的 B 超单，研一那年他因为书中角色的职业需要，专门花钱找了一位医学生给他在周末补了两个月的医学影像。所以对这事，他轻车熟路，薛京稳住哈月的身体，与她十指交握，用自己的手带着她的食指点在小小的黑白色影像之上，为她细细地讲解。

"这里是手，这里是脚，这个圆圆的是头。"

"看到这里发光的地方了吗？是孩子心脏位置的强回声，但没关系，检查结果还是显示很好，心脏亮点百分之九十五以上在孕晚期都会消失。不代表什么。"

"看来他们的坚持没错，幸运确实是会发生的。错的是我。"

"哇。"

"好神奇。"

"很健康？太好了，真的太好了。"

随着薛京的解释，哈月的眉头舒展开来，扬起唇角小声地惊呼，这是她第一次看到胎儿的形态，十四周的小东西，竟然已经有了完整的手指和脚丫。她说了很多遍太好了，因为除了这句话，再没有适当的言语可以表达她的心情。

难以想象，小雨看起来还是去年那个小雨，可是现在她的身体里竟然已经萌生了两种心跳。何况她曾经受过那么多罪，现在能够孕育新生命，得偿所愿，像是春日花开，给她一种莫名的感动。更何况，用金子的话说，这孩子是大家一起"救"下来的。

对面金子和赵主任还在抱头痛哭，金子从医疗费讲到了奶粉钱，赵主任从现在年轻人就业难讲到了职场上的隐形女性歧视。一个说的是老百姓过日子，一个说的是社会现象，看起来聊得热络，其实根本零交流，完全是各说各话。

哈月听着他们又哭又叫，不觉得吵，反倒有一种也想急切加入的冲动，盯够了面前的 B 超单，她突然抬起头，启唇问小雨："小雨，孩子已经有名字了吗？"

小雨点点头，有些羞涩地摸着肚子道："我住院时天天不是吃就是睡，在网上反反复复地查了好久，最后和金子商量着还是叫金瑾宁。回头男娃女娃都能用。"

虽然还不知道孩子的样貌和性格，但他们未来只期盼孩子一辈子安康便好，这就是他们现阶段最大的心愿。

"瑾宁。"

哈月轻轻地将这两个字在齿间咀嚼，随后，她心口一动，趁着酒劲儿将手里的纸张还给金子，大着舌头安慰他道："金子，正好最近我要把'春妮小卖部'兑出去，小雨不是不好找工作吗？要不然这店由你们来接手吧。"

小雨一个人忙不过来，斯琴大姨也能帮帮忙，至于金子，还可以继续当他的司机。这样邻居家里又多了一份收入来源，虽然不是巨款，但在绥城养孩子应该是绰绰有余了，这些年她回到绥城，多亏有斯琴大姨帮衬照顾赵春妮，不然她也不可能挨到现在。

她很想把这份恩情原数奉还，正好现阶段有个好机会，她绝不能错过。

"钱你也不用着急给我，边赚边还就行，以后我要麻烦你们的事可能还多着呢。"

例如办丧事，例如立新坟。粗略算算，她手里的钱应该够，不至于死后还叫人诟病，她计划干干净净地走，不想给任何人再带来不必要的麻烦。

"那你呢？把小卖部兑了你干啥啊姐？你回头找人照顾赵姨不也挺需要钱的吗？"

"我啊。"哈月安静了几秒，一开始，因为旁边还有薛京的存在，所以她有些难以启齿，可很快，她觉得反正也没了生的希望，也无所谓再撒一个谎，于是面上舒展出一种平静的豁然，"没事，明年春天我就带我妈走了。她的情况你们也知道，越来越严重了，可能靠我一个人照顾不了。"

哈月的话充满令人遐想的歧义。

小雨的目光在哈月和薛京的脸上转了转，兴奋大于担忧，想当然地表达羡慕："姐，你要和薛老师回蓟城吗？也是，那边疗养院的设施肯定比咱这儿要好。赵姨也算享福了。"

"嗯。"哈月这一次没有回头去看薛京的反应，她只是很灿烂地笑着大力地点头，"是！"

"好事好事。"

"姐，你以后可要常回来看看啊，别把我们忘了。"

"好。"

五分钟后，尿急的哈月被薛京半抱着扶上了二楼。

一楼的洗手间实在太脏乱了，根本没法用，薛京偷偷结账后特地跟老板打了个招呼，带着哈月到二楼上卫生间。

用消毒纸巾擦干净门把手，借了拖布将瓷砖上的污渍清理干净，本来薛京处理好卫生间后，和哈月一起挤在狭小的隔间里，预备再帮她进行下一步。可哈月睁着眼睛靠在隔板上，前几分钟满怀信任地望着他，还很乖很听指挥，等到他命令她抱着自己的脖子，弯腰抽出她的衬衫下摆时，手指刚碰到她被酒水胀满的肚皮，哈月便触电般地扯住他的头发，窘迫地大叫了一声："我没醉！别碰我！"

"我能自己来！"

被扯住头发的薛京不得已放弃了帮她解裤扣，好声好气地恳求她先放开他的头，他头发虽然多，但也禁不住这样薅。

哈月缓慢地思考了一下，终于松开了他，不等薛京再说话，便回身用如来神掌将他推出隔间，并迅速地关上了门。

薛京被她一掌拍得胸口泛红，头发凌乱，觉得哈月醉酒时还要奋力挽尊的模样实在好笑，用手指胡乱梳理了一下额发，在门外嘱咐了几遍如果站不起来就喊他帮忙后，这才回身在走廊里等着。

楼下，金子夫妻俩正在穿衣服，准备将再次哭晕的赵主任先送回家，因为已经默认哈月和薛京是亲密的恋人关系，两人聊天时便不设防，声音顺着楼梯飘到薛京的耳朵里。

"你说赵姨的病能在蓟城治好吗？我听妈说，老年痴呆不是不治之症吗？"

薛京的眉眼跳了一下，侧目望了一眼女厕所的方向，很快金子带着惋惜的声音又钻进了他的耳朵里。

"哎，治是治不了了，但也不能就真的就这样让赵姨等死吧？下午妈说去她家，看到赵姨那屋窗户上还破了个大洞，所有镜子上都糊着报纸，屋里头一塌糊涂，这么冷的天，也不知道这个月她俩是咋过的。"

小雨叹了口气，但语气中还是充满了希望："这不马上就好起来了，反正薛老师不缺钱，肯定能在蓟城把她俩照顾好，哈月姐也算是命里有好运。不是说是她前男友吗？看晚上他俩黏黏糊糊那样，根本不是啥有点喜欢，薛老师也很喜欢她吧？"

金子沉吟一声，摸了摸妻子的脸，像是在醉酒中找回了一些理智："可毕竟不是夫妻，这种帮助，光靠喜欢能顶多久呢？这可不是借钱看病这么简单。"

"想那么多干啥，咱小老百姓过日子不就这样吗，你帮我，我帮你，坎儿就过去了。光担心以后，还不活啦？愁都愁死了。说不定处得好能结婚呢？你就别瞎操心了。人俩哪个不比你智商高啊？"

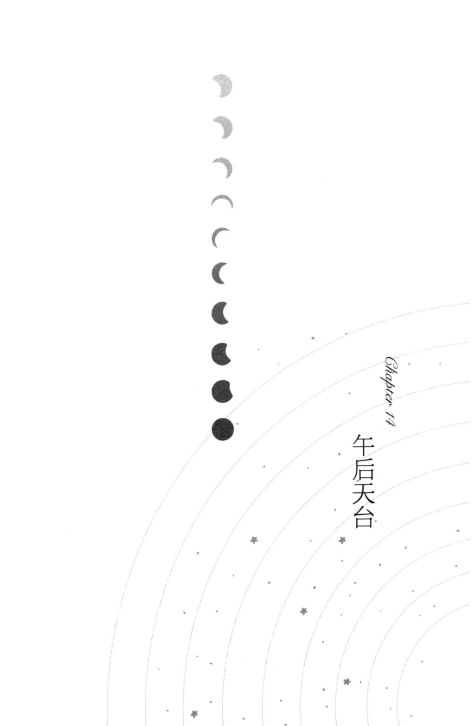

Chapter 14

午后天台

月明星稀，即便是深夜，落雪的街道也明亮至极。

街角最后一辆出租车被薛京让给了金子夫妻和赵主任。

代驾难寻，出租车不见踪影，哈月依偎在薛京的臂弯里，眉眼困顿，口鼻呼出大团充满酒气的氤氲，像一条滑鱼似的不停地从薛京的怀抱里往下溜。等不及下一辆过路的出租车，薛京决定带她到下一个路口碰运气。

将自己的围巾与手套全部套在哈月身上，将她肩上的挎包挂在自己脖子上，薛京背身蹲下，让哈月用双手攀在自己的后背上。

双腿勾在腰间，手掌托着双臀。

身体前倾，小包在薛京的胸前摇摇晃晃，但他步伐很稳，一步一步地踩在厚实的积雪上。

漫天的白雪吸收了绝大部分城镇的噪音，耳边只剩下"咯吱咯吱"的脚步声，没一会儿，两人的眉眼之上就凝结了一层透明的冰碴。

就这样，薛京在零下三十摄氏度的天气中安静地行走了十几分钟，大概是因为脖子上有哈月不停呼出的热气，他周身竟然不觉得冷。因为和哈月在一起，周围的雪，似乎也没有那么可怕了。他对下雪天仍然谈不上喜欢，但现在，他突然觉得这条路，他们如果一直走下去也算不错。

下一个路口仍然没车，而身后的哈月似乎开始打起了舒适的小呼噜。

计算了一下走回居民区的时间，大概还要二十分钟，薛京还能走，但怕哈月在室外睡着患上感冒，于是将她的身体用力地往上颠簸了一下道："哈月，等一下再睡，跟我说两句话。"

"嗯？"哈月支起头，还是很困，发丝垂在眼前，半蒙的视线中是薛京的侧脸，她看了一阵那熟悉的轮廓便安心地重新闭上眼睛，嘴里不大愿意地嘟囔了一句："说什么？"

"说说阿姨以后怎么安排，春天我们回蓟城要不要买个大点的房子？你想找护工来家里照顾她，还是说送她去专门的疗养机构。蓟城医科大有个专门研究阿尔茨海默病的小团队，我找找人，看看能不能给阿姨申请个名额。"

半年前，他曾经和周双还有一位在红圈所做并购的方律师一起吃过饭，据饭后周双八卦，对方恋人的父亲曾经是物理学界的大牛，不过可惜，现阶段处于阿尔茨海默病晚期，正在医科大接受临床试验。

说完赵春妮的几种选择，薛京的话题又绕到哈月的个人社会价值上。

"未来你是怎么计划的？回去后外贸要接着做下去吗，继续创业，还是先找份工作过渡？都可以和我聊聊。只要我能帮得上忙，我都愿意做。还是说你不想这么快住在一起？不然你们先住我家，我出去住酒店。"

想到赵春妮的病，想到哈月这些年独自承担了这么多的责任，薛京的态度就更体贴了。

爱一个人似乎就是看不得对方吃苦，无论是有他参与的现在，还是没有插手的以前。

话糙理不糙，他没有被金子夫妻背后对他们的讨论所冒犯，相反，他甚至觉得小雨说的没错，况且钱对有钱人来说本来就没那么重要，如果他的积蓄能帮助心上人解决阶段性困境，那根本是不求回报的喜事。还好哈月愿意拉住他的手往前面走，她能在自己的未来计划中带上他，确实不是什么有点喜欢。

哈月还是没有睁开眼睛，但她趴在薛京身上，听着薛京的话，双手在他的肩颈上逐渐收紧，半晌，她突然昏头昏脑地喊他的名字："薛京。"

"嗯？"

氤氲的白雾笼罩在两个人的面孔周围，哈月的双腿在空中摇摇摆摆，她揉了揉眼睫毛之上的白霜，将脑中成团的思维用力地扯出一根线头，捏在指尖，在这冷冰冰空荡荡的街道上问他："我喜欢你，有很多正当理由。"

因为薛京虽然看起来冷漠，但总是会露出良善的一面，因为他这些年从来不曾放弃自己，靠着坚持肯干取得了成功，还因为他即便把自己描述得很不堪，但观感上还是一件很棒的礼物。

她喜欢他，因为那是世俗意义上最普遍的喜欢。像是人在黑暗降临时，会本能地仰望星空。无论是以前，还是现在，她喜欢他的理由充足而详尽，经得起推敲和辩证。

但反观之，她现阶段没钱，没事业，没未来，是从天上掉下来的破风筝，并不是任何人会想要急切拥有的华丽的奖杯，向下择偶尚且不会成功，可他又喜欢她什么呢？

这种感情很可疑，她并不能照单全收。

"那你呢，我可以问你喜欢我什么吗？"

薛京没有思考许久，想当然地说："当然是喜欢你的一切。这段时间你很辛苦吧？其实你真的很坚强，也很勇敢，尤其是向他人寻求帮助，这种品质不是谁都有的。"

每个人都害怕被拒绝，害怕努力过后结果会是失败。可是人这辈子注定就是会反复的失败、跌倒、哭泣，再擦干眼泪，能伸出手，借助别人的力量站起来，也是一种难能可贵的勇气。

他很高兴哈月能有重新开启明天的勇气。他替她难过，更多的，是替她欣慰。

"能支撑到这里，你真的很厉害。"

薛京说这些话的初衷是想尽可能地安慰哈月，告诉她她是值得被人喜欢的，但这些赞美被当事人听起来是如此刺耳，因为薛京所说的一切关于哈月的品质都是假的。

她没有再次努力创造未来的勇气，她也没有想要向任何人寻求帮助，虽然酒桌上大家都认为她要跟着薛京回到蓟城发展，但她现在明明只有一心赴死的懦弱和无能。

谜题解开了，原来是这样。薛京当初喜欢的那个金装活泼的女生不是她，现在他喜欢的这个坚强勇敢的女生也不是她。她真正的面貌，是个没有灵魂的窝囊废。而薛京刚才所说的一切，让她更加确切地认识到，她原来至今为止，仍然在撒谎。

只不过以前，她对旁人说谎，现在，她在对自己说谎。

她其实很胆小，她害怕阶段性失败，害怕与喜欢的人分别，也害怕母亲的病发展下去，渐渐变成一个根本没办法认出自己的人，她没有自己想的那么豁达、冷硬，她的寻死，不过是预备在新的痛苦来临之际的阻断行为。

就像她这些年阻断了对亲情的委屈，对爱情的渴望，对成功的野心，现在她要阻断生命的延续。她要做终极的逃避。

眼睛里像是进了沙子那么痛，心脏好像被劈成了两瓣。

哈月的脖子因重力而坠痛，她现在应该要从薛京的后背上下来，然后解除他喜欢自己的误会，但她的脸颊还是重新在薛京的颈窝上落下来，薛京身上的香气真的很温暖，她贪恋这种温柔，可是这种温柔也并不属于她。

她没资格拿。

她就这样盯着薛京一步一步向前的步伐，等了好半天，等到热泪将面孔之上的冰冷全都冲刷干净，才攒足力气小声地说了一句："骗你的，我不去蓟城。"

"不去？"薛京的声音带着少许的笑意，还以为她在和自己耍小孩子脾气，"又舍不得你的小卖部啦？可是你刚才不是答应金子要把店面转让给他们了？"

"你还说，是给孩子的见面礼。送小孩子的东西，可不能反悔……"

薛京的话说到一半，脖颈处突然一凉，顺着他脸颊流下的水滴不是融化的雪花，而是哈月由热变冷的眼泪正在他的领口倒灌。

哈月整个人缩成一团，正在剧烈地颤抖。

她的声音听起来饱含痛苦，每一个字都充满了绝望："对不起，我又撒谎了。我没打算带我妈去外地……你误会了。"

"那你处理店面……"薛京有些彷徨无措，一开始并不知道她为什么要哭，可是随着脚步遽然停下，很快，他心中涌起一阵极寒的飓风，而那些冰凉的眼泪，突然变成了可以将他的身体烫出伤口的岩浆。

他听懂了。

如果哈月并不打算离开，那么她现在所做的一切，看起来就都像是在提前处理后事。聪慧如他，一下就读懂了她现阶段的心理状态。

她所说的喜欢，不过是一场对着山谷的告白，不等回响，人便要纵身而下。

哈月真的不想流泪，她太狼狈了，也太丢人了，可酒精麻痹了理智，溢满的眼泪在眼眶里来回滚动，终于趁她不备，成串地落在薛京的耳畔。长久累积的盔甲像是倒塌的大厦，内里破碎的情绪伴随着眼泪，化作一场可以毁天灭地的海啸。

她鼻尖通红，声音哽咽道："薛京，你别喜欢我了，也别对我好了，我真的没有值得你喜欢的地方。我就是个一事无成的废物，我没办法跟你一起往前跑，爱情没用的，救不了人命。我跑不动了。别管我了。"

一开始，哈月是小声啜泣，很快，她控制不住，哭声越来越大，在空旷的街道上，她张着嘴巴号啕，像是被人抢走了冰激凌还痛打了一顿的小孩。

那眼泪和哭声也被漫天的积雪淹没了，甚至没有任何回响。

只有在暖气井旁睡觉的野狗不明所以，露出脑袋冲着他们两个人叫了两声，以示不满。

薛京的胸膛起伏，只在雪中立了一会儿，很快，他又打起精神重新抱紧她的双腿继续往前面走。

在哈月的想象中，薛京完全可以站在道德制高点上抨击她，他可以说你太让我失望了，或是质问她，世界上那些比她更苦的人都可以活下去，她为什么不能再试试。

他也可以义正词严地告诉她，安乐死并没有被国内允许，在宪法中，自杀也是不具有客观价值的行为。

但薛京背着她走在雪夜里，安静得不像话，一直等到她的哭声渐止，远处浮现出居民区的轮廓，他才用很平和的语气重复她的话道："是，爱情当然不能救命。你说得没错。"

爱情算什么东西呢？也不过是一种活下去才能拥有的可能性。人生本来就是极残酷的豪赌，幸运与不幸都是随机的，坏事来临，将人重拳打到头破血流，可当好事来临时，还是需要这个受过重伤的人坐在桌上等着发牌。

如果人走茶凉，那么可能性也就都不复存在。

是人要活下去才拥有爱，活着是先决条件，爱情是锦上添花的点缀，靠爱情当仙丹灵药，吞下去便以为能得到救赎，那才是本末倒置。

宇宙中没有不朽的感情，更没有不腐的生命。140亿年年，在宇宙大爆炸之前，物质尚且不存在，依托物质生存的人类，不过也是生命短暂的萤火虫。

可就算是这样，他亲身体验过，一个人的光会短暂地照亮另一个人的黑暗，从此改写故事的结局，就像一只南美洲的蝴蝶，偶尔扇动几下翅膀，可以在两周以后引起美国得克萨斯州的一场龙卷风。

哈月跑不动没关系，他也没有硬要扯着她往前面走，他只是想告诉她，只要多等一等，裂缝之中会有新希望。就像是他们两个人都以为小雨的孩子会出问题，但一个月过去了，什么坏事都没有发生。

如此想着，薛京侧头用自己的脸颊蹭了蹭哈月的额头："哈月，前天你问我，新小说什么时候能写完。我也撒谎了，其实故事早就发生过了，只是我捏着结局一直没给你看。这本小说是有原型的，我猜你肯定没发现小说里面也有我的影子，但就算发现的话，你应该也会很讨厌那个角色吧？"

毕竟他曾经也被自己裁决为不配活着的人。

新作品不是完全的虚构，确切点来说，几处核心剧情都来自他曾经目睹过的凶杀案。

在桃色爱情演变成耸人听闻的杀人案前，与每一个被诗人赞颂过的爱情故事别无二般，薛京的父母也拥有过极其浪漫的初遇与邂逅。

盛夏傍晚，暮色四合，维港的海风从弥敦道一直吹到尖沙咀还不肯停歇。

港城商会晚宴上，担任礼仪小姐的冯韵如花蝴蝶误入蛛网，为了躲避几名趁醉与自己纠缠的中年富商，她提着裙摆捏住高脚杯，在旋转楼梯上疾步奔跑。眼看身后色欲熏心的男人即将追上自己，她慌不择路，一头扎进再无退路的顶楼露台。

露台之上有一位身姿颀长、西装笔挺的男士正在背对着她吸烟，身后隐约还能听到令她作呕的声音在大呼小叫，两害相权从其轻，冯韵迫不得已，只能硬着头皮向陌生人寻求帮助。

一把挽住对方的手臂，鼻息之中是过肺后的烟草味，不知道对方抽什么牌子的香烟，竟然能嗅到薄荷的清亮味，冥冥之中自有天意，一向讨厌男人吸烟的冯韵竟不觉得这味道难闻，她还没看清对方的面孔便小声地哀求对方："帮帮忙。"

还好，薛连晤扭过头来的五官英气逼人，他浑身上下都那么完美，就连他正夹着香烟的手指都性感至极。不仅如此，他还是个善良亲切的绅士。

当天，英俊多金的薛连晤不仅替中学毕业便辍学打工的冯小姐解了围，向人谎称对方是自己的女伴，酒会未散便邀请她出去散心，一起去太平山看夜景。

上山的路有诸多杂草，他唯恐冯韵的鞋跟会倾倒弄伤自己，还特意吩咐司机靠边停车，在店内购买一双好走路的球鞋拎着带走。

交换联系方式后，源源不断的名牌礼物像雪花般纷至沓来。

每一次薛连晤带她出去约会，都要选贵价餐厅并配一大捧娇艳欲滴的玫瑰。

就这样，同龄男生再阳光也难入她的法眼，冯韵和从蓟城赴港做生意的青年才俊薛连晤就此展开了热恋。

她从父母拥挤的出租屋搬出，住进了由男友为她租下的海景房，每天一睁开眼睛就是对着镜子装扮自己，然后拿着薛连晤的卡去中环购物，一周工作有五天都要请假，老板打电话责问，她干脆用粗口辞职。

然而好景不长，扮演富太的游戏不到一年，她发现自己的男友开始频繁地往返蓟城筹备婚礼。

婚礼盛大，中西结合，但令人羡慕的女主角，并不是她。不仅如此，对峙那晚，薛连晤裹着白色的浴巾从浴室赤脚走出，看到她对着茶几上那一沓婚纱照哭泣时，连一句抱歉都没有。

在冯韵质问他为什么要娶别人时，他轻描淡写地列举了十几项未婚妻一家能给他带来的投资价值。

对方是生意联姻的最佳人选，独生女，母亲早已过世，父亲虽然强悍，但毕竟年迈固执，借婚姻合作，薛连晤以退为进，终有一日能取得对方的信任，以蛇吞象。

至于冯韵的父母，不过是数十年如一日住在出租屋的的士司机与全职主妇，家中除了时不时变卖奢侈品贴补家用的冯韵，还有三个嗷嗷待哺的兄弟姐妹，全都是讨吃鬼。

从一开始，薛连晤给她的定位就是自己在港城的女人。像她这样的女人，他在各处大约还有许多。唯独不一样的是，面对薛连晤的冷漠，当下，冯韵收起了眼泪，挤出谄媚的笑容，扔掉了那一沓男友的结婚照。

她年幼时早已经决定不会再过父母那样的生活，遇到薛连晤后，又因为贪恋钱财主动放弃了自己在职业上打拼的能力，一步错步步错，她自认已经没有资格再与社会上的更年轻的劳动力竞争，于是最好的路就是与其他爱慕虚荣的女人一起竞争薛连晤。

之后的事不难预料，冯韵处心积虑地从港城跟到了蓟城，为了有朝一日成为薛连晤的最优选，她亦然决定离开家乡，抛弃父母同胞，为薛连晤学习怎么样做个合格的情人。

薛连晤的妻子李淑兰怀孕那年，她也开始想尽办法让薛连晤同意自己生子。李淑兰的第一胎是个女孩，又因为难产元气大伤，冯韵后几年才有机会生下薛京。

但耗费了整整十几年的青春，她以为的母凭子贵的"跃级"并没有发生，所以，她再次将愤恨的目光投向了总是在聚光灯下挽着薛连晤的李淑兰。而薛连晤那段时间竟然借口忙于海外市场，频繁地出差，对两人之间的摩擦睁一只眼闭一只眼，在这场女人的争斗中完全隐身。他大约也渐渐地厌烦了这种拉锯战，开始不接冯韵的电话，就连他的秘书也对她的追问多加搪塞。

最后一次冯韵和李淑兰对峙是在李淑兰郊外的一所别墅，冯韵特意带着孩子一起登门，就是为了用儿子的存在刺激对方。可是无论她怎样出言不逊，李淑兰坐在沙发上，始终面无表情，眼如鱼目，只是一直在重复一句话，那就是他们李家的女儿在世一天永远不会离婚。

那是她父亲临终前对她的嘱托，她从未忤逆过家庭，她也绝对不会让自己的女儿成为没有爸爸的孩子，像薛京一样。

两人之中毕竟还是冯韵年纪轻，她重拳捶在棉花上，有些气急败坏，干脆冷笑着将孩子往李淑兰的方向狠狠一推道："好啊，你装活佛是吧，你这么善良大度，不如把我儿子也一起养了。我儿子难道不可怜吗？这么多年，每到过年过节你们母女俩都霸占着薛连晤，他长这么大才见过几次爸爸？幼儿园的小孩子都喊他是私生子啊！"

吼完李淑兰，冯韵又对着薛京说："见到你爸告诉他我等不及了，这件事他必须给我个结果，如果他不肯离婚，就不要再把你送回来给我！我也有自己的日子要过！叫他不要再找我！"

冯韵扔下薛京便搭乘航班飞到国外度假，以为亮出最后一张底牌便万无一失，她知道李淑兰是大家闺秀，不会像她一样使用下三滥的招数，她只需等待李淑兰的"大度"耗尽，和薛连晤撕破脸皮，自己坐享渔翁之利。

可等来等去，她只等到新闻上关于李家别墅煤气爆炸造成人员伤亡的消息。

李淑兰决定打开煤气的那天窗外正下着大雪，没人知道她到底在想些什么，也许是脑中的弦突然绷断了，又或许早就深思熟虑过了。

一早，八岁的薛亭在征求母亲的同意后，带着五岁的薛京一起在院子里堆雪人。姐弟俩不是第一次见面，以往薛连晤和冯韵幽会时，会叫女儿带着薛京等在楼下公园里，冯韵要脾气离家出走时，他也会带着薛京去接在补习班学钢琴的女儿交给秘书。

同父异母的姐弟拥有出奇一致的样貌，但他们的性格迥异，每当大人无休止地争吵时，薛京都会用手指堵住耳朵假装自己不存在，而薛亭则会直接打开电视机，将声音按到最大，直到将吵架的父母逼到门外。

那天雪人堆了一半，薛京又开始哭了，他问薛亭："阿姐，妈咪什么时候来接我回家？"

那些天他经常问这个问题，李淑兰的房子里早已辞退了所有用人，别墅内目光所及之处都是灰尘，她很久不洗澡了，穿着下摆沾了经血的睡袍，终日坐在自己的房间，对着梳妆镜涂着口红自言自语，薛京不敢和她搭话，就像一只惹人生厌的老鼠追着薛亭吱吱叫。

薛亭从地上捡了两颗石子做雪人的眼睛，从兜里掏出几张纸巾嫌弃地递给他道："不是跟你说了，晚上睡一觉起来，你妈就会来。"

"你哭得很恶心，擦鼻涕！"

薛京双手通红，用力擤掉鼻涕，走到院子里的垃圾桶边踮着脚扔进去，再重新凑回来，把地上的树杈插在雪人身上，奶声奶气地表达委屈："可是我睡了很多晚，她还是没来。"

"那就再多睡一晚啊。笨。"

薛亭看了一眼还在流泪的薛京，翻了个白眼，简直不知道为什么他这种胆小鬼也会是爸爸的孩子，但末了还是拍了拍手起身道："别哭了，我去找我妈拿点钱，我带你去买汉堡包。"

"也许吃完汉堡包你妈就来了。"

"真的？中午我们吃汉堡包？我可以要炸鸡翅吗？"小孩的悲伤毕竟有限，薛京一听到汉堡包三字眼睛重新亮了。

"有什么不行？套餐里什么都有，还有洋葱圈和可乐。你想吃比萨吗？"薛亭对于自己拿钱买饭这件事轻车熟路，自从她上小学后，李淑兰就疯疯癫癫的，用人被她赶走了，家里经常没饭，她一喊饿，母亲便会扔给她一沓百元大钞，叫她不要吵自己头痛。

"我妈平常不许我喝可乐……你可以不要告密吗？"

薛京跟着薛亭往别墅走了几步，嘴里小声地念着，说到可乐，又突然想到什么，有点害怕地站在原地踌躇："你妈会同意吗？她不会打人吧。昨天夜里我听到她在楼下尖叫……好像，好像在跟自己说话。"

从薛京记事起，冯韵经常要求他给薛连晤打电话，除了那些冯韵让他背诵好的说辞外，每一次他都要被迫讲自己很想他，很爱他，并要求父亲可以来家里探望自己。

如果薛连晤拒绝，冯韵便拿他出气，拳打脚踢是家常便饭。

最重的一次，冯韵打掉了他一颗牙齿，不过还好，那颗牙是乳牙，事后冯韵略表歉意地告诉他，那颗牙齿等到他六岁之后还会重新长出来，所以没关系。薛京唯恐李淑兰也是那样喜欢使用暴力的大人，他担心阿姐也会被打。

"要是打人还好了，平常她连话都很少跟我说。天天照镜子。"翻来覆去都是那几句话，今晚几点回家？明天有没有应酬？公司生意最近怎样？没有一句话是要和女儿讲的。

无趣极了。

看到薛京缩着肩膀很害怕的样子，薛亭踢了一脚雪上的脏污满不在乎地说："如果害怕的话，那你等在外面吧，我去她皮包里找。"

"我不怕的，我和你一起去。"

打开大门，薛亭立刻闻到了一股浓重的臭味，她不知道是不是母亲又坐在马桶上排泄还不关门，连想都没想，她推了一把后面跟着的薛京，板着小脸装大人似的告诉他："你等在外面，不要乱跑。"然后关闭大门。

不过两秒钟，屋内的灯被小女孩按亮，细小的火花点燃空气中浓度达到极限的煤气，紧接着就是剧烈的爆炸。

"那天是我最后一次见到她们。"

浓烟呛肺，煤气中毒，再加上大面积灼烧，两天后的葬礼上，李淑兰和薛亭已经被搁在水晶棺里供前来吊唁的人瞻仰。

再然后，冯韵很快便带着薛京搬进了薛连晤的家里，从那之后，薛京再没挨过一次打，冯韵和薛连晤也没再吵过架，他们三个人过上了那种童话故事里才有的完美生活。

说着薛京停顿了一下，像是在讲他人的笑话一样神怿气愉不痛不痒，只不过他的声音冷得厉害，细听还有些难以察觉的颤声："除了我整个小学都在因为噩梦而尿床。"

像每一位得到过时代红利，却又将这些归功于自己的努力的成功人士一样，薛连晤信奉弱肉强食的丛林法则，穷尽一生都在追求踩踏弱者的特权，他绝不能接受自己有一个性格软弱的儿子。

同理心是无能的表现，沉浸在过去的悲剧中亦是，即便薛京还是个儿童，应激性创伤也是不被允许的。

看心理医生等同于承认薛京是在精神上有瑕疵的次等品，冯韵钻研薛连晤像读课本，所以对儿子的状况选择能瞒就瞒，她千方百计地调养他的身体，请营养师，报夏令营，找各种训练班强健他的体魄，但除此之外，薛京从来没有得到过任何意义上的心理疏导。

除了冯韵那句大约说过千万遍的"你就当无事发生。现在不是很好吗，总想过去干什么？"

趋利避害是生存的本能，频繁回头自找苦吃的人不配被同情。

渐渐地，薛京也就像冯韵和薛连晤一样，学着戴上面具。每天早上起床第一件事，就是走到镜子跟前对着自己的脸练习如何与父母微笑。做噩梦时，便起床夜跑，跑到浑身筋疲力尽，大脑就会重新放空。

"以为情况好转了，但上大学后，因为住进宿舍，环境突变，我开始彻夜睡不着觉，在失眠严重时连跑步也没有用了，经常会冒出自残的想法。"

偶然看到布告栏上的宣传单页，打了一次大学生心理救助热线，对方虽然不清楚他经历了什么，但照本宣科地沿用暴露疗法，坚定地劝说少年一定要直面自己的恐惧。

所以在大一那年，临近寒假的周末，薛京拎着大捆上坟用的冥钱和鲜花辗转在墓地走了很久，终于找到了李淑兰和薛亭的墓碑。

大约是老天给他的惩罚，当天他纸没烧完，就被同是前来祭奠亡人的李淑兰的几位远房亲戚踹倒在地上。衣服被撕破了，薛京浑身上下都是土，他唇角渗血，眼睫毛湿透了，他抱着头说了很多遍对不起，但是愤怒的大人们把他带来的鲜花和纸钱全部扯碎踏在脚下，在灰烬纷飞的大风中，他们一边下死脚踢他，一边无不解恨地嚷：如果他真的感到抱歉，应该去死。

因为当年该死的明明是他，而不是薛亭。

薛亭才是薛家的继承人，她才是那个有资格得到万千宠爱的生命。而薛京？和他母亲一样，是鸠占鹊巢的强盗，偷人硕果的罪犯，理应被千刀万剐。

于是当天薛京跌跌撞撞地回到宿舍，洗了个澡，换了一身干净的衣服，然后前往第二教学楼的天台。

冬日的午后万里无云，阳光刺目，可薛京走在路上，佝偻着身体咳嗽，觉得所到之处都是黑压压的一片，天上的乌云垂得那么低，好像已经压在他的脊椎上，让他抬不起头来。

当年十八岁的薛京决心要把自己偷来的人生重新还回去，如果李家人所说的万千宠爱就是住豪宅，坐豪车，在总是充满帮佣的家里用尽全力假装幸福，那么他也没有很喜欢这种活下来的"优待"。

如果有得选，他也不想成为母亲用来勒索父亲承诺的工具。

如果有得选，他愿意代替八岁的薛亭走进充满煤气的房间。

如果有得选，他也不想成为浑身腐烂又无法清创的自己。

可惜没得选，他做的戏始终不如父母好。

少年生活的空间像是楚门的世界，而比电影更可怕的是，他的世界是真实的，天空之外并没有可供他逃脱的幕布与影棚。于是他决定销毁自己这件未通过合格检验的产品。

那天是周天，薛京进入第二教学楼后便沿着楼梯往 508 走，如果运气好，508 教室内人少，他可以从窗户翻出去然后顺利无阻地从天台上跳下去。不过如果 508 不能实施也没关系，他还可以转战理一。

听舍友说，盛夏时分理一天台景色很妙，非常适合和喜欢的女生一齐吹着晚风喝冰镇啤酒，可惜他等不到夏天了，他也没有喜欢的女生。不仅如此，他还即将对不起学校的保洁工，如果脑浆溅了一地，血流成河，那么真的很抱歉。

薛京只顾着低头赶路，并没有留意到楼下摆放的巨幅 X 展架，时间恰巧滑到两点三十分，他人才绕到二楼，就被一股乍现的人流裹挟着偏离了原本的轨道。

周围的学生叽叽喳喳的，态度亢奋，每个人都在快速地往四楼的"小礼堂"方向走，步履森严，好像虔诚的朝圣。

薛京被拥挤的人群推搡着，已经接连错过了几个反方向的拐角，眼看通往五楼的楼梯就在右侧，他只要同样粗鲁地撞开身边两个戴眼镜的女生，就可以顺利地离开人群。

谁知就在他犹豫自己是不是应该待女士如此不礼貌时，人流后方，两个中文系的学长眼尖，从斜后方盯到了高出周围学生大半个头的薛京，立刻隔着人群喊他的名字。

两人刚吃过午饭，还沉浸在上午中文系对法学院的大获全胜中，奋力地挤到薛京身边，一边一个扯住他的袖子异口同声道："薛同学，你也来看辩论赛？"

"辩论赛？"薛京不明所以，先是摇了摇头，但又怕拂了学长们的面子，又重新点头。

"嗨，没悬念，早上咱们连那帮学法律的都赢了，下午难道还会输给外院那些业余选手？"

"要是英语辩论，他们可能还有胜算，咱这可是中文辩论！"

两人有说有笑的，像左右护法似的带着薛京挤进了多媒体教室。

教室前排，中文系辩手的亲友队已经占据了观感最好的三排座位，正在调试麦克风的学姐一看到薛京就立刻惊喜地朝着他招手。

学姐身材不高，戴着老学究似的玳瑁眼镜，但她的亲和力与体积成反比，她如老道士般游说薛京加入蓟大辩论社，讲他可以充当他们下次宣传展架的门面。

"喏，这次的门面是她们外院的新生。先不说辩论能力，但这个咱们得承认，小姑娘确实挺上相的，看见后面这些男生了吗，都是冲着展架来的。"

"展架吗，不好意思，我没注意。"

薛京惨淡的面孔跟着学姐示意的方向朝着台上转去，台上的辩手们正在陆续就座，两排桌椅成八字形环绕，随着人影交错，视线如幕布展开，哈月的名字和身后的大幅宣传画面立刻映入眼帘中。

照片上，她明眸善睐，长发高高地束起，露出光洁又饱满的额头。

"是啊，辩论赛的宣传展架！这次的辩题挺难的，他们刚抽过签，咱们正方还是挺有优势的。"

突然，薛京的视线晃动，不是因为哈月作为门面的脸有多精致，而是他看到了这场辩论赛的辩题。

丛林法则是否适用于现代人类社会。

犹如一场被安排好的紧急干预，就在薛京准备轻生的天台之下，竟然正在发生一场关于生命价值几何的辩论赛。

当天文学系的四名辩手以环环相扣的逻辑线着手将达尔文的进化论套入人类的发展史，反复强调优胜劣汰是自然选择，可在最终投票环节，中文系的正规军仍然败给了外院。

辩论赛双方迸发的思想交锋精彩异常，盘问与反驳的厮杀非常激烈，但在焦灼的战况中，最终帮助外院取得压倒性胜利的，是哈月那段从容不迫且令人动容的结案陈词。

哈月几乎脱稿，她望了一眼手中的卡纸，便环顾台下的观众。

她说："人类社会的最大生产力来源于协作，人类社会的文明巨变来源于救助弱小，格鲁吉亚的南部小镇曾出土距今 170 万年的，只剩一颗牙齿的老人化石，3 万年前印度尼西亚的青年经历过截肢手术后仍然被同类精心照料存活了 6~9 年。

"如果没有人人平等、人人可活的概念，人类不会迎来现代社会，也不会拥有未来。"

本来想找借口中途离开的薛京目不转睛，坐在台下看完了整场耗时一小时二十分钟的辩论赛，主持人唱票后，他没能接着上天台，反而向学姐索要了一份辩论社团的活动时间表，晚上回到宿舍仔细地填写了入社申请。

从那之后，他一次不落，听了哈月十六场辩论，直到他对她的好奇达到峰值。直到他对登上天台这件事再也没有了兴趣，直到他想活下去的动力越来越强烈。只是机缘巧合，更加说不清具体脉络，听起来更是矫情至极，但他确实是因为哈月而获救了。

"我到现在还记得你说每个人都有资格活下去的神态。"十九岁的哈月是那么耀眼，站在那里，像棵松，没有一点犹豫，没有一丝踌躇，她的眼神坚定又自信，充满润泽清透的光。

她每一次在辩论台上都是那么激情澎湃，像是雏鹰展翅，想要用一己之力改变这世界。他羡慕她身上一腔孤勇的热情，也仰望过她条理清晰任何时候都不服输的态度。

那道光曾经驱逐过薛京身上的阴霾，现在，他想把这道光还给她。

每一次自杀都是社会性他杀。

爱情不能救人，但他想，在这荒蛮冷漠又物欲横流的社会里，她自己可以划船救下自己。他要给她递桨，他有这个义务，这是他的责任。

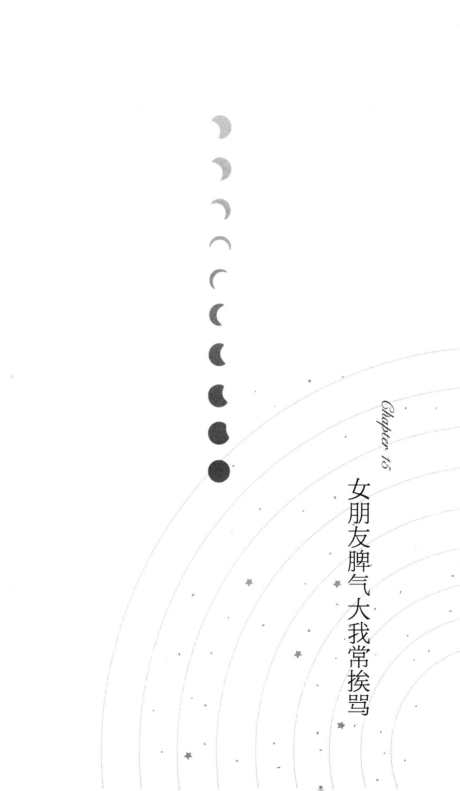

Chapter 15

女朋友脾气大我常挨骂

翌日正午，哈月被一阵刺耳的电钻声吵醒了。

身下的床很软，鼻息中有一种咖啡醇厚的香气，她缓慢地转动着布满血丝的眼球，用尽全力将肿胀的眼皮睁开，这里不是她家，是薛京的卧室。至于她昨夜是怎么躺在这儿睡着的，哈月毫无印象，只是隐约觉得四肢酸软，后腰瘀青，手指摸上去，皮肤上似乎还有几处被指甲挠过的血痕。

一切看起来都像是酒后纵欲的结果。

喉咙干渴，胃口泛酸，眼下还有一片红疹，哈月喝了一口床头上摆着的柠檬水，用胳膊撑着床垫试图下床质问薛京还有没有人性，竟然对醉酒的前女友实施暴力，可上半身才从床上立起来，宿醉令她的太阳穴突然爆发剧痛，人像是中弹般重新倒在床上。

正在敲水煮蛋的薛京也没好到哪儿去，他的黑眼圈几乎掉到嘴角那里，右腿一瘸一拐的，下嘴唇上还有一块很明显的伤口，听到卧室的动静，他放下手里的食物拎着小暖壶走进来，重新给床头的玻璃杯里倒了一杯温水。

右手手掌贴在哈月的额头上，左手捏着两片解酒药塞到哈月的嘴里，薛京的口气不大好："头疼？把解酒药吃了，喝点儿水起来吃完东西再睡。胃里难受吗？昨天吐得那叫一个干净。"

"你妈那里打过招呼了，家里工人换玻璃，我一会儿过去看着点。"

听到他帮自己找人修窗户，哈月说了声谢谢，很自然地开口问他："多少钱？已经付过了吗？我先转给你。"

薛京看了她一眼，嘀咕了一句："干吗转给我？分得那么清，还真的把我当邻居。"

"跟你说，我现在决定不和人搞暧昧了，我可不是那么随便的人。"

这小子说什么呢？那天一起去酒店的时候，看他也挺随便的啊，卖力得不得了。

酒后游离的神经像是错过最佳赏味期的烂泡面，并不适合处理严肃的情感问题，哈月抿了抿嘴唇，直接装听不见，绕开话题问他："我吐了？不可能吧。你不知道，我酒量超好的，喝酒从来不吐。"

昨晚过后，薛京本来还端着个大人有大量的高姿态，等着哈月今早一起床就和他讲复合，可是刚才一听哈月问他换玻璃多少钱，明摆着是要跟他分你我，划界线，他心里就挺不高兴的，再听她后面这话，脸上立刻浮现出几分阴沉。

阴沉是阴沉，却又不能真的发作，所以忍着戾气故意用尊称。

"啊，对对对，没吐。姐姐您多能喝呀，怎么会醉呢是不是？昨天喝多了耍酒疯的那个呢，肯定是我呀。"

哈月不加掩饰地翻了一个白眼，内心腹诽，现在的臭脾气是连装都不装了是吧？

这句姐叫得跟杀父仇人似的，顶着一张男模的脸，就不能学学人家说点儿动听的？

光好看有什么用啊，一天唇枪舌剑的，她可要下头了。

哈月张开嘴巴，闭着眼睛大声地朝他念着："不听不听黄狗念经。"接过水杯，把药咽下去，再撩起眼帘，才注意到薛京嘴唇上结痂的伤口。

拌嘴是拌嘴，又不是真的心肠硬，所以还是立刻用右手拉住他的胳膊让他坐在床边，俯身过去拉近距离："你嘴唇破了？多大人了，还这么不小心。"

哈月的拇指在他下唇处碰了碰，又用另一只手摆弄他的下巴，眸光下移掀开衣领，没想到薛京不仅嘴唇破了，靠近她一侧的脖子上还有不少异形的红痕。

看样子怎么感觉比她还惨？

她明明记得昨晚他喝的不多，她哭得快断气的时候他还背着他走路的，难道是后半程薛京体力不支，俩人一起摔树坑里了？文弱书生是不行，这要是一起相伴走到头发花白，她可有得受了。

薛京的鼻尖距离哈月的额头很近，眼下对方正在垂下眸子查看他的脖颈，眼皮肿得连双眼皮线都看不到，但就是这样，她看起来还是该死的可爱，尤其是那张正在因为担忧而微微嘟起的嘴，耳朵有点热，嘴巴有点渴，想和她接吻，但自己才说过不是那么随便的人。

所以任凭喉结滚动，只能抑制住自己想要索吻的冲动，"啧"了一声，薛京随口乱讲："让狗咬了呗。也不知道咱俩谁是黄狗。你不觉得你比我更像吗？"

他这么白，怎么着也是一只白狗吧。

"啊？"哈月皱起眉头，听着他阴阳怪气的不由得头疼得更厉害了，前一秒还对他充满关怀，下一秒直接飞起一拳捶在他的后背上，"你会好好说话不？别瞎扯淡行不行，我头疼着呢。嗯嗯嗯，真的烦。"

"不想说就滚出去，把门给我带上，我要睡觉了！"

哟，昨天还说有点喜欢他，这会儿两句话就嫌他烦了？这善变的女人。

薛京把后槽牙咬得嘎嘣响，重新把水杯放回床头，皱着个眉头站起来对着哈月扯下裤腰，不容她闪躲，右手捞着她的后脑勺直接按在自己身下，将大腿上几处凌乱的牙印露到她的眼前道："我怎么没好好说话？这屋里真有狗呀，看见没，恶犬伤人，咬我的时候还会汪汪叫呢。"

"哈月，你跟我闹了一晚上这会儿装失忆是吧？"

"你是不是觉得我真的好欺负啊？"

"你说啊，快说愿意和我复合。"

"别给我装傻。"

眼前是一片青紫的牙印，还有些许吮吸后产生的皮下渗血，哈月以一个非常不良的姿势，被迫直观对方，面前有一股沾着沐浴液香气的热度扑面而来。

不过这画面确实有点熟悉，只不过昨夜是薛京躺着，她跪在他的膝盖旁边。

薛京的话音刚落，哈月脑海中立刻闪回一些模糊的片段。

回忆倒带。

昨天夜里，薛京讲完那天他准备上天台的旧事，哈月又开始爆发新一轮的号啕大哭，这一次她真的从薛京的后背上跳下来，一边哭一边还将眼泪鼻涕全都蹭在对方的衣服上，用湿漉漉的嘴唇亲他的嘴唇、脸颊、鼻子和眼睛，还大声地告诉他："你当然有资格。你活，你给我好好活！事发时你才几岁？他们凭什么叫你去死？我替你去找他们算账！"

可是醉猫对薛京的安慰行径不到两分钟，就开始无缝衔接地问他要酒喝。

街上终于来了一辆出租车，哈月也不坐，非要拉着他去买酒，理由是刚才在烧烤店里，薛京答应了要把她陪好的。

他说话要算数。

即将关门的副食店内没有啤酒，她就往塑料袋里划拉白酒，出租车司机在前面开车，她在后面嚷着让薛京给她拧白酒盖，薛京的动作稍微慢了一点，她直接向全世界怒爆粗口。

薛京手忙脚乱的，一面向司机道歉，一面捂住她的嘴巴。

可是他能捂住吗？哈月像是学了缩骨功，浑身上下都是液体，两三下就挣脱了他的胳膊，嬉笑着将白酒撬开了。

看来绥城人不光是善于喝酒，还特别会用门牙当酒起子。

"咕咚咕咚"灌了半斤白酒，车刚停稳，哈月的五官挤成了一团，推开门冲出去，趴到墙角狂吐，薛京去帮忙扶着她拍她的后背，她转身又吐了他一身。

接下来，哈月一边哭，一边吐，像特雷维喷泉，从薛京家门外一直喷到了薛京家的客厅。嘴里除了呕吐也没闲着，一会儿叫活着真没意思，一会儿又拍着地板说不行，她还没活够。

等到她不吐了也不哭了，薛京忙着跪在地上清理污秽之物，她在沙发上还待不住，又歪歪扭扭地在地上走猫步，腿一软后腰撞在茶几上又开始捂着自己的屁股委屈地干号。

一边发出怪声她还一边记得可怜薛京，告诉他其实他的头像是两头公猪。她养的猪根本不是小情侣。薛京真可怜，连动物都欺负他，明天她就把猪宰了给他烤烤蘸白糖吃。

她这个口无遮拦乱耍酒疯的样子薛京肯定没办法把她送回家，只能拖着她到浴室，将她清理干净，然后再把她像扎炸药包似的扔到床上。可是就是累成这样，嗓子嘶哑，眼睛肿得像桃子，她还不肯睡觉，不停地从床上爬起来呓语着下床找酒。

薛京强制把她拉到怀里，她泪眼蒙眬，含情脉脉地望着他的脸，仿佛痴汉附体，夸了句"你这脸是真好看啊"，便抱着他的脸和自己贴贴。

问题是人家接吻是柔软地捣浆，相濡以沫，她是直接拿他当肉生啃，好好的热吻绵绵变成了流血事件，薛京忍不住嘶痛，掐着她的腰问她你是狗吗，她就"汪汪"地叫着，兴奋地扑到他身上用牙扯掉他的衣服对着他一顿狂吻。

除此之外，她似乎还趁着薛京去涂紫药水的时间里开了电脑操作了一番，然后又打了不少电话。可是她到底给谁打了电话，她真的记不清了，手机里拨出的都是陌生号码。

十五分钟后，薛京在客厅餐桌的位置扶着眉心喝咖啡，咖啡喝完了，他斜了一眼卧室里正躲在他被子里反复蠕动哀号的哈月叹了口气。

重新拖着一条腿走回卧室，薛京听到被褥里的宿醉人员正在虔诚地对着自己的方向道歉："做错了，真的不喝了，再也不喝了。这辈子不会再喝酒了，喝酒误事。真的，抱歉了，对不住。我今天带你去打狂犬疫苗吧。正好猪也要劁了，你用皮卡帮我拉拉行吗？"

道歉的话语是学他，但后面两件事听起来怎么这么不对劲呢？打狂犬疫苗是幌子，主要还是惦记她那两头猪的事儿是吧？诈骗犯一旦活络起来又开始搞老本行了。

薛京啼笑皆非，本来也没多大的气早就消了，他俯身对着拱起的被褥好声好气地诱哄："行了，来吃饭吧，没怪你，咬就咬了吧。"

"也没说让你戒酒，不至于搞这么极端。照顾病人那么辛苦，总得解解闷吧，你下回别啤的白的掺着喝就行啦。"

"身体重要，小酌怡情，大饮伤身。"

掀开哈月的被子，薛京孜孜教诲，用指尖戳了戳她的眉心："不过昨天你发邮件打电话骂人可骂得挺脏的，不然你今天也给人几个道个歉吧。"

哈月愁眉苦脸地从被子里探出半张脸，声音颤巍巍的，像八旬老太："那你知道我都给谁打电话了吗？"

薛京点了点头，一脸天真无邪。

"知道啊。你说受到我的启发，不甘心就这么死，活到这么大，心底还有几件心愿未了，一是这么多年还思念你爸，给他的公司邮箱发了十几封邮件诉衷肠。然后又说你这人其实挺记仇，凭什么前公司解散时唯独没给你遣散费，给你前老板打了几十个骚扰电话。"

"他接完电话一开始还在叫，后来你骂得实在密不透风，不容辩解，把他老婆孩子都吵醒了，他把你拉黑了，你又用我的手机打。我的也被拉黑了，你就在网上找匿名拨号软件。"

"好不容易闹到天亮了，你突然拍着脑门想起来你爸在法律上欠你抚养费，叫着要告到他倾家荡产，重新爬到键盘旁边开始写邮件。"

薛京说这些话的时候属实优雅，像春晚主持人讲清口，可哈月听着这些比相声还糟糕的段子，脸上有一种质壁分离的扭曲。

说着，薛京稍稍昂首着重强调了高潮部分："哦！对，昏倒前你说你根正苗红，根本没有配不上我一点，这件事儿我爸妈必须知道。明天就来不及了，你得电话通知他们二位。"

哈月如遭雷击，嘴角抽了几下，半晌后才干巴巴地挤出一丝尴尬又不失礼貌的假笑问他："薛老师，别吓唬我行不行，我干这些事情的时候您没阻止我吗？"

应该阻止了吧，这么可怕又无耻的举动，薛京怎么可能放任她发疯似的胡来？

连树都要皮，她难道活下去不需要脸面吗？

薛京看着哈月呆呆傻傻的模样心情愉悦得不得了，眯着笑眼蹲在床边从被褥里拉出她的两条腿，依次在她的脚上套上左右拖鞋，抬头时那完美的笑容充满来自人生前辈的鼓励："没呀，怎么会？"

"咱俩现在这关系，知根知底，不分你我，万事我肯定是听你的。你指东我不敢往西。"

"你找不到你爸的公司还是我帮你冲了个付费搜索会员。还有那些网络电话软件都是要钱的，我一股脑给你买了好几个。至于我爸妈，自从我出书以后他们发现我真的不打算到公司任职就和我断了联系，你好心给他们打电话报告我的近况，估计他俩肯定特开心吧？"

不然她哪儿来的他家电话？还不是他手把手给她输到手机里的。

说完这些，薛京亲热地搂着哈月的肩膀，没心没肺地在她的脸颊上落下一吻，亲得力气太大，还给自己的伤口弄破了，他一边倒抽冷气，一边用手按着伤口贴在她的耳边念叨："怕什么呀？我觉得你做得挺好的，想干吗干吗呗，别老那么忍着。等出事儿了再说，我也可以帮你找律师。"

不就是律师嘛，要多少有多少，他熟得很。

"对了对了！"薛京趁着哈月还在消化这些自己犯下的恶行，眸光狡黠，像掬水中的月亮那样捧着她的脸，笑得像偷到家禽的狐狸，"这么一说我突然想起来，你昨天也说过想和我复合的，还说你很爱我，那我就不客气了啊。我也很爱你。咱们现在就是男女朋友啦。"

一分钟后，薛京家爆发出一阵冲破天际的脏话。

薛京连滚带爬地披着外套从院子里跑出来，拖鞋穿的是女士的，左右脚是反的。

正在装玻璃的工人在惊诧之余也不动作了，像土拨鼠似的张大嘴巴瞅着他看戏。

关上院门，薛京冻得直哆嗦，背过身捋了捋蓬松的短发，再转过头又恢复了那个如沐春风的表情。他跟个下乡老干部似的双手插在袖口里，趿着拖鞋对着赵春妮家里正在干活的工人颔首作势，然后露出八颗整洁的牙齿，笑着为自己打圆场："没事儿，女朋友脾气大，挨骂经常的。你们接着干吧。钱照结哦。"

越城，红木建材市场，东阳展厅。

出于管控原因，展厅不能营业，因此积下了不少灰尘，早上天刚亮，蒋子凡便驱车前往公司打扫卫生，为第二天的订货大会做准备。

自从几年前继父车祸瘫痪后，他便辍学接手了家中的红木生意，这些年母亲带着继父在各地求医，陆陆续续地花了不少钱，整个家庭的开销全靠这桩生意苦苦地支撑。

近一年来红木家具行情尤其糟糕，连雇佣的几个员工也陆续辞职跑路，说是公司的小老板，但实际上，销售、客服、售后现阶段都是他一个人在做。

手里没有流动资金，除了车和店面，剩下的钱都压在订单上。

干了一上午，中午草草地吃了一份烧腊饭，下午蒋子凡按照订单顺序到厂里看了看工人们的进程，给几个客户回了消息，约了几个木材商下周出差，他才有工夫坐在电脑跟前打开公司的邮箱。

一开始看到前几封以"爸爸"为开头发来的邮件，他还以为是什么新型的网络群发诈骗。可是耐着性子将这几封邮件读了一遍，蒋子凡眉头紧锁，立刻给母亲拨了个电话。

傍晚，吃完饭，母子俩坐在哈建国的病床旁，这间面朝大海的卧室被改造成了病房，屋里除了吸氧机、输液架，墙上还有一部正对床尾的电视机，哈建国长期卧床，近半年内又感染了一次肺炎，如今身体状况比之前更差了，一天大部分时间都在昏睡，很少有清醒的时候。

因为车祸严重，高位截瘫，再加上脑部受损，这些年喂食、打针、擦洗，全靠蒋亦梅一个人照料。医生们曾给哈建国的生命下过不少最终期限，如此苟延残喘的一具身体，连语言系统都丧失了，夜里一口痰就能让他窒息而死，可是每一次，蒋亦梅都咬着牙硬是将他从生死线上拉了回来。

哈建国活过了第一个三年，又活过了第二个。

蒋子凡心疼母亲，也曾提出为她聘请一位专业护工，这完全是家里可以负担的开销，但蒋亦梅一直不同意。

她说自己照顾哈建国并不觉得辛苦，虽然两个人至今还没有结婚，但在长久相伴的岁月中，她早已经视对方为她的亲人和伴侣，她名下的责任，不想假手他人。

蒋子凡给继父擦身子，蒋亦梅便戴着老花镜在旁边阅读那几封来自绥城的邮件。她一字一句地看，末了，新闻播完，蒋亦梅摘下眼镜，从床头掏出了一张旧存折递给儿子。

蒋子凡一看到上面的数字，便虎着一张脸将存折重新扔回她的怀里。

蒋子凡长年留寸头，身材中等，五官端正，从右侧看还是一个风度不俗的青年，但因为左耳有一大片蔓延到下巴上的疤痕，所以整个人稍显阴鸷。

他语气充满埋怨，咄咄逼人，显然不同意母亲的决定："妈，你还真给？咱家可就这些家底了，这些年你照顾他多难啊？他们家人那么绝情，出了事后那女的电话不接就算了，当女儿的连问候都没有一句？你就不想想他回头走了你怎么办？你不养老了？你也跟着一起死？"

"你不想想我？"

蒋亦梅多年来已习惯了儿子直来直去的脾气，闻言并没有生气，只是捏着手里的存折，反复摩挲着上面按月存入的数字。

十六年前刚和哈建国从绥城来到越城创业时，他们两个人过得特别辛苦。

因为蒋亦梅还带着年幼烧伤的儿子，需要住院植皮，早期他们谈成的几个客户都是哈建国一个人四处奔波求来的。那时候他穿着不合身的西服和破旧的皮鞋，在太阳底下一走就是一整天。低三下四的，连唾沫都说干了，晚上回到医院附近的出租屋里累得倒头就睡。

后来蒋子凡植皮成功，上了小学，两人的日子才算好过了一点，哈建国和蒋亦梅商量，每个月生意有进账都要给哈月和蒋子凡存一笔教育基金，他们在越城时间久了，耳濡目染，知道越城很多家庭都会把孩子送出国去深造，哈建国也想趁着自己能赚钱的时候，给子女们留点保障。

虽然蒋子凡并不是他的孩子，但是哈建国爱屋及乌，一直将他视如己出，所以蒋亦梅二话不说，非常支持他的决定。

那是两个人在一起后最甜蜜的时光，三口之家其乐融融，生意红火，客户络绎不绝，他们确实赚了不少钱，也过了十年的好日子，直到哈月大二那年，蒋子凡高考结束，哈建国向蒋亦梅提出，他想带着那张留给哈月的存折回绥城看看女儿和前妻。

起初，蒋亦梅不同意，因为害怕被前夫报复，她和哈建国逃到越城后，一直隐姓埋名，想尽办法避免和绥城的旧人联系，她生怕前夫会重新找到她，并强行带走儿子。

除此之外，她内心还非常恐惧哈建国会和赵春妮再续前缘，害怕哈建国会离开自己。

但哈建国认为，事情已经过去了那么多年，蒋亦梅的前夫和自己的前妻大概早就有了新的生活，他已经错过了太多有关哈月的成长时刻，哈月的青春期他不在，成年高考时他也不在，如果再错过她上大学的时间，他怕女儿一辈子都不会原谅自己。

他已经不再年轻了，他怕死前都没办法和女儿达成和解。

两人因为这件事争执了许久，无论哈建国怎么向她保证，自己并不会和前妻复合，也绝不会惊动蒋子凡的亲生父亲，但是蒋亦梅还是苦苦地哀求哈建国不要离开越城，不要离开她和儿子。

航班当天，她将家中的房门反锁，试图阻止哈建国前往机场，但哈建国最终还是找到了备用钥匙，当天下了暴雨，来不及打出租车，他只好亲自开车去机场。

就在飙车去机场的路上，他在快速线上发生了连环车祸。

哈建国最终还是没有回得去绥城。

蒋亦梅确实不认为照顾哈建国的差事辛苦，身体上的劳累并不能构成她的难过，真正让她煎熬的是，这些年，每一天早上从哈建国身边的小床上醒来，蒋亦梅望着哈建国深陷床垫的躯体，都会问自己那个问题。

如果当初她没有阻止哈建国回去见哈月和赵春妮，对方是不是就不会躺在病床上了呢？他在生意场上还会叱咤风云，即便人到中年，也会丰神俊逸。如果她没有那么自私的话，他就不会变成这样一个连自主行动都没有的废人。

但从头再想，他们感情的开始，本来就是一场自私的"交易"。所以，似乎一切命运都在最初就尘埃落定了，他们这对男女，始终会走到这一步。

蒋亦梅最近开始信佛，佛经讲因缘果报，她似乎也参透了自己种下的苦果。

蒋亦梅眉眼温和地望着儿子，望着他左脸上那片不大自然的、纠结在一起的皮肤，有些出神地道："子凡，你还记得小时候在绥城的日子吗？记得你脸上的烧伤吗？"

"你那时候太小了，应该都不记得了吧，但我记得清清楚楚。"

"就连你亲爸按着你的脑袋压在锅炉上你是怎么惨叫的，我现在在夜深人静时都能听到。"

哈建国下岗那几年，绥城悄然兴起了一阵老虎机风潮，不同于哈建国每日游手好闲地带着女儿坐在彩票店碰运气，蒋亦梅的丈夫李军仗着自己是当年做家具发家的万元户，由朋友介绍，开始频繁地出入绥城郊区的地下场所。

一开始，李军只是趁着妻子后半夜睡着，偷偷地跑去玩两三个小时，就当作解压的娱乐，短暂地从社交网中悬置。

可是随着输赢的快感麻痹感官情绪，他开始陷入由博弈带来的迷境中，十秒钟一局的游戏看起来是那么简单又安全，但在精心设计的音效和灯光之下，一小时连拍三百次电子按钮足够成瘾，除了输赢，时间在李军的脑中失去了概念，他开始流连忘返，夜不归宿。

似乎场所里那个被机器灯光照亮的他才是真实的，而外面的一切都变得那么复杂又虚无，像一场没有意义的劳碌。

蒋亦梅带着孩子多次堵在地下场所门口找人，可是李军仍然迷不知返，连孩子哭叫着"爸爸"也不能唤醒他的良知。

不到半年，他白天不再工作，连家具厂的生意也不再关心，之所以会回到家只有一个原因，就是找妻子要钱去赌。如果妻子没有按时准备好钱财，他便对妻子使用暴力，如果挨打还不能让她交出存款，他便恐吓杀掉不到三岁的儿子。

哈建国就是在那样一个上午，兴高采烈地走进了李军的家具厂。

前一天的下午，因为保险柜里分文不剩，蒋亦梅刚遭受过丈夫的毒打，为了最大程度地侮辱妻子，并成功地拿到家里的钱而不惊扰亲朋好友，李军对她的虐待一直都在外人难以察觉的隐私部位，所以哈建国在向年轻的老板娘描述自己想要的单人床时，并没有发现面前这个女人有什么不妥。

就在他付完订金时，当年还跟着父姓的蒋子凡从楼上跑下来，突然一头扑进母亲的怀里，撒娇着要她抱。

蒋亦梅因身下吃痛，以"妈妈在忙"为由拒绝了几次，儿子还是不依不饶地爬到了她的怀里，抱着她的脖子，像一只猴子似的来回地晃，说自己想吃哆啦 A 梦里面出现的铜锣烧。

那时绥城的物资并不丰富，因为远在内陆，更少见他国进口食品，蒋亦梅不知道什么是铜锣烧，蒋子凡便"咿咿呀呀"地闹起脾气。他哭哭唧唧地在母亲的大腿上蹦跳，用手扯着她的发髻，反复摇晃着她的肩膀嚷着："妈，给我买。求求你，给我买！我想要！"

痛吟从蒋亦梅的唇角渗出，她的额角冒出豆大的汗珠，哈建国将收据放回钱包里，见凳子上的女人身体倾斜，状况有些不对，刚犹豫着问了一句："你没事吧？"

蒋亦梅却已径直晕倒，掉落在地上。

孩子磕到脑袋了，爬起来对着蒋亦梅的方向大声哀号，哈建国连忙抱起孩子查看他的额头，还好，是皮外伤，他用哄哈月那种声音哄着蒋子凡，再定睛一看，躺在地上的蒋亦梅面无血色，米色的裙子上，已经渗出了不少脓血。

那天，在几分钟后转醒的蒋亦梅不顾哈建国的建议，拒绝去医院看伤。她只是眼眶通红地恳请面前的陌生男人先带自己的儿子出门买些吃的，好方便自己处理伤口。

因为自己也是家长，哈建国对蒋亦梅母子抱有怜悯之心，当即抱起孩子，走到家具厂对面的小卖部，在货架前买下了所有种类的面包。

将红豆面包之中的红豆内陷挤进奶油面包之中，然后再用大掌将圆形的面包压成饼状，一个自制的铜锣烧便完成了。

蒋子凡拿到哈建国递给他的"铜锣烧"后兴奋得手舞足蹈，大口地往嘴里塞着，一溜烟跑到家具厂楼上，去找母亲炫耀。

不一会儿，哈建国也跟着孩子的方向走上楼梯，手里还拿着一些医药用品，循着母子俩嬉笑的声音踱步走到浴室。

浴室之内，蒋亦梅坐在矮矮的儿童板凳之上，她的头发刚才被儿子扯散了，濡湿的长发贴着姣好的面容一直垂到胸前，三伏天，她脱了长裙，泡在冷水中清洗，身上只剩下一件肉色的衬裙。

潮湿、逼仄总是被诗人誉为疼痛和甜蜜。

哈建国那天的感受也是一样，他像是误入了他人的后花园，花园内有一地开到荼蘼的玫瑰。哈建国看了一眼，理应要后退，但除了蒋亦梅沁水的皮肤外，更让他觉得刺目的是她身上那些糜烂腐败的伤口。

顶着这些伤口，蒋亦梅像是感知不到疼痛和羞耻，还在对儿子微笑，她亲昵地伸手刮蹭了一下儿子的脸蛋，柔情似水地说："那你有没有谢谢叔叔？"

"叔叔真是个好人，对不对？"

当日，哈建国将手里的药品放在楼梯口便匆匆地下楼，脚步凌乱，跑得急切又仓皇。

可是直到下午在学校接完女儿回家，吃过炒面躺在床上，他那颗不安分的心脏还是在不停地收缩颤动。夜里闭上眼睛，赵春妮正在旁边抱怨着领导又在给她穿小鞋，要是丈夫不是这么无能她也可以不看他人的脸色。

可正在被批判的哈建国没有认真地反省，他的思想开着小差，一闭上眼睛，就又回到了那间浴室。

浴室里的蒋亦梅，身上有很多个被烟头烫伤的疤，他竟然会觉得心痛。

所以，借着修改单人床的尺寸，他在三天后又去了一次家具厂。一米二的铁丝床被改为一米五，他也得知蒋亦梅家的家具厂里十分缺人手。

从那天起，每天早上送完女儿上学，他就到蒋亦梅的家具厂帮忙，虽然蒋亦梅暂时没有工资开给他，但是他对赵春妮谎称自己在家具厂找到了一分待遇还不错的工作。

就这样在家具厂勤勤恳恳地干了两周销售，一天傍晚，天降大雨，蒋亦梅留他在家里吃饭，哈建国欣然同意，饭吃到一半才想起早上出门前赵春妮和他讲过，自己晚上加班，不能接哈月回家了。

精神出轨后，他总是听不到赵春妮说话，无论对方声音多大，他总是朦朦胧胧的，似乎没办法接受妻子传达的信息。

从家具厂冲出去，骑上二八车，他冒着大雨一路蹬到小学门口，看到蹲在保安亭门口的女儿时，他一下就意识到再这样放任内心的感情发展下去，可能会伤害到自己的家庭。他当下决定不再和蒋亦梅见面，而是重新找一份工作。

抽刀断水水更流，本来就不算坚定的抉择，最终还是彻底动摇了。

哈月的单人床完工那天，蒋亦梅给哈建国打电话说配送人员不足，需要他来一趟厂里搭把手，两人一见面，寒暄了几句，蒋亦梅就问他："建国，你为什么不来了，为什么要躲着我？是怕我缠着你吗？"

哈建国的眼神有些闪躲，口干舌燥地呵呵笑着说："这是啥话啊老板娘？你为啥要缠着我？就是我找到别的工作了，你这边也有点远。我下班来不及接我女儿。"

可是不容哈建国支开话题，蒋亦梅就那么直勾勾地看着他道："我知道你有家，我不会缠着你的。如果以后你不愿意了，跟我说一声就行，什么结果我都能接受。"

"这些天我每天都想着你，想得心里难受，你对天发誓，你就没有想过我吗？"

"还是你怕了？你怕我老公找你的事？"

"我俩已经很久没有过夫妻生活了，你不是都清楚吗？他根本不回家。"

后来事情就那样发生了，不正当的感情到底是如何滋生的，蒋亦梅和哈建国都没有详细谈过。

也许是出于报复丈夫的目的，也许是太久没有人给过她一丝善意的温暖，所以她视哈建国为自己的贵人，她不在乎哈建国穷酸的穿着，也不在乎他是不是有家庭，她喜欢他对待自己孩子的从容，她也喜欢他送自己的便宜手绳，她聆听他那些幼稚的想法，她还鼓励他去创业赚钱。

后来，她开始想象自己要是可以和哈建国远走高飞，那该多好啊！起码哈建国比李军高大英俊，起码哈建国性格温顺，她将永远不必恐惧生活在拳头之下。

婚外情被世俗批判，但她那时候一心认为她和哈建国之间所拥有的也是一种爱情，畸形的爱也给她带来了些许勇气，在李军又一次回家殴打她问她要钱时，她说出了"离婚"。

她说自己已经找到了肯接手家具厂的买家，她拿到钱后就要离开这个家了，她不愿意守活寡，给丈夫做牛马。

可惜，这次反抗没有为她带来好处，发狂的李军狞笑着将儿子的脸按在了烧得通红的锅炉之上，并拿走了她的所有首饰，结婚时的三金，和那些年婚后李军为了庆祝纪念日、孩子出生等，曾经送过她的翡翠和钻石。

李军根本不相信她有那个胆子去变卖家具厂，在李军眼里，蒋亦梅只不过是一个柔弱无助的女子，她似乎从来不会发脾气，就连他殴打她，她都不肯叫一声，生怕吵醒房间里熟睡的孩子，事后儿子揉着眼睛推门走出来，她也会马上拖着受伤的身体，强撑着笑脸去哄儿子入睡。

婚姻已经发展到这种烂局面，她依然不向孩子说一句父亲的不好，李军在外面狂赌，她却告诉孩子，爸爸在外面繁忙出差是为他们娘俩赚生活。她告诉儿子妈妈爱你，爸爸也爱你，你是这世界上最受宠爱的宝贝。

但是也就是这样一个蒋亦梅，当晚不顾偷情的约定，拨打了哈建国的电话。

这一次，她没有再说那些不会破坏他家庭的话，她只是无不可怜地祈求他，希望他做自己的英雄和救世主。打情感牌显然还不够，她还计划带着李军在家具厂的所有家当和哈建国一起私奔。

哈建国也没有辜负她的期望，他真的带着她离开了绥城。

　　他们离开时载着他们的车子开得那样快，两个人躲在后排紧紧地相拥，抱着受伤的蒋子凡，好似电影中才有的末路狂奔。蒋亦梅记得那时候哈建国好像哭了，不知道是不是对绥城还有不舍，他只是机械性地告诉蒋亦梅："会好起来的。会好的。只要创业成功，什么都会好的。"

　　现在想一想，这话大概是他说给自己听的。

　　当时哈建国大她两岁，也不过是二十九而已。他们都需要为自己的自私找一个虚伪的借口，她要救儿子，所以顾不得他人家庭的好坏，而他不甘心一辈子打工碌碌无为，所以剑斩妻女。

　　蒋亦梅推开窗户，让潮湿的海风吹进房间，她起身从儿子手里接过毛巾，继续给哈建国擦洗双脚，声音充满温柔："所以，把他的那份给他女儿吧。已经迟了很多年，总不能更迟。"

　　"就看在他给你做了那么多年父亲的情分上。他待我们真的很好，不是吗？"

　　"妈知道，你是个好孩子，心不坏。"这些年不只是她多次拒绝了医院开给哈建国的放弃抢救同意书，每一次她从公司账上支取医药费时，儿子也从来没说过一个不字。

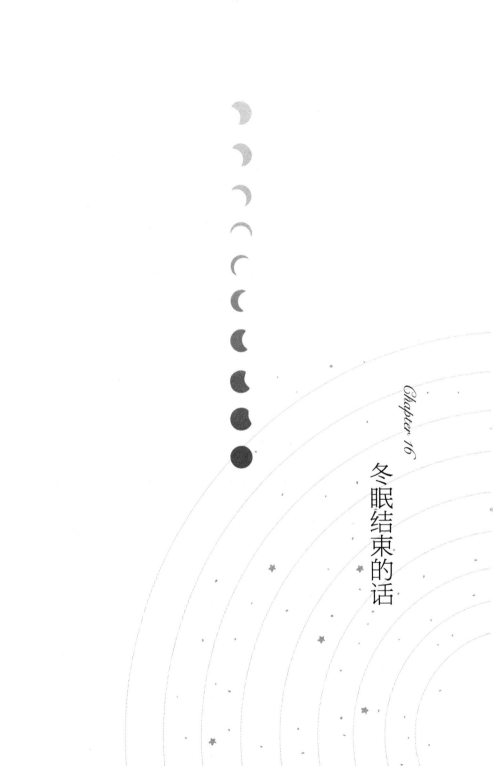

Chapter 16

冬眠结束的话

远在千里之外，孙启明家中的两个孩子相继患病。前一天，孙启明的两个孩子好转，早上自己却烧到了 39℃，但碰巧他上个月接到一笔汽车配件的百万大单，无论如何都要完成。所以他连想都没想，在赶去公司上班前，直接将家中妻子备给两个孩子的退烧药按成人剂量吃下。

　　妻子醒来后，发现原本已经退烧的小女儿又开始重新低烧，她翻箱倒柜，发现孩子的药没了，立刻跟他爆发了激烈的争吵。

　　晚上他结束工作回到家中，员工不接电话，他预备马上出差亲自跟单，喊老婆给自己收拾行李箱。

　　孙启明的老婆自己也处于低烧，她浑身剧痛，喘不上气，哪里还有心情给他收拾内裤烂袜子？踢飞他的行李箱后，终于忍不住怨怼，坐在地上捂面流涕。

　　她发着烧，思维混乱，但是指责丈夫的主旨很清晰，她说都是因为孙启明不干好事，他们家才会遭到天谴，他这些年做老板赚了这么多钱有什么用？最后关键时刻还不是靠好心人给他们家匀药。

　　他不仅对待员工雁过拔毛，就连对自己的家人，也完全不放在心上。他们为人父母，就算自己烧死也得扛，怎么可以在如此关键的时期喝下小孩子的退烧药？

　　哈月的电话最大程度地恶化了两人之间的矛盾，当晚，孙启明完全被打乱了出差的行程，安抚好妻子后，他答应妻子等情况好转了再出门。

　　可是这么大一单生意，放掉实在可惜。如果不是走投无路，他真的不想放弃。

　　就算让利一些，赚点皮毛也好过放客户鸽子，他命悬一线的生意好不容易迎来了曙光，他的事业可承受不了这种打击。

第二天傍晚，他躺在家里的书房看财报，握着手里冷掉的茶汤，思来想去，最后还是把哈月的电话从黑名单里拉出来了，短暂地梳理了一下脑中的再聘提案，他清了清嗓子拨通了手里的电话。

中午在薛京家灌了三大杯热拿铁，下午哈月便带着猪一起坐上了薛京的皮卡车。

虽然早上她还恶心得想吐，但是吃过药和饭后，整个人都好多了，再加上身体正享受着久违的咖啡因带来的亢奋，一路上她的心情显得很好。

经过昨晚的一通发泄，哈月的精神竟然像甩掉了百斤包袱那么轻松。原来诉说苦痛，得到他人的温柔以待，竟然是这么具有力量的举动。

其实当年家庭解体后，不只是大人在承受痛苦，哈建国突然从家中消失，幼小的她也曾经试图向最亲近的赵春妮寻求安慰，但因为父亲出轨伤害了母亲，她也成了父亲的替罪羊，每一次她提起哈建国的瞬间，只会得到母亲愤怒的打压和讽刺。

后来她便养成了不敢向旁人开口诉说自己的情绪的性格，因为她得到的家庭教育很深刻：她流露出的情绪不仅不会让她获得同情，还会被百般责备。

苦痛在这个世界上不受欢迎，每个人都急着与受伤的弱者割席。

赵春妮仇视丈夫，所以哈月也必须同仇敌忾，否则就是"自甘下贱"。

现在拨开眼前的重重迷雾，回看她这些年，其实她似盲人摸象，一直在寻求让自己看起来很幸运、很正常的钥匙。怎么样做母亲孝顺的女儿，怎么样做初恋的完美女友，怎么样做老板的优秀员工，又要怎么样做一个大家眼中值得高看的，总是如此正确对待困境的独立女性。

可是实际上，这种正确，这种认同，不过是被持续否定下的洗脑手段。像是邪教组织，你否认我的痛苦，我点点头深以为然，又去否认他人的痛苦，沟通无效，受伤的情绪永远没有办法纾解。

长期阉割自我情绪的下场，便是情绪异变，群体性悲伤被无限扩大，势必导致不可挽回的后果。压抑痛苦的同时，也丧失了快乐。

而现在她能想到的，对抗心中沼泽的工具，就是承认自己真实的感受。就算父亲抛妻弃子，她仍然有权利怀念童年父亲和她相处的时光，就算母亲在父母分开时选择了她，她也有权利憎恨母亲对她长达十几年的迁怒。

她在苦难中也会感到厌烦、疲倦、挫败和失落，抛开生活赋予她的各种角色，她首先是一个活生生的个体，就像复杂的感情错乱交织，也从来不是硬币的正反面。

如今她对于父母的爱恨已经淡化成了一条看不到的线，这条虚线并不能支撑着她活下去。她要活下去，真的活下去，只能从自己的内心找可能。她也要找她热爱的东西，就算再浅薄、再功利、再世俗，她也要有一个不顾一切，让自己独自闪闪发光的可能性。

那种可能性里，没有别人，只有她自己。

她要先保证自己站稳，才能接受所有生活打来的巨浪。

这就是她真实的情绪。不孝、不善、不正确，也许会被诟病批评，但异常真诚，而世界上真的有另一个人可以倾听哈月的感受，就像她也倾听了薛京的感受。

思想陡然清醒时，像是渴了十几天的人，突然要徒手从沙漠挖开一口井。

去时的路上两人身后带着猪，回来的路上车斗里什么都不剩了。

在前往兽医家的路上，哈月刷着手机，临时改变了主意，重新给薛京指了一条路，将猪低价卖给了附近农户的小型养殖场。违背母亲的意志将自己不能承受的负担减轻是第一步，紧接着，三言两句，她在微信上和当日要价六千的护工敲定了护理细节，邀请对方于明日带着健康证来家中面试。

手里的钱不够长期聘请护工也没关系，因为现阶段，她除了为自己搏一把，再无他路可走。以她的精神状态，她没办法再二十四小时贴身照顾患病的母亲，即便照顾对方是赵春妮挂在口中反复要求的"孝道"，但那对她和母亲都不公平。

如果可活，没人该被社会规训压死。

想通了之后，面对生活中接下来的未知，心脏反而会狂跳，像是上学时每一次上台辩论前那种独有的紧张感，哈月解决掉猪崽，等不及回家用 Wi-Fi，在回程的车上就用流量将创业时使用的所有 App 全部下载回手机。

她当初为自己的公司搭建网站时，域名租二送一，而她喜欢捡小便宜，头脑一热充了三年，抱着试一试的心态，她在手机浏览器内熟练地打下了那个她以为早就忘记，实则记得滚瓜烂熟的网址。

食指点击跳转，网站还未停用，就在网页图片刷新时，像是神明显灵，她接到了孙启明的那个充满博弈性质的电话。

外贸圈里有句老话，工厂跟单，狗都不做，小到发货文件，大到商品统计，面面俱到，再加上质检环节，配合难，责任重。能大展宏图在前线拿提成的业务员，绝不会去做沟通烦琐又耗力的跟单员。尤其是孙启明这次合作的汽配厂家地处绥城重工业区，那里厂区连着厂区，空气重度污染，连天空都蒙着一层燃烧后的灰色，管理混乱，跟单绝不是一件易事。

所以在孙启明委婉地抛出汽配订单的诱饵，又说出自己有意重新邀请她入职后，哈月朝着薛京的方向挑起眉梢无声地轻嘲。打开免提，昨天说话还夹枪带棒的孙启明此刻装得满口仁义道德。

他说自己从昨晚得知哈月现在在家过得并不如意时，为了弥补当日遣散她的失误，他决定重新聘请她做公司的首席跟单员。这一次的订单，他会破例为哈月上涨八个点的提成，只要将这一单做成，他还可以想办法将哈月调回蓟城，安排住房及出行所用的车辆。

傍晚时分，夕阳拉长了汽车的影子，道路两侧是绵延不断的积雪，因为车窗外的反光，从薛京的角度看，哈月的侧脸被镀上了一层柔光，即便她是在做坏事，一颦一笑都带点讨喜的成分。

哈月故作沉吟半晌，皱着小鼻尖，最后干净利落地表示拒绝："跟单就不用了，把遣散费给我打过来就行。当初去公司实习的第一课，您就教过我，为了防止客户被撬，嘴巴一定要严，看来昨天酒后我还没跟您说，我从公司离职后也有在创业。再加上您说的工业园区离我家不远，我打算自己也过去找找货源。"

"您说的那个客户我也熟，当初不也是我出差欧洲谈来的。"

"哎，孙总，您这边记一下我的银行卡号，是 63……"

通话戛然而止，哈月对着黑掉的手机屏幕做了一个鬼脸。

薛京捏着她的手指搭在自己的右腿上，非但没有伸张正义的自觉，还一脸的乐不可支："行啊，哈总，真要抢客户？可以，我现在觉得你确实有枭雄那味儿了，要不我还是别搞写书的，给你在家里干后勤得啦。"

成功女人的背后大概也需要一个默默无闻的男人，他觉得自己就挺适合洗手做羹汤，他这么大一尊花瓶戳在家里，肯定赏心悦目。

"嗨呀，不至于。我们做业务的，最讲究做人留一线，日后好相见。"

哈月回握他的手，指尖在他的掌心画圈，声音清丽："就是气不过他还拿我当傻子，跟单当然能跟，问题现在是谁求谁啊？他之所以给我抛橄榄枝，还不是因为手里没有心腹，实在过不来，那这可就不是我给他干，谈谈合作还差不多，利润啊我要的也不多，四六开呗，我四，他六。多出来的就算孝敬师傅，够意思吧。"

当月七日，哈月正戴着红色安全帽在车间和负责维修的班组长争执不休。

订单工期迫在眉睫，因抢修不及时，又耽误了一天的产量，厂方反而要求哈月和客户沟通，再在原有的合同基础上延期一周。

可是客户哪管这些？截止日期就是截止日期，不然还要合同作甚。

车轱辘话来回说，每个节点都把控不住，以往与客户那套沟通逻辑在厂房里几乎无效。她在厂里不仅把腿快跑断了，嘴也要说干了。

视频电话响起时，对面的班组长还嚷嚷着检修需要时间，他可不管什么洋订单，哈月的天灵盖顿时冒火，也不管对方还在大声输出，直接背过身走出车间。

绥城近几天一直大晴，许久未融的雪水顺着房檐向下缓慢地流淌，再次被冻成成排的冰锥。

因为需要频繁往返车间和临时办公室，哈月穿得不少，发热内衣裤打底，除了基础款长裤和粗呢西装外，最外面还套着一件从劳保科那里领来的防寒棉袄。棉袄是藏青色的，胸前绣着红色的公司标识，身后以及胳膊处有大面积的银色 3M 反光条，方便工人夜间往返厂区时被车灯识别，避免危险。

这样一件工装，根本没考虑到少量女职工的处境，即便是最小码，也异常肥大，如果不是有几丝稍长的发尾从哈月的衣领处钻出，根本雌雄莫辨。

撇开厂区主路走了一段距离，"壮硕"的哈月在一棵枯树旁放缓了脚步，摘下口罩，绕过大树，登上东侧一栋废弃办公室的外置楼梯，她这才撑着钢板制成的台阶坐下来滑开手机。

屏幕里，薛京刚睡醒，发丝凌乱，五官有一半埋在白色的枕头里，眼睛还没彻底睁开就对着哈月道早安。

哈月掏出耳机塞进耳朵里，从棉大衣兜里掏出一块昨晚放在暖气片上烘干的剩面包，用手指碾成碎屑，然后撒在枯树之下。很快，几只麻雀从树梢上飞下，敏捷地啄食地上的食物。

哈月还没问薛京怎么现在才起床，薛京已经一脸忧愁地诉说思念之情："想你了，什么时候回家？"

上一次哈月对"回家"这个词感到迫切，她还是个不到十岁的小女孩，但如今想到家对面的房子里，会有薛京的存在，似乎刚才焦虑的心情也有所缓解。

人真的是很奇怪的物种，一周前，她还确信自己会在春天里结束生命，现在，天气仍然那么冷，她却觉得生活里一切微小的感动都让她留恋至极。譬如薛京总是很频繁打来的视频电话，譬如早晨买到了很好吃的牛肉馅包子，譬如被她偶然间在厂区发现，开始每日投喂的小鸟。

杂食性的麻雀在冬天很少能吃到昆虫和种子，人类的食物便是好东西，没一会儿，地上的面包屑已经被它们完全清理干净。成群的麻雀重新飞回树上，其中还有一只胆大的，竟然落在距离哈月不过十厘米的树梢上，它晃动脑袋轮换用左右眼观察她的样子。

在台阶上，哈月也把手机拿近了一些，方便自己观察薛京的脸。

她怀疑对方起床后先去洗过脸，刷过牙了，不然怎么会看起来如此干净清爽，视频明明没有美颜效果，可是他脸上连一只毛孔都看不到。

薛京刚醒来时总是看起来特别好欺负，所以哈月的语气情不自禁放得很娇软："拜托，我才来五天。怎么也要等到第一批货发出去才能回去吧。我妈怎么样？和护工相处得还挺好吧？"

吴姓护工和赵春妮同岁，性格特别开朗，十分健谈，面试那天哈月一见到她本人，才意识到当日是她自己错误预判。对方索要的薪资绝不是趁火打劫，而是完全匹配她个人能力的价值。

吴芳天不仅具有丰富的照顾阿尔茨海默症病人的经验，而且在和病人的沟通方面显得尤为老到。

当天，她去哈月家面试时，还在随身携带的双肩包内装了几本全新的填色画册，不到半小时就说服了赵春妮和她一起坐下来进行三原色的视觉练习。

她们两个人围坐在床头一起填色，吴芳天还主动引导对方和自己聊过去的事。

无论是赵春妮小时候如何在家里有干不完的农活，还是后来来城里和哈建国恋爱时的甜蜜，还是女儿不听话的埋怨，她都鼓励对方源源不断地说下去。

她说，这些叙述都有助于激发病患的认知能力，也是一种变相的智力训练。

等到赵春妮午睡后，哈月送她出门，在得到哈月的允许后，吴芳天还走到厨房专门查看了一下家中剩余的食物储备，看到满满当当的锅具调料和冰箱里新鲜的蔬菜蛋奶后，吴芳天笑着夸奖哈月细心。

她提到自己前一位照顾的病人家中连米面都没有，只有成箱的速食方便面，外加层层上锁的窗户和房门，她接手时，病人别说像赵春妮这样衣着干净，连屋内都透着一股长期浸润，驱散不了的骚味。

"但我能理解，家属毕竟没受过系统训练，照顾自己的亲人，情绪上比我们护工更累，只是吃的方面确实不能马虎，多摄入蛋白质和维生素对病人很有帮助。最好也要保持干净，病人才能过得舒服。"

"病人首先也是人。"

就因为这句话，那天吴芳天还没上公交车，哈月便追到公交车站台，和她签订了雇佣合同。《论语》说道不同不相为谋，但拥有同样理念的人，总是会一眼就惺惺相惜。

"你别转移话题，吴阿姨说她每天都给你发阿姨的视频和照片，你能不知道她好不好吗？"薛京根本不回答哈月突然抛来的其他命题，跟个深闺怨妇似的接着碎碎念，"哦。才五天所以根本不想我？知道了，懂了，搞到手就不珍惜了是吧？"

有些人表面上是畅销书作家，背地里在女朋友面前当嘤嘤怪。她之前也没多"珍惜"他吧？复合也是他自己提的，她根本没做这个"搞"的过程，他自己就洗干净躺在案板上，任人宰割。

但是哈月喜不喜欢他攻略自己的这种求爱方式呢？自然是很喜欢很喜欢。

哈月环顾四周，确定旁边没人后，伸手轻轻地挥走还在盯着她看的小麻雀，这才红着耳朵小声地说："想你想你想你。你可是在家躺着一觉睡到大天亮，我还工作呢，别烦了，下班再给你打电话！听话！"

"那你亲我一下。"

"薛京！"

"怎么啦？"

"挂了！"

结束视频通话后，薛京没再拨来，但是给她编辑了一长串的文字信息——

阿姨一切都好，每天中午吃完饭，太阳好的时候，吴阿姨都带她到户外活动一小时，昨天我载她们去超市，阿姨见到我也不再骂我了，在车上还和我说了两句话。虽然她应该还是不知道我是谁，但下车时也跟着吴阿姨一起说谢谢。

我也不是天天在家躺着一觉睡到大天亮，昨天大姨和小雨给店里补货，金子给主任开车，我过去都忙搬货，一忙忙到了后半夜。

还有，大前天小雨产检，我早上在小卖部看店，有个小姑娘来坐摇摇车，问我是谁，月亮姐姐怎么不在。我说我是你月亮姐姐的男朋友，她竟然给我撇嘴！还说我撒谎，你回来必须跟她讲清楚！

凭什么你是姐姐，我就是叔叔？我胡子刮得挺干净啊！

这都什么破孩子，有没有审美，干脆叫我爷爷算了呗？我打算一会儿起床去把摇摇车拉回家。

再者说，午休时间给你打视频还算打扰你工作啊？真不该鼓励你去跟单的，我现在好后悔，小说也写完了，我一个人独守空房图什么呢？干脆回蓟城好啦，反正这里也没人爱我。

唇角情不自禁地翘起，哈月读完薛京的小作文，把手机举到嘴边"吧嗒吧嗒"隔空亲了两口："爱你爱你爱你。怎么没人爱你呀！"

"在家等我辛苦啦，别后悔，出差结束回家给你带好吃的！"

"小别胜新婚呀，对吧。"

揣起手机，哈月哼着歌走下楼梯，重新回到车间后，刚才还剑拔弩张的气氛顿时变成风平浪静，哈月也不和维修组长接着吵了，而是客客气气地结束沟通："那实在没办法您就按您的安排走吧，我这边负责反馈给领导和客户。"

生产线旁，维修组长还在得意，自己到底是给年轻的哈月来了个下马威。

完全没想到撂下那句话后，哈月绕回办公室，直接联系孙启明按合同给厂方预开了一张违约交货的罚单。

她也算明白了，看来这单生意光自己干着急也没用，对待不配合的厂方还得先礼后兵，等第一批货需要厂方自费空运，再加上罚款落实到各个环节的责任人，真吃到了苦头，后面几批自然而然也就好做了。

要成事才是长远目的，眼下盲目置气属实没必要。

她不能让这些在工作配合中总是散发着负能量的人牵着鼻子走，这单生意是给自己干的，钱最后也要赚到她的兜里，总要积极地调整好自个儿的心态才对。

小说初稿完成，最近几天薛京的工作强度变得非常轻松，可是接连几天，他在第一遍校阅初稿的工作上都没什么大的进展。

尤其是今天中午他起床后精神恍惚，做什么事都提不起兴致。刷牙时在电动牙刷上挤洗面奶，做咖啡时顺手把咖啡渣倒进牛奶杯里，等到他花了两倍时间啃完昨天斯琴大姨给他送来的白焙子，才发现冰箱里还有一碗配合食用的羊杂碎没煮。

对，现在他人在绥城待久了，不仅能吃现宰鹅了，就连以往碰都不敢碰的动物内脏都敢往嘴里装了，第一次吃还觉得难以忍受，没想到口舌之欲战胜了精神矜持，过几天这张嘴它又想吃第二次了。不过今天他什么也不想吃，压根不想碰荤腥。

漱口后薛京不情不愿地走到电脑跟前，心里却还在琢磨哈月说的那句"小别胜新婚"。

"小别"是真的，但他忍不住在考虑"婚"这个字是代表着什么意思呀。哈月会不会在暗示他，自己已经在考虑和他走入恋爱的下一步了呢？虽然他们才复合了一周，他喜欢她可是有好几年了，第一次心动在十八岁，那么分开的这四年怎么不能算是恋爱的静默期呢？

冬眠结束的话，难道熊就不是熊了？

如果哈月不是开玩笑，他是不是得有所回应，让她知道自己也很有这个意愿。

昏头昏脑的，薛京满脑子都是《结婚进行曲》，Word 文档翻了十几页，根本不走心，稿子在眼前跟诃勒里斯代码一样乱晃，薛京在电脑跟前坐了不到半小时又重新站起来在客厅里踱步。

手指一会儿顶着太阳穴，一会儿又搭在鼻梁上，最后两手一摊，又重新坐在电脑前像上坟似的打开文档。

如此反复了几次，近四十万字的小说那是一个字都没改成，甚至还在开头多打了不少错别字，眼看时钟指向下午两点半，他突然重新回到卧室，脱掉睡衣，将衣柜的门完全打开，再次把所有的衣服都扔在床上。

花半小时选好了外出穿的衣服，薛京马不停蹄地拿上车钥匙出门购物。

第一站是绥城珠宝店最多的商场，第二站是户外用品连锁店，将大大小小的物品全都塞进车斗用一块防雨布蒙上捆好，第三站，自然是哈月所在的工业园区。

绥城的冬季日短夜长，不到七点钟，天已经彻底黑透了。

室外冷风呼啸，哈月刚下班，左手拎着电脑包，右手拎着两份从食堂打包的盒饭快速地走出厂门去赶通勤车。

汽配厂的员工普遍三班倒，通勤车每天分六个时段往返于职工宿舍与厂区之间，眼下那车正在一百米外的站点停靠，等待着上白班的职工下班。

　　就在这段前往通勤车的路上，有一位头发花白、脊背佝偻的老妪正在推销自己家今年新晒的干货。

　　临近冬至，天寒地冻，人毕竟没毛，无论穿得再厚，干刺的冷意还是直往骨头缝里钻，大风天气，在室外多待一秒钟都是受罪，很多职工连头都不抬，更别说光顾生意了，摆摆手小跑着相继钻进通勤车里。

　　哈月也被风吹得牙齿直打架，可是走过老太太的摊位，看到对方连手套都没戴，竹筐里头的干货又剩得不太多，还是驻足跺着脚问她："大娘，这东西怎么卖的？"

　　一听到哈月询价，大娘立刻露出一口缺东少西的牙："便宜！姑娘，我给你便宜，你买些吧。"

　　"哎，您把这些都给我称了吧，看算多少钱合适。"

　　大娘一听哈月要包圆儿，立刻会心对方这是在对自己施舍善意，她有些犹豫地往袋子里倒着沙棘果干，忍不住多嘴了两句："这东西你没见过吧？不能干吃呢。拿回去要泡水的，炖肉放点也行，苦呢，还发涩。不是甜的，没放糖。"

　　说到这儿，大娘又怕哈月临时改变主意，突然不买了，再次加快了装袋的速度，干瘪的嘴唇里发出铜锣般的巨响："但是对身体好，我们自己家都吃的，我吃，我几个孙子都吃！不骗你。"

　　哈月笑着帮她拎起竹筐，掏出手机预备扫她胸前挂着的收款码，点头表示相信："沙棘，我知道，我小时候咱们这儿可多了，一到九月份路边地里到处都是。"

　　沙棘属灌木科，因为其特性是耐旱、抗风沙，可在盐碱化土地上生存，因此同沙枣、沙柳、沙蒿等植物一样，被广泛用于大西北的防风治沙工程。

　　几十年前，绥城也跟着国家政策，大力实行过固土行动。沙棘遍布整个绥城，一到夏末，橙黄、棕红的果实在绿油油的叶子下长势喜人，还未熟透便被嘴馋的孩子们争相摘下。小小一串可以撸下几十颗珍珠大小的沙棘果，味酸，微苦，这东西从果皮到果核都有药用，止咳平喘，健脾开胃，可是吃多了，胃里也会泛酸水。

不过这些年，随着西北地区的沙漠化得到缓解，人们的生活条件好起来，水果种类繁多，个个汁多肉甜，也没人会在路边专门摘沙棘来吃了，渐渐地，马路上，田地里，沙棘因为城市建设规划被大批量砍伐，也变得少见起来。

"哎呀，你知道就好。真的是好东西。就是现在的年轻人都不认了。我儿子明年也不叫我种了，说要把家里的沙棘砍了换成果树。孙媳妇又怀孩子了。要用钱。"大娘笑着将塑料袋递给哈月，一看到她掏出手机，立刻捂住胸口的牌子，踮着脚急地跟她说，"姑娘，你有现金吗？要是有现金的话，能不能给我现金。这个二维码，我不会弄，是我儿子的微信。"

"你要是扫这个，钱就都到他那里去了……我出来一天，卖不了几个钱……"

说到最后，大娘对自己瞒着儿孙攒贴己钱的举动有点不好意思，哈月的眼角余光里，通勤车快满员了，她也没介意，赶忙关掉微信，从钱包里拿现金递给她。

拎着五斤沙棘果干，哈月揣着皱巴巴的零钱，叼着手套，幸而赶在通勤车发车前挤上了最后一排的空座。将东西放在脚边，哈月吸了吸鼻子，重新戴上手套，汽车发动后，她再回头，窗外大娘慢慢离去的背影很快变成一处模糊的黑点，完全没办法被视线追逐。

通勤车一路颠簸，慢悠悠地晃到宿舍区，哈月的思绪也随着来回摇摆的车身飘到了小时候。又酸又涩的沙棘果在那些童年的回忆里闪着亮光，让她突然冒出一个大胆的想法。

下车后，哈月拎着东西往自己暂住的宿舍楼走，上楼时掂量着手里的果干忍不住笑了，大娘确实给她便宜了，五斤的沙棘果干非但没有缺斤少两，反而极其超重，才上了四层楼，她的右手就有些吃力酸痛。

怎么说也有六七斤吧。

掏出钥匙拧开宿舍门，哈月心潮澎湃，连饭都没吃，就坐在椅子上打开笔记本电脑在网络上对自己脑中刚才浮现的想法进行初步的市场调研。眼睛紧盯屏幕转了半小时，哈月查看文献和农业报告的进程终于被邮箱的红色提醒暂时打断了。

国外客户和国内有时差，她打开邮箱和网站后台粗略地浏览了一下客户的信息，才意识到自己太激动了，进门时衣服都没脱。供暖后的宿舍房间里足有二十八摄氏度，她裹着防寒服，腋下前胸都出了不少汗，再加上在厂房跑了一整天，她浑身都是机油味儿，当即决定先洗个热水澡，然后一边吃饭一边工作。

花费十分钟快速地冲完澡，哈月穿了一件短袖还是热得脸颊通红，她没吹头发，任由那些水滴顺着发丝滴在肩膀上，烧水泡了一杯沙棘果干搁在玄关处，然后开始有序地回复客户的邮件。

国内开放的消息一出，之前沉寂的客户突然像雨后春笋般冒出来，她两只手，十根手指都不够用。

要不要在绥城第一批订单结束后去国外参加展会是一回事，按照客户的需求南下到越城重新联系之前和她合作过的小供应商们又是另一回事。现在她分身乏术，再加上跟单，虽然公司暂时还没见到盈利，但一个人简直忙不过来。或许她应该扩大规模，再招聘几个员工和自己共同创业。

所以在薛京弯弯绕绕开了百来公里，终于敲响她的宿舍门时，哈月嘴里咀嚼着饭菜满脑子都是生意。从门后的猫眼确认过外面站的是薛京后，哈月开门后连看都没看他一眼，再度转头跑回到椅子之上，开始对着电脑噼里啪啦地敲字。

来时的路上薛京已经设想了不少两人"小别胜新婚"的场面，但无论哪一种场景之下，哈月都会感到惊讶和惊喜，至于人在欢喜之下会做出什么反应，那当然是会对他进行全方位的亲热。

所以眼下他背身抱着一大捧白玫瑰，被冷落在门口时，整个人都傻了。

像是闭上眼睛昂起头等待主人摸头的小动物，再一睁开眼睛，面前根本没人。而且正在忙于公关的哈月看起来不仅没有惊喜，甚至她都不好奇自己怎么会突然出现在门口，热吻和拥抱就更别想了，她连眼神都没有分给他一份。就这么在门外站了两分钟，他突然对着屋内还在用筷子夹菜的哈月"哎"了一声！

哈月闻声吓了一跳，回头看了薛京一眼，嘟囔了一句："你倒是进来呀。"然后又再次将视线移到屏幕之上，她一边打字一边说话，一心二用十分熟练，"饿啦？知道你肯定没吃饭，我盒饭买了两份。给你放暖气上热着呢。"

"喝点儿水，我给你泡了好东西。沙棘没喝过吧？对咳嗽好，刚下班特地给你买的，你多喝点，走的时候把那些果干都带回去接着喝。"

窗下的暖气片上确实放着一份盒饭，玄关处也有一杯黄不拉几的水，薛京眼下的肌肉跳了半天，再三确定自己的计划已经失败，这才勉为其难地走进房间，回身将房门关上。

惊喜失败了，花也不用藏了，直接扔在桌上，薛京"咕嘟咕嘟"灌下带些酸味的温水，肚子咕咕直叫，去吃盒饭前他还是忍不住绕到她旁边低头问："不是，你怎么知道我要过来的？"

"有意思没意思啊，哈月。你在我身上装定位了？您是雷达本达吧？"

哈月吃饱了，搁下筷子，用纸巾擦了一把嘴唇，左手揽着他的后颈将他的脸拉到和自己一个高度，用力地在他嘴上"啵"了一下，再次推开他盯着电脑屏幕道："还用装定位吗，我下班给你打视频你说不方便。问你在忙什么你支支吾吾的。"

这还不算，哈月人还没走到食堂，他又发信息来顾左右而言他，几个语音消息绕来绕去，最后还是要问她上次说自己的宿舍楼到底是几零几。

"薛京，我发现你这人一旦谈上恋爱真的是有点笨的，你没听你自己发来的消息吗？背景声里还有打转向灯的频响呢。"

从家里开来不容易，地图上，厂区附近的道路好多都没有及时更新，哈月估计着，等他到她宿舍也要晚上了，所以特意提前买了两份盒饭。

说着，哈月推开他的胸膛瞅见他身后的花束，咯咯笑着用手指戳他的小腹："哇，好大一束花哦。不知道的还以为您老人家来求婚呢。"

哈月确实是开玩笑，谁会在分手复合后的第一周选择求婚？又不是轻喜剧里的结婚狂。

可薛京这下是真的要跳脚了，嗔了一句："我去，我哪有啊！"

耳朵后面直接红了一片。

他不让哈月碰他，下意识地往后面退了两步，捂住内袋的位置，等到自己的手指摸到戒指盒也觉出自己这行为多少是有点仓促了，于是梗着脖子反驳她："我哪里笨了，那不是堵车嘛，我又着急，怕走错路。谁像你呀，谈恋爱还是搞刑侦啊，能不能别这么聪明。真的是。"

屏幕里的客户再次发来信息，哈月收回落在薛京脸上的视线，声音像大姐姐哄小孩子："你不热吗？脸都红了，先脱衣服吃饭吧，然后洗个澡，你看你开一路没关室外风吧，脸上都积灰了。"

"啊？"哈月的话一出口，薛京立刻跑到浴室照镜子，果然，这一路他一直跟着拉煤的大车各种挤，连指甲缝里都有黑灰了。完了，好不容易打扮的人也不帅气了，这次计划真的彻底垮掉了。

薛京洗了把脸，用肥皂泡泡使劲儿搓指甲，他脱了外套，再走到哈月身后时整个人垂头丧气的，打开盒饭埋头吃饭，沉默得不得了。

大约二十分钟后，哈月结束了工作，伸了个懒腰，抱起花束放在鼻子下面用力地嗅，薛京也不看她，主动收拾了食物垃圾系好敞口扔到门外，然后走进浴室开花洒。

哈月将花摆在床头，走到浴室靠在门侧看他脱衣服，人还是笑眯眯的，跟逗猫似的拖着长音撩他："说你笨生气啦？"

薛京脱掉上衣露出腹肌，从镜子里看了她一眼，又重新低头脱裤子，心里挺受用被她哄的滋味，但嘴还在硬："怎么会，女朋友这么聪明，我高兴还来不及。准备来年送她去警校深造。"

"哦，这样啊，不生气就好，那干吗不理人。"

长裤扔到衣架上，薛京用力地拧起眉头，声音悻悻的："你也没理我啊。都不好奇我为什么来。一点也不在乎我。"

更重要的是也没抱他，也没热吻他，只马马虎虎地亲了一下跟小孩儿盖章似的，还嫌弃他脸上有灰。

"嗯，怎么不好奇呢，那你来干什么？不会是因为中午视频时看到我戴安全帽穿工作服所以兴奋了吧。啧啧，薛京，要说你小子是真变态呢。"

"你这取向是不是多少有点离谱啊？"

哈月还是在笑，她无忧无虑时笑起来是真好看，他看着她信口开河也情不自禁想跟着笑，干脆胡闹着弯起嘴角痛痛快快地"承认"下来："是是是，中午视频完就想，想得那叫一神魂颠倒，你安全帽呢？从厂里带回来了吗？别浪费时间啦，赶快戴上进来呗。"

"人家都等不及了。"

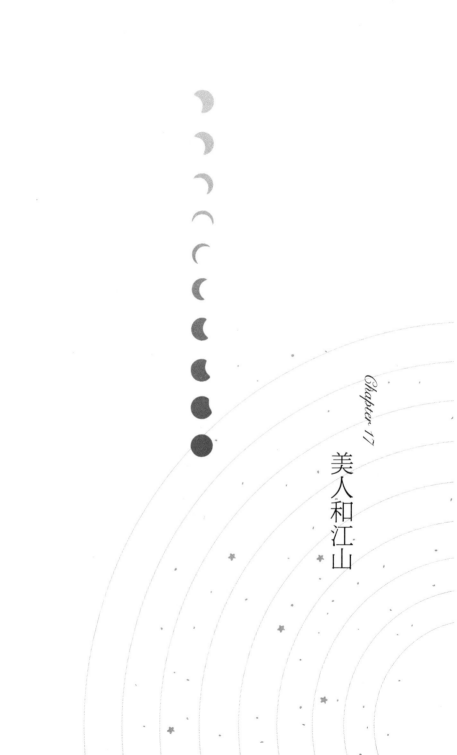

Chapter 17

美人和江山

哈月身上那件长度足以遮盖到大腿中部的短袖被薛京扔到门外，热水源源不断地从他们的头顶降下，氤氲的雾气缓缓地从地面升起。

凌晨三点，窗外的风止住了，万籁俱静，哈月和薛京还在床上窸窸窣窣。

因为心里装着事儿，一对男女在小床上先后换了几个入眠的姿势，翻来覆去的，非但毫无困意，精神上反而越来越清醒。

哈月再次翻身，薛京也是，但一个想的是自己接下来的创业项目，另一个则想的是求婚大计，两人眼下面对面侧躺着，眼睛都瞪得溜圆。

薛京刚想伸手揉哈月的耳郭，问她要不要吃一片褪黑素再睡。

哈月突然握住他伸来的手贴在自己胸口上非常兴奋地同他讲："薛京，我突然有个想法，虽然非常临时，但感觉很有实操性，这会儿越想越觉得特别棒，我真的憋不住了，你要不要听听看？"

手背之下的心脏跳得异常有力，薛京的手指被震得发麻，嘴唇发干，怀疑心有灵犀，她的提议和自己在想的一样，所以整个人瞬间变得有些拘谨，等了几秒钟，他才在血液上涌的晕眩中慢慢地找回自己的声音轻轻地说："嗯，好，你说，我在听。"

以为会有一个关于"美人"的问句接踵而至，但没有。

下一秒，哈月突然从床上弹起来，以迅雷不及掩耳之势赤脚下床抱回桌上的笔记本电脑，再钻回被子里时，她在黑暗中直接将散发着蓝光的电脑屏幕抵在薛京的脸上，指着上面的沙棘文献，说的是心怀天下的"江山"："就是你刚才喝的那个沙棘果干，我查了一下，现在因为没有收益，种植这些特色野果的农户在绥城逐年变少，但这些东西真的很好啊，你也觉得喝下去很舒服，对喉咙很好吧？农户们明明可以很轻松地借助互联网拓展市场。但亏就亏在他们对拓宽客户的渠道有壁垒。"

就像她下班偶遇的大娘不会使用微信，明明已经靠着种树卖果过活了一辈子，人老了，因为没有得到经验加持，反而被日新月异的贸易手段远远地甩在身后，但科技发展的目的，难道不是让每个人都拥有更加便捷的生活方式吗？智能化生活难道只为新生代服务？总要有人在后面拉一把那些走得慢的人。每个人都会老，年轻人也会在未来变成走在队伍后面的人。

当然她也不是完全在做公益，那纯属是在脸上贴金，但如果能在自己赚钱的路上得到一点点改变世界的可能性，那么这个支点似乎足够她用以撬起整个地球。

说着，哈月转头看向薛京，满眼都是闪光的希冀，声音抑扬顿挫，饱含十二分的感情："我在想，如果我来做这个联通小城镇和大城市的渠道怎么样呢？你觉得这种创业项目会有发展潜力吗？不只是沙棘，我还可以卖沙果，卖沙枣。"

反正"大娘"们种什么，她就替她们卖什么，当然全新的项目需要一笔更大的启动资金，食品销售是她没接触过的全新领域，过程中也需要更多人手开拓互联网板块，但做完这笔跟单，她马上就能迎来第一桶金，届时全部投入还不够的话，她可以到各大创业平台找天使轮投资。

也许呢，也许这世界上也会有赞同她想法的人，并愿意为此而投资。

说到这里，哈月激动的心情溢于言表，神经末梢突突地跳，她看着薛京，充满期盼，那眼神灼灼的，在黑暗中让薛京根本没办法拒绝，她是抛出了一个问句，但即便这个句子不是薛京设想的，却仍然让薛京无法拒绝。

因为他递了桨，对方竟然用这根木头造出了诺亚方舟。他怎么能不替她开心？

只有沙棘是绥城出产的宝贝吗？哈月这样的女孩难道不是？

薛京回望了哈月片刻，没说话，伸手在不远处的外套口袋里掏出自己随身携带的纸和笔，拔开笔帽，薛京也像几十天前哈月做过的一样，在便签纸上写了一句话，随后稳稳地贴在她的电脑屏幕上。

他写——

Take a leap of faith.（信仰之跃。）

右下角，不偏不倚，也画了一颗一模一样形状饱满的爱心。

凌晨四点，哈月的宿舍房间内灯火通明，薛京一把扯下蒙在脸上的被子，完全没想到哈月的执行力如此之强，他刚才不过是鼓励她"为了梦想纵身一跃"，可是她竟然直接从床上爬起来，嘴中念念有词，开始通宵达旦地做计划书。

什么意思，青年创业家都不用睡觉吗？她体力就这么好？活动了几个小时是一点儿也不累是吧。

刺目的灯光在薛京的眼底留下发散的光晕，薛京的神经像是猫咪扯乱的毛线团，面容呆滞地盯着头顶的灯泡发呆。孤枕难眠，哈月不在床上他就更加睡不着了，哈月倒是得到了内心问题的答案，可是他想问的问题，谁来给他答案呢。

这一点儿也不公平吧。难道爱情就活该被事业强压一头？

他现在心里是真难受，左右煎熬，看来这一宿是完全不必睡觉了，薛京打起精神瞅了一眼还在做 PPT 的女朋友，那手指头敲得，都快冒火花了，他重重地叹了口气，也从床上挣扎地爬起来。

给哈月倒了一杯水放在手边，又从自己的包里翻出几粒复合型维生素片、鱼油 DHA、辅酶 Q10 组合好放在纸巾上，薛京重新裹着被子坐回床侧，嘱咐她熬大夜的人还是多少吃点保健品。

哈月喝了一口水，吞下那些花花绿绿的药丸，这才注意到薛京正坐在后面看自己，她连忙起身准备去关灯，声音有点抱歉："不好意思，我开灯影响你睡觉了吧？现在才四点多，还早，要不你再躺会儿吧。明天还要开车回家，该累了。"

"还是说敲键盘声音太吵了？瞧我，一说到新创业项目直接上头了，要不然我明天再做吧，也来得及。"

时间还很多，不必争朝夕。在搞事业的同时，她还是很愿意留些时间跟薛京好好相处的。事业和爱情，两手都要抓，两手都要硬。

可哈月说的这些原因都不是薛京失眠的理由，他满面怅然地摇摇头，阻止了她关灯的步伐，脑子里还在想着自己车后装的那些东西呢，在他明天回家之前，计划真就没办法实施了吗？是不是还可以再试试啊。

虽然惊喜的头没开好，但后续还是可以挽救的吧？柳暗花明又一村也是有可能的。

他深深地望了一眼哈月的脸色，看到她确实面无倦意，眼神清亮，便抱着她的腰小心翼翼地开口试探着问："我也不困啊，不想躺了，不用管我了，开车能有多累？你要是还能走的话，我们去大青山看日出吧？"

"现在正好四点，我查了，从这儿开车过去一个半小时，咱们赶在六点之前到健步道，今天的日出是七点二十七，外面风也停了，完全没有云，看完我送你回来，可能上班会晚一点点。你看行吗？"

上班晚一点倒是没事，哈月是给自己干，又不必打卡，但是这个决定太突然了，她宿舍里也没有户外装备，两个人穿着长到脚踝的羽绒服太笨拙了，很难放开活动。这毕竟是冬天，还是有危险的。

听到哈月的疑虑，薛京立刻一扫愁容，他直接从被子里跳出来，往头上套着衣服说："我车上有装备，羊毛底层衣，羊绒袜，软壳衣，羽绒背心，手套、围脖、暖宝宝，防风防水外套，登山鞋和登山杖也有，我来时怕你不喜欢买了好多套，我现在下去拎上来给你选。"

不到一分钟，他把衣服套了个七七八八，鞋带都没系就夺门而出，刚跑出去又折返回来扒着门框露出一颗过分愉快的脑袋和哈月说："你可千万等我啊，别睡着啦。"

车才开上主路十分钟，刚才还在宿舍和薛京叫嚣着"我怎么可能睡着！"的哈月已经在副驾驶位上扯起了小呼噜。

薛京颇感无奈，将风暖扭到合适的角度对准哈月，全神贯注地握着方向盘。

一个小时的车程也不算太过寂寞，因为每当薛京打转向灯超车的时候，哈月都会像一只小松鼠似的磨两下牙，再说几句他听不懂的梦话，他竖着耳朵听着，全当广播剧解闷。

车子即将行至山下，仪表盘上的油箱提示灯亮了，薛京放慢速度绕进路旁的加油站，下车将油箱加满，从窗外看到哈月仍在熟睡，薛京内心犹着豫，等再上车时刻意减小了关门的声音。

哈月睡得很香，眉眼紧闭，唇瓣微张，再加上脸被靠枕挤歪了，几乎是要流口水的程度，把这样一个她叫醒实在于心不忍，再看看时间还有余量，于是薛京先把车停在便利店旁的车位上。

车子没熄火，暖风还在吹，薛京眉宇之间浮现些许倦意，按了按太阳穴下车去买罐装咖啡。

人在货架之中绕了几圈，眼神一直往车内的方向望，结算账单后，他心不在焉的，向店员道过谢，推开便利店的大门，在零下二十多摄氏度的天气里往嘴里先后倒了一罐咖啡和一罐红牛。喝饮料的时候，他用眼角余光睨着车内副驾驶位上的人形阴影，又忍不住伸手去摸了摸自己胸口内袋里的戒指盒。

昨天下午买戒指时薛京在销售员的吹捧下，对自己的选择挺满意的，可是眼下求婚即将发生，他又开始瞻前顾后，十分疑心自己对女士珠宝的审美是否在线，也许看了很多戒指的他根本就是挑花眼了呢？如果哈月觉得他的戒指很丑，他求婚失败的原因岂不是很冤？

所以将易拉罐扔进垃圾桶时，他突然觉得自己还很需要第三方的意见，将所有哈月可能拒绝他的理由全都扼杀在摇篮里。至于在他认识的人中，谁最会给女朋友送礼物，那自然是周双这个冤大头。

　　据他所知，周双至今为止已经送出过不少珠宝首饰了，逢年过节给喜欢的女孩采购奢侈品是他的固定任务。周双对各大奢侈品当季女士用品的了解程度，不亚于专柜柜员，只不过收了他礼物的女孩儿最后都没选他就是了。

　　但作为参考，薛京也可以排除他的意见呀。

　　说干就干，掏出怀里的戒指，薛京打开蓝色的丝绒戒指盒，从里面将戒指捏出来，反复转动查看了一下火彩，之后，他像是被人踩了尾巴，急急地走到灯光更好一些的地方，用手机对着戒指开始三百六十度无死角地录像，拍照。

　　于是，凌晨五点四十分，远在蓟城自家床上，同样睡得很香甜的周双就这样被手机里接连不断的消息振醒了。

　　最近周双旗下一半的"讲师"都生病了，一出门，电梯里，大街上，咳嗽声此起彼伏。

　　但对周双来说，短期赚不到钱是小事，失去长期黏性才是大事，现在网络更新迭代瞬息万变，说是网络红人，可流量来得快去得也快，像薛京这样悄无声息地在网络上消失两个月，等同于网络性死亡。

　　别说广告了，连后续课程能不能跟进都是大问题。

　　所以他干脆把公司的所有业务搬到了家里，一个人顶十个用，顶替了所有休假员工的工作。

　　昨天上午结束视频会议，下午跟同样居家办公的营销部碰方案，晚上八点钟，他草草地喝了一杯蛋白粉，又开始处理几十条商务违约事宜，一直忙到凌晨四点，工作才好不容易告一段落，周双这才钻进了被窝。

　　睡了不到两个小时，周双醒来时心慌气短，眼睛发红，只能勉强睁开一只眼睛，呻吟着爬起来滑开手机放到左眼下面。看到薛京发来的十几条视频和照片时，周双满脑子糨糊，以为对方的微信被做微商的无良商家盗号了，还没拨出去确认对方真实身份的电话，薛京的电话已经打来了。

他接起电话，重新捂着心脏靠在床头，刚虚弱地"喂"了一声，听筒里，薛京的话密且响，那些字儿就跟烫嘴似的接连不断地往外蹦："哎！我发给你的戒指照片你看了没？怎么样啊？你觉得送人拿得出手吗？二十六岁马上快过二十七岁生日的女孩儿会喜欢吗？是不是还是太小了？这款式是不是太浮夸了？净度怎么样呀？火彩是挺好，但切割是不是差点儿意思？戒托上的碎钻是不是有点儿画蛇添足？"

"周双？你干吗呢？死了没？没死你倒是说句话啊？"

周双这下子两只眼睛都睁开了，心想我倒是想说话，你也得给个喘气插嘴的工夫吧？整整一个多月，这王八蛋连电话都不接，要不是他还在微信上频繁地换头像，周双还真以为自己回头得去绥城给他收尸骨呢，这会儿给女孩儿送礼时突然诈尸了，想起自己有朋友了？

手指挪动，周双长舒了一口气，往上翻了翻薛京那枚戒指的照片，沉吟了片刻，才皱着眉毛点评："东西看着是凑合，但你认识人家多久了，别是刚开始追人家就送这么大的礼物吧。六爪镶嵌铂金款也太正式了，钻又这么大，你是不是小说写多了给自己都写蒙了，谈恋爱搞什么经典婚戒啊。不是我说，这款式多老土，跟那帮欧洲老皇室爱用的似的，要我说你送点彩宝玫瑰金吧，大蝴蝶的，还有豹子头的，哎，最近好多女孩儿又开始喜欢以前的款式，不然你去定制个 Hello Kitty 的怎么样？戴在手上多酷啊。就像咱们第二期准备的课程一样与时俱进……"

周双还没将话题成功地绕回至卖课上头，电话里传来一阵忙音，再一看手机屏幕，薛京已经把他的电话挂了，微信对话框里还给他打来一行文字——

谢谢你，我的朋友，意见很好，我决定就送这枚了。

蓟城的周双骂骂咧咧的，重新缩回被子里试图再次入梦，车内睡觉的哈月正在做着爬树掏鸟窝的童年美梦。

梦里哈月骑在参天大树之上，正朝着不远处散发着七彩光芒的鸟巢伸出不法之手，下一秒，一阵飓风刮来，她失去了平衡，从树梢上跌落时，她挥动双手，没抱住任何树杈，反而因为手肘撞击到车玻璃而吃痛醒来。

树没了，鸟窝自然也不在，早就过了爬树年纪的哈月正躺在薛京的皮卡车内睡觉。拍了拍自己的脸颊，驾驶位上的薛京不在，哈月模糊的视线游弋到车窗外面，一眼就看到薛京正在便利店门外和人打电话。

揉了揉眼睛，哈月在暖洋洋的空间内伸个懒腰，喝了一小口保温杯内的热水，注意到薛京似乎已经结束了通话，她立刻伸手摇摆，示意对方可以上车继续出发。

可是薛京低着头，并没有第一时间注意到哈月的动作，哈月眯了眯眼睛，很快将预备推开车门的手收回了身侧。她双手握拳，定睛细看，怎么看，怎么觉得薛京手里举着的那个东西，像是一只戒指盒。

再联想到昨晚薛京手里的大捧花束，哈月的唇角抽搐，心中默念了好几遍"不会吧，不会吧。别搞，真的别搞"。

等到对方转身，她的瞳孔放大，立刻屏息，重新躺回车座上装睡。因为她看得清清楚楚，薛京岂止是举着一只戒指盒，那里头还装着一枚能把她眼睛闪瞎的大钻戒。

揣起戒指重新上车时薛京的心情又冲回高位，拉下手刹时，旁边的哈月"碰巧"醒来，他马上冲着她露出明媚的笑脸，捏了捏她的手掌高兴地道："你醒啦，正好要叫你的！喝口水，醒醒盹，咱们马上就到停车场了。"

六点整，两人准时从健步道出发，山里的雪还没完全融化，虽然登山的路上不见冰雪，但只要停下来，将手电筒稍微偏向周遭，黑暗之中，环绕着他们的完全是一副银装素裹、玉树琼枝的景致。

为了保持体力，充分呼吸，登山的一个小时内哈月和薛京除了互相提醒脚下的路况几乎没有交谈，等到终于行至陡峭的山顶，两人在满天繁星之下瘫坐在地上，拉下围巾大口地呼吸着新鲜空气，双双朝着山下的方向拧开保温杯补充水分。

距离日出还有十几分钟，这时哈月的手机振动了，是护工吴芳天发来的视频。

相较于山中，山顶的气温又低了几度，哈月戴着手套的双手捧着手机，用下巴点开视频，镜头里，赵春妮正在家中吃早饭，而旁白中，吴芳天正在向哈月介绍今天早上她们两个人的行程，她说今天赵春妮的状态很清醒，所以特意一大早就给她拍个小视频。

说完今天的安排，吴芳天突然笑呵呵地问赵春妮："妮子，你知道我给谁发视频吗？"

赵春妮没抬头，只是大声地说了一句："怎么不知道。"

吴芳天笑得很爽朗，又对着手机说："姑娘，你妈昨天跟我说她想你了，你这几天休息的话回家吗？"

镜头里，赵春妮一听这话很快便皱着眉头对吴芳天讲："我没说过。谁想她了？跟她爹一个死样，就知道往外面跑。我想她干啥？"赵春妮说话时用力之猛，将脸颊都憋得通红，连米粒都喷出来了。

吴芳天"咦"了一声，也不和她过多理论，只是假装将手机放下，又和和气气地说："当妈的想闺女有啥不好意思说的，那我不录了，就咱俩说，你真不想让她休息时回来？孩子在外面工作多辛苦，还给你花钱请着护工，挺好的闺女，想想又能咋了？"

"你可得改改你说话的方式。孩子大了就是客，哪有你这样故意说反话的。孩子不开心，不也影响孩子好好生活吗？大家都开开心心的多好呀。"

黑暗中，有衣料摩擦的声音，吴芳天等了片刻，应该是走到了赵春妮的身边，悄悄地问了一句："那你想她不，真不想我就跟她说别回来了，省得你又发脾气。"

很快，在剩余一秒的视频中，赵春妮像蚊子哼哼似的说了一句："想呢。"

空旷的山顶回响着这一个小小的"想"字，哈月的眼眶有点涩，她揣起手机，重新俯瞰蛰伏在山下的城市夜景。薛京则静静地坐在一旁，不确定自己怎么样做才能安慰到她，于是递给她一张纸巾，伸手轻拍她的后背，态度谨慎而缱绻："别太往心里去。"

纸巾是用来擦眼泪的，拍打是用来哄小孩的，但哈月没有哭，她将纸巾团成一团握在手心，拉过他的手，带着点轻快的笑意和薛京说："没往心里去。"

不是逞强，而是过期的补偿似乎总是差些意思。

她知道，赵春妮最近在护工的鼓励下，尝试着在学习说好话。如果可以的话，她多希望赵春妮可以在更年轻时就有这种转变，这样她和母亲就都会拥有更亲近、更健康的母女关系。如果可以的话，她也希望小升初那年，自己用攒了很久的零用钱，在母亲节买了一束鲜花满心欢喜地送给她时不会遭到"乱花钱"的训斥，如果那天赵春妮没有勒令她将花束退回花店去该多好。如果那一天，她没有哭，而赵春妮恰巧笑着接受了她的花，并阅读了她长达八百字的抒情信，或许两人的关系会不会有些许不同？

但这不是谁的错，一个人的性格和她成长的环境息息相关，过去是从桥下流过的水，还能激荡缺憾，可已然无法改变，只有未来是可塑的。

哈月叹了一口气，声音温柔又坚定："最近一阵我常常在想，我妈这一辈子其实都过得很苦，小时候，她家在农村，姥姥姥爷又特别重男轻女，她没有资格读书，没有资格上桌吃饭，如果农活干得不好，挨打更是家常便饭。从农村跑出来和父母根本不同意的人结婚就成了她唯一反抗命运的工具。后来，我爸也靠不住，她走投无路，只能强迫自己把我拉扯大。生活就这样日子赶着日子地滚，她没有一天可以停下来，歇一歇，想一想自己想要过的生活到底是什么样的。她似乎一直在被社会推着跑，就算生病了，她也停不下来，总是被那些不甘心不公平的情绪围绕着，整个人硬得太久了，像一块棱角锋利的石头。"

"如果她能像我一样，长在现在，有一个和男孩一样平等地出去接受教育的机会，走出这个靠婚姻来摆脱原生家庭的怪圈，多些时间思考自己的价值，去读书，去看报，去漫无目的地泡在图书馆，多些无病呻吟的思考，她的人生是不是也会变得不一样呢？"

即便是注定要衰老、死去的人生，但在这之中，总是有人鼓起勇气将赌注压在了未来，将整个人生的慢镜头拉远，着力于艰难而正确的长期主义。而汲取这些成长的力量，需要一个良好的教育环境，用文化素质来打破赛道之间的壁垒，联通精神世界。可是问题是，没有物质，何谈精神？

就像她眼下优先想做的事一样。先立业，再成家。

先审视自己，对自己委以重任，再给他人和自己协作人生的机会，她不想在现阶段盲目地依靠任何人。即便这个人是薛京，也不行。所以，虽然她感谢他先踏出了这一步的选择，但她仍然没办法迅速地接受他的求婚。

层层叠叠的远山突然被描上朦胧的金边，不到十分钟，初升的太阳点亮连绵起伏的山脉，在宏伟山景的衬托下，远处暗淡的绥城突然显得如此光满万丈，好像刚拉开序幕的舞台，充满着一切的可能性。

日出结尾，天彻底亮了，漫天金波中，薛京到底没能把戒指从兜里掏出来，他尊重哈月个人成长的时间线，也太明白她那段话的究极用意，他们两人是心有灵犀的，不需要过多分析，他就读懂了哈月拒绝他的潜台词。

在哈月实现自我价值的过程中，她不需要他的钱，也不需要他对爱情的承诺，但因为她刚才这番话，他心中开始有隐隐浮动的暗流，好像他也可以为她口中这个"更好的未来"做些什么。

　　图书馆、文化局，还有金子和小雨在明年即将诞生的孩子。要素串联，薛京的脑海中几乎是立刻呈现出一幅美好的蓝图，一个曾经意外掉进心底的种子，突然在此刻找到了合适的湿度和氧气，破土发芽。

　　下山时两人心中都沉甸甸的，步伐却异常轻松，在厂区门口和哈月挥手分别后，薛京立刻驱车前往文化局。

　　整整四个小时的长谈后，赵主任亲自将薛京从办公楼一直送到停车场。

　　薛京上车点火预备倒车，赵主任还不忍离开，好像土拨鼠一样守在车头，在他转动方向盘时，又跑过来示意薛京拉下的窗户，然后伸出双手探入车窗与他用力地交握。

　　千言万语没办法表达赵主任的喜悦之情，最后只凝聚成一句哽咽的话：“小薛啊，我代表咱们绥城的孩子们感谢你。”

　　薛京细皮嫩肉的，秀气的十指被赵主任仿佛搓条似的双手箍得生疼，但他没有着急放开对方的手，忍痛笑着回了一句：“哎，主任。言重了。是我要感谢孩子们。”

　　天知地知你知我知，薛京这句漂亮话不再只是因地制宜的奉承而已。近来，他似乎在为人处世上没那么多精明和体面了，但他做的每一件傻事，说的每一句呆话，都是发乎于真心。

　　这世间尔虞我诈，真心不易，现在这份真心不只是对哈月，还包括他对绥城未来的一片期许。

　　他要感谢绥城彻骨的冷，也要感谢绥城漫天的沙，更要感谢那些在恶劣的环境下，还在顽强生长的“沙棘果”。这里赋予了他比热爱还滚烫的，关于文学创作的意义。

　　元旦这天，薛京新作即将出版贩售的消息正式在周双的运作下进行媒体宣发。

　　除了薛京第一本转型悬疑作品的标签外，另一大爆点，自然是薛京承诺会将此书未来的所有版权收入都捐赠于绥城文化局，用于扩建当地的便民图书馆。

消息一出，立刻被周双的运营团队买上热搜，在绥城突然诈尸的薛京赚足了网上的讨论度，热点内核足够覆盖传播用户，很快便引来了各大官媒的正面点评。在压倒性的吹捧中，也有少量理中客，对薛京是否借势炒作诈捐持怀疑态度。

热度持续上涨，挖坟党翻出薛京当年第一次参加读者见面会时的视频，视频里坐在聚光灯下的薛京刚读研一，他比现在稚嫩了很多，戴着半框眼镜故意装老成，身着充满书卷气的休闲男装，被问到创作的动力，薛京嘲弄地淡笑着，摸着自己袖管下的手腕，歪头讲了一个段子。

多谢落魄时前女友的不嫁之恩，他才有了今日的鲜衣怒马。

可炒了这么多年悲情男主角人设的薛京，竟然在最新样书的扉页上，印下了"致初恋"这三个大字。这不是赤裸裸的打脸又是什么？说好独身到白头，他不营业的期间却偷偷地跑到绥城和初恋复合？所以他到底还有几个好女友？

一时间流言蜚语喧嚣不止，舆论发酵，"畅销书作家薛京"突然被当作诋毁前女友的"下头男"迅速地出圈。

不止如此，好事者翻出几篇当年策划方大力推广薛京的营销软文，对薛京华而不实的作品以及"七个女友"的滥情经历进行全方位的抨击。

不到一上午，薛京风评被害，有冤的报冤有仇的报仇，连薛连暗的公司都被网友人肉出来，再加上薛京做过的广告，卖过的写作课，大家讽刺"新时代的二世祖"确实努力，还要在平头老百姓跟前儿摆碗讨生活，薛京所谓的善举彻底被淹没在反扑的唾沫星子里。

周双完全没想到自己接手薛京的图书策划后，会在最擅长的新媒体领域跌了个大跟头，一时间买水军，撤热搜，急着扭转舆论，忙得四脚朝天。

网上沸沸扬扬的讨论丝毫没影响到薛京在绥城过节，他早上起床时扫了一眼半夜周双发给他的宣发信息，连方案文件都没下载，就跟他回了个"好的，收到"。

网络社交软件上"999+"的红点更是没心思看，他压根也不知道自己当年的不良采访语录已经被各大情感博主截图转发，声情并茂地杜撰出渣男情史，导致他在自己微博的评论区被几万位网友骂得狗血淋头。

一上午，他光忙着洗澡、选衣服、喷香水，预备到临城的机场去接哈月的航班。

哈月与孙启明合作的汽配订单已于七天前结束，哈月拿到尾款后，立刻靠着孙启明的路子，一同蹭上了华北进出口商会赴美抢单的包机。

不虚此行，哈月收获颇丰，虽然订单不如商会大鳄们拿得多，但凭借优秀的翻译能力和沟通技巧，她在商会内部拿名片拿到手软，人脉如涨潮的海水，每位大佬都是哈月心中潜在的投资人，她如鱼得水，拜访客户的间隙就算吃个便饭，都要找时机逢人推销自己家乡的计划书。

六天时间，起码宣讲过几十遍PPT，不少商会成员都表现出之后详谈的兴趣，推进结果未来也许不会圆满，但总比什么都不做守株待兔强上许多。

下飞机时，哈月刻不容缓地将自己这次出差拿到几笔订单的好消息分享到工作群组之内。

半个月前，哈月已经招聘到了第一位愿意和她共事的创业伙伴，同样是女生，同样是绥城人，甚至和哈月一样，苏静也是因为需要照顾年迈且不方便出行的父母，而放弃了自己在越城的工作回到绥城待业。

哈月非常欣赏对方曾担任过七年电商客服主管的丰富经验，而苏静自己家里就有五十亩即将荒废的果树地，再加上成长的背景类似，她们二人创业的理念不谋而合。之后她又很快拥有了第二个具有直播带货经验的女性伙伴。

行李托运的取件转盘有序地转动，哈月站在人群的外侧查看着苏静发到她邮箱的关于物流合作的最新汇报，数据看到一半，匆匆一瞥，她的行李箱已经转出了仓口。

哈月暂时将手机分屏，点开微信告诉薛京自己马上就去地下停车场找他会合。

拉上行李，手机再度亮起，是小雨给她发来的一条微博分享。

标题为"畅销书作者薛京塌房"的图文消息之下，小雨输入了半天才发来一句——

> 姐，网上到处都在说的这个新世纪人渣，不会就是薛老师吧？

哈月驻足片刻，还没来得及回复，小雨又把这两条消息撤回了，自言自语似的打哈哈为薛京解围——

> 应该不是吧？可能就只是长得比较像的两个人吧……

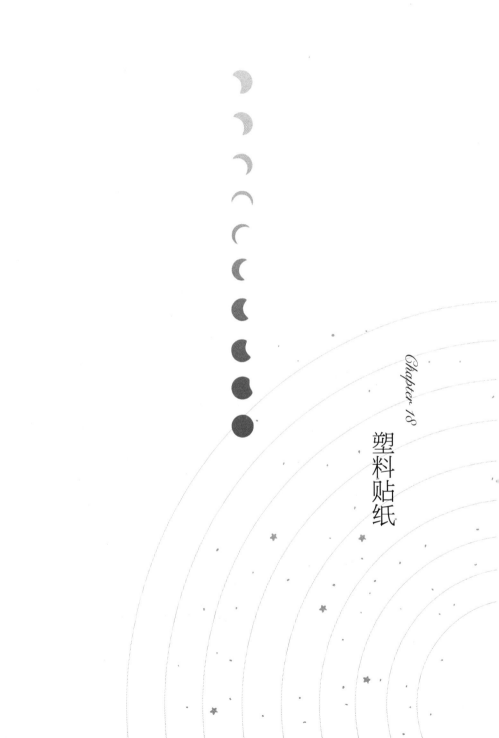

Chapter 18

塑料贴纸

今年春节尤早，元旦过后即将在当月迎来农历除夕。

恰逢周末，文化局从昨日开始调休三天，金子周六陪小雨到医院体检，元旦一早便开着车跑了两百多公里到朋友的牧区置办年货。

新年第一天，绥城的交通全面恢复，吴芳天也向哈月告假两天，坐火车回乡与家人团聚。

斯琴大姨要在哈月家陪赵春妮，"春妮小卖部"今早就只有曹小雨一个人在看店。

因为出院后完全没有经历过早期孕吐、食欲不佳等妊娠排异反应，虽然才孕十八周，但曹小雨最近的体重增长迅速，尤其是隆起的肚皮，连冬季宽松肥大的衣物都难以隐藏她正在怀孕的事实。

昨天体检时小孩的唐筛指标正常，但她因为体重超标，再加上血压偏高，被医生狠狠地训斥了一番，如果在下次孕检前不能控制住体重，医生会考虑让她再次住院保胎，喊营养科对她进行餐饮指导。

所以当天回家之后，金子立刻按照医嘱，联合母亲严格控制小雨的饮食。为了控制体重，稳定血压，首先零食不可以再吃，高油高盐的烧烤麻辣烫和火锅也是，所以今天曹小雨的早饭是水煮菜和熟牛肉。

早饭吃得没滋没味的，开门营业后，曹小雨一直坐在柜台里头朝着零食区咽口水。

还不到午饭点，她嘴里特别淡，牙齿还痒痒的，看什么都想吃，恨不得抱着自己的胳膊啃两口，隔一会儿就去用手翻翻婆婆帮她打包的午餐盒，看看里面到底有些什么食物。

两个红薯，三个水煮蛋和半盒芹菜炒鸡肉，等她终于把袋子里的东西看清楚了，食物也都进到她肚子里头了。

十一点半，曹小雨朝着防风门帘的方向打了个饱嗝，胃里吃得太胀，彩钢房里的电暖气又烧得太热了，她不禁有点犯困。昏昏欲睡之际，不停地有顾客进来购买东西，她生怕自己迷迷糊糊的算错账，于是起身，站在门口的位置，一边用后背撞击门框"健身"，一边举着手机刷网络短视频。

所以看到薛京俩字时，她是真没反应过来这里的"下头男"就是她的大恩人邻居薛老师。但谁知道薛京的消息那么多，刷完这一条视频后，隔着几段吃播，薛京的脸又再次出现在手机屏幕之上，她赶忙点开评论区，看看大家到底在说的是什么事情。

短视频断章取义说不清楚，她又忙不迭地在另一个热心网友的指引下下载了一个微博软件，注册的目的就是去看八卦的始末。没承想吃瓜吃到自己家，看着评论区那些对薛京和他"女友"的阴阳怪气和唇枪舌剑，小雨一下子就急了，立刻把完整版的微博图文发给哈月。

但小雨也不是真心想干坏事，消息一发出去，她立马就后悔了，感觉自己实在有点多管闲事。她父母都说一孕傻三年，她起初听到这话很是愤愤不平，但最近因为怀着孕，身体特别容易累，所以原本就不是顶聪明的脑子似乎真的转得更加缓慢了。

宁拆十座庙，不破一门婚。

在她眼里，哈月和薛京是天作之合，她可不想因为自己犯傻，听信网上的流言蜚语，搅黄哈月和薛京即将步入婚姻的关系，所以就有了之后的迅速撤回和最后那句此地无银三百两的开脱。

不过还好，哈月毕竟是她一直崇拜的大姐大，处理问题要比她平和得多，她似乎都没生气，很快便回复了她——

　　没事的，我知道。

两个人又痛痛快快地聊了一些孩子和小卖部的事儿，小雨这才走回到柜台后面，扶着腰重新坐下来。

　　她刚喝了一口水，金子就回来了，他兴高采烈地撩开门帘，告诉小雨这次他在牧区挑了两头整羊，可出了不少血。一头送到丈人家，另一头预备回家处理处理，羊头羊尾杂碎边角料都留在自己家，把两只羊后腿再加上羊排部分都送到哈月家。

　　就算是哈月暂时没要他们转让费的利息。

　　小两口刚坐下，曹小雨立刻跑到货架边选了一瓶橙汁和几小袋膨化食品放在金子面前挤着笑脸道："这些日期都不咋好了，你忙一上午也累了，垫吧垫吧。"

　　金子也不客气，二话没说，扯开包装往嘴里倒，小雨在旁边满眼放光地看着他吃，有一搭没一搭地和他讲着今天自己在网上看到的关于薛京的八卦。

　　小雨刚说到一半，金子就开始不耐烦了，扔掉手里的包装袋拧开饮料瓶盖，满不在乎地说："网上的话能有真的吗？你看那些网友一天天闲的，管别人家的事比管自己爸妈还上心呢。你听他们说那个，哥是啥人你还不知道吗？"

　　"反正我在文化局听主任说，他们已经开始拟定捐书名目了，大部分都是儿童书籍，还有不少女性教育方面的，具体啥教育我也不知道，到时候你也去看看。别在店里一天就知道刷短视频，局里好多领导都说胎教很重要呢，你也买几本书坐在这里读。"

　　他不耐烦，小雨也懒得听，随口嘀咕了一句："我又不是大学生，我读书干啥呢。你又不是不知道，我上学时一看书就犯困。"小雨说着话，注意力还在那些零食包装袋上，她翻过一个包装袋发现里面什么都没剩下，脸立刻垮下来，接连收了几个，发现里面的食物都被丈夫一扫而空，又盯着他手里的橙汁接着讲她是怎么给哈月发信息的，不过幸而哈月说没事。

　　金子这下气得直接将橙汁瓶子扔进垃圾桶里，指着媳妇儿的脸说："哎呀，你啊你，真是不干好事。那姐就算生气了还能跟你一个孕妇发脾气吗？你咋知道人家真的无所谓呢！"

"她那个脾气也不是吃素的，我得问问哥，是不是这会儿在机场已经打起来了。"

"你说他俩要是因为你分手了，这店咱们还好不好意思干了？不说姐还给你在国外带礼物回来了吗？"

金子皱着眉头，正掏出手机，准备给薛京打电话，小雨突然"嗷"的一嗓子。

泪水像是两条小溪从她的眼角迅速地汇聚到双下巴上，她脸上不仅下着雨，声音也如电闪雷鸣："不过了，不和你过了！谁愿意和你过你就喊谁和你过！反正我不过了。"

金子心想自己也没说很重的话呀，怎么就不过了，连忙伸手揩她脸上的眼泪问："咋还哭上了？我也没说你啥啊，你发那信息是不对吧，合着戳是非还戳出理了？"

"书看不进去就算了，但胎教得做吧，你之前不还说咱俩都吃了没读书的亏，说啥都要让孩子出去上大学吗？"

"不是那些个事！"小雨号啕着坐回凳子上，气愤地叫嚣，"金振梁！你吃独食拉黑屎，零食拿给你吃，你就一口都不给我留？！烧烤啥的不能多吃，虾条我尝一根都不行？还有橙汁！那瓶里还剩小半瓶呢，你咋扔垃圾桶了？就不能给我喝一口？还有妈给我弄的那些饭，一点味都没有，吃了根本不顶事。"

"我昨天晚上睡觉之前说我今天想吃车厘子，你听都不听就背过身去说那东西糖分高，买都不给我买！那我就是想吃！我是给自己吃吗，是孩子也想吃。"

小雨哭得惊天动地的，金子怕她惊动了胎气，是训也不行哄也不行，哑口无言之中，连忙抱着她的肩膀给她顺气。

店里，小两口正在因为薛京和车厘子而闹情绪，而临城，距离机场四十公里外的大型冷链物流中心之内，哈月正和薛京在进口果蔬区挑选成箱的水果。

半小时前，薛京在地下停车场也接到了周双的信息。但不同于周双担心的营销黑点，反正新书的书号都下来了，出版合同也早都签了，他全部的心思都放在接下来要怎么提前给哈月打预防针上。

他清者自清，完全不在意网上的舆论到底怎么揣测他诈捐，抹黑他的私生活，对于大家攻击他做广告卖课赚钱，他也没感到委屈，因为这毕竟是事实，无可非议，如果大家觉得他有辱文人风骨，大抵是该骂骂出气。

但薛京着实有些害怕哈月看到那段他"诋毁"前女友的视频采访。而且天地可鉴，那些含沙射影的话他还不止说了一次，用《午后天台》的稿费买豪车时想起哈月他说了一次，去蓟大同学会没见到哈月又说了一次，在耶鲁访学时发高烧弥留之际，发现哈月还没把他从黑名单拉出来时也说了一次。

总之，他刚分手后那段日子整个人的精神状态欠佳，明知道想起哈月会让自己难受，但他非常积极地放任自己去想，而想起哈月的每一次，他差不多都要报复性地把这个段子当笑话讲一遍。

挖坟党还挺客气，只给他截图了"吐槽"首秀，他应该感谢对方八辈祖宗。他还要感谢幸而分手后哈月根本不关注他的作品，也从来不混文学圈，不然他压根都没机会和她复合。重逢后别说是拿拉猪崽的三轮电动车载他，他哪配和她一起吃饭，接受她的道歉，估计她会一脚给他踢到沟里。

但凡是个人，谁会乐意被前任在公开场合贴上"拜金"和"势利"的标签？再说那都是误会，哈月有难言之隐的，人家分手时也不见得比他好过，情况掉转，如果他听说哈月分手后到处败坏他的名声，他也会生气。

生气也算合理，如果哈月因为这件事而和他分手那就有点夸张了，毕竟他们现在已经不是简单的恋人关系了，心理学上讲递进，恋爱的第一层是肉体上的，第二层是日常琐碎，最后才能上升到分享各自隐秘的精神创伤。

他俩现阶段何止是这三层的关系，灵魂匹配度根本已经冲破了大气层。所以哈月大约是不会因为他没气度又嘴贱的这点小事和他提分手的吧？

可是就这样想着，给自己做了老半天的心理疏导，薛京越想越没底，心里直打鼓，开车的路上没说话，到了冷链中心找地方停车没说话，下车跟着哈月去看水果时也没说话。

整个人因为打不好话术草稿而心神不宁，没精力做表情管理，所以周身也没热乎气儿了，看起来冷着一张好脸，像一尊刚从古堡里蹦出来的千年吸血鬼。

哈月的眼睛多尖，当然发现了薛京这一路面色煞白，满眼阴鸷，但她以为他是因为承受不了网友们对他的批评而心生怒火，想来大作家跌落神坛被扎破泡泡的滋味是难受，所以哈月由着他安静，想尽量给他点放空的时间沉淀情绪。

两人就这样貌合神离地挤在购买年货的人潮中，跟松鼠攒家当似的，先后用借来的手拉车把几大箱水果、海鲜、干货全部搬回车上。哈月这才气喘吁吁地看了看手表，提议两人在就近的苍蝇馆子吃碗面再继续赶路。

因为主客流为货车司机与装卸工，物流中心附近的餐饮店面大多没有精致的装修，二十平方米见方的小店个顶个得昏暗又油腻，食物以便宜量大而取胜。

下午两点，正在营业的小面馆内冷冷清清的，除了老板的两个小孩正盘踞在靠暖气最近的桌子前写作业外，店内只剩下哈月和薛京这一桌客人。

墙上的大红色菜单上只有文字，除了煲仔饭外，还有两三样面食，薛京不是很饿，为了避免浪费粮食，哈月就点了一份炒刀削面，叫老板上餐时替他们分成两份。

面还没上，薛京趁这个空当近乎殷勤地帮哈月倒水，刷碗筷，无奈吃面并没有更多可以讲究的细节，最后他实在干无可干，又从桌角上竹编的小框里捏出半头紫皮蒜，嘴里念着斯琴大姨经常说的那句"吃面不吃蒜味道少一半"开始主动替哈月剥蒜皮。

蒜剥得干干净净后搁在纸巾之上，薛京慢条斯理地喝了一口店里的陈年茶水，皱了一下眉头，又默默地将两人的茶杯推到了稍远处，他双手交握搭在桌面上，深吸了一口气才叫了一声哈月的名字。

哈月正在手机上回复工作消息，听到他终于预备说话了，便搁下手机抬起头看他。

她这么一看不要紧，可薛京就跟坐在审讯台前的犯罪分子似的，光是被哈月明亮的目光扫到，心里就开始发慌，他抿了一下嘴唇试图掩饰尴尬，又重新端起茶杯喝了一口那里头的"抹布水"，这下碎茶叶直接呛到喉管，他突然捂住口鼻开始剧烈地咳嗽。

连眼泪都呛出来了，鼻涕也是。茶叶更是从鼻孔飞出来了，薛京用纸巾捂着脸冲到洗手间。

哈月被这个活宝逗得乐不可支，摇着头又接着回复工作消息。

等到薛京双手湿湿地从洗手间走出来，炒面已经被端上了桌子，哈月等都没等他，已经开始大口吃面了。

哈月一早上没吃饭，饿得大快朵颐，反观桌子另一头，薛京还在用筷子在嘴里绣花，他挑起一根面条送进嘴里，每咀嚼一下，都要看一眼对面的哈月。

等到哈月即将风卷残云，他也就吃了十根面条，肚子已经饱了，搁下筷子又喊了她一声："月月。"

哈月瞥了一眼他的盘子问："怎么啦，不好吃？"

是不好吃，但他不说。

薛京重新拿起筷子，朝着哈月无害地微笑，装作很有胃口地继续进食:"不是啊,挺好吃的。我发现只要跟你在一起,吃什么都很香。"

"哦。"哈月拉着长音无视他口中的油腻情话,往嘴里扔了一颗蒜,把最后一口面条也打扫干净,"那你老叫我干什么? 有话要说? "

今天薛京才意识到,当日哈月和他的道歉是多么了不起的事,她那么自然地说出了那些自己曾经犯过的错误,并且道歉的过程中没有丝毫扭捏,可是这事儿轮到他自己,他怎么也开不了口。时至今日,他仍然不算一个完全洒脱的人,起码在处理男女感情上,他不如哈月豁达。

上一次,他对哈月进行"人渣"式的坦白,是因为选无可选,只能以小博大,说到底那些剖析仍然是他加深彼此牵绊的一种工具,但这一次,他所拥有的喜欢和牵挂已经太多了,在不确定哈月的反应下,他根本不敢把自己说过的那些话全盘托出。

"嗯。"薛京又往嘴里塞了一大口刀削面,等到咀嚼过后,全部咽下去,才郑重其事地说,"我真的特别喜欢你。很喜欢很喜欢的那种。"

"喂! "两人身后正在写寒假作业的小学生突然因为薛京偶像剧般的告白而爆发出一阵偷笑,哈月如芒在背,立刻在桌下伸腿踩他的脚,"闭嘴! "

薛京像是腿上有眼,非但轻巧地躲过了她的攻击,还一下抓住她裙子下面的膝盖,他指节纤长,隔着长靴在她的膝盖上一寸寸地收紧下行,他像轻佻的正骨师傅那样一点点地抚摸她的小腿,直到她的脸颊烧得通红。

他没有闭上嘴巴,唇色唇形都很完美的嘴巴还在讲话,他说:"所以你再多喜欢我一些可以吗?再偏爱我一点,更离不开我一点。"

如果她再多爱他一些,他想自己可能才敢肆无忌惮地为以前的行为而道歉,如果她根本离不开他,那么他未来才不用这么患得患失,瞻前顾后。

所以,自省了半天,他得出的结论是:问题的解决源头在于哈月。

哈月拧着双腿同他的一只胳膊角力,臀下不堪重负的凳子立刻在瓷砖上发出"吱吱"的惨叫。

寒假作业被合上了，稍大一些的孩童开始和自己的姊妹对口型，故意模仿薛京说的那些酸话。小一点的女孩子则更加顽皮，突然扯起尖细的嗓子唱起了歌："东边的草原上有两头牛，公牛对母牛说，I love you，母牛对公牛说，你羞不羞，羞不羞！"

坐在厨房听着小说打瞌睡的老板闻声用力地一拍面板，立即对着两个孩子开炮："还写不写作业？你们两个是不是皮痒了？"

孩子们突然噤声了，重新翻开寒假作业奋笔疾书，哈月将后槽牙咬得"咯吱咯吱"响，不便在面馆里与薛京上演闹剧，于是停止了挣扎，只用一双黑白分明的眼睛盯着他，不惊动声带，只用口中的气流道："薛京，你别给我发疯！松开！"

因为瞪得太用力，哈月眼皮处内双的褶痕完全消失了，原本一颦一笑都充满娇媚的眼形此刻因为滚圆而显得十分天真，薛京右手捞着她的小腿，掌心上下摩擦，声音也随着她的音量低沉下来："那你先答应我。"

好汉不吃眼前亏，哈月立刻点头眨眼，乖巧得似被匪徒绑票："我答应你，都答应你。"

"答应我什么？"薛京的手指已经捏到了她的脚腕，这么冷的天，为了同时贯彻商务和御寒，除了加薄绒的连裤袜，她在长裙下面还穿了一双麂皮制作的膝上高跟靴，靴筒柔软得像短毛狗的皮肤，他几乎要把她整条腿拉到自己的凳子上捏。

哈月忍住翻白眼的冲动，挤着小鼻尖含糊地敷衍："答应再多喜欢你一点，多爱你一点。何止啊，以后我还要对你三百六十度死缠烂打。薛京，瞧好吧，我要让你在龙卷风似的爱情里窒息，像寄生藤似的缠着你、绕着你，最后你都得求爷爷告奶奶痛哭流涕，让我多给你点空间。"

哈月讲的是恐怖故事，薛京全当是美好的愿景，他松开她的腿，给哈月递一次性漱口水时姿态又恢复成那个平日里一贯的矜贵雍容的样子："哈月，你最好是。"

哈月从面馆出来时，换薛京去卫生间吐漱口水，她拎着包小跑到车前，薛京刚一解锁，她立刻打开后座的车门，坐上最后一排。

在面馆里让小孩子取笑真的很丢人，况且小孩唱的歌词还很应景。薛京真的有病，病况可能还很严重，这是因为事业失意所以跑到感情方面来找得意？无论如何，为了保障自身安全，余下车程内她想尽可能远离这位精神崩溃的患者。

薛京打开驾驶位车门时往后面看了一眼，问了哈月一句："你不坐前面吗？"

哈月低着头"嗯"了一声就当回答了，满脸都写着生人勿扰，车门关闭，薛京没上车，而是直接绕到车后，也打开车门弯腰挤到后座上。

"哎！我回客户消息呢。"被捧着脸颊啵了一口时哈月皱起眉头。

薛京"嗯"了一声，手上却没停。

他的手指顺着她的眉梢、眼尾，一直摸到她的嘴唇。

他不亲她的嘴唇，只是用野火似的视线燎，用指腹的纹路触……

一吻结束，薛京重新回到驾驶位上，白皙的拇指上滚了一抹乌龙奶茶色的口脂，细看，他眼下还有几颗棕咖色的亮片，是哈月点涂在眼皮上的液体眼影。

哈月整个妆差不多都花了，高光和腮红在脸上融成了一片。

从后视镜里看到哈月重新将所有身上的衣料物归原位，薛京这才开口道："哈月，现在想想，所有人小时候可能都挺招人烦的，但是长大了应该就好了，人都要有个学习改过、再成熟的过程，对吧？"

哈月以为他的感慨是针对刚才在面馆里唱着歌嘲笑他们谈恋爱的小孩，声音有些惊奇地道："什么呀，你不是最讨厌跟你作对的小孩子吗，上次还跟我说，三岁看老，人家坐摇摇车的小姑娘叫妞妞，你非给人起个外号叫小皮猴子。"

"不是，她先说我的！她一见我就管我叫傻大个子！怎么个儿高也犯法？有本事她别长呗，一辈子不足一米。"

薛京被哈月激得破功，说完这句话，自觉幼稚，缓了半天，过了两个红绿灯，又在道歉的自洽上重新发起进攻，这次他换了个对话方式："哈月，聊点儿别的，你说如果一对情侣，感情非常稳定，是不是不应该因为以前发生的小事而徒生新的变动。上次我们看日出，你也说了，过去的事儿最好的结果就是让它们过去，对吧？我们要着眼于未来。"

哈月一听薛京这话，身上的雷达立刻竖起来了，她眯了眯眼睛，怀疑他从刚才开始就在给自己下圈套，在不打草惊蛇的情况下，哈月对着手里的气垫涂着唇蜜，装作不是很关心的样子说："也不是这么绝对吧，我上次说的是我和我妈，那具体事情具体分析，得看以前到底发生了什么小事，因为每个人对事情的大小程度的感受都是不一样的。"

"如果一个人认为的小事是另一个人的大事呢？那就不好说了。"

"尤其又是男女之间，能发生的事可多了去了，譬如，酗酒，暴力，出轨……"

"哎！"眼见哈月越说越离谱，薛京赶紧制止她的联想，"怎么可能呢！我说的这个人还不至于不干人事儿吧，就是一个不是很坏的人在年轻的时候说错了一些话。"

"什么话？"

"也没什么，就是一些很装的话。"

"哦，很装的话啊。"

例如薛京曾经公开说过很多次，他之所以能成功，都是因为哈月把他甩了。不仅是这样，他还暗示大家，自己的前任是个只喜欢在豪车上哭的拜金女。这些东西小雨没发给她之前她早就知道了，她在蓟城还加入过薛京的书友群呢。

哈月睐了薛京一会儿，赚足了心焦，突然抬起脸冲着后视镜里那双时不时看着她的眼睛作"恍然大悟"状："薛京，你说的这个人，是不是就是你自己啊？"

　　幸亏上了高速后哈月因为疲惫，很快在后座上睡着了，不然薛京真的很想当场跳车逃跑，余下的回程路，薛京简直不知道自己是怎么把车开回来的，到了家门口，哈月在后座上伸懒腰，他羞愧难当，恨不得找个地洞去钻，连年货都没帮忙搬，一见到斯琴大姨带着赵春妮从对门迎出来，就立刻借口工作，心有余悸地关上院门喘了半天。

　　就连哈月给他发信息叫他过去一起和大家吃饭，他都疑心是对方要和他分手的前奏，草木皆兵。只敢隔着屏幕给她疯狂地抠字说"对不起"。

　　傍晚时分，薛京的微博更新了一条纯手写的"致读者道歉信"。

　　白纸黑字，薛京的表述简洁明了，他对当初软文营销中的不当用词道歉，对自己曾经在公开场合发表的错误言论道歉，对曾经靠流量快速变现树立不良价值观道歉，为诚恳反省，他本人将不再过多占用公众视野，新作后续捐赠，将由周双的工作室代为公布所有明细。

　　但在注销微博之前，他必须要多嘴一句，他本人没有作风问题，只有对自我意识盲目傲慢的问题，四年前和他分手的是他初恋，现在和他交往的也是他的初恋，他活到现在，就只交过一个女朋友。

　　"薛定谔的猫"曾经反讽人类意识具有独特性，他浅薄的人生经历也充分证明了这一点。

　　薛京的道歉信到底有没有平息网友的怒火他不知道，但把所有名下社交网络的账号、密码都打包交给周双代为处理后，他精神之上突然有一种前所未有的轻松感。

　　甚至新小说还没焐热，他又开始计划着今年势必要在绥城再完成一本悬疑题材的系列篇。

　　他去年报考的高空作业证已经下来了，他应该利用这个优势深挖一下发电行业的运作规律。舍弃了天花乱坠的"名利场"，灵感充沛也如凤凰般浴火重生。

不过这种舒缓的精神状态没弥留多久，他打完千字的大纲，习惯性地举起手机想跟哈月分享自己的创作进程，滑开屏幕，只见一小时前，两个人的对话还停留在哈月叫他去她家吃饭，他委婉地拒绝并再次道歉的对话上。

精神再次从肉体出走，薛京哀鸣着一头扎进沙发里，恨不得满地打滚。

谁懂啊？他要了一天小聪明，又是疯狂求爱又是乱扔烟幕弹，为的就是想让哈月尽可能地晚一些少一些知道他犯的错，给她从双杠上掉下来前铺一层缓冲沙。

可是地上没沙坑，全都是刀山火海，哈月在回来的路上告诉他，她何止是早就看过他所有的采访视频，当年在他第一场读者见面会上，她本人就守在书友群内看其他读者实况转播。

他疑心哈月是在刻意诈他，可证据确凿，哈月还原原本本地描述了他当日接受访谈时正在喝着一杯如何调味制作的半糖冻柠咖。

躲过了晚餐躲不过夜宵，他饿着肚子，像死不瞑目的尸体般在沙发上横到了十一点，哈月又给他发消息了，这一次她没和他客气征求他的意见，直接一条语音告诉他既然读者道歉信写完了就赶快滚过去吃饭，别让人三催四请。

下午一进院子，哈月就注意到自家房顶上多了两部空调外机，给大姨家分了一箱车厘子和葡萄柚，哈月再走进房间转了一圈，发现家中所有的旧电器都被更换一新。

八十六寸的挂墙电视，735升的多门冰箱，成套叠放的洗衣机和烘干机，小物件更不必提，不仅如此，赵春妮房间里还多了一把电动按摩椅和一张智能床垫。

她才出差了一周，家里就被改造成了当季电器大卖场，不用问，这豪横的消费方式肯定是出自薛京的手笔。

今天两家人一起过节，晚饭哈月给斯琴大姨打下手，做了满满一桌，足有十二个菜。

饭桌上金子和哈月浅喝了两瓶她出差带回来的葡萄酒，分完礼物，大家一起热热闹闹地收拾完碗筷，小聚散场后，哈月微醺，陪着母亲一起窝在沙发里看八点档的电视剧。

秋天那部男人出轨、妻子复仇的古早电视剧已经完结下线，最近赵春妮在追的电视剧是当下爆火的扫黑反贪剧，剧里的角色正在用啤酒瓶互砸脑袋，哈月手里突然多了一小把炒黄豆。

因为大多阿尔茨海默病患者在临床上都表现出难以控制食欲的症状，重者还会在垃圾桶里找腐食，所以在赵春妮第一次将填色画册上的纸张撕下来送进嘴里咀嚼后，为了不让她产生此类机械性的行为，除了实施一日多餐制外，吴芳天还会在用餐时间之外，额外给赵春妮准备一些相对健康的小零嘴。

虽然护工休息不在，但赵春妮早就按照她的嘱咐养成了定点习惯，哈月刚打开电视，她即刻从茶几下翻出一只装着黄豆的食品袋，打开包装，不多不少，从里面抓了一把搁进自己的上衣口袋里，再重新将包装袋系上。

两个小时的电视剧配着一把黄豆，每一颗黄豆她吃得都很慢，等到黄豆吃完，电视剧结束，她也就该去按摩椅上按摩一下睡觉了。

大约是觉得和自己一起看电视的哈月也会感到饿，赵春妮浑浊的视线总是不由自主地从电视机滑到哈月的侧脸，最后还是往她的方向挪了挪屁股，将兜里的黄豆也分给她一些。

哈月低着头，望着手里的食物，感觉到身边的座位软塌下去，是母亲在往她的方向靠近。

她捧着这些豆子，表情有些微妙，低声地说了句："谢谢。"随后用手捏了一颗放进嘴里。

黄豆是新炒的，只用了少量盐巴调味，看起来一点也不美味。牙齿破开坚硬的质地，多咀嚼一阵，破碎的豆子终于在唇齿之间爆发出一种很朴实的味道，伴随着豆香而来的，还有那些粗糙的豆渣。喉咙吞咽了几下，非常枯涩，哈月又捏起一颗放进嘴里，她重新抬起脸，将视线聚焦在电视屏幕上，在频闪的蓝光下，她的身体也向着母亲的方向倾斜了几分。

很快，赵春妮又将自己兜里所剩无几的豆子全都抠出来放进哈月的手心里。那些豆子上沾着不少赵春妮兜中残留的布料纤维，哈月就像没看到那些杂质，又说了一声谢谢，仍然一颗接着一颗吃。

在"嘎嘣嘎嘣"的声音中，两人之间的距离越来越近，直到哈月把头靠在母亲的肩膀上。

她脊椎歪斜，像是被人抽掉了骨头似的，将全部力量都搭在母亲如今衰老的身体上，哈月的声音软烂，好像也被音响中的雨声沾湿了，她说："妈，你说错了，我从来没有因为你生病这件事而恨过你。"

"我想我是爱你的。"

虽然这种爱总是那么沉重，不快乐，让她很想逃离。

"我想，你也是爱我的。"

即便这种爱总是混杂在很多失控不堪的情绪之中，像是在曲折的迷宫里找宝藏，要很用力很用力才能被识别出来。

曾经的来自双方的厌恶情绪不能被否认，同样，细如丝线的爱也不能被否认。

哈月说出的话并没有得到回应，因为赵春妮反复咀嚼着嘴里的豆渣，正在如蜗牛般缓慢地思考着，她正在看的电视机，到底是什么时候变得如此巨大的。这个问题在这一周她思考了很多次，也被回答了很多次，但是这一次，她突然记不起自己以前到底拥有过什么样式的电视了，属于她的电视屏幕更小，修了很多次，是从哈月出生后，她就一直拥有的，但电视机外壳是什么颜色的？

灰色？黑色？还是银色？她一时间怎么也记不起来。朦朦胧胧间，只有几张绿色的贴纸在她的思绪里闪现，那贴纸的模样倒是异常清晰，是哈月三岁时最喜欢的小恐龙。

画面一转，留着半长头发的哈建国在院子里给她的自行车打气，她正抱着哈月在床上看画册，画册上全是塑料贴纸，哈月用这些贴纸把自己喜欢的家具全都装点了一番，电视机上，镜子上，到处都是张牙舞爪的绿色恐龙。

手上一热，是哈月趁她不备，突然用短小的手指抠下一张恐龙贴在她的胳膊上，母女俩的视线一对上，哈月便裂开嘴巴甜甜地朝她笑，稚嫩的童声奶里奶气的，"妈妈，我爱你。"

"月月，妈妈也爱你。"

下一秒，赵春妮皱起眉头，脑子里的回忆又散了，电视节目还在播放，但她没再去琢磨旧电视机的事儿了，她开始重新思考，她怀里的那个喊她妈妈的小娃娃到底是谁。

她为什么爱她？

晚上十一点零三分，薛京拎着两箱燕窝叩响哈月家虚掩的院门。

因工作忙，哈月难得回家几天，正因为稀少，她在家陪伴母亲的时光又变得非常珍贵，看完电视节目，她给赵春妮打开按摩椅陪她说话，按摩结束，她又带着她洗漱，哄她上床睡觉。

等到母亲睡下，她准备自己泡个澡，放热水时路过厨房瞅见小桌上斯琴大姨给薛京提前留出来的几道菜还包着保鲜膜，她实在懒得去给他送，还不如直接叫他过来吃。

院门被敲响的时候，哈月还挺纳闷，等到走过去拉开门看到薛京手里拎着的东西，她在心里翻了个白眼，知道大作家这是又矫情上了，现在她家里所有值钱的物件都是薛京的所有物，这地方不就跟他半个家一样吗？

回自己家，还要专门敲门拎礼物？他不再出现在公众视野中真是可惜了，他该去做演员的呀。

所以在薛京非常客气且含蓄地说出"不好意思，大晚上打扰你和阿姨休息了"的台词时，哈月连接都没接，直接用眼神瞥了一下主屋，示意他把燕窝拎进去。

薛京清了清嗓子，回身关上院门。

这家里他如今确实是熟，哈月不在的时候，他经常过来帮忙，送礼，顺便蹭饭，如今想装生疏，说自己不知道把补品放哪儿都难。

客厅里，薛京轻车熟路地把燕窝摆在赵春妮最近在吃的蛋白粉旁边。

哈月已经拎着洗澡筐从他身侧路过，拉开客厅大门之前，她的态度一如既往，回头小声地吩咐他："饭在厨房呢，我妈睡了，你就在小桌子上吃吧，吃东西小点声儿啊，别把她吵醒！我好不容易哄睡的。"

Chapter 19

可见的力量是不可见的

哈月在浴缸里泡了二十分钟，待她护肤结束，吹干头发从浴室走出来时，厨房里的灯竟然还亮着，薛京正在第二遍清洗方才自己使用过的碗筷。

耳朵听到哈月推开了厨房的门，薛京立刻加快了刚才刻意放慢的动作。

他三下五除二将干净的碗筷放在沥水篮里，转过身来非常拘礼地朝着哈月颔首："抱歉，吃得有点慢，我把碗洗好了，那我这就回去了，你照顾阿姨肯定很累吧，也早些睡吧。"

薛京嘴里是这么说，但脚步并没有朝着门口的方向移动，好在哈月不是真的不待见他，没有让他的试探悬而未决。

她看了他一会儿，自顾自地走到橱柜边，踮脚打开柜门，从里头翻出一包姜枣茶道："刚吃完就睡？我要泡茶，你不多待会儿？"

于是，薛京又亦步亦趋地跟着哈月穿过院子回到了客厅之内。

大衣搭在沙发背上，薛京在沙发上如小学生听讲正襟危坐。

暖瓶中热水袅袅，缓缓地注入茶杯中，电视被重新打开，不过这一次是静音，电影频道重温经典，正在播放 1997 年的《泰坦尼克号》。

哈月抱着茶杯轻轻地吹动表面的热气，薛京也是，两个人就这样你不看我，我不看你，只盯着电视里的哑剧喝了一会儿茶，哈月突然小声地问他："下午怎么不过来吃饭？金子问我你是不是和我闹别扭。"

薛京哪敢说真话，立刻转过脸柔声地解释："没有和你闹别扭，就是工作室那边的公关什么的，怪麻烦的，有点忙。"

哈月也转过头，眼神顺着他的喉结下移，扫到他身上的穿着，若有所思地道："哦，忙得都顾不上吃饭。"

饭可以不吃，衣服却换了一套，早上去接机时，薛京分明穿着成套的"老钱风",可现在坐在她家沙发上装乖巧的男人,却裹着"奶狗弟弟"才喜欢的宽松的卫衣。

他以为她不知道他在等着自己主动跟他一笔勾销?扮猪吃老虎想得倒是美,她非得看看他能假客气多久。

两人之间的距离太近,薛京的视线向下,无意地扫过哈月敞开的领口,她是真不把他当外人,洗完澡后就贴身穿了一套睡衣,虽然睡衣睡裤都是长袖的,但这种混纺的材质贴肤度很高,他连顶端的弧度都看得一清二楚,刚才的姜枣茶已经开始起效了,他胃里一团火烧,额头隐隐地冒汗,赶快放下茶杯,不动声色地往旁边挪了挪道:"嗯,真的很不好意思,还麻烦你特意帮我留饭,谢谢你,太辛苦了。"

哈月的舌头顶在上颚,也随着他的方向蹭了蹭,一只胳膊绕过沙发背直接搂住他的脖子,接着装作认真地看电视道:"不用谢,饭是大姨帮你留的,跟我可没关系。你不知道,冰箱没地方放,我是怕浪费食物,你今天不吃,明天就馊了。"

闻言薛京的呼吸一凝。

闹了半天哈月根本不关心他是不是饿着肚子,他急忙换了衣服跑过来还以为是哈月要跟他冰释前嫌,他真自作多情啊,他就是来打扫剩饭的,刚才吃狗剩吃得还贼开心。

哈月的指尖在薛京耳朵后面的发茬儿上扫来扫去,薛京的眼白烧得发粉,除了耳朵痒,心里气,左侧靠近哈月的胳膊肘还顶着一种难以言说的触感,他手指收紧在膝盖上抓出折痕,等了一会儿,换了一下双腿的摆放姿势,才不太爽快地道:"喝茶就喝茶,您能别压着我吗?我都手麻了。"

哈月看他吃瘪差点儿扑哧一声笑出来,继续用力地挤着他扮无辜地道:"谁让你非得把胳膊放腿上,你可以搂着我呀。下午在车里搂得多起劲啊?"

想到下午当了一回现眼包,薛京的牙齿紧闭,眼皮下的肌肉狂跳,整张脸已经在失控的边缘，但声音还是悄悄的，为的是不吵醒正在睡觉的赵春妮："嗯，对不起，已经在反省了，下午是我不对，没得到您的允许，我怎么敢随便触摸您的身体，我真是该死啊，实在对女性不尊重且不礼貌。要不然你把我拖出去杀了吧。"

他话音刚落，哈月就从他身上弹起来了，胳膊上没压力了，但薛京心里更不痛快了，不过他还没发作，哈月就"啪"一声把电视关了，直接起身下逐客令："行，既然这样那你就先回吧。茶也喝得差不多了，这儿没你的事了。"

阴阳怪气一瞬间又烧成了狗急跳墙，薛京一把拉住哈月的胳膊，把她用力地搂进怀里，声音充满急切："我回去了你明天还爱我吗？明天还爱我的话，那后天呢？"

可后天的事情谁又能对谁做保证呢？感情的事是没办法强求的。

这还是哈月第一次认识到，原来四年前分手后，薛京对待恋爱的态度竟然会变得这么没有安全感。她以为当初自己的决定是让双方得到解脱，但没承想挫败的感受会一直跟着薛京这么久。

哈月回抱着他，等再抬起头时也不和他闹了，碰着他的脸认真地盯着他的眼睛道："薛京，你之前说道歉是弥补他人，不是成就你自己对吧，现在我也把这句话还给你。这些年我也看了你挺多本书，我要是真的对你当初说的那些评价耿耿于怀，我们也不会走到今天这一步。说实话，当时我听的时候并没什么感觉，反而还挺为你高兴的，觉得幸亏我和你分手了，你才能写出那么畅销的书，我也算是做了一件好事。"

"就像现在，我们复合了，谈得不错，我也觉得是一件好事。可能所有的事情就是最好的安排了吧。所以你也别对谈恋爱这件事太苛刻了，哪有那么完美的爱情呢，步步为营，机关算尽，连过去都要想办法扭转乾坤。人无完人，咱俩都是，再说你也不是之前的你了，我也不是之前的我了，对吧。"

"现在我们在一起很开心，这已经是爱情很好的样子啦。"

"我哪有空琢磨怎么和你分手啊。你又不是不知道，忙都忙死了。"

哈月说的是，她根本不需要原谅他，因为她也不需要他的对不起。如今，在她眼里，过去的事儿根本不是急需重建的事故现场，是他思来想去，把事情在脑子里夸大了上万倍，然后惶惶犹如惊弓之鸟。

她衷心地希望薛京可以在感情上把精神放轻松，因为他们的地基明明比大多情侣都要牢固，没什么好杞人忧天的。

不过话锋一转，哈月在赶他回家前还是踮脚贴近了薛京的耳朵道："不过你要是非得向我表现诚意的话，也不是不行，我从国外也给你带了些伴手礼，你这会儿拎回家试试呗。"

"一大袋子，都是我为你精心挑选的，我在买的时候一直在想，啊！这个肯定适合薛京，那个和薛京也很搭，所以一口气买了好几套。"

十分钟后，哈月锁好大门躺回自己的铁丝床上，手机振动了，是对门的薛京给她连续发了三个问号。

照片里，薛京捏着那些五彩斑斓的男用制服，手背的青筋都暴起来了，他问她："哈月，这就是你特意给我选的伴手礼？你出差时到底都在逛什么店啊？你是去工作的吗？亏我刚才还被你感动得差点流眼泪。"

哈月在床上笑出猪叫，快速地打字——

> 不想穿？那算了，口口声声说爱我，其实对我一点也不真诚，记得我们第一次去学校门口的酒店吗？那天还下雪了，我多大方啊，连十六厘米的高跟鞋都准备了，你是真小气。

对话框里输入了半天，最后薛京终于回了她几张没露脸的对镜自拍，照片里的黑白"女仆"肩背可有点宽啊，胸肌都要把围裙的小花边撑烂了。

想穿呀，怎么不想穿？好看吧！不就是裙子嘛，是男人就要穿小裙子，我爱穿。现在不方便我施展，等护工回来上班，你晚上过来我好好地穿给你看。

周一穿黑的，周二穿粉的，周三穿紫的……

周天我把这几套全都穿在身上，就怕辣得姐姐您流鼻血。

大卧室里，母亲的呼噜声如火车轰隆，小卧室里，哈月躲在自己的被窝里，偷偷地把薛京发来的照片反复地放大缩小，瞳孔如鳞片竖起，不放过一丝细节。

被窝之中因缺少氧气，难免呼吸沉重，看着看着，脚趾不知道为什么蜷缩起来，末了还是哈月自己先对着照片口干舌燥，满面通红，连忙告知薛京自己真的睡了别再发骚扰消息过来，便把手机锁屏压在枕头下面。

从被子里探出脑袋，哈月大口地吸入微凉的空气，闭上眼睛镇定了半天，就差念大慈大悲咒了，等到心脏恢复正常，头脑清醒，摒弃了男色，这才重新坐起来，拧开床头的台灯，开始挨个拆床头柜上的邮件。

因为创业初期资金有限，人工已经是一笔不小的费用，商用办公楼内租金高昂，并不在哈月的考虑范围之内。

近期苏静正在为公司申请入驻绥城政府新规划的电商创业园，除了一年免租期外，她们还很看好政府联合大型电商平台提供的公共技术服务和创业融资平台。在成功入驻创业园前，哈月没有正儿八经的办公地点，只能暂时将所有业务往来的通信地址填写成赵春妮的老房子，由吴芳天代为签收。

出差一周，从国内工厂寄来的邮件又存放了不少。这些邮件之中，大多是文件或产品名录，所以在拿起由蒋子凡发来的文件封时，哈月并没有感到任何异常。

撕开信封背面的金属条，第一眼并没有看到任何纸张，内里的产品目录似乎很小，哈月把手伸进敞开的信封之内，没想到竟然摸出一本朱红色的旧存折，翻开存折第一页，户名是哈月，开户时间是十五年前。

十几页密密麻麻的活期存入金额，一直累存到 56 万元后戛然而止。

存折的最后一页夹着一张照片，照片之上，躺在病床上的男人看起来形如枯槁，根本不是她记忆中的父亲，哈月的指尖微颤，翻过照片，背面除了写有存折的密码外，还有一行越城住家的地址。

蒋子凡的字迹不太美观，像狗刨似的，但哈月看懂了。

他写的是——

钱是他以前存给你上学用的，如果你愿意来看望他的话，我妈这边一直方便。

创业园的入驻审批比哈月的预期提前了许多，大年初三这天，哈月从值班的物业那儿拿到了新办公室的钥匙。

九十平方米的通间被透明的玻璃隔断分成三个区域，办公桌椅一应俱全，除了会议室、办公区和待客区外，阳面还有一片不小的露台，分别连通着其他十几家正处于创业孵化的公司。

买电脑，做软装，通光纤，搭建直播间，调试直播参数，招聘网络工程师。

今年这个春节哈月注定没办法休息，还没出正月，元宵节，她们的线上助农平台已经开始正式运营。除去专业主播，公司还聘请在家赋闲的农妇前来兼职，每天直播十六小时，客流量稳步提升，订单纷至沓来，办公群组也由以前的三人成群，扩充到十名之多。

四月初，哈月成功地利用自己在商圈的人脉拉到两名小额注资人，绥城的办公地点已经满员，剔除发放的工资，前期所有投入，商业模式初运营后成功跑通，哈月的公司竟然还有一笔可观的盈利，远远甩脱同期创业公司。

谁也不会想到，当日大娘箩筐中干瘪的沙棘果干竟然在短期间撬动了数以亿计的销售额。

即便做出这种成绩，哈月的野心远不止于此，五月初，她开始在创业沙龙中积极地接触各方投资公司，着手扩大企业规模，为绥城农产品在大型连锁商超争抢供应资格。

新一轮的融资计划不再是区区百万，未来两年，她对自己的公司市值预期在五千万以上，借资本扩量，哈月所寻求的融资金额将在一千万与三千万之间。届时她会面临更专业的风投公司轮番对她刚站稳的小企业进行综合实力的全面评估，大到商业模式、行业前景，小到她作为公司代表的个人能力和领航手段。

前路风险重重，但面临更艰巨的挑战，她的内心并无恐惧，只有信心满满。因为她已经不再是那个在生活中遇到困难便想要迅速止损离场的小女孩了，万丈深渊之上，只有一条钢索，她肩上的担子很重，但还是要负重前行。因为要活，真的活，绝不能敷衍自己，深夜四顾茫然时，为了驱逐荒芜，便也只有钻木取火，踏上这条竭尽全力救自己向上的路，除此没有其他办法。

也许登上这一座山又望见了更高的山，人畏难便易自困，但殊不知行走的过程，每一步都足以丰盈此生。

冬去春来。

绥城又刮起了新的尘沙，故乡给哈月的感觉仍然是那么温热又残酷，但虚浮散尽的那天，她走在熟悉的街道，路过熟悉的彩票店，耳边呼啸的风声中竟然能隐约听到胜利的号角。

生活仍然是一场恶战，但没关系，哈月赢下了自己。

绥城文化局于六月一日举行新图书馆揭牌剪彩暨开馆仪式，新址定于去年因资金链断裂彻底宣布烂尾的文人故居。

这天是国际儿童节，连续加班了两个月无休的哈月终于破天荒地请假一周，不是为了休息，而是带着病情恶化的母亲在蓟城医科大看诊。

近期她的公司如冉冉之星，不仅被设立成重点试验田，得到了绥城政府的"互联网+"专项资助，还吸引到不少投资方的莅临观摩。

不过很可惜，阿尔茨海默病的发展至今未见奇迹，不到半年，赵春妮已经丧失了大部分的感知情绪，以往脾气暴躁的她开始变得寡言少语，无论是电视节目还是认知训练，吴芳天都很难再调动起她的任何兴趣了。

她经常呆坐在椅子上，望着西厢房，一看就是一天，什么话也不肯说。

而薛京曾经向哈月建议过的临床试验便成了赵春妮的最后一道生门。

前一天看诊结束，医生的建议与哈月设想的一样，如果家庭条件允许，虽然费用不菲，且治疗效果不可预估，但他们可以为赵春妮争取干细胞治疗临床二期试验。

详细了解了治疗方法和一期样本随访后，哈月没有多做考虑，缴纳费用后签署了家属自愿同意书，便带着母亲回到了薛京在蓟城的住处。

这一次前往蓟城前，她已经做好了安排母亲住院的准备，不仅她来了，吴芳天也来了，哈月临行前主动提出希望她在母亲住院期间继续看护，作为回报，工资另涨。幸而这大半年来她们之间作为主顾相处得很愉快，吴芳天欣然同意。

一早，消息大约是从周双那里走漏出去的，久未回蓟的薛京接到了不少问候电话。

新书反响不错，影视版权交易被提上日程。

图书编辑，IP经理，报社读书版的记者，这些薛京都能推掉，但是作协的几位干事着实难缠，非要他针对在绥城捐赠图书的事宜做个专项汇报。

以前写不出文章时薛京恨不得让自己多开些会，虽然脑袋空空，但行色匆匆起码装得像个大忙人，可是一旦创作的进程顺畅起来，所有社交场合于他就成了无用功。

一颗八面玲珑心，骨子里却喜清静，有和老头开会的时间，他还不如多和女朋友发展感情。虽然哈月总爱说当下开心便好，可是感受当下的同时并不耽误计划狂幻想他们的余生。

薛京想在三十岁之前结婚，别的倒没关系，主要是再老些，他怕自己和哈月拍婚纱照时颜值下滑，更有甚者，不知道为什么，在小朋友的眼里，哈月总是和他差着辈分，作为"高个儿叔叔"，薛京今年已经开始有抗老焦虑了，最近他照镜子时总觉得自己下颚线条没以前紧了。

昨天陪着哈月从医院回家后，薛京一直谨小慎微，察言观色，怕的就是不能充分关注到哈月的负面情绪，他这套大平层面积是真的大，光书房就有两个，之前自己住的时候他还嫌房间不够多，没事儿就来回倒腾屋里的家具，专门空出一间什么都不放做冥想室。

可是昨晚安顿好哈月、赵春妮和吴芳天后，他躺在哈月对面的卧室里，简直觉得自己有病，当初为什么要买这么大的房子？买大房子就算了，为什么还在家里安四张床？床这么多，房间这么多，他连想和哈月睡一块儿都没办法自圆其说。好在他耳朵灵，凌晨一点多哈月起来在冰箱找水喝的时候，他一个鲤鱼打挺，借口帮她拿水，抱着四瓶不同口味的气泡水直接溜到小卧室再没出来。

可惜这一觉也没睡足八小时，早上八点，他就睡眼惺忪地跑到阳台接电话，接了一个又一个，直到把哈月也吵醒了。

蒙蒙眬眬之间，哈月耳边一直有人在小声说话，半晌，哈月迷迷糊糊地翻了个身，薛京正在她旁边打字回消息，哈月瞥了一眼他的对话框，便大掌一挥，拍了一下他道："约你就去啊，你人都回来了还拒绝人家不太好吧，我妈这边就等着入院通知了，没什么要紧的，你忙你的就好。"

"啧。"薛京将她的手捞上来放在胸口上，显然已经习惯了哈月如此粗鲁的行径，顿了顿才说，"不只是阿姨的事儿，今天不是过节吗？正好吴阿姨在家陪她，我都计划好了，你要是心情还成，咱们去紫玉喂小鹿？今天天气也不错，天鹅估计多，中午饭就在那儿吃，下午去商场选完礼物就到后海划船，看完日落在附近嵩祝寺吃个法餐，晚上你还不累，咱俩走走，逛逛胡同喝两杯。我找代驾，这次肯定陪好你。"

最近哈月加班的晚上，他有在偷偷地练习喝酒，不过仍然是一杯啤酒就脸红的量罢了。

计划听起来是挺惬意，可是哈月的小脑瓜里还"咔嚓咔嚓"转着印钞机。

拜托，据她所知，薛京的新书转型明明很成功，可到现在为止都没能成功地卖出影视改编权，半年来接连有几家影视公司都联系过周双的工作室，最后都卡在薛京这一环了，两人如今不戴面具相处久了，她发现薛京岂止是拖延症严重，好像还是一位隐藏很深的社恐人士。

每一次谈到 IP 孵化、开会、定价、条款，他都是那两句："我想想""回头说"。

这一回头，又是一个月深度潜水，电话静音完全当摆设。

再者说哈月又不是儿童，虽然有时会童心未泯，但作为一位精神独立的二十七周岁妇女，她认为属于她的节日是三八，她本人没必要非凑热闹，在六一和孩子们挤在一起看小动物，她的假期还有六天，薛京说的这些很浪漫的计划，明天再做也不迟，但电话里那些应酬不一样，不趁热打铁，过了这个村可就没有这个店了。

真是皇上不急太监急。

于是她像个无情的金牌销售，不择手段，直接滚到薛京旁边把他硬是从床上挤下去。补刀的时候嘴里还嫌弃得要命："哎呀，我心情要明天才能好起来呢，咱俩加起来都快奔六十岁了，人都要入土了，过什么儿童节啊？大早晨，你就别跟我这儿起腻了行不行，距离产生美，懂？我今天怎么看你这么不顺眼呢，真的急需跟你保持距离，开你的会去吧。别惹我烦。"

九点钟，拎着笔记本电脑的薛京面如包公，被哈月从他自个儿的家里扫地出门。

薛京前脚刚走，哈月后脚就冲到商场消费。

薛京喜欢的香水买了，薛京喜欢的贵价鞋子也买了，选完礼物，她去给母亲打包以前她在蓟大上学时吃过最好吃的烤鸭，最后路过花店，哈月大包小提地绕回来，还给薛京和母亲一人包了一大捧五彩斑斓的零食花束。

待她赶在午饭点儿回到薛京家时，吴芳天一开门，就朝着客厅的方向疯狂地使眼色道："薛老师的妈来了。"

冯韵是在今年初才发现薛天泽的存在的。

自从儿子在国内读研后，他们夫妻与孩子的关系便急转直下，薛连晤对薛京花拳绣腿的"事业"嗤之以鼻，冯韵三番五次代表丈夫游说薛京服软，从中调和父子关系，但薛京不仅拒绝再接受父母的资助，自从和父亲大吵一架后也不再踏入家中半步。

除夕那天，薛连晤照例晚归，冯韵一个人守着一大桌年夜饭，坐在电视跟前等了又等，78 岁的李谷一缺席春晚，年过 60 的薛连晤亦是。

凌晨一点，酒气熏天的薛连晤由司机搀扶着回到家中，在沙发上打盹的冯韵连忙上前服侍。

卧室内，冯韵先脱掉了丈夫的皮鞋和袜子，再爬到床上去抽他的皮带，俯身解开对方领带时，冯韵闻到一股刺鼻的女士香水味，这些年，她对薛连晤在外"灯红酒绿"的夜生活始终睁一只眼闭一只眼，所以仍然面不改色。

衣服扔到洗衣房由帮佣清洗前，冯韵照例仔细地检查薛连晤的裤袋是否有重要物品，掏出丈夫的手机时，她并没有偷窥的意思，可是手机刚放在床头柜上，屏幕就亮起了一条信息。

这些年作为妻子，冯韵一直沿用两人刚开始恋爱时的法则，从不会对薛连晤多加看管，薛连晤对自己的手机也并不设置密码。

可那一晚，冯韵竟鬼使神差地点开了那条来自"芳芳"的语音消息，以为会听到妩媚的女声对着自己的丈夫发嗲，可信息的内容是冯韵做梦都不会想到的童音。

小孩子管薛连晤叫爸爸，他说："爸爸，新年快乐。今天我和妈妈一起在姥姥家吃了饺子！"

节后，经过了长达两个月的跟踪摸底，冯韵掌握了薛天泽及其母亲"芳芳"的所有信息。李芳芳今年二十五岁，于五年前经面试入职薛连晤的公司，虽然职位在公司挂靠在总经办，并按时缴纳着五险一金，但自从入职当天起，她便没有上过一天班。

确切地来说，薛连晤是给年轻貌美又家境贫寒的芳芳提供了一份工作，只不过这份工作的内容是被金屋藏娇。

为了掩人耳目，薛连晤安排自己的属下和芳芳办理结婚手续，不到一年，芳芳的儿子在费城待产中心出生，呱呱坠地时便拿到了美国国籍，孩子姓薛。

如果不是母子俩回国，冯韵大约永远不会有和芳芳当面对质的机会，她甚至也不会知道，自己的丈夫又有了一名儿子。可是饶是知道了母子俩的地址，并接连一周每日都开车到他们必经之地伺机而待。

但冯韵躲在车里，始终没有勇气走下去，她在车里佝偻着身体，一遍遍地抠着指甲周围的死皮，近乎麻木地看着李芳芳拉着薛天泽的手有说有笑，走在回家的路上。

近百次的徘徊中，她曾想过直接开车碾过去，可是她下不了手，因为她看着对方，就好像看到了几十年前的自己。而薛连晤的基因竟然那么强大，薛天泽粉雕玉琢，竟然跟她儿子小时候生得一模一样。

夜不能寐，心中焦灼，肝胆剧痛，这种情况持续了不久，冯韵在一天清晨护肤时发现自己的头皮上缺少了一块头发。她坐在梳妆台前，捏着那些大把地从她头上脱落的发丝，终于摇醒了身后打鼾的丈夫，质问他为什么这样对待自己。她早知道他的花心，为了守住家庭什么都可以忍，可是唯独不能忍受自己的儿子不是对方唯一的继承人。

薛天泽的存在，让她这么多年的努力功亏一篑。

而李芳芳那么年轻，如果薛亭今年还活着，都已二十有九，薛连晤又怎么可以找一个比自己女儿还小许多的情妇苟合产子？薛连晤已经不如往日英俊了，昔日丰神俊逸的绅士已经变成了一块在夏日里发酵融化的奶酪，上面还沾满了毛发，这简直有悖人伦，令人作呕。

可是，犹如三十多年前他们之间第一次发生的对峙一样，薛连晤冷漠得近乎没有人性，他一把掀翻她的身体道："可是我女儿不是早死了吗？我会想要另一个孩子难道不是你的错？你看看你儿子的德行，搞文学？当作家？成日装疯卖傻，我怎么放心把这么大的产业留给他这种精神脆弱的废物。

"你不知道他最近一本小说在写什么吗？靠把家丑外扬赚钱，根本就是扶不起的阿斗，你又是怎么当妈的？你的工作只有一件事，那就是教育好他，你有做好吗？还有他那个女朋友，不就是以前骗他的穷鬼？这种女人能娶回家吗？对他今后的发展有什么帮助？真是蠢货一个。"

薛连晤气愤地下床走到浴室冲凉，冯韵从地上爬起来，重新坐回梳妆台前试图整理好自己的头发，可是无论她怎么梳理头发，别上发卡，遮挡发际线处的斑秃，那里的空白都是如此明显。

就像她的自尊心无限萎缩，如今好像一粒微不可见的尘埃。

她周身的名包、华服、豪宅、汽车似乎突然远离了她，她的人生就是那一块毫发不生的苍白头皮。

薛连晤也一定察觉到了她的自卑，等到他从浴室重新走出来，甚至没同她搭话，而冯韵就像死去的李淑兰一样，立刻起身装作无事般对他讪笑，冯韵问他："明晚要不要早点回来吃饭？"她说，她会想办法让薛京回心转意。

所以有了那些密集的电话和信息。

她一遍遍地指责薛京不孝，一遍遍地祈求他去薛连晤的公司任职，又喊他和哈月分手，名义自然是我这些年之所以会苦苦支撑，都是为了你的好处，可是薛京均不为所动，反而告诉她，自己已经不再是需要爸爸的小孩了，如果她真的为了他好，那么应该立刻同薛连晤离婚。

最后一次两人通话时，深知沟通无效，薛京根本不说话，只是把手机放在一旁，任她发泄怒气。

冯韵悲从中来，哽咽着问他："你到底是像谁才这么没有良心？连自己的亲生母亲都置之不顾。你小时候明明很懂事听话的。"

她年轻时因为与薛连晤发生冲突，情绪失控曾将幼子的头按进浴缸的水里，那一次她将薛京拉出浴缸时被自己的行为吓得不轻，后怕地抱着薛京痛哭，薛京才四岁，反而会安慰她，一边拍着她的肩膀一边告诉她："妈咪，我有憋气，不会死掉，所以你不要哭。"

可是那个怜爱妈妈的小孩也不见了，取而代之的，是电话那头，薛京突然轻笑了一声，声音慵懒地告诉她："大概是像您吧，阿公前年去世，阿嬷没有收入到现在还会在大街小巷扛废纸皮换钱，您又有想过回去看看她吗？我和您可能天生情感淡薄吧，心不像其他人那么热。"

这也是薛京上个月最后一次接她的电话，那天之后，薛京拒听她的来电，她发出的消息也全部如石沉大海。

昨天得知薛京回到蓟城自己的住所后，冯韵今早特地前来碰运气，不过她没见到薛京，倒是见到了哈月患病的母亲。

上午开大会，下午开小会。

七点半，太阳即将落山，薛京坐在周双的办公室里摆弄手机。沙发对面，周双口若悬河地聊着下午敲定的合同，又接连抛出让人应接不暇的吃饭地点，眉飞色舞地拟定着来接风宴的人员名单。

可薛京意兴阑珊，中餐不吃，西餐不吃，法餐不吃，这个人他不想见，那个人他也不想见，一张嘴就是扫兴。他是真没兴趣吃晚上这顿接风宴，可是他出门十个小时了，哈月根本没叫他回家吃饭。

恋爱脑也是有脾气的，今早被哈月嫌弃的事儿可没完，这才半年时间就嫌他烦了？

不仅如此，她一整天不理他，还开始对他冷暴力了是吧？他怀疑自己被 PUA 了。今天哈月要是不先给他发消息破冰，他十二点之前是不会主动回去的。

手机突然被抽走了，周双狠狠地将他的手机扔到桌上："别看手机了行不行，你的手机有什么好看的啊？怎么跟个网瘾少年似的。说啊，吃什么，您再不用餐天都黑了，吃屎都赶不上热的了。"

薛京的后槽牙搓了两下，拿回手机时阴恻恻地道："是没什么好看的。"女朋友正和他冷战呢，别人的消息他也不爱看。

他把手机揣进兜里，两条腿直接往外面走，人走到电梯旁边，看到周双还在办公室里，声音不太高兴地朝他嚷嚷："不是吃饭吗？赶紧的吧，就属你磨叽。"

用餐地点最后选在金融街的"匠人"，人均三千的日料店，连两人位都要提前半年预订。不过周双是金融街的"花蝴蝶"，总归有办法加塞，除了三两名挚友，他还特意为薛京叫来了两名铁杆书迷捧场，女的薛京不见，他只好叫了两个男的。两名书迷一坐下就开始对薛京的才华进行见缝插针似的吹捧，其中一名男生正在蓟大读研，是薛京中文系的学弟，最近正在筹备自己的诗集。

他见薛京谦虚了几句便低下头看菜单不再搭话，于是另起炉灶，试图与薛京探讨一些深刻的文学见解，譬如现代诗的格律，中国文学的世纪成败。

他咬文嚼字地说了半天，薛京出于礼貌不得不回答，于是柔和地笑了一下道："不好意思，我不懂诗，其实我对文学的理解也不是很深，主打的就是一个瞎写。有时候吧，我感觉自己还挺像个文盲的。所以这些天，咱俩聊不着，不如免了。"

薛京话一出口，周围几位立刻捧腹大笑。

学弟本来就紧张，这会儿脸更红了，于是小声地喃喃道："薛老师，您太幽默了。就别开我玩笑了。"

薛京皱起眉头，那张好脸一下就不好看了，心想我和你又不熟，犯得着跟你开玩笑吗？不过还好，他还没完全展示出他的怪脾气，这时兜里的手机振动了。

哈月到底还是给他发消息了，她说——

你看群消息了吗？小雨生了。母女平安。

半小时后，薛京左手拎着日料外袋，右手抱着一大束茉莉花按开了家门的电子锁。

晚上十一点，以前总是空荡荡的家里此刻还亮着一盏落地灯，吴芳天和赵春妮已经回房间睡下了，岛台上搁着礼物，看牌子大约是专门买来送给他的，而买礼物的哈月正戴着银色的耳机，穿着他的 T 恤，背对着他，窝在沙发里抱着笔记本电脑审方案。

不是什么精心布置过的、特殊的浪漫场景，但就进门这几秒钟之内，薛京的心口突然软塌得不像话，人怎么才能活得有滋味？不就是为了家里有这么个人。

冷战的底线突然烟消云散，他蹑手蹑脚地走到哈月身边，俯身在她的脸上用力地亲了一口，笑得比怀中的茉莉还鲜翠欲滴："肚子饿不饿？我带夜宵回来了。"

天妇罗、手握、拌面、刺身依次被摆在茶几上，"予卿茉莉"和零食花束搁在飘窗上，两个人也不在乎吃相，就光着脚坐在地毯上，轮流从对方手里接过吃了一半的打包盒。

鱼子在口中爆开时，哈月正在手机屏幕上滑动着新生儿的照片，薛京也凑过来把头和她贴在一起向下望，小雨的预产期超过了两周，他们临行前，她每天都在哭天抹泪地抱怨孩子为什么还不从她肚子里滚出来。

　　现在好了，孩子终于出生了，他们的心也可以落地了。不过听说带孩子比怀孩子更难，这一点确实是他们俩的知识盲区。

　　四只眼睛在屏幕上盯了半天，哈月沉吟片刻，没做点评，最后还是薛京把她想说的话说了出来："该说不说，咱们的干女儿怎么皱皱巴巴的像只沙皮狗？"

　　"喂！"哈月笑着往他嘴里塞了一块点缀着鹅肝的饭团，还在为小孩正名，"长一长就好了吧，小孩子刚出生好像都不怎么好看。"

　　"谁说的。"薛京双腮鼓胀，看到哈月面前的啤酒瓶空了又走到冰箱旁帮她开了一瓶新的拿过来，"我妈说我一出生就很靓，她抱着我出门，所有路人都围上来夸。"

　　哈月伸手接过来他手里的啤酒，无视他的臭屁，喝了一口才道："哦，对了，你妈上午过来了。我估计你在开会，就没跟你说。"

　　薛京绕回地毯的路上脚趾踢到了沙发，一个不小心，差点在平地上摔跤："啊？不是，她来干吗？她都说什么了？"

　　想都不用想，八成是让哈月和他分手。

　　所以薛京略过前因，直接寻求后果："不是不是，你先说你都说什么了？你不会是直接答应了吧？啊？不是吧你？"亏他在前线跟她妈据理力争了这么久，恨不得把哈月夸成救国救民的一等功臣，可哈月直接让他后院起火！

　　哈月看着薛京自乱阵脚，像是看小狗追尾巴，一脸老道士般的气定神闲："你别瞎想了，没说什么，就是一起坐在岛台前喝了会儿茶。"

　　"聊了聊我妈的情况。"听到哈月一直对生病的母亲不离不弃后，冯韵安静了好一会儿没有讲话。

　　"后来临走前她让我跟你说，她上周回了一趟港城，知道你赚钱后一直在以她的名义给你外婆打生活费。她说自己最近有在考虑你的提议，但不知道短时间内能不能做到。我看她好像真的变了。"

薛京愣怔了片刻，眼仁发烫，所以他捂住眼睛道："你别骗我了，哈月，坏人是不会变好的。"他不信他妈竟然没有想尽办法给哈月使绊子，他也不相信他妈真的会改过自新，就像他直到现在还会恐惧，自己身上流淌着坏人的血，是不是证明他终究也有一天会彻底烂掉。

哈月知道他在想什么，她也是坏人的小孩，她也那么厌恶过自己。

哈月伸手抱住他的脖子，将脸颊贴在他的肩膀上，声音松散，像是大号的鹅毛棒挠在薛京紧绷的神经上："四月我到越城出差，偷偷去了一趟那个地址。"

那天哈月站在父亲的病床前，望着面前这个让她感到陌生的中年男人，突然也得到了某种顿悟。

"以前我爸在我记忆里一直是一个很特定的形象，可是直到我再见到他才发现，他其实和我记忆里的人长得根本不一样。眼睛、鼻子、嘴，都有些不同，也许是时间太久了，他老了，也有可能时间太久了，我的记忆从未准确。"

孩子对"父母"的渴望，总是存在于幼年建立的幻想之中。

总之，看着那些墙上挂着的，曾经健康的哈建国和蒋亦梅母子的生活照时，她突然意识到，她的童年不过是父亲生活的一部分，就像她长久思念过的"父亲"也只不过是她生活的一部分而已，那些他们之间所存在的可能性，在哈建国选择离开的那一刻，犹如平行空间，已经各自衍生出了自己的宇宙。

哈建国已经走进了别人的风景，她无须留恋。

她不会代替任何人原谅他，但她选择放过自己。

玛丽安娜·穆尔写过，"可见的力量是不可见的"。

所以那一天，她也很安静，她坐在父亲的病床旁，平静地感受着那些不可见的力量在她身边凝聚流动最后尘埃落定，喝完了蒋亦梅为她准备的茶，然后起身告辞。

蒋亦梅送她下楼的时候，很是不解地追问她："你没有什么想和我说的吗？"难道没有一句指责、怨恨和愤怒，无论哈月是否会对她不敬，甚至大打出手，她觉得自己都可以接受。

因为她抢走了一个小女孩的父亲，那不是用钱能弥补的岁月。

可哈月想了想，只问了她一句："你觉得他是个怎么样的人？"

在蒋亦梅毫不犹豫地回答好人时，哈月的态度还是波澜不惊，甚至她的语气听起来有些欣慰，她说："那就好。"

一个人的坏人成了另一个人的好人，宇宙万物大约本来就是咬住尾巴的蛇，首尾相连，生中有死，死中有生。没有走到生命的最后一秒，谁也不知道故事的结局，也许薛京应该再给自己一些时间，就像她也给了自己很多时间。

历史或许不会重演，因为他们都从中获得了新生。

在沙发上依偎了不到十分钟，薛京就听到耳边有鼠标滑动的声音。他还没从伤感中缓解过来，睁开眼睛，竟然发现他的工作狂女友左手抱着他，右手在接着翻电脑。至于她的两只眼睛，都在出轨，嘴巴正在无声地念着电脑屏幕上的方案。

"哈月！"

"干吗？"

"这方案十万火急，非得今天看？"

"下周要提报的，能提前做点是一点。"融资迫在眉睫，两年时间哈月还嫌太长。

薛京皱着眉头拉住她的另一只胳膊放在自己身上，语气有些幽怨："咱俩今天就敞开说，你是不是觉得工作比我要重要得多？我知道融资对你的公司来说很关键，但是你也不至于为了搞钱这么压榨恋爱吧。起码，我和工作在你心里不是五五分，也要四六开吧？"

岂止四六，他现在觉得哈月根本在工作上投入了百分之九十九，剩下一点还分给了赵春妮，这完全不公平，他为她量身定做了一套未来，可她的蓝图里好像压根没有自己。

"公司发展不可能一蹴而就吧，我知道你很急，但你先不要这么急……"

薛京还没说完，哈月便制止了他的废话文学。

她抱着他的脖子，眼睛笑眯眯的，声音甜丝丝的，因为用头绳胡乱地将长发扎到头顶，整个人清爽得好像夏日爽口的橘子冰："我是很急啊，薛京，节点到了，我计划融资成功后奖励我自己跟我男朋友求婚的。你不知道，我男朋友盘正条顺，上得厅堂下得厨房，而且情绪稳定，非常擅长给自己找台阶下，心地更善良，今年还捐了个图书馆！我很有意愿跟他共度余生，再不给他手上套个戒指，真怕他跑了……"

哈月还在说话，可薛京已经跑了，他跑回书房之前，没忘记把电脑重新塞回哈月的手里，还一脸严肃地告诉她一定要好好地改方案，不改好今天不许睡觉。

至于哈月在客厅发信息问他去书房做什么，他答——

我得加班加点把手里这本拖了好几个月的小说完结掉。

为了避免届时融资失败，我预备从今天开始帮媳妇儿的公司攒钱。

（正文完）

Special Episode

故土故人

十二月初，薛京受海外出版人邀请前往美国进行为期三周的签售活动。

年中由作协牵线，他结识了不少来自土耳其、意大利、法国等地的汉学家，近半年来，他的作品搭上了"扬帆计划"的顺风车，与不少年代作品一齐在海外出版上市。

相比文坛的老前辈，薛京年纪轻，历练浅，踏足海外市场于他来说原本是一次期待极低的尝试，但没承想得益于译者精湛的翻译与各文化传播集团的运营，他的作品在各国反响极好，自此薛京便被迫彻底忙碌了起来。

这些译本中英文版本卖得最好，美国方面的出版社已经开始着手准备平装本，至于大众接受度最高的作品，并非当年他在国内一炮成名的《午后天台》，而是他沉寂一年后在绥城再出发的悬疑作品《刀尖》。

当日哈月给薛京的祝福预言成真，绥城真的为薛京的写作打开了另一扇大门，在更高也更冷的山顶，他竟然看到了自身人生中更大的旷野。

如果时间能回溯到四年前，那时年少成名、不可一世的薛京大约绝不会相信"山乡"的力量。

这次赴美签售的行程本来是推了又推。八月是薛京的生日月，他早有计划与女友共度不便启程，十月女友的母亲结束疗程从蓟城返乡，他全程陪护难以出行，至于十二月，实在找不出任何借口，只能依依不舍地打包了行李，由女友亲自开车将他由绥城送往临城的机场。

先转机，再由蓟城飞纽约，长达 13 个小时的日间飞行，即便带了降噪耳机和安眠药，但漫长枯燥的过程简直令薛京无法忍受，以往他也自诩是用脚步丈量世界的旅人，但现在，他像是一到日暮时分就急于归巢的鸟，飞机一落地他便开始盘算着可以提前回国的时间，并积极与他远在一万一千公里之外的女友诉衷情。

可惜年轻有为的哈总并不买账，每次时差过后，她延迟回复的消息都充满官方性质的鼓励。她希望他将注意力全部放在自身的事业上，甚至还搬出"两情若是久长时，又岂在朝朝暮暮""好男儿志在四方"等十分老气横秋的口号。

薛京光是看到这些陈词滥调的标语，就已经能想象出哈月在开会间隙随意敷衍他的神情。她是真的有在认真地把爱情当作人生的调剂品。

除此之外，薛京的思乡之情也完全没法儿和父母交代，冯韵于今年秋天正式向薛连晤提出离婚的诉求，股权分割，财产转让，几轮协商失败，她正式聘请律师团向法院提起诉讼。

消息一出，薛连晤的公司股价下滑不止，在股东大会之上，各方势力伺机而待。在这场撕咬不止的商战中，薛京重新变成薛连晤与冯韵急需拉拢的继承人，可他一声不响，将手中的股份无偿转让给李淑兰的几名远亲，至此彻底远离家族纷争。

姥姥不疼，舅舅不爱，某知名作家在出差之旅中备受情感冷遇。

签售会的第一站在纽约联合广场的巴诺书店。

前一晚纽约大雪，薛京起床时望见酒店窗外的皑皑白雪喜不胜收，如果出师未捷，那么他大约也不需要进行第二站、第三站，可以赶在元旦前回到绥城。不过事与愿违，他乘坐的商务车刚拐过街口，便能望见零下二十摄氏度的天气中，还不到签售时间，书店门口竟然已经排起了长队。

首场签售大获成功，紧接着，策划人马不停蹄加排行程，待薛京终于完成所有签售会，日历不知不觉地已经翻至月底。

圣诞节前夕，他人在纽黑文附近参加最后一场签售活动，顺道拜访他在耶鲁访学时的几位教授，恰逢学期末，学校又在组织一年一度的免费圣诞大餐，当晚所有留校过节跨年的学生都聚在餐厅庆祝，他跟着教授们也去凑了个热闹。

大盘的烤牛排、三文鱼，依次被厨师们扛在肩膀上，绕场一周端进吧台，除了常见的西餐外，队伍的尾端还有几米长的圣诞面点。

食物装扮得花里胡哨的，学生们脸上也喜气洋洋，大家纷纷围着庆典长龙拍照录像，薛京则和几位教授坐在靠近窗边稍清静些的位置，慢条斯理地吃着一份意大利千层面。

千层面上层的芝士略干，配菜沙拉上的酱汁太甜，至于酒水，只能称得上勉强能入口，但即便食物并不合他现在的中式口味，桌上师生之间，聊天的氛围还是非常热切。

薛京面前头发半白的老教授名叫史蒂芬，正是当年他访学项目的总负责人，史蒂芬出生在中国上海，是中美德三国混血，自幼精通多国语言。因为童年在中国长大，这位美籍老人对中华文化及语言抱有十分浓厚的兴趣，当年接收薛京作为他的门生，也曾在学术上给予薛京很多帮助与指点。

这次看到薛京带着他的新作品重回母校，他的喜悦之情溢于言表。

喝下半杯红酒，老教授布满褶皱的面皮发红，他用食指敲了敲《刀尖》的封面询问薛京："薛，这就是你当年不愿意留下来继续进行学术研究的原因？"

"原来你立志写出一本这样让人惊叹的作品。你早就知道你可以利用你的才华让大家疯狂。是吗？"

所以他没有踏上科研这条更安静的路。

是这样吗？

如史蒂芬所说，在访学结束之前，薛京确实得到了一个留在耶鲁继续攻读博士学位的机会，顶级学府，公费就读的优待难能可贵，何况薛京并不缺钱，就算是自掏腰包，他也可以完全负担得起在美国深造的成本。

无论是否继续写作，学习总是好的，何况这可以让他身上的砝码更多，长久来看，百利而无一害。可是他只考虑了一个晚上，便在清晨起身，用邮件委婉地回绝了史蒂芬。

薛京耷着眼睫毛，眼神回落，目光从桌面上那本精装书封面游弋到指尖的塑料刀叉，思绪也从哪个曾经倍感孤寂的夜晚飘到了他现在远在绥城的家。

原本只是暂住的出租屋如今已经被他彻底买下，甚至在上个月还进行了锅炉改造，他在那里住得很踏实。那是一种难以形容的自在和妥帖，好像这辈子他在迷茫寻找的东西终于都尘埃落定了。

其实他回国前并不知道自己会取得如今这样的成绩，相反，那时的薛京灵感枯竭，对写作的未来深感惶恐。但他还是回去了，出于一个非常本能的原因。出于一个不那么华丽的理由，出于他"难忘故土也难忘故人"。

以前，年少骄傲的薛京不屑承认这份藏在心底的柔软，但如今，他已经过了要捂着自己弱点才能生存的年纪。

晚上九点，窗外开始飘雪，告别教授后，薛京裹紧大衣，慢慢地走在校园内的羊肠小径中。

天气寒冷，但广场上还是有不少聚集的人流，年轻的学生们举着手机，在黑暗中打开照明功能，跟着欢快的圣诞音乐摇晃起舞。

周围越热闹，反而显得驻足而立的薛京看起来更清清冷冷，他本人很有替自己惋惜的觉悟，摘掉手套，拿出手机，调整好角度，拍了一段十几秒钟的视频，发给哈月。

配文——

哈月，圣诞快乐。

你说这些小崽子怎么都成双成对的啊，是不是都不用学习，就我一个寡王。四年前一个人，四年后还是一个人，都没人愿意和我在槲寄生下接吻。

　　我这个嘴巴它长了有什么用呢？没用的东西，不如不要。

　　国内时间早上九点十五，哈月大概没有会议，聊天对话框上立刻显示着"正在输入……"。

　　不久，哈月也给他发了一段视频，时间拉回十几分钟前，画面远处，面容清隽的薛京正从餐厅走出，人行至长廊时，神采飞扬的他突然被一名戴着鹿角发箍的女生拦住了，对方看样子应该是喝醉了，笑着指了指两人头顶之上被红绳悬挂的植物，但薛京没有半点绅士风度，皱着眉头不耐烦地摆摆手，甚至没向对方解释便迅速地拔腿逃跑。

　　终结浪漫的视频还未结束，薛京立刻握紧手机如土拨鼠般东张西望，果然，在他身后几十米处，哈月正双手插在衣袋之中朝着他得意地大笑。

　　整整二十五天未见，异国他乡，重逢似梦。

　　雪花在空中稍稍凝滞，很快被薛京用力奔跑的气流带出一阵纷杂的混乱。

　　沉甸甸的松枝下，薛京伸展着双臂，像浣熊拿到棉花糖那样将哈月搂在怀里紧紧地抱住，亲吻是免不了的，爱不释手之余还蹭乱了她绾在脑后的长发，面孔分离，薛京掬起她的脸细细地端详，他看她秀丽黛色的眉梢，也看她俊俏通红的鼻尖，看着看着，他满心的欢喜骤然化作极强的埋怨："你吃饭了吗？"

　　"冷不冷？"

　　"穿这么细跟的鞋子走进来会不会很累？"

　　"我真无语，要来怎么不早和我说呀，我都没有提前准备。"

　　一阵风携着雪花吹来，哈月抬起头，拂掉沾在薛京额发上的白，拉着他往校园外面走时口气听起来满不在乎。

　　"有什么好准备的？我也不是专门为你跑了一趟，这不年底这边儿又有展会了，我替商会的几位老总带手下过来出差，顺便给他们培训培训，再说我问周双了，他说你签售日程排得挺满，我想着也别打扰你工作，谈恋爱也需要新鲜感的嘛，时不时地给你个惊喜不是挺好的吗？"

"干吗？摆着一张臭脸，合着您讨厌新鲜感呗？那下次不来找你了。"

薛京搂着哈月的肩膀，连忙舒展眉头，将自己的好脸调整成一个笑容可掬、更讨喜的模样："喜欢，喜欢新鲜感，但也喜欢熟悉感，总之，你做什么我都很喜欢。"

他确实不喜欢哈月这次筹备的惊喜，因为喜悦从这一秒开始饶嫌太短，如果哈月从计划动身时就和他约好了，那么他等待她的时间里，每一秒都会十分喜悦。

说到底，他已经和哈月重谈了一年的恋爱，他是一点儿也没新鲜够，站在校门口等车的时候，他已经在脑子里温故而知新了。

今天哈月穿着胸前点缀着排扣的黑丝绒连衣裙，外面裹一件长到脚踝的朱红色羊绒大衣，而外套下，薛京的西装口袋里也恰巧别着一方血红的暗纹手帕。

两位在搭配色彩上相得益彰的时髦尖子生一路上赚了不少回头杀，不过等到二十分钟后，司机无故地爽约了，这一对"少白头"男女便显得有些狼狈。

周围的雪越下越大，手机上无人接单，薛京摘下围巾系在哈月的脖颈上，手套也尽数褪掉戴在女友的十指上，哈月扬起眉眼看着他，就在她觉得眼下的事情已经熟悉到不能再熟悉的时候，果然，薛京伸手摘掉了她肩上的女士挎包挂在自己的脖子上道："不然我背你往前走一个路口吧，这儿好像没车啊。"

去年的冬天，就在她已经为自己定下死期的时候，薛京也是这样背着她，安慰着她，和她谈天说地，让她对自己过去的人生开辟了新鲜的视角。

　　细想想，原来这种隐隐的熟悉只是去年的事情而已，人对时间的概念果然是由心而定，那时的灰心丧气在此时看起来已经如此遥远，像是上辈子的事儿。

　　如今又是一个下雪天，没有车，雪地泥泞，可她面前的路竟然看起来是如此宽广又平坦，她也不过只有二十七岁而已，未来还有更多的机会在等着她采撷。

　　唇角情不自禁地上扬，哈月明眸弯弯比天边的新月还亮，她点点头若有所思地望着自己的皮包道："好啊，但是你要不要先看看我包里的礼物。"

　　"你还给我带礼物啦？客气，咱俩谁跟谁呀。"薛京笑眯眯地扭开五金扣，可是手指伸进去，下一秒竟然摸出一枚宝蓝色的首饰盒。他手指颤抖，心脏狂跳，抿着唇打开盒盖，里面竟然是一对经典款式的结婚对戒！

　　嘴唇微张，薛京还没说话，哈月已经绕到身后跳上了他的后背，吻落在他的耳畔，哈月的声音一日既往那么动听。

　　她说："薛京，公司融资项目在前天正式通过了，所以问题来了，你愿意和我结婚吗？"

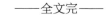

——全文完——

图书在版编目（CIP）数据

日偏食 / 喜酺著 . — 南京 : 江苏凤凰文艺出版社，
2024.6
ISBN 978-7-5594-8439-0

Ⅰ . ①日… Ⅱ . ①喜… Ⅲ . ①长篇小说 – 中国 – 当代
Ⅳ . ① I247.5

中国国家版本馆 CIP 数据核字（2024）第 008307 号

日偏食

喜酺 著

责任编辑	项雷达	
特约编辑	周子琦　刘玉瑶	
装帧设计	@Recns	
责任印制	杨　丹	
出版发行	江苏凤凰文艺出版社	
	南京市中央路 165 号，邮编：210009	
网　　址	http://www.jswenyi.com	
印　　刷	天津旭丰源印刷有限公司	
开　　本	880 毫米 × 1230 毫米　1/32	
印　　张	11.5	
字　　数	287 千字	
版　　次	2024 年 6 月第 1 版	
印　　次	2024 年 6 月第 1 次印刷	
书　　号	ISBN 978-7-5594-8439-0	
定　　价	42.80 元